Un Noël dans tes bras

*

Un Noël à Singapour

*

Exquises nuits d'hiver

NANCY ROBARDS THOMPSON

Un Noël dans tes bras

PASSION SOUS LA NEIGE

Traduction française de
MARIEKE MERAND-SURTEL

HARLEQUIN

Titre original :
A CELEBRATION CHRISTMAS

Ce roman a déjà été publié en 2021

HARPERCOLLINS FRANCE
83-85, boulevard Vincent-Auriol, 75646 PARIS CEDEX 13
Service Clients — https://www.harlequin.fr/contenu/contactez-nous
ISBN 978-2-2805-2425-4

Édité par HarperCollins France.
Composition et mise en pages Nord Compo.
Imprimé en octobre 2025 par ScandBook UAB en Lituanie
en utilisant 100% d'électricité renouvelable.
Dépôt légal : novembre 2025.

FSC
www.fsc.org
MIXTE
Papier | Pour une gestion forestière responsable
FSC® C021394

Pour limiter l'empreinte environnementale de ses livres, HarperCollins France s'engage à n'utiliser que du papier fabriqué à partir de bois provenant de forêts gérées durablement et de manière responsable.

1

De toute sa vie d'adulte, Cullen Dunlevy n'avait jamais quémandé quoi que ce soit, mais là, il était au bord de la panique.

— Si vous restez deux heures de plus, Angie, je vous paierai le triple de votre salaire, dit-il. Et vous n'aurez pas à nettoyer derrière les enfants.

— Docteur Dunlevy, aucune somme d'argent au monde ne me fera rester, rétorqua la femme de ménage, impitoyable, en passant devant lui, avant de s'arrêter en haut de l'escalier. Rappelez-moi quand vous aurez trouvé un *foyer pour eux*.

Un foyer ? Ce sont des gosses, pas des chiens errants.

Cullen baissa les yeux vers Megan Thomas, dix ans. La couleur avait fui ses joues déjà pâles. Puis il reporta son regard sur les toilettes de la salle de bains, d'où une substance visqueuse bleue débordait dans un flot qui semblait intarissable. La blague avait été la goutte de trop, et la raison du coup de fil d'Angie à l'hôpital, informant Cullen qu'elle lui laissait une heure et pas une minute de plus pour rentrer, parce qu'elle en avait par-dessus la tête et qu'elle partait.

Comment Angie pouvait-elle montrer aussi peu de cœur ? Certes, les quatre gamins étaient turbulents, mais n'importe qui avec une once de compassion aurait compris que leur chagrin était la cause de cette désobéissance.

Les petits avaient perdu leurs deux parents dans un accident de voiture. Leur père, Greg Thomas, avait été le meilleur ami de Cullen. Vu la douleur persistante de son chagrin, Cullen imaginait sans peine ce que les enfants pouvaient traverser. Ils étaient à la rue et seuls au monde. Et à la merci des services sociaux du Texas.

Cullen éprouva une pointe de culpabilité. Il avait largement la place pour eux dans sa grande maison vide, mais cela suffisait-il ? Ces enfants méritaient d'avoir deux parents aimants. Lui était marié à un travail qui l'accaparait seize heures par jour. Il travaillait, rentrait dormir, et recommençait le lendemain. Il ne connaissait rien à l'éducation des enfants. Et il avait cru bien faire en les confiant à Angie...

Manifestement, c'était une erreur colossale.

Planté sur le palier, observant tour à tour Megan et la mousse bleue qui se répandait lentement, mais sûrement, Cullen ravala un juron. Certes, il n'était sans doute pas le mieux placé pour recueillir les enfants de ses amis mais, en tout cas, il y avait une chose qu'il pouvait faire pour honorer la mémoire de Greg et de sa femme Rosa : s'assurer que leurs enfants ne soient pas séparés. Ils vivraient avec lui jusqu'à ce qu'il trouve la famille adéquate qui les prendrait tous les quatre.

En attendant, il devait convaincre Angie de rester encore un peu.

Les enfants avaient entre cinq et dix ans. Ils étaient relativement autonomes. Autrement dit, Angie n'avait pas à chauffer de biberons ni à changer de couches. Juste une petite heure de plus, durant laquelle elle pourrait continuer de vaquer à ses tâches ménagères habituelles — excepté le nettoyage de cette substance bleue visqueuse encrassant les toilettes — le temps qu'il fasse passer un entretien à Lily Palmer, la candidate au poste de baby-sitter. Heureusement, Lily avait accepté d'avancer le rendez-vous à 13 heures ce jour même.

Au moins, elle était flexible ! Bien entendu, en lui exposant les faits, il les avait quelque peu atténués, se bornant à lui expliquer que sa nounou temporaire lui faisait faux bond et qu'il se retrouvait coincé. Pas question de l'affoler en évoquant des mauvaises blagues ou des caprices. Pourvu qu'elle soit la femme de la situation et disponible pour commencer sur-le-champ...

— Je suis désolée, oncle Cullen, assura Megan, les yeux brillants de larmes.

Il connaissait Megan, son frère et ses deux sœurs depuis leur naissance. D'ailleurs, il avait connu leur père quand tous deux étaient à la maternelle. *Oncle Cullen* était un titre honorifique qu'il ne prenait pas à la légère, surtout maintenant que Greg n'était plus là…

— J'ai bien dit à George de ne pas jeter la potion dans les toilettes, poursuivit la petite fille d'un ton sérieux.

George, neuf ans, était le deuxième de la fratrie, et aux abonnés absents en cet instant précis.

En tant que médecin en chef du Celebration Memorial Hospital, Cullen menait fermement sa barque et se flattait de rester inébranlable, même confronté aux urgences médicales les plus horribles. Néanmoins, depuis qu'il avait recueilli les enfants de Greg, il avait découvert qu'il n'était pas aussi stoïque qu'il le pensait.

Attends une minute…

— La *potion* ? répéta-t-il, prenant tardivement conscience des paroles de Megan.

— Oui. On aime bien jouer aux scientifiques et faire comme si la salle de bains était notre labo. On fabrique des potions avec tous les trucs qu'on trouve là-dedans.

Cullen s'efforça de se rappeler où Angie rangeait les produits nettoyants qui produisaient des émanations toxiques si on les mélangeait — eau de Javel et ammoniaque, par exemple.

— Ah, ça semble rigolo, oui, répliqua-t-il. Mais ça peut être dangereux, aussi. Il faut faire attention. Qu'est-ce que vous avez mélangé pour que la potion gonfle comme ça ?

La fillette commençait à lui énumérer une série de produits de lessive quand Angie cria d'en bas :

— Au revoir, docteur Dunlevy. Je m'en vais.

Il l'avait laissée descendre pour qu'elle se calme un peu, dans l'espoir de pouvoir la raisonner. Ou de la soudoyer.

— Angie, s'il vous plaît, attendez !

Il se tourna vers Megan.

— Il faut que je m'excuse auprès d'Angie et que j'essaie de la convaincre de rester. On reparlera de la potion plus tard. Mais d'ici là, je t'en prie, plus d'expériences chimiques. Et ne jetez rien d'autre dans les toilettes. Assure-toi que ton frère et tes sœurs ne le fassent pas non plus, d'accord ? Je compte sur toi, hein ?

Megan hocha la tête et essuya ses larmes. Il lui ébouriffa les cheveux pour lui montrer qu'il n'était pas en colère contre elle. C'est la situation qui l'enrageait, mais que pouvait-il faire hormis descendre implorer Angie ?

Il ne faisait clairement pas le poids. Mais quand il avait reçu l'appel de détresse de Megan trois jours plus tôt, il n'avait eu d'autre choix que de prendre les enfants chez lui.

Cullen Dunlevy avait sans doute quantité de défauts, mais il était un homme de parole.

Six mois auparavant, après l'enterrement de Greg et Rosa, les petits semblaient avoir trouvé un foyer. Ils devaient emménager chez un couple formidable. Dan et Carla, des amis de Greg et Rosa, avaient accepté de les accueillir tous les quatre. Ils avaient promis de les aimer comme leurs propres enfants. Hélas, ensuite, Carla était tombée malade. Cancer en phase terminale. Quelques semaines avant que l'adoption ne soit finalisée, ils avaient dû revenir sur leur engagement.

Impossible pour Cullen de souligner qu'il ne ferait pas un bon tuteur, compte tenu de son métier accaparant. Mais il avait fait une promesse à Megan à l'enterrement de ses parents : il lui avait dit que si elle avait besoin de quoi que ce soit — n'importe quoi —, elle pouvait l'appeler, et il répondrait présent.

En faisant cette promesse, *n'importe quoi* signifiait pour lui de l'argent, un conseil, un transport en voiture. Jamais il n'avait imaginé que la fillette lui demanderait de leur donner un foyer provisoire, à ses sœurs, son frère et elle.

Cependant, elle l'avait appelé au secours, et il avait l'intention de tenir parole aussi longtemps qu'il faudrait pour trouver aux enfants une nouvelle famille d'adoption où ils demeureraient ensemble, tous les quatre.

La gorge nouée, il gagna la cuisine pour tenter d'adoucir

Angie afin qu'elle reste, le temps qu'il parle à Lily. Les enfants et lui s'occuperaient plus tard du cracra bleu dans la salle de bains et de leur comportement.

— Angie, je vous en supplie, donnez-moi un coup de main juste aujourd'hui. J'ai besoin de vous. Uniquement jusqu'à mon entretien avec la nounou. Et peut-être pour lui montrer un peu la maison. Ensuite, je vous laisse tranquille.

Quand Cullen avait demandé à Angie de surveiller les enfants, elle avait clairement objecté que son planning était plein. Elle s'était bâti une jolie petite affaire en faisant le ménage chez de nombreux médecins et professionnels de l'hôpital. Elle avait même spécifié avec une joie toute mauvaise qu'elle avait une liste d'attente, qui consistait surtout, Cullen le savait, en médecins célibataires qui travaillaient tellement qu'ils n'étaient jamais chez eux pour salir leur maison. Certes, la poussière tombait et les araignées tissaient leur toile même s'il n'y avait personne.

Bref, Angie avait trouvé sa niche. La seule raison pour laquelle elle avait accepté de faire des heures supplémentaires de baby-sitting chez Cullen — hormis l'avantage financier — était qu'il était son premier client.

Un argument dont il avait joué, outre une offre qu'elle ne pouvait pas refuser. Ce qui ne l'empêchait pas maintenant de menacer de démissionner quand même.

Rien d'étonnant, en fin de compte. Quand, une fois dans sa vie, avait-il pu compter sur quelqu'un ?

— Angie, s'il vous plaît. Restez.

Son sac à main sur le bras, la femme énervée soupira et lui lança un regard peiné. La réalité, c'était que les quatre gamins devaient être surveillés. Comme le lait sur le feu. Ils ne resteraient pas assis sagement devant la télévision, ou ne s'amuseraient pas entre eux. Depuis trois jours qu'ils étaient chez lui, Cullen avait appris que *s'amuser entre eux* se soldait par des potions bleues mousseuses qui engorgeaient les toilettes et maculaient le sol de la salle de bains.

Angie, qui avait avoué ne pas aimer les enfants, lui avait

dit que pendant qu'elle en avait un ou deux à l'œil, les autres faisaient des bêtises dans son dos.

— C'est un miracle qu'ils n'aient pas mis le feu à la maison, avait-elle même précisé.

Jusqu'à aujourd'hui, il avait pensé qu'elle exagérait.

— Vous n'aurez pas à nettoyer le bazar qu'ils ont fait. Je m'en charge. Je vous demande juste de les occuper pendant que je reçois Lily Palmer. Jouez à quelque chose avec eux. Une heure, tout au plus, et après vous partez. Promis.

Il refusait d'envisager que Lily ne fasse pas l'affaire ou qu'elle ne puisse pas commencer aujourd'hui.

Avant qu'Angie puisse répondre, le portable de Cullen sonna. Numéro inconnu. Peut-être Lily appelait-elle pour dire qu'elle était perdue… ou qu'elle annulait le rendez-vous. Et s'il ne décrochait pas ?

Il tirait déjà sur la corde en quittant l'hôpital au milieu de la journée, demandant à son collègue Liam Thayer de le remplacer. C'est Thayer qui lui avait recommandé Lily. Pourvu qu'elle soit aussi parfaite pour le poste que Kate, la femme de Liam, l'avait assuré…

— S'il vous plaît, Angie.

A son grand soulagement, elle poussa un soupir résigné et reposa son sac sur le plan de travail en granite.

— Il faut que je prenne cet appel. Merci, Angie.

Il se rendit dans son bureau, où il entendrait la sonnette si la nounou arrivait pendant le coup de fil.

— Cullen Dunlevy, j'écoute ?

— Hé, Doc. C'est Max Cabot. Vous avez une minute ?

Max était l'entrepreneur qui construisait la nouvelle aile de chirurgie pédiatrique à l'hôpital. Toute la communauté de Celebration s'était mobilisée pour lever des fonds afin de permettre cette indispensable extension du bâtiment.

Une porte claqua dans une autre partie de la maison. Cullen entendit les enfants crier et rire. Franklin le chien, qui faisait partie du forfait fratrie Thomas, aboya.

Ils étaient sortis dans le jardin ? Alors qu'il pleuvait ? A en juger par le niveau sonore, ils étaient désormais à l'intérieur.

— Ne quittez pas, Max, dit Cullen, avant de poser une main sur le téléphone. Hé, les mômes, vous pouvez baisser d'un ton ? Je suis au téléphone. Jouez au Monopoly qu'on vient d'acheter avec Angie, d'accord ?

Ses paroles se perdirent dans la cacophonie et un martèlement de pieds — un vrai troupeau de bisons.

— Max, je vais devoir vous rappeler. Ce n'est pas le bon moment. Je... je suis au milieu d'une situation compliquée, et j'ai un rendez-vous d'une minute à l'autre.

— Pas de problème, répliqua Max. Si vous êtes chez vous, je vais juste passer vous déposer des documents à relire. Je ne resterai pas, rassurez-vous.

Avant que Cullen puisse répondre, un cri strident d'Angie retentit par-dessus le bruit des enfants et les aboiements du chien.

— Bas les pattes, sale bête ! Tu pues, beurk ! gronda-t-elle, pareille à un ours en colère. C'est quoi, ça ? Qu'est-ce que ce cabot a mis sur mon pantalon ? Sortez-le d'ici avant que je le flanque dehors moi-même !

Quoi encore, maintenant ?

L'aboiement du chien se mua en grognement protecteur. Les enfants parlaient tous en même temps. L'un d'eux se mit à pleurer tandis qu'Angie poursuivait sa tirade contre l'animal.

Une main sur son oreille libre, Cullen se précipita vers la cuisine avant que l'affaire tourne au pugilat.

— D'accord, Max. A tout à l'heure, je dois vous laisser.

Il raccrocha en pénétrant dans la pièce.

— Qu'est-ce qui se passe ? Pourquoi tout ce boucan ?

Angie essuyait avec une serviette en papier humide une substance marron et douteuse sur le haut de son pantalon. Le chien mouillé, un pur bâtard noir et hirsute, avait adopté une attitude protectrice et continuait de grogner. Hannah, la plus jeune des quatre enfants, sanglotait.

— Tu ne peux pas le mettre dehors. Il va s'en aller, comme maman !

La cadette, Bridget, enlaça sa petite sœur.

— Ne t'inquiète pas, Hannah. Je ne la laisserai rien faire à Franklin.

Angie fusilla Cullen du regard.

— Ce n'est pas dans le contrat, ça ! Ce chien crasseux a ruiné mon pantalon tout neuf et sali le sol que je viens de laver. Vous allez devoir nettoyer tout ça en plus de leurs cochonneries bleues, docteur, parce que moi, je démissionne. Je vous quitte !

Elle jeta la serviette maculée dans la poubelle, attrapa son sac et sortit de la cuisine à grands pas.

— Ouf ! fit George. Je suis bien content qu'elle parte.

Il ponctua son propos en lui tirant bruyamment la langue.

Oh ! Seigneur...

— Angie, attendez. Envoyez-moi une facture pour le pantalon. Je vous le rembourserai.

Une main sur la poignée de la porte d'entrée, elle s'arrêta.

— Il coûte quatre-vingt-quinze dollars. Vous pouvez l'inclure à mon dernier chèque de salaire, que vous m'enverrez par la poste.

Quatre-vingt-quinze dollars ? Elle plaisantait ? Qui portait un pantalon aussi cher pour faire le ménage ? Evidemment, avec son petit boulot tranquille, Angie ne se salissait guère. Elle gagnait beaucoup d'argent en y mettant un minimum d'énergie. Dire que ses collègues et lui étaient ceux qui la faisaient vivre. Qui se montrait la plus maligne dans l'histoire ?

Angie ouvrit la porte et faillit se cogner à une blonde toute guillerette debout sur le seuil, souriante, une main levée comme pour frapper au battant ou sonner.

Lily Palmer ? Sûrement.

Un seul regard à ses pétillants yeux verts et à son sourire à fossettes, et Cullen dut combattre l'envie irrépressible de la recruter sur-le-champ. On aurait dit un ange blond auréolé par un rayon du soleil qui avait enfin percé les nuages gris.

Alors que les chamailleries des enfants résonnaient en arrière-plan, il se demanda s'il pourrait la questionner sur le perron et ne pas la laisser entrer tant qu'elle n'avait pas pris l'engagement irrévocable de travailler comme nounou jusqu'à fin décembre, ce qui correspondait à sa période de disponibilité.

Mon Dieu, je vous en supplie, faites que les mômes ne la fassent pas déguerpir comme ils ont envoyé balader Angie.

— Bonjour, dit-elle.

En dépit des bruits peu accueillants provenant de la maison et de l'expression colérique d'Angie debout près d'elle sur le seuil, elle continua de sourire, ce sourire illuminant ses magnifiques yeux verts.

— Je suis Lily Palmer, et j'ai rendez-vous avec le Dr Cullen Dunlevy pour un entretien d'embauche.

— Je suis Cullen Dunlevy.

C'est là qu'il remarqua que ses yeux n'étaient pas seulement verts, mais tachetés d'or, et que ses lèvres pleines étaient... divines. L'espace d'un instant fugace, il n'eut qu'une envie, goûter ces lèvres, mais il chassa bien vite cette pensée totalement déplacée.

Il ne s'agissait pas d'un *speed dating*.

Il avait besoin d'elle.

Euh, il avait besoin qu'elle *garde les enfants*. Il ferait mieux de se contrôler un peu.

Angie eut un rire amer.

— J'ai deux conseils pour vous, Lily Palmer, lança-t-elle. Fuyez pendant que vous le pouvez. Sauvez votre peau.

Lily regarda l'homme incroyablement séduisant qui lui avait ouvert la porte, puis la femme entre deux âges visiblement à bout de nerfs, laquelle émit un reniflement dédaigneux en tournant les talons avant de redescendre l'allée quasiment au pas de course.

— J'arrive au mauvais moment ? demanda Lily.

Elle entendait un chien aboyer et des voix d'enfants derrière la porte à demi ouverte. Les sons furent temporairement éclipsés par le démarrage de la voiture de sport de la femme.

Le Dr Dunlevy eut un sourire honteux, dévoilant ses fossettes, conférant à son visage et ses yeux noisette un charme adolescent. Noisette ou verts ? Elle résista à l'envie de vérifier en le fixant.

— En fait, vous ne pouviez mieux tomber. Je suis navré pour tout ceci. Sachez cependant qu'Angie n'était pas là pour le poste de nounou. C'était ma femme de ménage. *Etait*, je dis bien. Elle vient de démissionner. J'espère que cela ne vous effraie pas.

— Ma foi, non. Je suis institutrice en CE1 durant l'année scolaire. Je ne m'effraie pas si facilement. A moins que vous me cachiez quelque chose.

Si elle n'avait pas eu autant besoin de ce travail, elle aurait peut-être admis que la fuite d'Angie la préoccupait légèrement. Mais l'école privée où elle enseignait fermait tout le mois de décembre. Un mois de vacances était fort appréciable pour les gens aisés, mais, pour les moins bien lotis, il s'agissait d'un congé sans solde assez difficile à financer.

Quand elle avait appris que le Dr Dunlevy, qui travaillait avec le mari de son amie Kate, cherchait une nounou temporaire, elle avait sauté sur l'occasion. Surtout en sachant qu'il payait deux fois et demie ce qu'elle gagnerait avec un emploi saisonnier de vendeuse. Ce n'était pas une ancienne femme de ménage mécontente et un chien aux aboiements sonores qui allaient la décourager.

Elle ravala son appréhension.

— J'imagine que vous avez vraiment besoin d'un coup de main, reprit-elle.

— Vous ne croyez pas si bien dire. Venez, allons à l'intérieur. Il faut que je voie ce que font les enfants. Je vais vous les présenter, ensuite on discutera.

Le Dr Dunlevy poussa la porte et l'escorta dans la maison. Il était grand, beaucoup plus jeune qu'elle ne s'y attendait après que Kate lui avait exposé la triste situation — les parents des petits étaient morts dans un accident, et la famille censée les adopter avait dû y renoncer au dernier moment. Lily s'était figuré le médecin en chef du Celebration Memorial comme un homme plutôt âgé et distingué. Mais pas aussi bien bâti, et... si beau.

Elle laissa son parapluie sous le porche et entra dans le

vestibule. Dénouant son écharpe, elle en profita pour balayer les lieux du regard. Jolie maison. D'ici, elle voyait le salon. Un peu froid et guindé à son goût, mais harmonieux. La grande hauteur sous plafond rendait encore plus spacieuse la vaste pièce aux murs blancs et nus, au sol de marbre gris, au mobilier en cuir clair égayé d'œuvres d'art contemporain. Sophistiquée et inhabitée. L'endroit lui rappelait un musée d'art moderne qu'elle avait visité lors d'un voyage scolaire à New York. Intéressant à voir, mais comment se sentir à l'aise dans un endroit pareil ? En tout cas, elle n'imaginait pas de jeunes enfants vivre là. Pas avec tout ce blanc et ce verre. La moindre trace de poussière devait sauter aux yeux. Mais on ne lui avait pas demandé son avis...

Du coin de son œil, elle perçut un mouvement. En regardant mieux, elle vit une petite fille aux cheveux bruns bouclés, qui devait avoir à peine quatre ou cinq ans, recroquevillée dans un angle près du canapé. Elle entourait de ses bras un gros chien noir trempé, qui haletait patiemment sans broncher sous son étreinte.

Lily effleura le bras du Dr Dunlevy et lui indiqua l'enfant du menton.

— Voilà Hannah. Qu'est-ce que tu fais, Hannah ? Ça va ?

La fillette ne répondit pas, mais serra plus fort le cou du chien.

— Hannah, tu veux venir ici, s'il te plaît ? reprit le médecin d'une voix où tentait de poindre un sourire. Je veux te présenter quelqu'un.

La petite secoua brièvement la tête, puis enfouit le visage dans le poil hirsute de l'animal. Le Dr Dunlevy se tourna vers Lily avec un haussement d'épaules exaspéré. Il avait l'air sur les rotules. Lily s'approcha de l'enfant.

— Salut, Hannah, moi, je suis Lily. Quand j'avais ton âge, j'avais un chien qui ressemblait énormément au tien. Le mien s'appelait Scout. Comment s'appelle ton chien ?

Hanna resta silencieuse et renfrognée. Alors Lily s'assit au bord du canapé, plus près du duo. Elle tendit la main vers l'animal et le laissa la renifler. Il la lécha, ce que Lily prit pour une invitation à le gratter derrière les oreilles.

— Tu es un bon toutou, hein ? murmura-t-elle.

Le chien sentait un peu le poil mouillé, mais c'était indéniablement une brave bête.

— Il s'appelle Franklin, finit par dire la fillette d'une petite voix tremblante. Tu protégeras Franklin d'Angie ? Elle a dit qu'elle allait le jeter dehors. Elle veut qu'il s'en aille comme ma maman est partie.

Lily sentit son cœur se serrer. Elle interrogea Cullen du regard. Sourcils froncés, il opina et déclara :

— Hannah, elle ne le pensait pas. Angie était juste fâchée parce que Franklin a mis de la boue sur son pantalon neuf. Rien de mal n'arrivera à ton chien, je te le promets.

— J'aime pas Angie, sanglota Hannah. Elle est méchante.

— Oh ! ma puce, ne pleure pas, intervint Lily, saisissant l'occasion de caresser la joue baignée de larmes de l'enfant, qui ne la repoussa pas. Tu as entendu ce qu'a dit le Dr Dunlevy ? On te promet que personne ne fera partir Franklin. Si quelqu'un essaie, il aura affaire à moi, tu sais !

Lily savait qu'elle mettait un peu la charrue avant les bœufs en s'engageant à protéger la petite fille, car le médecin ne l'avait pas encore embauchée. Mais la pauvrette était à bout de nerfs. Elle avait perdu ses parents, sa famille adoptive, et maintenant elle craignait de perdre son chien. Elle devait être bouleversée, pétrifiée. Avec ou sans permission — ou poste de nounou —, Lily trouvait qu'il était de son devoir de rassurer l'enfant.

Franklin lui lécha de nouveau la main.

— Franklin dit qu'il t'aime bien, déclara Hannah, observant Lily entre ses longs cils mouillés.

— Et moi aussi, je l'aime bien.

Tout en souriant à Hannah, Lily entendit de jeunes voix dans la pièce voisine.

— Les autres enfants sont dans la salle de séjour, indiqua le Dr Dunlevy. Je voudrais que vous les rencontriez également.

— Hannah, tu veux venir me présenter tes frères et sœurs ? demanda Lily.

— Non. Et j'ai *un* seul frère. Un frère et deux sœurs.

— Ah, merci de me le préciser. Bon, je crois que Franklin a besoin de toi. Alors le Dr Dunlevy va me les présenter lui-même. Mais j'ai été très heureuse de faire ta connaissance. Et j'espère te revoir bientôt.

Hannah ne répondit rien. Elle enfouit de nouveau le visage dans le cou du chien. Tandis que Lily suivait le médecin dans la cuisine, elle entendit une porte claquer, puis le silence tomba sur la maison. Les enfants avaient dû sortir.

Depuis la cuisine, elle pouvait voir la salle de séjour. Le mur du fond était percé d'immenses fenêtres, mais sa position ne lui permettait pas de voir où étaient allés les enfants.

Le Dr Dunlevy ne semblant pas s'en préoccuper, elle reporta son attention sur la cuisine. Avec ses appareils en inox étincelants et ses plans de travail en granite clair, elle donnait la même impression chic et vide que le salon et la salle de séjour. Puis elle remarqua la cuisinière à six feux et le double four. Aussitôt, elle envia cette installation. Combien de fois avait-elle discuté avec sa grand-mère des vertus d'une cuisine dotée de deux fours ? C'était un de leurs fantasmes, un luxe qu'on ne voyait que dans des émissions de télé dans des maisons de rêve.

— Quelle superbe cuisine, dit-elle, passant la main sur le granite couleur œil de tigre. Vous cuisinez ?

Il éclata de rire.

— Moi ? Non. En dehors du frigo et de la machine à expresso, répondit-il en pointant du doigt un appareil ultra-sophistiqué, je ne me sers jamais de rien ici.

Elle réprima un soupir. Il avait dû percevoir son envie.

— Et vous, vous cuisinez ? demanda-t-il.

— Oui. On peut même dire que c'est mon passe-temps préféré.

Debout devant elle, les mains sur les hanches et la tête inclinée, il sembla la jauger un instant. Quel bel homme !

— Eh bien, vous êtes plus que la bienvenue pour me préparer de bons petits plats.

A cette suggestion, elle sentit son estomac faire un drôle de plongeon.

— Je ne souviens pas de la dernière fois où j'ai mangé un repas maison, poursuivit-il.

Ah, d'accord. Evidemment, ce n'était pas une invitation à cuisiner pour *lui*. Pourtant, un bref moment, elle imagina ce qu'elle ressentirait à préparer à dîner pour un homme aussi séduisant que lui dans une cuisine comme celle-ci. Elle se sentit en même temps irrésistiblement attirée par l'idée et affreusement hors de son élément.

— Depuis leur arrivée, les enfants et moi nous nourrissons de pizzas et de plats à emporter. Et avant, je prenais la plupart de mes repas à l'hôpital.

Elle chassa la vision ridicule d'un souper aux chandelles avec le sublime médecin autour d'un repas qu'elle aurait confectionné dans sa cuisine de rêve. Elle n'était que son employée. Même pas, d'ailleurs ! Il ne lui avait pas encore proposé le poste. Elle devait rester à sa place et concentrée sur l'essentiel. Pas question de laisser son esprit vagabonder là où il n'avait rien à faire. C'était un homme séduisant, et alors ? Il avait un sourire et des yeux craquants, et alors ? S'il l'engageait, son centre d'attention serait les enfants, pas lui.

Elle le suivit dans la vaste salle de séjour qui paraissait un peu plus confortable que le reste de la maison. Un parquet chaleureux et un gros canapé rembourré disposé en face de deux fauteuils clubs en cuir. Une massive table basse en bois complétait l'ensemble. Un immense écran télé plat était suspendu au-dessus de la cheminée. Les fenêtres du mur opposé donnaient sur un joli jardin clôturé. De là, elle aperçut enfin les trois autres petits.

— Pendant que Megan, George et Bridget jouent dehors, parlons un peu, après quoi, je vous les présenterai, d'accord ?

Elle observa le trio courir autour du jardin, jouant apparemment à chat. Ils ne montraient pour l'instant aucun signe de tristesse, mais son cœur saignait pour eux. Elle-même n'était pas beaucoup plus âgée qu'ils le semblaient quand ses parents étaient morts dans un accident de voiture. Le bon côté de son malheur, c'était que sa grand-mère maternelle l'avait recueillie et élevée. Sa mère avait été fille unique. Aussi Lily avait-elle partagé avec sa grand-mère davantage qu'une relation mère fille, chacune comblant du mieux possible le vide de l'autre. Et ce, jusqu'au décès de sa grand-mère, presque deux ans plus tôt.

Avec elle, Lily s'était toujours sentie aimée et en sécurité. A l'évidence, le Dr Dunlevy se souciait du bien-être de ses petits protégés, mais elle ne pouvait s'empêcher de se demander ce qu'ils enduraient, si jeunes et si dépendants.

A moins que l'innocence de la jeunesse ne les protège ? Elle l'espérait de tout son cœur.

Elle s'assit sur le bord du canapé. Le médecin prit place dans le fauteuil le plus proche. Les bras sur les accoudoirs, il croisa pensivement les mains et l'observa un moment, comme s'il rassemblait ses pensées. Enfin, il lança :

— Lily Palmer, je suis heureux que vous ne vous effrayiez pas facilement. S'il vous plaît, dites-moi que vous savez mettre de l'ordre dans la confusion.

Elle se redressa, ne sachant trop que répondre.

— Même si ce n'est pas le cas, ajouta-t-il en riant, vous venez armée de chaudes recommandations.

— C'est gentil. Au fait, je vous ai apporté un curriculum vitæ, annonça-t-elle, sortant une feuille de son sac pour la lui tendre.

Il la parcourut rapidement.

— Vous avez été nounou par le passé ?

— En réalité, non, je n'ai pas à proprement parler d'expérience de nounou. Mais comme je l'ai dit tout à l'heure, je suis institutrice en école élémentaire.

— Je suppose que c'est comme être la nounou à plein temps de quantité de gamins à la fois.

— En gros, oui.

— Vous feriez quoi avec quatre loupiots pleins d'entrain ? demanda-t-il soudain. Comment vous les garderiez ?

— Je les occuperais un maximum, bien sûr. Mais on devrait d'abord parler de vos attentes vis-à-vis d'eux.

Il acquiesça en se frottant les tempes.

— Content que vous abordiez le sujet. Je ne vais pas vous

mentir. Ils ont le diable au corps. Ce sont de bons gosses. Leur père était mon meilleur ami. Mais depuis le décès de leurs parents, ils semblent affronter leur chagrin en faisant des bêtises. Raison pour laquelle ma femme de ménage a rendu son tablier.

— Je suis désolée pour vous. Du décès de votre ami, je veux dire.

Evidemment. Pas du départ de sa femme de ménage. Elle sentit le feu lui monter aux joues. Pourquoi cette nervosité ?

Ses paroles flottèrent entre eux durant quelques instants embarrassés.

— Merci. Les enfants semblent faire preuve de résilience, mais ils représentent un vrai défi. Je veux être franc avec vous là-dessus. Il vaut mieux que vous sachiez à quoi vous attendre, plutôt que vous nous lâchiez comme Angie.

— Comment ça, docteur Dunlevy ?

— Appelez-moi Cullen. Pas de chichis entre nous.

— D'accord, *Cullen*. Est-ce qu'Angie interagissait avec les enfants ?

— Le moins possible. Elle était femme de ménage et travaillait ici depuis longtemps. Avec les enfants, c'est devenu difficile.

— Sans vouloir lui manquer de respect — Angie est sûrement très compétente dans sa partie, argua Lily. Mais d'après mon expérience, quand un enfant fait l'idiot, c'est généralement un signe qu'il cherche à attirer l'attention. J'imagine que ces petits ne se sentent pas à leur place et qu'ils sont terrifiés après cette tragédie. Moi, je leur ferais faire des activités amusantes. Quand les gamins sont occupés, ils n'ont plus le temps de créer des problèmes. Et ils ont tendance à mieux dormir la nuit parce qu'ils sont fatigués.

— Vous seriez disposée à cavaler dans le jardin avec eux comme ça ? insista-t-il, désignant la fenêtre du pouce.

— Absolument. Sauf s'il fait trop froid ou trop mauvais. Et on peut faire quantité de choses à l'intérieur, comme cuire des pâtisseries de Noël ou décorer la maison.

D'autant que celle-ci ne l'était pas du tout. Certes, on n'était que le 1er décembre, et c'était encore tôt pour certains. Mais dans sa famille, la tradition exigeait de se mettre aux décorations de Noël le samedi après Thanksgiving.

— Ça vous ennuierait que les enfants décorent la maison pour les fêtes de fin d'année ?

— Je ne me souviens pas à quand remonte mon dernier sapin de Noël. Je suppose que les enfants en voudront un, vu qu'ils seront chez moi jusqu'au nouvel an, au pire.

— Ils iront où, ensuite ?

Il fourragea dans ses cheveux, troublé.

— Ils ne vivront pas indéfiniment avec moi. Ce ne serait pas juste pour eux. Voilà pourquoi je n'ai besoin d'une nounou que pour un mois. Voire moins longtemps, si l'avocat que j'ai chargé de leur trouver une famille y parvient. Je tiens à ce qu'ils restent ensemble. Pas question de les séparer après tout ce qu'ils ont traversé. Bien entendu, si vous acceptez le poste et que l'avocat fait le nécessaire avant la fin du mois, je vous paierai décembre en totalité.

Un avocat ?

— Pauvres gosses, lâcha-t-elle malgré elle.

Il inspira profondément, avant de reprendre :

— Ce n'est pas l'idéal, je sais. Mais je ne suis pas marié, et il m'arrive de travailler quatre-vingts heures par semaine. Des enfants de cet âge ont besoin d'une famille qui s'occupe d'eux. Quand bien même l'idée de les changer d'endroit me déplaît, les placer dans un environnement sain, stable, au sein d'une famille traditionnelle, vaudra mieux pour eux à long terme. Le cabinet d'avocats travaille d'arrache-pied pour les garder ensemble, mais on joue contre la montre. Ils doivent retourner en classe en janvier. Ce serait moins perturbant pour eux de commencer dans leur nouvelle école que de les transférer ailleurs en cours de trimestre.

— Ils n'ont aucune famille qui puisse les recueillir ?

— Si c'était le cas, nous n'aurions pas cette conversation.

— Ces pauvres petits ont déjà enduré un tel deuil à un âge si tendre ! Etre tout seuls, sauf les uns pour les autres...

La porte de derrière claqua, et une cacophonie de voix et de pas précipités mit brusquement fin à la discussion.

Le regard de Cullen croisa celui de Lily. Il semblait demander : *Vous êtes partante ?*

Elle acquiesça.

Il sourit, puis appela les enfants, qui étaient passés à toute allure devant eux en direction de la cuisine.

— Megan, George, Bridget, venez ici, s'il vous plaît. Je veux vous présenter quelqu'un.

Tous trois revinrent dans la pièce et se plantèrent en face de Lily et Cullen. Ils jetèrent des coups d'œil méfiants à Lily, puis se regardèrent les uns les autres. Nettement plus silencieux que quand ils se trouvaient dans le jardin, ils semblaient communiquer dans leur propre langage muet.

— Dites bonjour à miss Palmer, ordonna Cullen. On a évoqué la possibilité qu'elle soit votre nounou pendant que je suis au travail.

— J'ai presque onze ans, riposta Megan. Je n'ai pas besoin de nounou. Je peux garder George, Bridge et Hannah. Maman me laissait le faire tout le temps.

— C'est pas vrai, cria George. Menteuse !

Megan jeta un coup d'œil méprisant à son frère. George ferma le bec et fixa ses chaussures.

— Je ne mens pas. Je dis juste qu'on n'a pas besoin d'une baby-sitter.

Elle semblait très mûre pour une petite fille de dix ans. Perdre ses parents vous faisait grandir vite, Lily en savait quelque chose.

— Eh bien, je ne suis pas baby-sitter, répliqua-t-elle. Donc nous sommes d'accord. On peut juste faire des trucs ensemble.

— Des trucs ? railla Megan.

— Oui, dit Lily. Tu n'aimes pas ça ?

Avant que la gamine puisse répondre, la sonnette retentit.

— J'y vais ! s'exclama George.

Il quitta la pièce au galop sans attendre une éventuelle protestation. Cullen ne plaisantait pas en disant que les enfants étaient *plein d'entrain*. Enfin, hormis Bridget. Elle n'avait pas encore prononcé le moindre mot.

— Excusez-moi, dit Cullen. J'attends quelqu'un. Désolé de cette interruption. Tout arrive en même temps ici. C'est un nouveau mode de vie.

Il sourit, et elle trouva charmante la façon dont ses yeux se plissèrent. Il avait le sens de l'humour, au moins.

— Continuez de faire connaissance. Je reviens tout de suite.

Elle acquiesça. Quelques minutes entre filles leur feraient du bien.

— Tu as quel âge, Bridget ? demanda-t-elle.

— Elle a sept ans, répondit Megan. George, neuf, et Hannah, que tu n'as pas encore vue, a cinq ans. C'est le bébé.

— J'ai rencontré Hannah en arrivant. Elle se reposait avec Franklin dans le salon.

— Je suis la plus âgée, souligna Megan.

— Et je parie que tu es une excellente grande sœur.

La fillette ne sourit pas, mais le compliment parut l'adoucir un tantinet.

Lily entendit Cullen parler à voix basse avec un autre homme. Le sujet semblait important. Combien de temps durerait leur échange ? Allait-il lui proposer officiellement le poste ? Il avait peut-être encore d'autres candidates à voir.

En attendant, elle fit de son mieux pour entraîner les fillettes dans la conversation, prenant soin d'éviter les sujets susceptibles de les contrarier. Cela s'avéra plus difficile qu'elle ne l'aurait cru. Aussi, elle fut un peu soulagée quand George surgit en trombe dans la pièce avec une de ces grosses boîtes de chocolats que l'on trouvait dans les drugstores.

Megan lui décocha un nouveau regard sévère. Elle n'avait peut-être pas envie de partager les chocolats. Aucun problème. De toute façon, même répartie entre eux quatre, la boîte serait vite vide, et Lily ne voulait pas les en priver.

— Puisque miss Palmer va être notre *baby-sitter*, déclara George, on devrait lui offrir quelque chose de spécial.

Alors qu'il tendait la boîte à Lily, Megan croisa les bras et leva les yeux au plafond.

— C'est très gentil à toi, George, mais je ne veux pas vous prendre vos chocolats. Partage-les avec tes sœurs.

Le garçon sautilla d'un pied sur l'autre.

— Non, je veux les partager avec toi. Allez, prends !

Il lui mit la boîte de force dans les mains. Lily la saisit, craignant qu'il ne la renverse en bondissant ainsi.

— D'accord, un seul alors. Merci...

Quand elle souleva le couvercle, quelque chose de long, noir et convulsif en jaillit, lui sautant au visage. Avant de pouvoir s'en empêcher, Lily hurla et jeta la boîte en l'air.

2

Un cri perçant éclipsa l'explication de Max Cabot sur les documents qu'il déposait à Cullen. Cette fois, le cri ne provenait pas d'une des filles, mais de Lily.

Zut, qu'avaient encore inventé les gamins ? Lily était son unique option. S'ils la faisaient fuir... Non, il ne voulait pas les mettre à la garderie.

Il devait à tout prix vérifier qu'ils ne l'avaient pas terrorisée.

— Max, je dois y aller. Il faut que je voie ce qui se passe là-bas. Je regarde tout ça et je vous appelle plus tard.

Quand Cullen pénétra dans la cuisine, Lily, à genoux, ramassait en hâte ce qui semblait être une boîte de chocolats éparpillés, tout en repoussant le chien avant qu'il ne les mange. Mais l'animal était plus rapide. Les enfants observaient la scène, une expression coupable sur le visage.

D'où sortaient ces chocolats ?

— Tout va bien ici ? demanda-t-il.

Lily se redressa et lissa sa jupe.

— Oui, impec. Tout va bien. Désolée de vous avoir interrompu. J'ai laissé tomber les chocolats que les enfants ont si généreusement offert de partager avec moi. Je n'aurais pas dû crier. Excusez-moi, je suis terriblement gênée.

Elle criait pour avoir laissé tomber une boîte de chocolats ?

Il la fixa. Il ne la connaissait pas très bien, mais elle ne semblait pas du genre à réagir de façon disproportionnée. Et lorsqu'il vit l'expression penaude des enfants et le regard d'Hannah, plantée sur le seuil entre le salon et la cuisine, il eut le sentiment très net qu'il n'entendait pas toute l'histoire.

— Je m'inquiète seulement... pour le chien, poursuivit Lily. J'ai peur que les chocolats ne le rendent malade. Ce serait dommage, pas vrai, les enfants ?

Comme à propos, le gros cabot dégoûtant bondit et mit ses pattes sur le ventre de Lily, puis la lécha. Quand elle recula, Cullen remarqua les traînées sombres qu'il avait laissées sur son chemisier blanc. Les taches étaient encore plus vilaines que celles qui avaient ruiné le pantalon d'Angie.

Super. Maintenant, Lily allait prendre la poudre d'escampette, et Cullen se trouvait réduit à mettre les quatre Thomas à la garderie. Il inspira à fond afin d'apaiser le timbre nerveux de sa voix.

— Les enfants... George, Megan, attachez une laisse à ce chien. Il doit cesser de sauter sur les gens. Il vient de tartiner miss Palmer de chocolat.

George saisit Franklin par le collier et le maintint pendant que Bridget quittait la pièce. Sans doute pour aller chercher la laisse. Lily frottait les taches sur son chemisier.

— Je suis navré, reprit Cullen. Envoyez-moi la facture du pressing ou, si votre vêtement est fichu, je vous le rembourserai. Parfois, le chocolat s'enlève mal.

Lily chassa son offre d'un geste léger.

— Il me suffira d'appliquer du détachant avant de le mettre à la machine. Ça partira très bien. Je m'inquiète juste du chien qui a avalé tout ce chocolat. C'est supposé être mauvais pour eux, non ? On devrait l'emmener chez le vétérinaire ?

Zut, elle avait raison... Il sortit son smartphone.

— Je ne sais pas du tout où se trouve le véto le plus proche.

— Ce n'est pas du chocolat, murmura George en s'efforçant de retenir un Franklin mécontent. Il n'a pas besoin d'aller chez le vétérinaire.

— Il y avait quoi dans la boîte, alors ? s'enquit Cullen.

— Des billes de boue qui ressemblaient à du chocolat,

répondit le garçon, la mine honteuse. Elles ne rendront pas Franklin malade. Il mange tout le temps de la boue.

Il y eut un petit silence, durant lequel Megan et Hannah quittèrent la pièce à leur tour, bredouillant vaguement qu'elles allaient aider Bridget à trouver la laisse.

Cullen compta mentalement jusqu'à dix avant de parler. Ces mauvaises blagues étaient inacceptables. Certes, les gamins s'ennuyaient et souffraient du décès de leurs parents. Mais il fallait arrêter de faire fuir toute assistante familiale potentielle. Pourtant, il prit grand soin de modérer son ton.

— Alors, bonhomme, si c'étaient des billes de boue, pourquoi tu les offrais à miss Palmer ? Ce n'est pas sympa, ça. Elles auraient pu la rendre malade, *elle*.

Il y eut un nouveau moment de silence, et une lueur de défi brilla dans les yeux du garçon avant qu'ils ne s'emplissent de larmes, contredisant son expression détachée.

— Oh ! non, objecta Lily. Il n'essayait pas de me piéger. Il me montrait simplement comme ses chocolats sculptés étaient réalistes.

Son ton était un peu trop catégorique.

— Des chocolats sculptés ? répéta Cullen.

— Oui. Vous voyez bien, on dirait des vrais.

— Mmm, fit Cullen, sceptique.

Du coin de l'œil, il repéra un autre chocolat en boue qui avait roulé sous la table. Quand il se pencha pour le ramasser, il vit un cobra en caoutchouc enroulé sur le sol, trois pas plus loin.

D'accord. Il commençait à assembler l'enchaînement des événements : le garçon tend une boîte de chocolats à la dame ; la dame ouvre la boîte en question, voit le serpent en caoutchouc hyper-réaliste dedans, crie et jette la boîte.

De toute évidence, la farce l'avait prise par surprise, mais maintenant, elle couvrait le garçon.

Hum hum...

Cullen contourna la table et cueillit le serpent par la queue. L'objet se déroula et rebondit tel un ressort. Il était tellement réaliste qu'il donna envie à Cullen de grimacer.

— George, je pense que ceci t'appartient. Tu t'en es servi pour faire peur à miss Palmer ?

— Non, non, c'est bon, intervint Lily. On faisait juste connaissance. Il n'y a pas de mal. Hein, George ?

Sérieux ?

Cullen les observa tour à tour. Lily souriait. George boudait. Bon. Si elle n'en faisait pas tout un plat, il n'allait pas insister non plus. En tout cas, pas maintenant...

En réalité, c'était plutôt rassurant de voir qu'elle avait le cran de gérer ces mauvais plaisantins. Peut-être que s'ils n'obtenaient pas de réaction de sa part, ils arrêteraient leurs bêtises.

— George, s'il te plaît, emporte ce serpent et va avec le chien dans une autre pièce. Je dois parler à miss Palmer.

La tête basse, George prit le serpent de la main de Cullen et traîna Franklin hors de la cuisine.

Lily le regardait en souriant, un peu hésitante, les joues rosies, mais sacrément jolie malgré son chemisier taché. Avec ses yeux verts, ses boucles blondes et ses lèvres pleines qu'elle mordillait nerveusement, elle était... extrêmement désirable. Cullen s'empressa de chasser cette pensée. Beaucoup plus perturbante que les blagues de George ou les manifestations d'affection du chien.

D'après la brève conversation qu'il avait eue avec elle, il était à même de dire que Lily Palmer était... *différente* des femmes qui l'attiraient d'habitude.

Différente et *intouchable*... du moins tant qu'elle s'occuperait des enfants.

Stop. Reste concentré, s'enjoignit-il.

— Vous n'aviez pas à le défendre, déclara-t-il. Son comportement était inapproprié.

— Ce n'est qu'un gosse, objecta Lily.

— Est-ce que cela signifie que vous voulez toujours le poste ?

Elle cilla, comme si elle passait de chantre de la cause enfantine à nounou postulante.

— Eh bien, oui, bien sûr.

Il poussa un soupir de soulagement. Puis il rassembla ses

pensées et pulsions inappropriées, les rangea dans une boîte mentale étiquetée « Interdit » et repoussa le tout à l'arrière de sa conscience. S'il voulait imposer à George un niveau de bienséance, il devait donner l'exemple.

— Vous pouvez commencer tout de suite ?

— Pourquoi tu n'as pas causé d'ennuis à George ? demanda Megan à Lily. Parce que tu aurais vraiment pu. Je parie qu'il aurait été sacrément puni si tu l'avais voulu.

— Nan, fit George. Oncle Cullen ne peut pas nous punir. Y a que papa et maman qui le pouvaient, et ils sont morts.

Lily tressaillit, désarmée, tandis que le frère et la sœur continuaient d'en débattre, chacun campant sur ses positions. Tant qu'ils n'en venaient pas aux mains, elle préférait les laisser régler ça entre eux pendant qu'elle se mobilisait et cherchait comment les occuper le reste de la journée.

Elle n'avait pas prévu d'être embauchée sur-le-champ, encore moins de commencer le jour même. Si elle avait pu l'envisager, elle se serait mieux organisée. Elle aurait apporté de quoi occuper les enfants. Cela dit, se voir confier le poste tout de suite valait bien mieux que de se le voir refuser ou devoir attendre la réponse de son employeur.

Elle était arrivée à l'entretien assez confiante, car ses amies Kate Thayer, mariée à un collègue de Cullen, et Sydney James l'avaient toutes deux recommandée.

Mais force lui était d'admettre que sa confiance en avait pris un coup quand elle avait vu Angie s'enfuir de la maison.

Petite nature. Elle pouffa intérieurement puis se reprit. Tout le monde n'était pas fait pour s'occuper d'enfants. Et si tel était le cas, il ne fallait surtout pas essayer. La frontière était mince entre discipliner un enfant et le mater.

Après toutes les épreuves qu'ils avaient connues, les petits Thomas avaient besoin d'attention particulière. Voire d'un peu plus d'indulgence qu'elle en accordait d'ordinaire aux enfants de sa classe. Jusqu'à un certain point.

Au fil des ans, elle avait appris que s'occuper d'enfants nécessitait souplesse et adaptation. Rien n'était écrit d'avance.

— Que diriez-vous d'une partie de Monopoly ? suggéra Lily avec tout l'enthousiasme dont elle fut capable. Votre oncle Cullen a dit qu'il venait de vous en acheter un.

Un jeu de société, surtout le Monopoly qui pouvait durer des heures, serait un bon moyen non seulement de les garder occupés, mais aussi d'apprendre à mieux les connaître.

— Ce n'est pas notre vrai oncle, tu sais, déclara Megan. On l'appelle juste comme ça. C'était le meilleur ami de papa.

— Et un homme bien, approuva Lily. C'était un bel engagement de vous recueillir tous les quatre. Même si ce n'est que temporaire.

— J'ai faim, dit Bridget. On peut manger d'abord ?

Lily consulta sa montre. Il était plus tard qu'elle le pensait, l'heure du déjeuner était largement passée. Cullen lui avait laissé de l'argent et le numéro du livreur de pizzas local. Au milieu de tout ce chaos, elle n'avait pas pensé qu'ils n'avaient peut-être pas mangé.

— Vous savez quoi ? Bonne idée. Qu'est-ce qu'on commande comme pizzas ?

Les filles la voulaient au fromage. George préférait une complète. Après avoir passé la commande, Lily leur demanda d'installer le jeu et de distribuer l'argent.

Pendant qu'ils s'affairaient, elle inspecta l'arrière-cuisine, qui abritait une armoire réfrigérée à vin et pas grand-chose d'autre. Puis elle ouvrit les placards, cherchant quelque chose à leur donner à grignoter en attendant les pizzas. En dehors de céréales pour le petit déjeuner, elle dénicha un pot de beurre de cacahuète, des fruits, des mini-carottes, ainsi qu'un bidon de jus de fruits au lait dans le frigo. Voilà pour les en-cas équilibrés. Le reste consistait en crackers périmés, olives desséchées et un bout de fromage moisi et puant.

Provisions représentatives d'un célibataire qui ne mangeait jamais chez lui. D'ailleurs, il avait précisé qu'il prenait généralement la plupart de ses repas à l'hôpital.

Plutôt morose, non ? Sauf s'il était en bonne compagnie.

Cela ne la regardait pas, mais n'empêchait pas sa curiosité pour autant. Séduisant comme il l'était, il ne devait pas manquer de jolies femmes partantes pour lui tenir compagnie pendant ses dîners tardifs à la cafétéria de l'hôpital. Peut-être même qu'il avait une petite amie — mais que penser d'une petite amie peu disposée à l'aider avec les quatre enfants ?

A moins qu'elle travaille. Sinon, que ferait-elle de son temps ? Elle lui donnait peut-être un coup de main le soir. Parce qu'il n'avait pas évoqué la possibilité que Lily soit nounou à demeure durant ce mois de décembre.

Sans doute à cause de la petite amie. Peu de chances qu'un homme comme Cullen Dunlevy soit libre. Il avait probablement quelqu'un sur qui compter le soir.

Au-delà du sentiment amoureux, le plus agréable n'était-il pas de savoir qu'on pouvait se reposer sur quelqu'un ? Pas au sens ennuyeux du terme, mais dans le sens d'avoir une personne solide auprès de soi.

C'était peut-être ça, son problème à elle. Au fond, peut-être la fiabilité était-elle ennuyeuse. Et c'était ce qui avait poussé Josh à rompre leurs fiançailles.

Non, il lui avait dit qu'elle était trop grosse, qu'il ne voulait pas s'accommoder d'une femme qui se moquait de garder la ligne. Elle faisait un bon 40, parfois plus. Elle avait des formes et adorait cuisiner.

Pour elle, la nourriture, c'était l'amour. Et si elle était loin d'être mince, elle ne s'était jamais sentie grosse, mais saine.

Jusqu'au jour où il avait exprimé sa répugnance et l'avait plaquée, elle avait cru qu'il adorait ses formes.

Le cœur douloureux à ce souvenir, elle prit le raisin et les carottes, puis referma le frigo. Les enfants les grignoteraient en attendant la livraison des pizzas.

Ce soir, elle s'arrêterait au supermarché en rentrant chez elle pour acheter des aliments sains qui plaisent aux enfants, de manière à ce qu'ils n'aient plus à se faire livrer.

Ils s'assirent tous autour de la table pour commencer à jouer.

— Qu'est-ce que vous aimez manger ? leur demanda-t-elle.

— Des cookies ! s'exclama Megan.

— Des nuggets de poulet ! s'écria Bridget.

Hannah tira Lily par la manche afin qu'elle s'approche.

— Moi, j'aime le gratin de macaronis, souffla la petite.

— C'est vrai ?

Hanna hocha la tête avec enthousiasme.

— Il se trouve que je fais le meilleur gratin de macaronis du monde, annonça Lily.

Les yeux de la fillette s'arrondirent.

— Ah oui ?

Lily opina, puis remarqua que les autres l'observaient tranquillement, sauf George. Il tripotait un pion en forme de voiture, le faisant tournicoter sur le plateau du jeu, apparemment indifférent à la discussion.

— Je suppose que personne ne s'oppose à ce que je fasse un gratin de macaronis demain, si ?

Les filles lancèrent des *youpi* ravis. Hannah grimpa sur les genoux de Lily et se pencha pour placer son pion, le chien, sur la case « départ ». Mais George restait imperturbable, continuant de faire pivoter son pion comme une toupie.

— Et toi, George, qu'est-ce que tu aimes ? reprit Lily.

Le garçon ne répondit pas. Megan le poussa du coude.

— Miss Palmer veut savoir ce que tu aimes manger.

Il haussa les épaules, signifiant que cette conversation ne l'intéressait pas le moins du monde.

Lily décida de ne pas insister.

— Vous n'avez pas à m'appeler miss Palmer, déclara-t-elle. Pourquoi pas simplement Lily ?

Hannah renversa la tête en arrière pour la regarder.

— Coucou, Lily, glousse-t-elle.

— Coucou, mignonne Hannah, répliqua Lily.

La fillette gloussa de nouveau et enroula une des boucles de Lily autour de son doigt.

George fit tourner la voiture si violemment qu'elle s'envola du plateau, glissa sur le sol, avant de disparaître dans l'espace entre le mur et le réfrigérateur.

— Merde ! gronda George.

Hannah et Bridget plaquèrent toutes deux les mains sur leur bouche, le regard horrifié.

— George ! s'écria Megan. Tu ne dois pas dire des mots comme ça. Si maman était là, tu aurais de sacrés ennuis.

— Ouais, eh bien, elle est plus là, riposta-t-il, levant enfin des yeux furieux vers Lily. Et qu'est-ce que tu vas faire pour ça, *Lily* ?

Il était presque 22 h 30 quand Cullen rentra ce soir-là. Avec son départ précipité du bureau en plein milieu de la journée, il avait une tonne de travail à rattraper. De plus, il avait dû gérer une urgence, et le temps avait filé.

Il inséra sa clé dans la serrure, mais on lui ouvrit de l'intérieur. Lily. La première pensée de Cullen fut : *Qu'est-ce qu'ils ont encore fait ? S'il vous plaît, ne me dites pas que vous partez !*

Mais d'un doigt sur ses lèvres, la jeune femme lui intima le silence, avant de lui faire signe d'entrer. La porte se referma derrière lui et, durant un instant magique, Cullen se grisa du silence assourdissant. Les enfants se taisaient. Le chien n'aboyait pas. Un calme qu'il n'avait pas entendu depuis des jours !

Lily se dirigea vers la cuisine, et il la suivit.

— Comment diable avez-vous réussi ce miracle ? demanda-t-il. Vous avez glissé un tranquillisant dans leur dîner ?

— Bien sûr que non. Je vous ai dit que j'allais les épuiser en les occupant le plus possible.

Il parcourut des yeux la cuisine propre et la salle de séjour rangée, surpris par l'absence de désordre.

— Ce sont des anges quand ils dorment, pas vrai ? dit-il. Et cette maison en ordre ! Ils vous ont aidée ?

— Un peu. Mais on s'est bien amusés, aussi. On a fabriqué des décorations de Noël avec du papier cartonné et des paillettes que j'avais dans mon coffre, expliqua-t-elle en indiquant plusieurs petits objets plats et brillants soigneusement disposés sur la table. Mais après, ils ont tout rangé eux-mêmes. On s'est même attaqués au cracra bleu dans la salle de bains à l'étage.

— La potion bleue ? Vous l'avez nettoyée ?

Il l'avait totalement oubliée dans sa hâte à retourner au travail.

— La potion ? C'est donc de ça qu'il s'agissait ?

Elle devait avoir une trace de paillettes sur la joue, car quelque chose brillait dans la lumière de la cuisine. Peut-être de la poudre d'elfe. C'était peut-être ça, son secret. En tout cas, elle était aussi jolie qu'un elfe avec ses cheveux blonds, ses yeux verts rieurs et sa peau ivoire satinée.

— Il semblerait, répondit-il. Vous n'aviez pas à nettoyer.

Elle gloussa, et Cullen dut serrer les poings pour s'empêcher d'effacer le reste de paillettes sur sa joue.

— Si on l'avait laissé là plus longtemps, ça allait soit continuer de s'étaler dans le couloir et envahir toute la maison, soit sécher dans la cuvette des toilettes et sur le carrelage, et tout teindre en bleu. En fait, on en a fait un jeu. Et les petits, une fois habitués à l'idée qu'ils devaient nettoyer les saletés dont ils étaient responsables, ont été super. Vous avez faim ? Parce que je vous réchauffe volontiers le reste de pizza.

Ce saut du coq à l'âne le prit au dépourvu, mais un sentiment de gratitude le submergea aussitôt.

— Non merci. Je suis sûr que vous êtes épuisée. Vous devez rentrer afin de vous reposer pour demain.

Il se demandait si le sentiment qu'il éprouvait n'était pas en réalité du soulagement. Non seulement Lily avait la situation en main mais, pour la première fois depuis l'arrivée des enfants, il était capable d'inspirer un bon coup et de commencer à croire que peut-être, peut-être seulement, tout allait s'arranger. Durant ces derniers jours chaotiques, il avait été sûr d'aller au-devant des ennuis en recueillant les enfants chez lui, même pour peu de temps...

Elle prit son sac sur la table, en sortit ses clés, enfila son manteau et une paire de gants rouges.

— En fait, dit-elle, avant de partir, je voulais savoir si vous souhaitiez que les enfants suivent un programme particulier.

On n'a pas vraiment eu l'occasion de discuter des détails avant que vous retourniez à l'hôpital tout à l'heure.

— Un *programme* ? Non. Continuez de faire ce que vous faites. Je travaillerai tard le soir la plupart du temps. Je ne serai pas beaucoup là.

Sans doute était-ce le fruit de son imagination, mais il lui sembla que l'étincelle s'estompa dans ses yeux.

— Il y a un parc pas très loin d'ici, poursuivit-il. Le trajet en voiture est court. Vous pourriez les y emmener. Il fait froid, mais si vous les couvrez bien, ça ira. Votre voiture est assez grande pour cinq personnes ?

Elle fronça les sourcils.

— Non. Je n'ai que quatre places. Ça va poser un problème. A moins qu'on marche jusqu'au parc.

A condition qu'elle soit aussi dresseuse de fauves !

— Je vais me renseigner pour vous louer un monospace. Il fait trop froid dehors pour se promener à pied, mais vous ne pouvez pas rester confinés non plus. Je vous dirai ça.

— Ce serait formidable, admit Lily. Hannah m'a montré son rehausseur de voiture aujourd'hui. Elle n'en est pas peu fière !

Cullen se figurait bien la petite fille faisant cela. L'espace d'une nanoseconde surréaliste, il songea comment ce serait de garder définitivement les enfants, avec quelqu'un comme Lily auprès de lui pour l'aider à les élever. La pensée était à la fois attirante et terrifiante. Il s'empressa de la chasser.

— Il vous faut une clé de la maison, déclara-t-il. Je vais vous en donner une.

Lily le suivit dans l'entrée, où il décrocha un double du support où il rangeait les clés de réserve.

Quand il la lui remit, ses doigts frôlèrent la paume douce de sa main. Un picotement électrique le traversa, et elle écarta sa main un peu trop vite.

— N'hésitez pas à entrer. Inutile de sonner avant.

Elle acquiesça, puis pivota en direction de la porte.

— Bon, à demain, alors.

Il lui emboîta le pas pour verrouiller derrière elle, avec un peu l'impression d'être un chien errant accroché aux basques d'une belle inconnue. Lily était une bonne âme qui s'avérait être aussi une femme au charme saisissant. Un style de beauté particulier, qui n'était pas son type habituel. Mais quand bien même elle l'aurait été, il n'avait pas besoin de compliquer la situation en franchissant des limites qui devraient être clairement tracées.

— Bonne nuit, dit-elle.

— Lily ?

Elle s'arrêta et pivota vers lui. La trace de paillettes lui fit un clin d'œil. Sans même se rendre compte de ce qu'il faisait, il tendit la main et l'effaça. Sa joue était aussi douce et lisse qu'elle en avait l'air. Au prix d'un effort démesuré, il réprima l'envie de laisser courir son doigt le long de sa mâchoire et d'effleurer cette lèvre pleine qui…

Lily porta vivement la main à sa joue.

— Des paillettes, expliqua-t-il. Sur votre joue. Un moment, j'ai cru que c'était peut-être un peu de cette poudre d'elfe qui vous a servi à ensorceler les enfants. Mais je suppose qu'il s'agit juste de votre scintillante personnalité qui brille à travers vous.

Ah, bravo. Dans le genre cucu-la-praline…

Mais elle sourit. Et rougit. Il le voyait bien sous la lumière dorée de la lampe du porche.

— Merci, répliqua-t-elle. Et j'ai sans doute assez de paillettes en vrac dans ma voiture pour décorer le quartier tout entier.

Ses clés tintèrent contre l'anneau en métal tandis qu'elle faisait un petit signe d'adieu.

— A demain, Cullen.

Il la regarda rejoindre sa banale berline bleu marine, et l'électricité en suspens entre eux parut se dissiper. En songeant que la jeune femme ne serait là que jusqu'à la fin du mois, il se sentit un peu stupide d'avoir imaginé garder les enfants. C'est Lily qui avait remis de l'ordre dans le chaos. Mais elle avait un métier, probablement doté de bons avantages, qu'elle reprendrait après le nouvel an. Etre une nounou à plein temps ne l'intéressait sûrement pas.

Il pouvait toujours lui poser la question, mais les chances étaient minces.

N'empêche, il avait le cœur lourd quand il pensait à l'immense tâche de placer les quatre enfants dans une même famille. L'avocat, Cameron Brady, avait assuré qu'il essaierait, mais que ce n'était pas gagné.

Que ferait-il si la famille idéale ne se matérialisait pas ?

Il lui serait impossible de s'occuper d'eux tout seul ; ce n'était qu'une pensée ridicule qui avait échappé à son bon sens. Une malencontreuse sortie de route de sa raison. Lui, mieux que quiconque, savait que les enfants avaient besoin de deux parents. D'une mère et d'un père. Pas d'un pseudo-oncle qui passerait plus de temps au travail qu'à la maison. Mais le fantasme avait été plaisant le temps fugace qu'il avait duré.

3

A 6 heures le lendemain matin, Cullen se préparait un café dans la cuisine quand Lily apparut à l'entrée, les bras chargés de sacs de provisions.

— Laissez-moi vous aider, dit-il en la débarrassant. Mais qu'est-ce que vous apportez là ?

— J'ai pris de quoi déjeuner, répondit-elle, ôtant son manteau et son écharpe. Et on va faire de la pâtisserie.

Posant les sacs sur l'îlot de la cuisine, il y jeta un œil et aperçut, entre autres choses, du raisin, des carottes, du beurre de cacahuète et un grand pain complet.

— La pâtisserie va amuser les enfants, mais j'allais vous laisser de l'argent pour commander encore des pizzas. Ce ne serait pas plus facile que de préparer un déjeuner pour cinq ?

— Cullen, la plupart des gosses adorent la pizza, mais pas à tous les repas. Ça ne me dérange pas de cuisiner pour eux. Franchement, ce n'est pas un problème.

Ses cheveux blonds retombaient légèrement sur ses épaules, et ses joues étaient encore rosies par l'air froid du matin. Elle portait un pull rouge qui semblait doux et agréable au toucher, et un jean qui moulait parfaitement ses formes appétissantes, ne put-il s'empêcher de remarquer.

Sa tenue était décontractée, et tout en elle était convenable et simple, mais comment hier, au milieu de ce chaos, n'avait-il pas noté *à quel point* elle était attirante ? Comment ses courbes aussi joliment mises en valeur ce matin avaient-elles pu lui échapper la veille ?

Tout en se rappelant que les formes de Lily ne le regardaient pas, il s'efforça de reporter son attention sur son visage. Elle paraissait remarquablement fraîche pour quelqu'un qui était parti à peine huit heures plus tôt. Une fraction de seconde, l'idée lui traversa l'esprit de lui demander si elle aimerait s'installer dans la chambre d'amis durant le mois où elle s'occuperait des enfants. Puis il se ravisa.

Elle préférerait sans doute un peu d'espace lors de ses moments de liberté. Il baissa les yeux sur sa lèvre inférieure si pleine. Peut-être était-ce *lui* qui avait besoin d'espace, ou, tout du moins, de respecter les limites indispensables imposées par les circonstances.

— Donnez-moi la facture des courses pour que je vous les rembourse. Vous êtes passée au supermarché ce matin ?

— Non, hier soir, répondit-elle en commençant à ranger le contenu des sacs comme si elle était chez elle.

Il appréciait son aisance.

— Vous avez dû rentrer bien après minuit. Vous avez dormi un peu cette nuit ?

Lui, non.

Malgré la maison calme et silencieuse, comme si tout le monde avait été sous le sort de sérénité jeté par Lily, il avait passé une nuit agitée à courir après le petit vélo qui roulait dans sa tête, le faisant douter du bien-fondé de recueillir quatre enfants — même temporairement. D'où venaient ces doutes soudains ? Ces appréhensions qui le poussaient à chercher des solutions pendant les heures où, d'ordinaire, il dormait du sommeil du juste ? Rien ne le perturbait jamais lors des rares heures qu'il passait hors de l'hôpital.

— Je m'habituerai à ces nouveaux horaires en quelques jours, déclara-t-elle. Je suis capable de m'adapter. Cela dit, je me serai probablement tout juste accoutumée à l'emploi du temps de nounou au moment de retourner à l'école. C'est toujours comme ça que ça se passe, non ?

— Alors autant que vous restiez ici plutôt que de reprendre l'école, lâcha-t-il, tout à trac.

Elle suspendit son geste.

— Cela signifie-t-il que vous revenez sur votre décision de confier les petits à l'adoption ?

Non. En aucun cas. Il ne le pouvait pas. Et il ne savait même pas pourquoi il avait suggéré qu'elle reste. En fait, il lui fallait son café de toute urgence !

— Non, je continue à leur chercher un foyer. Et je ne veux pas donner l'impression qu'ils sont une portée de chatons.

Il tressaillit, tentant de clarifier ses propos. Il avait les mots sur le bout de la langue, mais il les ravala en entendant les enfants s'agiter à l'étage.

— Quand on parle du loup...

Il y eut une cavalcade et, même de loin, il semblait qu'ils se disputaient. Le chien se mit à aboyer, prenant le parti d'un des gamins. Cullen ignorait lequel. Tout ce qu'il savait, c'est que le charme jeté par Lily sur la maison la veille était brisé. Pourvu qu'elle exerce encore sa magie aujourd'hui !

— Quand ils seront descendus, je leur dirai au revoir ; je vais devoir partir pour l'hôpital.

Lily montra la machine à café.

— N'oubliez pas votre expresso.

— Je n'ai pas eu le temps de le faire. Vous en voulez ?

— Si vous me montrez comment marche cette machine sophistiquée, je m'en ferai une tasse après vous. Je ne voudrais pas que vous soyez en retard.

Ils s'approchèrent de l'engin. Elle se tenait si près de lui qu'il sentait son parfum, une délicate fragrance florale qui l'incita à la humer plus profondément.

Il venait de mesurer la mouture, lui disant qu'il fallait une dose par tasse, quand un cri perçant l'arrêta, les poussant, Lily et lui, à se précipiter pour voir ce qui s'était produit.

Hannah, debout en haut de l'escalier, pleurait en se tenant un doigt. Megan criait sur George, armé d'un bâton qui aurait dû être dans le jardin, pas dans les chambres à l'étage.

— Tu l'as blessée ! criait Megan.

A l'écart, silencieuse, Bridget observait sa grande sœur passer un savon à George.

— Que se passe-t-il là-haut ? demanda Cullen depuis le bas des marches.

Lily était déjà montée auprès de l'enfant et s'agenouillait devant elle, examinant son doigt.

— Tu saignes, ma puce. Comment c'est arrivé ?

— George a pris le bâton qu'on lance à Franklin. Je ne voulais pas, parce qu'il a dit qu'il allait emmener Franklin dehors sans laisse. Et moi, je ne veux pas parce que Franklin risque de s'enfuir.

— George, qu'est-ce que tu as fait, mon grand ? ajouta Cullen quand il les eut tous rejoints.

— Il lui a arraché le bâton de la main, expliqua Megan. C'est comme ça qu'elle a eu l'écharde.

Une écharde. Génial.

— Tu dois faire attention, bonhomme, dit-il, s'efforçant de conserver un ton égal. Tu es plus fort que tu le crois. Je suis sûr que tu n'avais pas l'intention de le faire exprès, mais tu as blessé ta petite sœur. Tu lui demandes pardon ?

Tous les regards pivotèrent vers le garçon, dont le visage s'était assombri comme un ciel d'orage.

— Non, riposta-t-il. Elle est bête. C'est un bébé pleurnichard et idiot.

Puis il tourna les talons et s'engouffra dans sa chambre.

Brusquement, le café lavasse de l'hôpital parut meilleur à Cullen que le petit noir qu'il se préparait le matin, car là, il n'avait qu'une envie, laisser cette pagaille derrière lui et aller travailler. Même si, outre son mauvais café, l'hôpital pouvait parfois être un autre genre de pagaille, au moins, il offrait un havre de paix sous la forme de son bureau. Quand il avait besoin de réfléchir, il lui suffisait de fermer la porte et, sauf si le bâtiment s'écroulait, personne ne le dérangeait. Avant d'y parvenir, les gens devaient affronter Tracy, son assistante de direction.

— Il faut qu'on enlève cette écharde, annonça Lily. Vous

avez une pince à épiler ? Il faudrait aussi de l'eau oxygénée, une pommade antibiotique, voire un pansement.

— Dans la salle de bains, indiqua Cullen. Celle où vous avez nettoyé l'avalanche de mousse bleue.

La pièce qui semblait toujours attirer les drames, qu'ils y commencent ou s'y terminent.

Il précéda Lily et Hanna dans la salle de bains. Le chien les suivit et tenta d'entrer également.

Lily souleva Hanna avec un bras et tapota la tête de Franklin de sa main libre, le maintenant à l'écart mais lui permettant de voir que la fillette allait bien.

— Merci, dit Cullen.

S'occuper d'enfants était infiniment plus facile à deux. Comment se débrouillait-elle seule ? Encore que quatre gamins, même aussi remuants que ceux-là, ça devait être du gâteau, comparé à une classe tout entière. A l'évidence, certaines personnes étaient douées, d'autres non. Lily, décida-t-il en rassemblant le matériel, savait les apprivoiser.

Lui, en revanche, n'était pas du tout à la hauteur ! Il posa son portable sur le bord du lavabo.

— Je vais mettre ça plus loin, histoire qu'il ne soit pas éclaboussé, dit Lily en le rangeant derrière elle.

— Ah ! merci. Au train où va ma matinée, je finirais sans doute par le jeter dans les toilettes.

Lily et lui échangèrent un sourire, et c'était… *agréable*. Il eut l'impression que sa journée ne serait peut-être pas complètement mauvaise.

Il commença par laver les mains de la fillette. Au moment de badigeonner son doigt à l'eau oxygénée, elle retira sa main, les yeux brillants de larmes.

— Ça va faire mal ?

— En principe, non. Mais je parie que miss Palmer te laissera serrer sa main, au cas où.

— Elle s'appelle Lily, objecta Hannah. Hier, elle nous a dit qu'on devait l'appeler Lily.

— Parfait.

Il adressa un nouveau sourire à la jeune femme, et se demanda pourquoi il n'avait pas encore remarqué à quel point ses yeux étaient verts. Et pailletés d'or. *Très jolis.*

Il commençait juste à cueillir la minuscule écharde quand son portable annonça l'arrivée d'un texto.

— C'est sûrement l'hôpital. Je suis en retard. Ça vous ennuie de leur répondre que j'arrive bientôt ?

Lily prit le téléphone.

— *Oh !*

Cullen releva la tête.

— Un problème ?

Les sourcils de Lily se haussèrent et ses joues s'empourprèrent. Elle s'éclaircit la voix.

— Eh bien, ce n'est pas l'hôpital. C'est une dénommée... Giselle ? Hum. Elle... elle dit avoir hâte de vous voir ce soir. Manifestement, elle a prévu des choses plutôt... torrides.

Il sentit le feu lui monter aux joues. Il regarda Hannah, mais celle-ci semblait indifférente à la situation, étudiant de près son doigt à présent libéré de l'écharde.

— Donnez. Ne vous en faites pas.

Il tendit la main, prit le téléphone et le fourra dans sa poche, comme si ce geste pouvait annuler le fait que Lily ait lu le texto, lequel devait être explicite, connaissant Giselle.

Il s'en voulut de lui avoir imposé ça. Bien entendu, s'il avait su que Giselle choisirait ce moment pour offrir un avant-goût des distractions à venir, il n'aurait pas demandé à Lily de prendre le message. En réalité, il était si occupé depuis l'arrivée des enfants qu'il avait complètement oublié qu'il était censé la voir.

Ce soir, donc ?

Impossible de faire venir une femme comme elle ici, alors que Lily et les petits étaient là. Avant de les prendre chez lui, il n'avait pas réalisé combien cela changerait sa vie à tous les niveaux. Quand avait-il reculé devant un texto osé de Giselle ou laissé filer une occasion de la voir ? Mais, vu les circonstances, il était obligé de décliner.

— Ton doigt va mieux, Hannah ? demanda-t-il après

l'avoir tartiné de pommade antibiotique et y avoir appliqué un pansement.

Elle hocha la tête avec un petit haussement d'épaules.

— Un peu. Ce serait drôlement mieux si j'avais un pansement princesse.

Lily descendit la fillette de la table de toilette, saisit sa bonne main et quitta la salle de bains sans un regard à Cullen.

— Tu as raison. La prochaine fois que je ferai des courses, j'achèterai des pansements princesse. Une princesse devrait toujours avoir un pansement spécial. Tu es très courageuse de supporter un modèle ordinaire pour le moment.

Cullen resta un moment seul, écoutant leur conversation décroître. Jamais il n'aurait pensé que recueillir les enfants le propulserait dans une crise de conscience. Après tout, il était célibataire. Lui et les femmes avec qui il sortait étaient des adultes consentants et très clairs sur la nature sans contrepartie de leurs relations. Il ne faisait rien de mal.

Alors pourquoi en avait-il le sentiment ?

Il inspira à fond et se rappela qu'il n'en irait pas ainsi éternellement. Les petits ne vivraient chez lui que jusqu'à fin décembre. Ensuite, il reprendrait le cours de sa vie.

Rien ne créait davantage de liens qu'une grosse pile de crêpes maison. Après le départ embarrassant de Cullen, Lily fit de son mieux pour chasser de sa tête le contenu osé du texto qu'elle aurait voulu ne jamais avoir lu.

Pas facile d'effacer l'image de Cullen faisant les choses que Giselle avait si explicitement décrites dans son message. Le problème, c'est que son esprit ne cessait d'imaginer Cullen lui faisant ces choses à *elle*.

Lily n'était pas prude — elle avait été fiancée et profité d'une saine relation avec Josh jusqu'à ce que tout s'effondre —, mais pareilles pensées s'avéraient totalement inappropriées quand elle était censée se focaliser sur les enfants. D'ailleurs, ces pensées auraient été inappropriées même si ces derniers n'avaient pas été sous sa responsabilité. Cullen Dunlevy était son patron. Et elle avait beau se considérer comme moderne et ouverte d'esprit, elle n'était assurément pas une Giselle.

Elle s'efforça de reléguer ces pensées dans les tréfonds de son imagination hyperactive et alluma la plaque chauffante qu'elle avait apportée. Elle bavarda avec les enfants tout en préparant un saladier de pâte à crêpe.

Elle les laissa faire sauter les crêpes eux-mêmes, ce qui ravit les filles. George, cependant, ne se montra pas impressionné. Avachi sur un tabouret de bar devant l'îlot central, il garda la tête baissée sur son jeu vidéo de poche, tandis que ses sœurs savouraient leur petit déjeuner en jacassant entre elles.

— Allez, George, s'il te plaît. Pose ton jeu cinq minutes pour faire tes crêpes, d'accord ? suggéra Lily d'une voix enjouée. Ce sera amusant.

Il ne répondit pas.

— Rien que cinq minutes, George. Pas plus.

Silence.

— Je te propose un marché, reprit Lily. Si tu fais tes crêpes, je te laisse lécher le bol de la pâte des sablés sucrés qu'on préparera après le petit déjeuner.

George leva un regard irrité.

— Est-ce qu'oncle Cullen ne te paie pas pour que *tu* fasses mon petit déjeuner ?

Les yeux de Lily s'agrandirent face à l'insolence du garçon. Elle contourna l'îlot, tira un tabouret près du sien et s'assit.

— Ton oncle Cullen me paie pour m'occuper de toi.

Elle prit soin de garder une voix douce et égale. Elle avait l'habitude de gérer des conflits tels que celui-ci dans sa classe, mais l'attitude de George était dictée par la douleur. Le garçon devait se sentir en colère après avoir perdu ses parents, puis les parents adoptifs qui avaient accepté de le prendre avec ses sœurs. Il était dans le flou, l'incertitude totale quant à l'endroit où ils échoueraient, et au fait de savoir si ses sœurs et lui pourraient rester ensemble. Certes, Cullen affirmait qu'il conserverait la fratrie au complet, mais Lily ne pouvait s'empêcher de se demander à quel point c'était réaliste, surtout étant donné sa détermination à leur trouver un foyer d'ici la fin de l'année.

Le garçon avait reporté son attention sur son jeu, frappant furieusement les touches de l'appareil. Plus qu'un bras de fer sur des crêpes, il avait besoin de compassion et de compréhension.

Elle se leva.

— D'accord, si tu ne veux pas de crêpes pour le petit déjeuner, prends des céréales et du lait. Sers-toi.

Il ne répondit rien et se contenta de remplir un bol de céréales, se passant de lait. Puis il prit son bol, son jeu, et gagna la pièce voisine.

— Tu ne veux pas aider à faire des biscuits ? lui demanda Lily dans une ultime tentative.

Il se retourna et la foudroya du regard.

— Non.

— Qu'est-ce que tu veux faire, alors ? Je ne pense pas que ton oncle Cullen veuille que tu passes toutes tes vacances de Noël sur des jeux vidéo.

Il la fixa d'un œil absent.

— Je peux t'apporter des livres si tu as envie de lire.

Il enfourna une poignée de céréales.

— Ou si tu ne veux pas lire, dis-moi ce que tu aimes faire, en dehors des jeux vidéo.

— Pas la pâtisserie, en tout cas. C'est pour les filles.

Elle envisagea de lui expliquer que certains hommes étaient des pâtissiers renommés, mais elle savait que chercher à le convaincre ne mènerait à rien.

— A la radio ce matin, j'ai entendu parler d'un stage de basket pour garçons, au centre de loisirs pendant les vacances. Ça t'intéresserait ?

L'expression de George changea. On ne pouvait pas vraiment la qualifier d'*agréable*, mais c'était loin du masque « cours toujours » provocateur qu'il arborait un instant avant.

— Si tu veux, je peux en parler à ton oncle Cullen pour t'y inscrire, poursuivit Lily.

Il hocha la tête, puis disparut dans la salle de séjour avec ses céréales et son jeu.

Lorsque les filles eurent terminé leur petit déjeuner, Lily confia à Hannah et Bridget la tâche de mesurer la farine. Elle demanda à Megan de battre le beurre et le sucre ensemble. Son projet du jour était que les enfants confectionnent et décorent des sablés de Noël. Elle voulait aussi leur apprendre à réaliser un pain de Noël appelé *stollen*, une mie aux fruits secs et confits, farcie de pâte d'amandes.

— Autrefois, en Allemagne, expliqua-t-elle, on faisait un énorme pain spécial de Noël, le *stollen*. C'était fourré de toutes sortes de fruits et d'épices et d'une garniture spéciale. Il pesait des tonnes et était assez grand pour être partagé entre tous les habitants de la ville. On le distribuait, et tout le monde en mangeait.

— Grand comment ? voulut savoir Megan, incrédule. Pour que ça nourrisse toute la ville, c'était grand comment ?

— Grand comme ça ? suggéra Hannah en étirant largement ses petits bras.

— Oh ! bien plus grand que ça, objecta Lily, joueuse.

— Comme ça, alors ?

Les bras de Hannah étaient si ouverts qu'elle manqua tomber de son tabouret.

— Oui, peut-être, répondit Lily. Ou même encore un peu plus grand que ça.

Elle se pencha pour chatouiller la fillette, qui gloussa de plaisir.

— Bon, je n'ai jamais vu cet énorme pain de mes propres yeux, reprit-elle. Mais on m'a dit qu'il était si grand qu'il fallait le mettre sur une charrette tirée par des chevaux. S'il était assez grand pour nourrir la *ville entière*, il fallait qu'il soit gigantesque, non ?

Les trois gamines en restèrent bouche bée.

— Il y a quelques années, ils ont relancé la fête du *stollen* en Allemagne. , ça s'appelle Stollenfest. Chaque année à l'époque de Noël, ils font encore un immense pain délicieux recouvert de sucre glace. Ils le mettent toujours sur une charrette et ils paradent dans les rues sur le chemin du marché de Noël.

Arrivés là-bas, ils le coupent en plein de petits morceaux avec un couteau géant. Enfin, c'est logique. Il faut un couteau de géant pour couper un gâteau gigantesque, vous ne croyez pas ?

Les filles opinèrent.

— Donc, ils le découpent, mais maintenant, au lieu de le distribuer à tout le monde, ils le vendent, et donnent l'argent récolté à une œuvre de bienfaisance pour aider des gens.

Megan hocha la tête comme si elle croyait enfin Lily.

— Ils font ça quand ? demanda Hannah.

— La fête a lieu au milieu de l'Avent.

— C'est quoi, l'Avent ? lança Bridget.

— C'est la période qui précède Noël. En général, les trois ou quatre semaines avant. Ce qui signifie que la Stollenfest doit avoir lieu environ quinze jours avant Noël. Donc, ils sont sans doute en train de la préparer à peu près en ce moment. C'est une journée très amusante.

Hanna soupira, posant une main théâtrale sur son front.

— Oh ! il reste encore longtemps avant Noël. On dirait que ça n'arrivera *jamais* !

Lily sourit. Pour un enfant, les semaines précédant Noël semblaient toujours durer une éternité.

— Eh bien, à Dresde, en Allemagne, voilà comment ils font passer le temps avant Noël plus vite. Ils cuisent des tas et des tas de pâtisseries. Et je pensais qu'on pourrait faire pareil.

Les petites l'observaient avec attention.

— Alors, qu'est-ce que vous en dites ? Vous voulez apprendre à faire du *stollen* ? On pourrait organiser notre propre Stollenfest ici, à Celebration.

— On va en faire un assez grand pour nourrir toute la ville ? demanda Hannah en sautillant, tout excitée. On va parader avec dans les rues ?

— Euh, non, répondit Lily. On n'a pas un four assez grand. Mais on peut en faire des plus petits avec la recette de ma grand-mère. Et on pourrait peut-être les offrir aux voisins comme cadeaux de Noël ?

Les filles tapèrent des mains, ravies de l'idée.

— On pourra en préparer aussi pour oncle Cullen ? ajouta Bridget.

— Evidemment. C'est très rigolo à faire. Ma grand-mère et moi, on en cuisait toujours pendant les vacances de Noël. Pour moi, plus que tout autre chose, le *stollen* me met dans le meilleur esprit de Noël.

— Pourquoi ta grand-mère ne vient pas le faire ici avec nous ? demanda Bridget.

Lily hésita à répondre, craignant qu'aborder le sujet de la mort ne les bouleverse. Mais tourner autour de la vérité serait pire. Elle les aiderait à apprendre à surmonter leur chagrin, le cas échéant.

— Ma grand-mère n'est plus vivante, dit-elle.

— Elle est avec les anges ? demanda posément Hannah, le regard sérieux, tout en regrimpant sur son tabouret.

— Oui, répondit Lily.

— Ma maman et mon papa aussi, ils sont avec les anges, déclara Hannah.

— Hannah..., intervint Megan, d'un ton un peu acerbe, mais les yeux empreints de tristesse.

— C'est bien de parler de vos parents, Megan, assura Lily. Quand tu seras prête, il n'y aura pas de problème.

La fillette baissa les yeux sur son bol et en touilla le contenu sans enthousiasme.

— Je comprends à quel point c'est dur, poursuivit Lily. Moi aussi, mes parents sont avec les anges.

Les trois filles la fixèrent soudain.

— Alors, tu es comme nous ? conclut Bridget. C'est peut-être pour ça que je t'aime autant.

Hannah redescendit de son tabouret et vint serrer Lily dans ses bras.

— Moi aussi, je t'aime beaucoup, déclara-t-elle en la regardant avec des yeux bleus qui fendaient le cœur.

Lily sentit l'émotion lui nouer la gorge. Déglutissant avec peine, elle lissa une boucle brune sur le front de Hannah.

— On doit se serrer les coudes, hein ? dit-elle.

Bridget et Hannah hochèrent la tête. Megan l'observa sans un mot, mais il y avait désormais quelque chose de plus doux dans son expression. Lily savait qu'elle ne devait pas insister, mais tous ces signes indiquaient que la fillette se laisserait bientôt amadouer.

— Megan, tu sais pétrir le pain ?

La fillette secoua la tête.

— C'est ce qu'il faut faire à la pâte pour que le pain soit bon, poursuivit Lily. Tu veux apprendre ? Je parie que tu serais une bonne boulangère.

Le léger sourire de la gamine lui réchauffa le cœur. Après avoir expliqué à Bridget et Hannah comment étaler les sablés, elle aida Megan à mélanger les ingrédients pour le *stollen*.

— Tu ne crois pas qu'on devrait avoir un sapin de Noël si on fait une Stollenfest ? demanda Megan. Tu penses qu'oncle Cullen en achètera un ?

— Je ne sais pas. Je ne vois pas pourquoi il refuserait, mais on peut lui poser la question.

Aussitôt, Lily regretta ses paroles. Cullen n'était pas un homme traditionnel. Il n'avait peut-être aucune intention d'acheter un arbre de Noël, ni même d'accrocher la moindre couronne sur la porte d'entrée.

Cela avait été une tradition chère à la famille de Lily. Orner de guirlandes, de boules étincelantes et de figurines le sapin dès le samedi suivant Thanksgiving était une priorité qui les faisait entrer dans les festivités de décembre. Or la première semaine du mois était déjà bien entamée, et ils avaient du pain sur la planche s'ils devaient décorer la maison pour le grand jour magique.

George entra dans la pièce d'un pas nonchalant. Lily fut contente qu'il paraisse s'intéresser aux longues miches que les filles et elle étaient en train de former. Quand il commença à enfoncer un doigt dans la pâte, elle lui fit se laver les mains, et il s'exécuta sans protester.

Il changeait d'attitude plus facilement que Lily s'y était

attendue. Elle s'en réjouit, pensant que le stage de basket n'y était pas étranger.

Un point pour moi, songea-t-elle. Mais George serait le vrai gagnant au final, et c'était tout ce qui comptait.

Une fois ses mains propres, il alla s'installer près de sa sœur aînée, là où Lily avait déposé de la pâte à pain pour lui.

— Lily, tu veux bien venir t'asseoir à côté de moi pour me montrer comment faire ? demanda-t-il.

— Bien sûr, George, avec plaisir !

Il pouvait se révéler adorable. Elle n'en revenait pas d'avoir réussi à l'apprivoiser si vite. Mais les enfants étaient résilients. Sans doute plus que les adultes.

Alors qu'elle tirait le tabouret de bar pour s'y installer, Megan hurla :

— Ne t'assieds pas là !

Lily tressaillit, déconcertée par l'ordre brutal de la fillette. Elle inspira à fond, compta mentalement jusqu'à dix pour se reprendre. Ils allaient devoir établir quelques règles sur ce qui était approprié et ne l'était pas mais, dans l'immédiat, elle ne voulait pas réagir de manière excessive. Peut-être devrait-elle parler à Cullen et l'inciter à l'aider pour que les enfants comprennent que tous deux étaient unis dans les mêmes attentes.

L'image de Cullen torse nu refermant ses bras vigoureux autour d'elle s'imposa soudain malgré elle dans son esprit. Elle cilla pour la chasser.

— George, ne fais pas de farce à Lily, commanda Megan. Il voulait que tu t'asseyes sur le coussin péteur pour après se moquer de toi, expliqua-t-elle à l'intention de Lily.

Les petites jetèrent des regards assassins à leur frère.

— Ce n'est pas drôle, George, dit Bridget. N'embête pas Lily. On l'aime bien. Elle est gentille.

— Oui, on l'aime bien, renchérit Hannah.

Très bien, George avait donc eu des arrière-pensées. C'était juste une blague. Pas très grave, et Lily aurait ri avec lui si elle était tombée dans son piège. Mais elle était néanmoins touchée de la façon dont les filles avaient pris sa défense. Apparemment, les farces étaient une affaire sérieuse, uniquement destinées à ceux qui méritaient de souffrir — physiquement ou moralement.

Le visage du garçon devint écarlate.

— Excuse-toi, ordonna Megan sur le mode grande sœur.

George souffla bruyamment en gonflant les joues, comme si le fait que ses sœurs prennent le parti de Lily était la trahison ultime.

Megan se leva. Bien que son frère soit plus grand qu'elle, la fillette semblait incarner l'autorité.

— Allez, fais-le ! Tout de suite !

— Je m'excuse, marmonna George, d'une voix à peine audible.

Mais Lily n'en revenait pas qu'il ait obtempéré. Elle sourit au petit garçon.

— Il n'y a pas de mal, va. Et si on enfournait la première série de sablés ? Ils ne seront pas longs à cuire. Je crois qu'on a tous besoin d'un petit goûter.

George leva la tête et regarda Lily droit dans les yeux. Et pour la première fois, elle vit le petit garçon terrifié derrière sa bravade et son irascibilité. Elle comprit que ses farces étaient un moyen de repousser les gens avant qu'ils ne le quittent. Elle mourait d'envie de le prendre dans ses bras, mais s'abstint. Cela n'aurait fait que l'embarrasser.

Le mieux qu'elle puisse faire, c'était de lui montrer qu'il avait une amie loyale en elle. Elle ne partirait nulle part. Même si elle n'avait aucune emprise sur l'endroit où les petits finiraient, elle s'assurerait qu'ils se sentent en sécurité et désirés tant qu'ils seraient sous sa garde.

4

Ce soir-là, Cullen rentra peu après 19 heures, plus tôt que d'habitude. Lorsqu'il franchit le seuil de la maison, un arôme divin l'accueillit. Quelque chose sentait délicieusement bon. Son estomac en gronda d'appréciation.

La journée à l'hôpital avait été longue. Le sandwich qu'il avait pris à la cafétéria sur le trajet de son bureau l'avait calé un moment, mais il n'avait pas eu le temps de déjeuner.

Il mourait de faim. Quoi que Lily soit en train de cuisiner, l'odeur lui mettait l'eau à la bouche !

De la cuisine provenaient des bruits d'eau, de plats entrechoqués et de musique de Noël. Alors qu'il enlevait son manteau et se tournait dans cette direction, quelque chose de blanc et scintillant à la fenêtre de la salle à manger attira son attention.

Apparemment, les enfants avaient confectionné des flocons de neige en papier. En y regardant de plus près, il découvrit qu'ils les avaient recouverts de vernis blanc et argent pailleté avant de les enfiler sur une ficelle et de les suspendre devant la fenêtre qui donnait sur le jardin.

Il se remémora la trace de paillettes qu'il avait effacée sur la joue de Lily le soir précédent, et la douceur de sa peau.

Il avait envie de la toucher à nouveau.

Se ressaisissant, il chassa la pensée de son esprit.

A la place, il se focalisa sur la guirlande de canneberges et de pop-corn ornant cette même fenêtre. Au-dessus du canapé, il y avait également une petite couronne faite de dizaines de mains d'enfants découpées dans du carton vert et fixées sur une forme ronde, de manière à ce que cela ressemble à une couronne de houx.

Les décorations maison contrastaient singulièrement avec le mobilier moderne de la pièce, mais y ajoutaient une touche chaleureuse, conviviale et plutôt... charmante. Au moins, la pièce avait un petit air de fête. Cela lui rappela son enfance. Sa mère cumulait deux emplois pour qu'ils aient de la nourriture sur la table et un toit au-dessus de leur tête. Il ne restait pas d'argent pour un sapin ou des décorations fantaisistes. Une année, sa mère avait été en veine de créativité, et ils avaient réalisé de petites œuvres comme celles-ci. Mais par la suite, elle avait été trop occupée à travailler pour recommencer. Même si ce Noël-là avait été beau, son souvenir lui faisait prendre conscience de ce qu'il ratait et l'incitait à penser que, parfois, il valait mieux s'en passer carrément que de sentir la douloureuse piqûre du manque.

Aujourd'hui, il ne prenait jamais la peine de décorer sa maison pour Noël. Quel intérêt, étant donné qu'il vivait seul et qu'il passait la plupart de ses journées à l'hôpital ? Les infirmières dressaient toujours un sapin et y accrochaient des petites chaussettes avec le nom de chacun dessus. C'était suffisant.

Mais pour les enfants, c'était différent.

Il effleura encore la couronne de papier vert. Mais les bruits dans la cuisine le ramenèrent au présent. D'ailleurs, c'est là qu'il se dirigeait au départ. Son estomac gronda de nouveau, parfaitement en phase.

Alors qu'il s'approchait de la cuisine, la musique passa à « Jingle Bell » version rock. Il s'apprêtait à dire bonsoir quand Lily, qui lavait la vaisselle, se mit à chanter et à danser sur le morceau. Son pouls s'accéléra tandis qu'il s'arrêtait sur le seuil pour la regarder.

Il ne put réprimer un sourire.

La façon dont elle bougeait n'était ni suggestive ni ouvertement sexy et, du coup, d'autant plus sexy. C'était cet abandon naturel, spontané qui fit se languir son cœur. Et durant un moment, il se perdit dans sa grâce.

Comme si elle percevait sa présence, Lily tourna vivement la tête dans sa direction. Elle se figea, les joues empourprées, la main sur sa gorge.

— Oh ! je ne m'étais pas rendu compte que vous étiez rentré. Je croyais que vous aviez un rendez-vous ce soir.

Il esquissa un sourire.

— Quoi ? Et rater pareil spectacle ? Jamais.

Elle se recouvrit le visage de ses mains et secoua la tête.

— Faites comme si vous n'aviez rien vu, d'accord ?

— Je paierais pour voir ça, protesta-t-il, entrant enfin et s'appuyant au comptoir près de l'évier. Vous avez une jolie voix. N'arrêtez pas à cause de moi. Je vous en prie.

— Vous n'étiez pas censé être là. Et Giselle, alors ? Elle avait l'air de vous réserver une soirée plutôt amusante.

Le sourire de Cullen s'effaça.

— Oui, à ce propos. Je suis désolé que vous ayez dû lire ce texto. C'était inopportun, et sachez que je ne vous l'aurais jamais imposé intentionnellement.

Rougissant de nouveau, elle éluda d'un revers de main.

— Pas de souci. C'est juste que Giselle semble avoir de grands projets pour vous. Qu'est-il arrivé ?

— Giselle a tendance à faire quantité de grands projets.

— Et c'est un problème ?

Il s'apprêtait à expliquer que quand n'importe quelle femme commençait à s'approcher trop près, cela devenait un problème mais, en plongeant dans ses grands yeux verts, il se ravisa.

— Je pense que tant que les enfants seront ici, Giselle et moi allons faire une pause.

— Je vois, fit-elle.

Manifestement, elle assimilait l'information. Aussi, avant qu'elle pose d'autres questions, il changea de sujet.

— A ce propos, ils sont où ?

— En haut, en train de regarder un film. Vous avez faim ?

— Une faim de loup. Qu'est-ce qui sent si bon ?

— Un simple ragoût de bœuf. Si j'avais su que vous rentreriez dîner, j'aurais préparé quelque chose de meilleur.

— Vous plaisantez ? Un ragoût de bœuf, c'est parfait pour un soir pareil. La température a chuté. Selon les prévisions météo, il va même geler cette nuit.

— Asseyez-vous, dit Lily en indiquant l'îlot central. Je vais vous réchauffer une assiette de ragoût.

Il prit un tabouret.

— Cela s'est bien passé entre les gamins et vous, aujourd'hui ?

— On a passé une journée formidable, répondit-elle.

— Et George ? Il ne vous a pas causé d'ennuis ? Pas de serpents cachés dans des boîtes de chocolats ?

— C'est un bon garçon. Un peu cabochard, mais je sais qu'il n'a pas de mauvaises intentions.

Il plissa les yeux.

— On dirait qu'il est arrivé quelque chose aujourd'hui, ou je me trompe ?

Elle posa l'assiette fumante et une petite panière garnie devant lui, puis des couverts et une serviette de table.

— Non, pas vraiment. En tout cas, rien que je ne puisse gérer. Il ne voulait pas faire de la pâtisserie avec ses sœurs et moi. D'après lui, c'est pour les filles.

— Hum. Je vois.

Elle poussa vers lui un plat empli de sablés de Noël décorés de couleurs vives. A l'évidence, elle avait donné carte blanche aux enfants pour les enjoliver, et certains étaient plus *artistiques* que d'autres.

— Vous avez la patience d'une sainte, décréta-t-il avec un sourire en dépliant sa serviette.

— Je ne sais pas.

— Vous vous joignez à moi ?

— Non merci, j'ai mangé avec les petits, mais je vous tiens volontiers compagnie. A moins que vous n'ayez envie de paix et de tranquillité ?

— Restez, je vous en prie.

Elle opina et se glissa sur un tabouret à côté de lui.

— Qu'est-ce que vous diriez si George participait à un stage de basket ? Il y en a un au centre de loisirs pendant les vacances, et je crois que ça lui ferait du bien. Il évacuerait un peu de son trop-plein d'énergie, ça le sortirait de la maison et de ses jeux vidéo. Je le conduirais et le ramènerais.

Il avala une bouchée avant de répondre.

— Ce ragoût est délicieux. Et je trouve l'idée du stage de basket géniale. Dites-moi combien ça coûte, et je vous laisserai un chèque pour l'inscrire.

Un silence plaisant s'installa entre eux, tandis que Cullen continuait de manger.

— Il a aidé à confectionner les décorations dans la salle de séjour ? demanda-t-il ensuite. Elles sont très amusantes, et donnent un réel air de fête à la maison.

— Oui, il a participé, répondit Lily. Un peu, en tout cas. Mais à propos de fête, les enfants aimeraient savoir si vous allez acheter un arbre de Noël. Ce n'est pas une obligation. Je leur ai juste promis de vous poser la question. Si ça vous embête, je peux apporter un petit sapin de table que j'ai chez moi.

Un sapin de Noël ? Evidemment qu'ils en voudraient un. Pourquoi n'y avait-il pas pensé avant ?

— Super idée, dit Cullen, avant de regarder sa montre. Bon, il n'est que 19 h 30. Si on leur proposait d'aller en chercher un ce soir ? Vous viendrez avec nous ?

Lily n'avait pas prévu de participer à la virée sapin. Ou peut-être serait-il plus juste de dire qu'elle n'avait pas prévu que Cullen s'y intéresse. En réalité, elle avait été stupéfaite de le voir rentrer si tôt.

Et mortifiée de découvrir qu'il l'avait surprise à chanter et danser sur « Jingle Bell Rock » comme une abrutie. Mais elle devait admettre qu'elle avait adoré la manière dont il la regardait. Il y avait dans ses yeux quelque chose qui ressemblait à une douce caresse, quelque chose dans la façon dont son entière attention semblait fixée sur elle. L'espace d'un instant sublime, elle s'en était délectée, puis l'embarras avait pris le dessus et mis fin au plaisir.

A présent, ils étaient tous entassés dans le monospace que Cullen avait loué pour le mois. Aux yeux de quiconque n'en sachant pas davantage, ils devaient avoir l'air d'une famille. Même si c'était faux, c'était plaisant de faire semblant !

Lorsqu'ils arrivèrent à la jardinerie, les enfants bondirent hors de la voiture et se précipitèrent en courant au milieu des centaines de sapins de Noël.

— Restez ensemble, leur cria Lily. Et n'allez pas trop loin. Restez à portée de voix pour qu'on puisse vous appeler.

La température avait chuté. Elle remonta le col de son manteau pour lutter contre la bise glaciale.

— Vous avez froid ? demanda Cullen.

— Non, ça va.

Ensemble, ils marchèrent sous la lumière dorée des petites ampoules suspendues au-dessus de la forêt de pins, sapins et épicéas.

Durant une seconde ridicule, elle imagina comment ce serait d'être nichée au creux du bras chaud de Cullen, ou, mieux encore, dans son étreinte rassurante. Avec des bras comme les siens, c'était le meilleur endroit un soir comme celui-ci. Mais les rires des enfants la ramenèrent bien vite sur terre et à la froide réalité.

Ces bras-là étaient les mêmes qui tenaient Giselle, se remémora-t-elle, au cas où ce fantasme absurde persisterait.

Pourquoi avait-il changé d'avis à propos de son rendez-vous avec Giselle ? Elle n'en revenait toujours pas de l'avoir vu débarquer ainsi, sans crier gare. Heureusement qu'elle avait préparé plus de ragoût que nécessaire — avec l'idée de lui proposer d'en emporter pour son déjeuner le lendemain. Mais c'était encore mieux qu'il ait pu en profiter à la maison, tout juste sorti de la casserole… et loin de Giselle, expéditrice de textos coquins et instigatrice d'images mentales qu'elle avait été incapable d'évacuer de sa tête toute la journée durant.

En ce moment même, d'ailleurs…

Elle tenta de chasser la vision de Cullen torse nu avant que son esprit s'égare dans des endroits où il n'avait rien à faire. Mais sans résultat ou, du moins, avec le résultat contraire : s'ordonner de ne pas penser à quelque chose ne faisait que focaliser son esprit sur la pensée en question.

Seule solution : détourner son attention. Elle désigna un épicéa bleu de deux mètres cinquante.

— Voici un joli sapin, dit-elle, avant de s'apercevoir qu'il ferait rikiki sous les hauts plafonds de la maison de Cullen. Ou alors le même genre de modèle, mais en plus grand ?

Cependant, un arbre plus petit serait plus pratique pour les enfants, car c'est à eux qu'il incomberait de le décorer. Du moins le soupçonnait-elle, puisque Cullen avait annoncé qu'il serait absent la plupart des soirs... bien qu'il soit là ce soir avec eux... au lieu de passer la nuit nu avec Giselle... D'ailleurs, de quoi aurait-il l'air, entièrement nu ?...

Arrête ça !

— Celui-là me paraît convenir, répondit Cullen, observant le sapin qu'elle avait désigné.

Il le tenait par le sommet et le faisait tourner lentement.

Elle acquiesça, soudain à court de mots.

A quand remontait la dernière fois qu'un homme l'avait laissée muette ?

Mais Cullen Dunlevy, avec son charme facile et son sourire désarmant, la rendait aussi timide qu'une collégienne.

Et c'était précisément le problème. Elle n'était pas une collégienne. Et lui était son patron. Elle avait besoin de ce boulot, et les enfants d'une nounou. Penser à mélanger les affaires et le plaisir — ou à quoi il ressemblait nu — était totalement inapproprié.

— Je peux vous poser une question personnelle ? demanda-t-il brusquement.

Son pouls fit une embardée. *Personnelle ?* Donc pas des banalités sur les sapins de Noël ou la météo.

— Bien sûr.

— Pourquoi n'êtes-vous pas mariée avec des enfants à vous ?

Elle sursauta.

Il ne dut pas le remarquer, car il retourna son attention vers le sapin, poursuivant :

— Vous m'avez tout l'air du genre de femme qui devrait avoir sa famille, à l'heure qu'il est. Bon, maintenant que je l'ai dit, ça paraît vraiment trop personnel. Excusez-moi. Oubliez ma question.

— Non, ce n'est pas grave.

Ça l'était, en fait. Ce n'était pas son sujet de discussion préféré, mais elle avait souhaité une *vraie* conversation, et c'était leur première discussion un peu profonde. Elle n'allait pas revenir au superficiel maintenant !

— Pour dire la vérité, je pensais être mariée aujourd'hui. J'aurais dû l'être. J'étais fiancée, et censée me marier l'automne dernier, mais ça n'a pas marché.

— Je suis désolé, mais en fait, si ça ne devait pas marcher, il vaut mieux que vous vous en soyez rendu compte avant qu'il ne soit trop tard.

— Vous parlez d'expérience ?

— Oui. J'ai été marié, et ça n'a pas fonctionné. C'est dur, un divorce. Quand une relation tourne mal, il y a toujours quelqu'un qui souffre.

— Le quelqu'un en question, c'était vous ?

La réponse était inscrite sur son visage. A son tour de lâcher :

— C'est moi qui suis trop personnelle, à présent. Vous n'êtes pas obligé de répondre.

Il sourit, mais son regard resta triste.

— Vous avez été franche avec moi, donc...

— Hé, oncle Cullen et Lily, venez voir !

Levant les yeux, Lily vit Bridget qui leur faisait signe depuis un amas de sapins de Nordmann.

— Je veux vous montrer quelque chose, insista la fillette.

— Vous avez de la chance, dit Lily. Sauvé par la petite. Vous êtes tiré d'affaire, mais ne perdez rien pour attendre.

Il lui adressa un sourire plus chaleureux, cette fois, tout en replaçant l'épicéa sur le présentoir.

— J'ai l'impression que vous allez m'obliger à reprendre cette discussion plus tard, pas vrai ?

— Evidemment !

Tous deux rejoignirent Bridget, qui se trouvait avec Hannah, ainsi que Megan, surgie de derrière un des arbres.

— Oncle Cullen, c'est quoi, là, par terre ? demanda-t-elle, pointant du doigt le pied du sapin.

Hannah plaqua les mains sur sa bouche, sans parvenir à contenir un gloussement.

Qu'est-ce qu'ils manigançaient, encore ?

— Je ne vois pas de quoi tu parles, répondit Cullen.

— Lily, tu le vois, toi ? insista Megan, sourcils froncés, comme si l'objet inconnu était de la plus haute importance. Là, regarde de plus près !

La fillette s'agenouilla et indiqua le dessous du sapin.

Lily et Cullen échangèrent un regard perplexe, puis se baissèrent pour tenter de mieux apercevoir ce qui intriguait tant les gamines. Soudain, un bruit sourd dans leur dos les fit sursauter. George, surgi lui aussi de quelque part, tenait une petite branche verte au-dessus de leurs têtes.

— Un baiser ! Un baiser ! Un baiser ! chanta Hannah en sautillant, tout excitée, sur place.

— C'est du gui ! s'exclama Bridget.

— Vous devez vous embrasser, décréta Megan d'un ton satisfait. Sinon, vous brisez les lois de Noël.

Durant un instant extraordinaire, le regard de Lily se noua à celui de Cullen, et le temps s'arrêta.

Une étincelle dansa dans les yeux de Cullen.

Il allait l'embrasser.

Elle voulait qu'il le fasse.

Mais la sonnerie d'un téléphone portable rompit le charme. Lily tressaillit et recula, morte de honte par ce qu'elle avait failli laisser se produire.

— Vous feriez mieux de répondre, dit-elle.

C'était peut-être Giselle. Les femmes comme elles étaient championnes pour toujours tomber à pic.

Avant que Cullen prenne l'appel, il se pencha et lui effleura les lèvres d'un baiser aussi léger qu'une plume.

— Pas question de briser les lois de Noël, hein ?

5

C'était un de ces jours maudits.

Jamais Lily n'avait connu une journée où tout se passait aussi mal. Cullen avait été distant à son arrivée ce matin. Ou c'était peut-être elle qui avait été réservée. Le baiser, si chaste qu'il ait été, les avait placés dans une situation embarrassante.

Après l'avoir embrassée, il s'était éloigné pour répondre au téléphone. Lily était restée avec les enfants, tentant de les détourner de leur joie bruyante provoquée par le succès de leur farce. Car, s'était-elle répétée, le baiser n'avait été que cela : le produit d'une farce.

Une farce qui rendait soudain tout affreusement gênant.

Cela avait donné le ton de la journée. Cullen avait quitté la maison en trombe pour partir travailler, puis Lily avait fait monter les enfants dans le monospace de location et conduit George au centre de loisirs pour l'inscrire au stage de basket. Il avait déjà raté les trois premiers jours, aussi voulait-elle qu'il l'intègre le plus vite possible.

Comment était-elle censée savoir qu'il aurait besoin de chaussures spéciales pour jouer au basket ? Avec des semelles qui ne marquaient pas ? Apparemment, certains types de semelles éraflaient le terrain. Ce détail crucial aurait dû être inclus dans les informations préalables sur le stage.

L'entraîneur s'était montré compréhensif, mais également catégorique : George ne pouvait pas jouer tant qu'il n'avait pas les bonnes chaussures. Il avait même indiqué à Lily qu'elle pouvait les acheter dans un magasin de sport sur Main Street, au centre-ville.

Ça s'annonçait bien. Le magasin ne se trouvait qu'à cinq minutes du centre de loisirs, ils pourraient se procurer les baskets et ramener George en une demi-heure, peut-être même, s'ils se dépêchaient, avant que les autres gamins aient terminé la séance d'échauffement.

Enfin, elle aurait réussi à le ramener à temps si le magasin avait eu sa taille parmi les modèles recommandés par l'entraîneur. Mais cela n'avait pas été le cas.

Beaucoup d'autres petits garçons devaient avoir besoin de chaussures avec des semelles non marquantes, car le stock était épuisé. Le vendeur eut la gentillesse d'appeler la filiale nationale de la chaîne de magasins à Dallas, située à une vingtaine de minutes de route. Lily n'avait pas vraiment eu d'autre choix que de remonter toute la fratrie dans la voiture et rouler vers Dallas. S'ils ne lambinaient pas, ils seraient de retour avant la pause déjeuner.

Ils l'auraient été si Lily n'avait pas été tellement pressée qu'elle avait oublié de vérifier le niveau d'essence et réalisé qu'il était dangereusement bas... jusqu'à ce qu'ils tombent en panne sèche à mi-chemin entre Celebration et Dallas.

Comment avait-elle pu être aussi stupide ? Sa grand-mère ne lui avait-elle pas seriné « Vérifie toujours ton niveau d'essence avant même de démarrer » quand elle lui apprenait à conduire ?

De plus, les voitures de location étaient généralement fournies le plein fait. Après que le monospace avait été livré en fin d'après-midi la veille, ils étaient allés acheter le sapin. D'accord, il s'agissait d'une courte distance mais, à la suite de ce baiser électrique, aucun d'eux n'avait songé à s'arrêter pour faire le plein. Excellente illustration qu'elle n'avait nul besoin d'être distraite par un béguin inapproprié pour cet homme.

En tout cas, que sa négligence soit à mettre ou non sur le compte de la distraction, elle se trouvait là, plantée sur le bord de la route, non pas seule dans sa propre voiture qu'elle utilisait pour ses trajets entre chez elle et chez Cullen, mais avec les enfants qu'on lui avait confiés.

— Je veux rentrer, Lily, pleurnicha Hannah.

— On ne peut pas rentrer tant qu'on n'a pas mes chaussures, objecta George.

— Pourquoi on est arrêtés ? demanda Bridget.

— On est en panne d'essence, répondit Lily d'un ton neutre.

Elle s'efforçait de rester calme, parce que les enfants le resteraient aussi. Même si la panique et l'agacement lui serraient la gorge, elle n'allait pas perdre les pédales devant eux. Si humiliante que soit la situation.

— En panne d'essence ? répéta Megan avec une pointe d'incrédulité. On est censés faire quoi, maintenant ?

Bonne question. Lily fouilla dans la boîte à gants, au cas où Cullen aurait pris l'option assistance routière. Mais elle ne trouva aucune indication de ce genre sur les papiers de location.

Sortant son portable de son sac, elle afficha le sourire le plus sincère dont elle fut capable.

— Je vais appeler quelqu'un pour venir nous aider.

— Oncle Cullen ? suggéra Bridget.

Jamais de la vie !

— Oncle Cullen est bien trop occupé, répliqua Lily. Je ne veux pas le déranger. Je vais appeler une amie qui n'habite pas trop loin d'ici.

Elle composa le numéro de Sydney James. Une, deux, trois… quatre sonneries, puis la voix distinguée et classieuse de Sydney résonna depuis sa boîte vocale.

— Bonjour, vous êtes sur le répondeur de Sydney. Laissez-moi un message et un numéro de téléphone et je vous rappellerai dès que possible.

« Dès que possible » pouvait signifier cet après-midi, surtout si Sydney se trouvait en tournage pour *Catering to Dallas*, une émission de télé-réalité consacrée au service traiteur Celebrations Inc. Catering Company.

Voilà comment Lily avait connu Sydney. L'émission souhaitait offrir à un couple le mariage de ses rêves. La seule contrepartie était que la noce et les jours précédant la cérémonie et la réception soient filmés pour *Catering to Dallas* et diffusés sur la télévision nationale.

Lily avait gagné le concours. Elle qui n'avait jamais rien gagné de toute sa vie avait été nommée « Mariée de Celebration ». Elle était loin de se douter que pareil honneur conduirait à la fin de sa longue relation et une humiliation en direct qui avait failli être rendue publique.

Elle sortait avec Josh Stockett depuis des années. Ils avaient parlé de se marier, ou, pour être plus exact, Lily avait parlé de se marier. Ils étaient ensemble depuis toujours. Elle l'aimait. Il l'aimait. Sa grand-mère et ses parents désormais décédés, la seule façon de faire à nouveau partie d'une famille traditionnelle était d'en fonder une. A cette époque, elle approchait de la trentaine et ne rajeunissait pas.

Jamais elle n'avait considéré le concours « Mariée de Celebration » comme un ultimatum. Sincèrement. Elle ne s'attendait pas à gagner. Aussi avait-elle annoncé à Josh qu'elle s'y inscrivait et que, si elle le remportait — *ha ha ha* —, il serait obligé de l'épouser.

Et elle avait remporté le concours.

Josh avait fini par rompre sous les caméras. Chaque seconde douloureuse de la scène avait été filmée. Pour remuer le couteau dans la plaie, un des producteurs avait voulu diffuser les images. Sydney, son ange de miséricorde, avait empêché que cela n'arrive. Depuis, les deux femmes étaient devenues très bonnes amies.

Aujourd'hui, Lily espérait que la fidèle Sydney pourrait la sauver une fois de plus et la dépanner, afin qu'elle puisse faire le plein et poursuivre sa mission auprès des enfants.

Elle voulait à tout prix éviter d'importuner Cullen à l'hôpital. Quel genre d'irresponsable était-elle, pour embarquer quatre gamins dans une voiture sans essence ?

— Salut, Syd. C'est Lily. Je suis désolée de t'embêter, mais je suis dans le pétrin. Il est 10 h 15. Tu peux me rappeler le plus vite possible ? Je t'embrasse.

Un mauvais pressentiment lui disait que si Sydney n'avait pas décroché, cela signifiait sans aucun doute qu'elle était occupée. Et qu'elle le serait probablement un moment.

Elle déroula sa liste de contacts, en essaya quelques-uns, mais tomba chaque fois sur la messagerie.

— Pourquoi tu n'appelles pas tout simplement oncle Cullen ? insista Megan. Il viendra nous chercher. Il m'a dit qu'il serait toujours là si on avait besoin de lui.

Lily ne releva les yeux de son téléphone.

— Il est là pour vous, Megan. Ton oncle Cullen est un homme très bon. Mais je ne veux pas le déranger.

En dernier recours, Lily composa le numéro de Kate Thayer, mariée à Liam Thayer, un collègue de Cullen. C'est eux qui lui avaient appris que Cullen cherchait une nounou.

— Allô, Lily ? dit Kate. Quelle joie de t'entendre !

Après tant de boîtes vocales, elle éprouvait un réel soulagement d'avoir réussi à joindre quelqu'un.

— Oh, Kate ! je suis si heureuse que tu aies décroché !

— Qu'est-ce qu'il se passe ?

Lily exposa la situation, avouant d'un ton piteux qu'elle ne disposait pas d'assistance routière et qu'elle préférait ne pas déranger Cullen à l'hôpital.

— Non que je veuille te déranger, toi, s'empressa-t-elle d'ajouter. Mais est-ce que tu peux m'aider ?

— Lily, je suis navrée, mais je suis à New York pour le travail. Sinon, je t'aurais aidée avec joie !

Présidente de la Fondation Macintyre Family, Kate dirigeait une organisation à but non lucratif qui pesait des millions de dollars. Elle était donc fort occupée, elle aussi, bien entendu, mais qui ne tentait rien…

— Merci, Kate, répliqua Lily. J'espère que je ne t'ai pas interrompue dans quelque chose d'important.

— Bien sûr que non. Au contraire, je suis contente que tu n'aies pas hésité à m'appeler. Attends, j'ai une idée. Laisse-moi joindre mon assistante, Becca Flanningan. Elle pourrait peut-être te retrouver et t'emmener chercher de l'essence. Tu es où, exactement ?

Avant que Lily puisse répondre, elle reçut un double appel. Eloignant le téléphone de son oreille, elle vit le nom de Cullen s'afficher sur l'écran. Son cœur faillit jaillir de sa poitrine, puis son corps tout entier se tétanisa. Une fraction de seconde, elle envisagea de ne pas décrocher, mais elle savait que ce n'était pas une bonne solution.

— Kate, Cullen m'appelle. Envoie-moi juste le numéro de Becca par texto et je la contacterai moi-même. Comme ça, tu n'auras pas à jouer les intermédiaires, et je te fiche la paix.

— Parfait, dit Kate. A plus tard, ma puce.

Lily la remercia encore, puis prit l'appel de Cullen.

— Allô ?

— Lily, tout va bien ? Je viens d'avoir un texto SOS de Megan. Elle dit que vous êtes en carafe au bord de la route. Je suis en train de prendre la voiture. Vous êtes où ?

— Cullen, je suis désolée de tout ça, déclara Lily tandis qu'il sortait un bidon d'essence de son coffre. Vous n'aviez pas à venir jusqu'ici pour nous secourir. J'avais trouvé quelqu'un pour nous apporter de l'essence.

« Nous secourir. » Les mots trouvaient un écho en lui, et il sentit sa bouche esquisser un sourire. Il était ivre de rage en recevant le message de Megan mais, à présent, toute sa colère s'envolait. Lily Palmer était féminine et gracieuse, mais quelque chose dans sa posture et son expression penaude lui indiquait qu'être *secourue* ne la ravissait pas. Il se demandait à quel point sa réticence à l'appeler découlait du baiser échangé la veille.

— J'ai dit à Megan qu'on ne voulait pas vous interrompre au travail, poursuivit-elle. J'avais trouvé une autre personne pour nous dépanner. Et d'ailleurs, d'où Megan sort-elle ce téléphone ? J'ignorais qu'elle en avait un.

— C'est un portable jetable, expliqua-t-il. Je le lui ai donné pour qu'elle se sente plus en sécurité. Avec ses frère et sœurs, ils ont subi trop de changements. J'ai pensé que ça la rassurerait de savoir que j'étais à portée d'un simple coup de fil. Un genre de bouée du sauvetage.

Elle acquiesça.

— Bien sûr. J'étais juste un peu surprise, voilà tout.

— Quand je le lui ai donné, j'ai précisé que c'était seulement en cas d'urgence. Et puisqu'il s'agit d'une urgence, je me réjouis qu'elle m'ait envoyé ce texto. Pourquoi vous ne m'avez pas appelé ? Vous étiez coincés sur le bord de la route, Lily. N'importe quoi aurait pu arriver.

Il la fixa droit dans les yeux jusqu'à ce qu'elle détourne le regard.

— Je ne voulais pas vous embêter.

— Je préfère que vous m'appeliez plutôt que vous finissiez renversés par une voiture. D'ailleurs, j'avais besoin d'une pause, ajouta Cullen. Ça fait du bien de quitter l'hôpital pour une fois.

— A 10 h 30 du matin ? rétorqua Lily. C'est gentil de dire ça, mais c'est un peu tôt pour déjeuner.

— Pas quand on commence sa journée à 6 h 30.

Celle de Lily débutait encore plus tôt, puisqu'elle arrivait chez lui une bonne demi-heure avant qu'il parte. Ce matin, il y avait eu une certaine gêne entre eux. Tous deux étaient restés distants. Elle était soucieuse, et lui, force était de l'admettre, pressé de s'en aller.

Est-ce qu'elle y pensait aussi ? songea-t-il.

Sur la défensive, elle croisa les bras sur sa poitrine.

— Même si vous prenez votre pause déjeuner si tôt, objecta-t-elle, je doute que vous vouliez perdre votre temps ainsi. Vous m'avez embauchée pour vous faciliter la vie, pas pour la compliquer.

— Ne soyez pas ridicule, Lily.

Sa voix lui parut plus bourrue qu'il l'escomptait. De nouveau, il la fixa dans les yeux plus longtemps que nécessaire. Cette fois, elle ne détourna pas le regard. Pas avant qu'il ouvre la trappe d'essence et dévisse le bouchon.

C'est alors qu'il remarqua quatre visages enfantins qui les observaient depuis l'intérieur du monospace. Avant d'en descendre, Lily leur avait interdit de quitter le véhicule sous quelque prétexte que ce soit. Pas sur l'autoroute. Dieu merci, ils avaient l'air d'obéir.

George écrasa sa figure contre la vitre, se faisant un petit nez de cochon. Tout en versant l'essence dans le réservoir, Cullen inclina la tête et grimaça.

Les quatre gamins, y compris la timide et silencieuse Bridget, semblèrent trouver ça hilarant, et se mirent à leur tour à faire d'autres grimaces.

Lily éclata de rire.

— A quoi ils jouent ? Et pourquoi vous les encouragez ?

Ils rirent de concert. Ensuite, une fois que tout le monde fut calmé, Cullen dit :

— J'avoue me sentir un peu responsable du fait que vous soyez tombée en carafe ici. Vous avez du pain sur la planche avec les enfants. J'aurais dû m'arrêter pour faire le plein avant qu'on rentre, hier soir.

« Hier soir. » Les joues de Lily s'empourprèrent, et elle fixa un point quelque part derrière lui.

— Ce n'est pas votre faute. J'aurais dû vous y faire penser mais, franchement, ça ne m'a pas traversé l'esprit.

Elle rougit de plus belle, et il se demanda si elle repensait à leur baiser. Probablement que non.

Peut-être.

Il faisait froid, et le vent soufflait un peu. C'était peut-être cela qui colorait ses joues.

— Lily, ne soyez pas si dure avec vous-même. Vous vous occupez à merveille de ces gosses. C'est tout ce qui est important.

Le baiser ne comptait pas tant que ça. Si ?

Certes, il avait réagi à la sensation de ses lèvres sur les siennes, à sa saveur parfumée de vanille et de cannelle qu'elle mettait dans ses gâteaux. Mais peut-être cette saveur était-elle simplement le fruit de son imagination.

Depuis son arrivée, toute la maison sentait bon, réchauffée par l'ambiance de Noël. C'était tellement différent de ce à quoi il était habitué. *Elle* était si différente du *genre* de femmes auquel il était habitué.

N'empêche, il était content que ces coquins de gamins leur aient donné un coup de pouce avec leur farce du gui.

— Je ne voulais pas décevoir les enfants, dit-elle.

Ses paroles le ramenèrent brutalement au présent. Un instant, il aurait presque cru qu'elle lisait dans ses pensées...

— Quoi ? fit-il, refermant la trappe à essence.

— Je crois que vous n'écoutiez pas, constata Lily avec un sourire entendu. Je disais qu'on se rendait à Dallas pour acheter des chaussures de basket à George. L'entraîneur ne le laissait pas entrer sur le terrain avec des semelles noires.

— D'accord. Je vais d'ailleurs vous donner de l'argent pour cela. Vous savez, il n'y a aucune raison que vous payiez quoi que ce soit pour eux de votre poche.

Alors qu'il lui tendait une poignée de billets, un son bizarre provint de la vitre de la voiture. George était de nouveau collé devant. Cette fois, il aplatissait ses lèvres sur la vitre et les remuait comme un poisson géant.

— Oh ! George, s'exclama Lily, arrête !

Evidemment, il ne pouvait pas l'entendre. Il s'écarta puis pressa ses index l'un contre l'autre, en les bougeant dans des directions opposées, la représentation internationale des enfants pour deux personnes qui s'embrassent.

Lily eut un petit hoquet, puis grogna.

— Je ferais bien de dénicher ces baskets afin de l'emmener au stage et qu'il dépense cette énergie à bon escient. Mais d'abord, je vais faire le plein de manière à ce qu'on ne tombe plus en panne d'essence.

Le visage écarlate, elle butait sur ses mots.

George avait dû voir l'embarras de Lily sur son visage, car maintenant il pointait alternativement les deux adultes puis mimait un baiser avec ses doigts.

— Seigneur ! marmonna-t-elle. Je suis désolée, Cullen.

Alors qu'elle se dirigeait vers la portière, il lui lança :

— Pas moi.

Elle se retourna, la main sur la poignée, la perplexité éclipsant son embarras.

— Qu'est-ce que vous voulez dire ?

— Je ne suis pas désolé de vous avoir embrassée hier soir. Laissez George faire toutes les simagrées qui lui chantent, ou mieux, dites-lui d'arrêter. Je comprends ce qu'il a enduré, mais ça ne lui donne pas l'autorisation de vous manquer de respect. Sachez que je ne regrette pas de vous avoir embrassée et, si vous ne le regrettez pas non plus, j'espère qu'un jour prochain, vous me laisserez recommencer.

6

Ce n'était pas un vrai baiser.

Les enfants en avaient été les instigateurs. Ça ne comptait pas, se répétait Lily tout en ajustant la bandoulière de son sac et en resserrant sa prise sur son cadeau du père Noël secret pour la soirée entre copines.

Pourtant, songea-t-elle en marchant d'un pas vif vers le Café Saint-Germain, leur lieu de rendez-vous, le fait que Cullen ait confessé vouloir l'embrasser à nouveau était aussi réel que le martèlement de son cœur.

La température avait dégringolé depuis le matin, quand il était venu à leur secours. Penser à ses dernières paroles la rendait fébrile. Elle avait des papillons dans le ventre en se rappelant l'expression dans ses yeux.

Une expression qui promettait que le prochain baiser ne serait pas aussi innocent...

Son esprit lui soufflait qu'elle jouait avec le feu, mais son cœur battant la chamade disait : *Allez, vas-y*. Elle aurait besoin de quelque chose pour se tenir chaud durant les nuits glaciales à Celebration.

Elle avait toujours manqué de discernement s'agissant des hommes. Toujours. Voilà pourquoi les choses s'étaient si mal terminées avec Josh. Elle avait ignoré les signes, s'était détournée de la cruelle réalité qu'il existait des problèmes dans leur relation, et l'avait poussé au mariage.

Lorsque Josh avait commencé à s'éloigner, elle avait pensé

qu'il était simplement débordé par la rapidité et l'aspect public des préparatifs de leur mariage. Qu'il avait peur. Elle s'était convaincue qu'une fois toute cette agitation terminée, ils s'installeraient dans une jolie petite vie conjugale et que tout irait bien.

Cela faisait si longtemps qu'ils étaient ensemble, le mariage ne constituait qu'une étape naturelle de leur histoire.

Elle s'était leurrée, sans voir la catastrophe imminente, jusqu'à ce que tout lui explose à la figure. Est-ce qu'elle faisait la même chose maintenant ?

A se convaincre que ce qui se passait avec Cullen pourrait mener quelque part, alors que ça n'était pas le cas ? Il fallait vraiment qu'elle y réfléchisse sérieusement.

Le bon sens lui soufflait qu'une aventure avec son patron était une mauvaise idée. Les enfants avaient besoin de sa pleine attention. Et elle, elle avait besoin de l'argent de ce travail. Sinon, elle ne serait pas là. Si une aventure avec Cullen était une bonne idée, ne préférerait-il pas retenir ce baiser promis jusqu'à ce qu'elle ne soit plus son employée ?

Peut-être que non.

Dans ce cas, elle avait sa réponse.

Peut-être qu'il flirtait seulement avec elle.

Avec ce fichu gui, les gamins les avaient mis dans une situation embarrassante…

Certes, Cullen et elle avaient réagi convenablement. Mais si tout ceci n'était qu'un jeu, pourquoi avait-il lancé cette remarque ce matin, après être venu à leur rescousse ?

Il n'était pas obligé de dire ça.

Alors qu'elle s'avançait vers l'hôtesse du restaurant, elle s'interrogea : devait-elle, oui ou non, demander conseil à ses amies ? Tant qu'elle ne parlait à personne de ce qui s'était produit, pas de danger. Elle pouvait se défiler ou se lancer dans la direction qu'elle voulait. Mais si elle commençait à demander des opinions ou des avis, la situation deviendrait très réelle.

— Bonsoir, je suis Lily Palmer, dit-elle en posant son paquet sur le comptoir. Je rejoins la tablée de quatre au nom de James. Je crois être censée laisser le cadeau ici. Quelqu'un les apportera quand on sera toutes arrivées afin de protéger l'anonymat des pères Noël secrets.

La jeune femme sourit.

— En effet. Ce jeu paraît très amusant.

Il l'était, et Lily trouvait merveilleux que ce groupe de femmes fortes et intelligentes l'ait accueillie. C'étaient des amies de longue date qui possédaient en commun Celebrations Inc. Catering Compagny. Pourtant, elles l'avaient intégrée comme si elle avait toujours été une des leurs.

— Mme James et une autre dame sont déjà installées, indiqua l'hôtesse. Suivez-moi, je vous prie.

Le restaurant était décoré de manière ravissante, or, argent et rouge. Des centaines de bulbes dorés montés en guirlandes lumineuses conféraient à l'endroit une ambiance festive. Elles s'enroulaient autour de couronnes de Noël, de piliers ornés de houx et d'encadrements de portes. Au centre des tables, des compositions rouges et vertes piquées de lampes miniatures étaient disposées sous des dômes en verre. Le restaurant déjà élégant avait été transformé en lieu de fête parfait pour le genre de soirées telles que celle-ci.

En outre, le poêle à bois embaumait tout le lieu. L'estomac de Lily gronda de plaisir, et elle prit conscience qu'elle avait été trop occupée aujourd'hui pour déjeuner.

Les chaussures de George une fois achetées, et le garçon conduit à son stage, les filles avaient voulu des sandwichs au fromage grillé. Sachant qu'elle dînait dehors — et qu'il y aurait probablement du champagne et des desserts —, elle avait fait l'impasse sur le supplément de calories. Ensuite, elles s'étaient tellement affairées à leurs pâtisseries que l'heure d'aller chercher George avait sonné avant qu'elle ait le temps de dire ouf. Puis Cullen était rentré.

Cullen.

De nouveau, elle sentit des papillons voleter dans son ventre en pensant à lui.

Il avait été rapide, rentrant à 18 heures comme promis quand elle lui avait annoncé qu'elle sortait. Peut-être était-ce son imagination, mais il avait paru un tantinet soulagé en apprenant que son dîner se passait entre filles.

Que ce n'était pas un rendez-vous amoureux.

Elle sourit intérieurement. Elle aurait peut-être dû lui laisser penser le contraire.

Et voilà, c'était reparti ! Elle cultivait son propre petit fantasme au lieu de regarder ce qui se passait en réalité.

Sydney James et Pepper Macintyre la hélèrent depuis la table d'angle quand elles la virent entrer dans la salle.

— Bonne soirée, dit l'hôtesse avant de la laisser.

Les deux femmes se levèrent pour l'embrasser.

— Joyeux Noël ! clama Sydney.

— Hé, chérie, fit Pepper, j'avais peur qu'on soit obligées de boire cette bouteille de champagne à nous deux seulement.

Lily jeta un coup d'œil à sa montre tandis que ses amies lui faisaient de la place dans le vaste box.

— J'espère que je ne suis pas en retard, dit-elle.

— Oh non ! répliqua Pepper en lui servant une flûte. Dès qu'il y a du champagne, je suis en avance ! D'ailleurs, A.J. n'est pas encore arrivée.

— Si elle ne se dépêche pas, fit remarquer Sydney, la bouteille sera vide.

— On en commandera une autre ! A ta santé, Lily.

Lily adorait quantité de choses chez ces femmes, mais, plus que tout, le contraste entre les manières très comme il faut toutes britanniques de Sydney et le style pétillant « belle du Sud », façon Scarlett O'Harra, de Pepper.

Sydney, née et élevée en Angleterre, était venue à Celebration via la principauté européenne de Saint-Michel. Pepper, pour sa part, était une beauté texane pur jus. Issue d'une des plus grandes familles du Texas, elle avait enduré un scandale de la pire sorte quand son père avait été reconnu coupable de fraude. Il était mort en prison. Bien qu'innocente des crimes de son père, durant une période, Pepper avait été elle-même traitée comme un paria, devant faire face aux conséquences financières désastreuses des escroqueries de son père.

Lily savait que Pepper ne se résumait pas à son apparence de « fille de la haute ». Elle savait qu'il lui en avait coûté pour sortir encore plus forte du scandale qui n'avait rien à voir avec elle.

Levant les yeux, les trois amies virent A.J. qui se hâtait dans leur direction, les bras chargés des cadeaux anonymes. D'ordinaire calme et posée, A.J. Harrison semblait épuisée.

— Désolée d'être en retard, lâcha-t-elle, posant les paquets sur la table. J'ai eu du mal à coucher Kelcie. Shane est un père formidable, mais elle arrive à ce stade où seule sa mère compte. J'adore qu'elle me veuille moi mais, un soir comme aujourd'hui, je préférerais quitter la maison sans qu'on soit en larmes toutes les deux. J'ai *besoin* de m'en aller, mais ça me fend le cœur quand elle pleure comme ça !

Pepper vida le fond de la bouteille dans une flûte et la tendit à A.J.

— Tiens, ma puce, bois. Ça ira mieux. Et je pense qu'une autre bouteille s'impose réellement.

A.J. s'assit dans le box et regarda ses trois amies.

— Où est Kate ? Je croyais qu'elle viendrait ce soir.

— Kate est à New York pour le boulot, répondit Pepper.

Cette dernière était mariée à Rob, le frère de Kate. Les deux femmes étaient donc aussi proches que des sœurs.

— Un donateur potentiel a appelé tard hier pour faire un don de fin d'année, et il voulait la rencontrer au préalable. Elle espère nous rejoindre, mais a dit de ne pas compter sur elle. Alors commandons. Si elle peut venir, tant mieux. Ne vous inquiétez pas, j'ai son cadeau du père Noël secret.

— Pourvu qu'elle puisse venir plus tard, dit Sydney, avant de lever son verre. Mais sans plus attendre, je propose qu'on porte un toast. Aux bonnes amies !

— Aux bonnes amies ! répétèrent les autres à l'unisson.

Elles trinquèrent, et commençaient à débattre du choix des hors-d'œuvre quand Pepper suggéra :

— Si on ouvrait nos cadeaux d'abord ? Ça nous fera plus de place sur la table.

Elles avaient fixé une limite de vingt dollars pour les présents, et Lily soupçonnait que c'était surtout en sa faveur. Ses amies avaient les moyens de dépenser beaucoup plus, mais comprenaient que ce n'était pas le cas de leur amie. Elles savaient que c'était la raison pour laquelle Lily avait pris le poste de nounou pendant ses vacances.

Lily avait tenté de compenser son budget par de la créativité avec un *stollen* confectionné avec Megan, Bridget et Hannah, magnifiquement emballé.

Depuis qu'elle les avait initiées à la recette de sa grand-mère, les petites s'amusaient comme des folles. Elles n'en revenaient d'être capables de réaliser leur propre pain.

— Je croyais que ce genre de choses s'achetait dans les magasins, avait dit Bridget, pas qu'on pouvait les faire à la maison.

L'émerveillement et l'excitation des fillettes les rendaient encore plus chères aux yeux de Lily. George une fois à son stage, elles avaient décidé de confectionner autant de *stollen* que possible pour les offrir à Noël.

Lily leur avait montré des variantes de la recette traditionnelle, et elles les avaient toutes testées avec empressement, et même suggéré quelques préparations personnelles après les avoir goûtées. L'attrait de la nouveauté était voué à s'estomper mais, pour le moment, cela les occupait.

Lors du tirage au sort des prénoms pour le jeu du père Noël secret, Lily était tombée sur A.J., celle qu'elle connaissait le moins parmi ses nouvelles amies. Aussi avait-elle repris à son compte l'idée d'offrir des *stollen* en guise de présents de Noël. Les petites l'avaient aidée à concocter un pain spécial pour compléter la décoration en verre soufflé qu'elle avait achetée pour A.J.

Sydney prit les choses en main, lisant les étiquettes et distribuant les cadeaux.

— Je sais que c'est idiot, avoua Pepper, mais les cadeaux m'excitent toujours. J'adore en recevoir et j'adore encore plus en offrir.

Elle décocha un sourire entendu à Lily, qui crut soudain deviner l'identité de son père Noël anonyme.

Ses doutes s'envolèrent quand elle ouvrit le petit paquet et en sortit un splendide bracelet en argent, avec le symbole de l'infini entre deux chaînes délicates. Le bracelet coûtait sûrement plus de vingt dollars.

— C'est superbe ! s'exclama Lily. Merci infiniment.

Tout en levant le bras pour admirer le bracelet, elle se sentit tiraillée : elle était touchée par ce somptueux cadeau, mais était aussi gênée de n'avoir à offrir qu'un ornement de sapin de Noël et une miche de pain maison.

Néanmoins, elle s'était toujours enorgueillie d'être authentique. Elle n'avait jamais changé pour convenir à qui que ce soit. Ses amies l'acceptaient telle qu'elle était.

Elle apprécia la façon dont A.J. s'écria devant la décoration en verre soufflé. De fait, l'objet était très joli. Mais lorsque son amie ouvrit le paquet de cellophane ornementée qui contenait le *stollen*, Lily déclara :

— Tu peux garder ça pour plus tard.

— Tu plaisantes ? rétorqua A.J. Je meurs de faim, et ça paraît délicieux. Tout le monde va en goûter un morceau.

Elle découpa de petites tranches et, quand elle mordit dans la sienne, une expression de ravissement apparut sur son visage.

— Oh ! Seigneur ! s'exclama-t-elle, les yeux fermés. Je n'ai jamais rien goûté d'aussi bon. C'est quoi ?

Elle s'adressait directement à Lily, qui avait clairement révélé son identité de père Noël secret en lui suggérant de garder le *stollen* pour plus tard.

Les autres filles déclarèrent se régaler aussi.

— C'est un pain de Noël qu'on confectionnait chaque année avec ma grand-mère. C'était une tradition pour nous de le faire ensemble. Maintenant, sans ça, ce n'est pas Noël.

Lily remarqua que ses amies échangeaient des regards, semblant communiquer entre elles sans rien dire. Si Lily n'avait pas été aussi certaine que son pain était délicieux, elle aurait été terriblement mal à l'aise.

— Vous pensez ce que je pense ? finit par lancer Pepper.

— Absolument, répondit A.J. en refermant la cellophane du *stollen* qu'elle mit de côté.

Sydney essuya les coins de sa bouche avec sa serviette.

— Je pense que c'est exactement ce qu'on cherchait, dit-elle.

Les trois femmes acquiescèrent, puis se tournèrent vers Lily. Elles lui demandèrent :

— Combien de pains comme celui-ci crois-tu pouvoir produire par jour ?

— Euh... je ne sais pas. Aujourd'hui, les filles et moi en avons confectionné six. Mais on s'amusait. Elles adorent faire de la pâtisserie.

Les yeux de Sydney étincelèrent.

— Formidable ! Lily, qu'est-ce que tu dirais de vendre tes pains au marché de Noël ? Tu sais, celui que la ville organise tous les ans sous la halle du marché fermier. Ça démarre la semaine prochaine. Celebrations Incorporated parraine un stand, et on filme une séquence de *Catering to Dallas* le jour de l'ouverture.

— Les filles pourraient te donner un coup de main, et si tu cherches un moyen de les occuper, elles pourraient même aider à tenir le stand de Celebration Inc.

A première vue, l'idée paraissait merveilleuse, mais quand on ajoutait des enfants à l'équation, ça changeait tout.

— Ça pourrait être génial, admit-elle. Il faut que j'en parle à Cullen pour voir ce qu'il en pense.

En réalité, les fillettes adoraient la pâtisserie pour le moment, mais qui savait quand elles s'en lasseraient et voudraient changer d'activité ? Lily refusait de promettre quelque chose qu'elle ne pourrait tenir.

— Le marché de Noël dure combien de temps ?

— Huit jours, à partir de la semaine prochaine, répondit A.J. Je suis persuadée que ton pain fera un tabac. On le vendrait en un clin d'œil.

— Et rien ne vaut la rareté pour booster la popularité d'un produit, énonça Sydney, très professionnelle. Je dirais, fais ce que tu peux et, s'il y a une plus grande demande, tant mieux.

— Je parie que les enfants seront tout excités en apprenant qu'ils passeront à la télé, ajouta Pepper. Nos producteurs seront ravis de les faire participer à l'émission.

Normalement, Lily aurait dû se réjouir pour les enfants. Pourtant, elle se rappelait quand elle-même avait frisé la célébrité, et son expérience n'avait pas été glorieuse, loin de là. Cela avait même été le pire cauchemar de sa vie.

Plus que d'être abandonnée au pied de l'autel, le pire avait été d'être plaquée en direct à la télévision nationale.

— Ne t'inquiète pas, dit Sydney. On vous paiera les pains vendus. Et si les enfants veulent tenir le stand, on les paiera aussi pour leur peine.

Pepper et A.J. appuyèrent ses propos d'un hochement de tête.

— Réfléchis, et parles-en au Dr Mamour, poursuivit Sydney. Et tiens-nous au courant.

— Dr Mamour ? répéta Lily, intriguée par le surnom.

— Oui, tu ne trouves pas que ça lui va bien ? demanda Pepper, tout en fourrant le dernier cadeau non déballé dans son sac. Je donnerai ça à Kate quand je la verrai.

Puis Pepper orienta la conversation vers un autre sujet, sans que Lily ait pu saisir l'occasion de parler du Dr Mamour.

— A ce propos, poursuivit Pepper. Kate a téléphoné au bureau ce matin pour demander à Becca de t'aider. Tu avais un problème de voiture, Lily ?

Lily sentit ses joues s'empourprer.

— Ah ! Oui. Mais ça s'est arrangé. C'était adorable de la part de Kate de proposer son aide.

— C'est pour ça que tu m'as appelée aussi ? s'enquit Sydney. Mais après tu m'as envoyé un texto disant que tout allait bien et que je n'avais pas besoin de te rappeler.

Lily éluda d'un geste de la main.

— Oui. Je me suis un peu inquiétée au début, parce que j'étais partie avec les enfants et qu'il faisait si froid dehors. Mais tout s'est arrangé et tout le monde est sain et sauf.

Après l'arrivée de Cullen, Lily avait envoyé un texto à Sydney et à Becca pour leur dire de ne pas s'inquiéter, que la situation était réglée et qu'il était inutile qu'elles la rappellent. Honteuse d'avoir lancé tous ces SOS, elle préférait minimiser l'incident.

— Alors, que s'est-il passé ? insista Sydney. Je suis désolée de ne pas avoir pu prendre ton appel. J'étais en réunion pour le marché de Noël, justement.

— Rien de grave. Cullen m'a loué un monospace pour que je sorte avec les enfants. On a eu une matinée tellement dingue que j'ai oublié de vérifier le niveau d'essence, et on est tombés en panne. Je me sens si bête ! C'est tellement irresponsable.

Une demi-seconde, elle se demanda si cela ne constituerait pas une bonne transition vers le baiser et la promesse d'un autre...

Hum, non, peut-être pas, tout compte fait.

Vu que Pepper et Kate étaient belles-sœurs, et que Kate était mariée à Liam Thayer, qui travaillait avec Cullen à l'hôpital, elle ne voulait pas risquer que Pepper, réputée pour avoir les plus grandes difficultés à garder un secret, dise quelque chose à Kate, qui en parlerait à Liam, lequel à son tour le rapporterait à Cullen.

Prenant le menu, elle feignit d'étudier les hors-d'œuvre.

Ce béguin semblait soudain très puéril. Dès lors, autant éviter de se mettre dans l'embarras et de rendre les choses encore plus gênantes qu'elles ne l'étaient déjà.

— Alors, qui t'a apporté de l'essence ? demanda Sydney.

— Cullen, répondit Lily. Je pense que le brie au four et la salade Margarita seraient une bonne idée, non ?

Elle n'avait pas besoin de lever le regard pour savoir que trois paires d'yeux étaient fixées sur elle.

Elle n'était pas très douée pour feindre la désinvolture.

— Donc, Dr Mamour, l'illustre bourreau de travail, a pris sur son temps précieux pour t'apporter de l'essence ? résuma Pepper.

— Voilà.

Il y eut un silence empli d'attente, puis A.J. déclara :

— Je suis très heureuse en ménage, mais Cullen Dunlevy est indiscutablement canon et sexy, vous ne trouvez pas ?

Oui ! Et il m'a embrassée. Et il veut recommencer.

Les deux autres femmes opinèrent vivement, comme si A.J. avait avancé un argument solide susceptible de promouvoir Cullen au rang de huitième merveille du monde.

Une cause que Lily soutiendrait corps et âme.

C'était une des raisons pour lesquelles elle était devenue si amie avec ces femmes : elles savaient reconnaître une bonne chose quand elles la voyaient.

— Prends la file d'attente, mon chou, répliqua Pepper. J'ai cru comprendre que quantité de femmes apprécient les qualités du Dr Mamour.

— Comme je le disais, je suis heureuse en ménage, et Dieu merci, je n'aurai pas à attendre mon tour pour un rendez-vous avec le merveilleux docteur, objecta A.J.

— Avec le mari que tu as ? renchérit Pepper. Dr Mamour ne lui arrive pas à la cheville.

D'un sourire, A.J. confirma qu'elle était consciente de la chance qu'elle avait.

— Il a la réputation d'être un sacré coureur et de ne vouloir que des histoires sans attaches, ajouta Sydney.

— Tu as raison, déclara Pepper, fronçant le nez. C'est un chaud lapin. Kate m'a répété quelques histoires bien croustillantes que lui a racontées Liam à propos du célèbre Dr Mamour.

Elle se pencha en avant d'un air de conspiratrice, et les autres l'imitèrent.

— Je n'échangerais Rob contre personne, surtout pas contre Cullen Dunlevy, mais j'avoue... Si vous étiez célibataires et sans envie de vous caser, vous ne seriez pas curieuses de savoir ce qui pousse toutes ces femmes à se le disputer ? Comment ce serait de passer une nuit avec le docteur fripon ?

Ses amies, si heureuses d'avoir trouvé les hommes de leur vie, éclatèrent de rire.

— Et toi, Lily ? reprit Pepper. Tu n'es pas mariée. Vivons ça par ton entremise. Tu t'es déjà demandé comment ce serait, une nuit dans le lit du Dr Mamour ?

Oui.

Lily était certaine que sa figure était aussi écarlate que les décorations au centre de leur table.

— Je suis trop entourée de gosses pour penser à autre chose qu'à mon travail de nounou, répondit-elle.

Menteuse !

Pepper fit la moue.

— Oh ! chérie, il n'y a pas que le travail dans la vie !

— Franchement, objecta A.J. Tu voudrais passer une nuit avec lui en sachant qu'une autre y était la veille et qu'une autre encore te remplacera sans doute après ton départ ?

Lily se sentit heurtée par les propos de ses amies.

— Vous en parlez comme d'un mufle !

— Je dis juste que, si cet homme a une telle réputation, ce n'est pas par hasard, objecta A.J. Qui a envie d'être la reine de son harem ? Etendu, le harem, d'après ce qu'on dit.

Pour une raison obscure, Lily éprouvait le besoin de défendre Cullen.

— Je ne suis pas chez lui depuis très longtemps, mais depuis mon arrivée, il se comporte en parfait gentleman. Je n'ai rien vu qui conforte vos accusations de chaud lapin.

Puis elle songea au texto si cru de Giselle. N'empêche, il n'était pas sorti avec Giselle ce soir-là.

Il était rentré à la maison, et ils étaient allés acheter le sapin de Noël. Et il l'avait embrassée sous le gui.

Lily se réprimanda mentalement. Quand finirait-elle par apprendre de ses erreurs ? Elle n'avait donc rien entendu des commentaires de ses amies ? Cet homme avait une réputation de séducteur. Elle en avait eu la preuve sous les yeux. Du moins, les mots de Giselle. Hallucinant, ce texto, tout de même !

Elle aurait beau souhaiter, rêver et imaginer que Cullen était différent de ce qu'il était, cela ne le changerait pas.

Il avait beau avoir reconnu qu'il voulait l'embrasser à nouveau, cela ne signifiait pas qu'il n'embrassait pas d'autres femmes. Et elle n'allait sûrement pas se mettre dans la file d'attente.

Elle n'était pas Giselle. Elle ne serait jamais Giselle.

Alors, autant admettre tout de suite que Cullen Dunlevy et elle n'avaient rien à s'offrir l'un à l'autre, et que prétendre le contraire n'avait aucun sens.

Pourquoi avait-il dit à Lily qu'il voulait encore l'embrasser ? Pourtant, c'était la vérité.

Il adorerait retrouver la saveur de ses lèvres. Cette fois, dans un vrai baiser. La communion sensuelle de sa bouche sur la sienne, ses mains explorant son corps, ces formes et ces courbes qui le rendaient fou depuis le premier jour, quand il lui avait ouvert la porte.

A présent, il n'avait qu'une idée en tête : la mettre dans son lit.

Il fallait qu'il chasse cette obsession de sa tête. Lily était ici pour les enfants, pas pour son plaisir à lui. Elle n'était pas comme les autres femmes qui comprenaient qu'il ne pouvait donner davantage que le bon temps à court terme qu'il offrait.

Les femmes avec qui il sortait étaient parfaitement en phase avec lui, et il leur donnait exactement ce qu'elles voulaient. Lily ne lui avait pas demandé de l'embrasser, bien qu'elle lui ait rendu son baiser.

Pas plus qu'elle ne l'avait rabroué quand il avait annoncé son désir de l'embrasser à nouveau. En fait, elle n'avait rien dit du tout. Elle avait juste souri, regagné le monospace et poursuivi le cours de sa journée. Et lui, le cours de la sienne.

Ce qui le ramenait à la case départ : elle était beaucoup trop bien pour lui ; elle méritait mieux que ce qu'il pouvait lui offrir. Elle avait confirmé ses soupçons qu'elle était du genre à se marier. Elle avait même été fiancée ! Pourquoi ce type l'avait-il laissée partir ? Lily était la perle rare pour qui souhaitait ce style de vie.

S'il était malin, il s'en tiendrait aux Giselle, Eva et autres Candice de son monde. Celles qui connaissaient et appréciaient ses règles de liaison sans attaches. Il ne tomberait pas dans le piège de vouloir ce qu'il ne devrait pas vouloir, ainsi que son père l'avait fait.

Le manque de retenue de son père avait gâché de nombreuses vies, et Cullen refusait d'être comme lui. Pourtant, il avait ses gènes... Il avait essayé le mariage, et cela n'avait pas marché. Dieu merci, Brenda et lui étaient trop pris par leur carrière pour que des enfants se soient retrouvés victimes de leur erreur.

Lily voulait mariage et enfants, et elle devrait les avoir. Ce serait un crime qu'elle ne soit pas mère et épouse. Elle était tellement douée pour ça !

Cullen ruminait chez lui dans le fauteuil de son bureau. Il avala le reste de son verre de scotch, écoutant le bruit distant de l'émission que les enfants regardaient dans la salle de séjour. Penser à son père faisait resurgir de mauvais souvenirs qu'il préférait occulter.

La présence des petits et de Lily les avait déterrés et, ce faisant, lui fournissait une indispensable confrontation avec la réalité.

Les fiançailles de Lily avaient été rompues. Pourquoi ? Il l'ignorait. Leur discussion avait été trop brève pour lui permettre de savoir ce qu'elle attendait d'une relation, ses goûts en la matière, ce qui était rédhibitoire. Il ne savait même pas s'il était son type d'homme !

Mais son instinct, généralement bon, lui disait qu'elle voulait un homme qui s'engage, une existence traditionnelle, avec une maison pleine d'enfants, un chien, bref, le cliché.

Or il n'était pas l'homme en mesure de lui offrir ça.

Le téléphone sonna, l'arrachant à ses réflexions.

Sa première pensée fut : *Lily ?*

Lily d'abord. Avant l'hôpital. Sa journée de travail était finie. Pourquoi l'appellerait-elle, si elle en avait été incapable ce matin alors même qu'elle avait eu besoin d'aide ?

Il se leva pour vérifier l'identité du correspondant. Comme il ne reconnaissait pas le numéro, il laissa l'appel basculer sur sa boîte vocale.

— Hé, beau gosse, dit une voix familière. Je parie que je suis la dernière personne à qui tu t'attendais ce soir, hein ?

Brenda ? Aussitôt, il prêta l'oreille.

A croire que sa méditation sur le mariage avait fait apparaître la seule femme au monde qu'il ait laissée lui donner envie d'enfreindre sa sacro-sainte règle de l'absence d'engagement. Hormis Lily. Quelle mouche le piquait donc ? Non, il avait envie de coucher avec elle. Pas de l'épouser. Simple fantasme sexuel.

Il éprouva une pointe de regret, honteux de penser à Lily en ces termes. Elle méritait mieux, beaucoup mieux.

Quelle ironie que Brenda, son ex-femme, intervienne justement pour le lui rappeler de manière subliminale.

Son mariage avec elle avait duré moins de deux ans.

— Eh bien, mon chou, poursuivait-elle. Je serai bientôt en ville, et je voulais te voir. En fait, il y a de fortes chances que tu me voies souvent, que tu le veuilles ou non. Un cabinet médical de Celebration cherche un associé. Alors, appelle-moi, je voudrais qu'on dîne ensemble.

Elle laissa son numéro, puis poussa un soupir. Un son peu caractéristique de sa part, beaucoup plus nostalgique et sentimental que quand elle soupirait durant leur mariage.

— Appelle-moi, d'accord ?

Elle marqua une pause, puis ajouta :

— J'ai pas mal pensé à toi, Cullen. Tu m'as manqué.

7

— Vous avez un moment ? demanda Lily à Cullen, debout dans la cuisine, son sac à l'épaule et son manteau sur le bras.

Pour toi, j'ai toute la nuit.

C'était vrai, mais il savait qu'elle n'apprécierait sans doute pas ce qu'il avait en tête.

— Bien sûr. Un problème ?

Elle posa son sac, et s'assit sur le siège qu'il lui indiqua.

— Merci.

Il s'installa à côté d'elle, de manière à la regarder.

— Je vous écoute.

Il se força à ne pas s'attarder sur ses lèvres voluptueuses. Elle parlait, mais il n'arrivait pas à se concentrer.

— Alors, qu'est-ce que vous en pensez ? conclut-elle.

Elle marqua une pause. Il cilla. *Grillé !*

— Vous n'avez pas entendu un mot de ce que je viens de dire, pas vrai ? lança-t-elle.

Non, pas un seul. Parce qu'il était trop obnubilé par des choses qu'il croyait avoir déjà rejetées de son esprit. La veille au soir, après avoir rappelé Brenda et accepté de dîner avec elle, il s'était intimé l'ordre de s'imposer des limites strictes concernant Lily. Quand organiser un dîner avec Brenda avait commencé à lui sembler bizarre, il avait pris conscience que ces limites devaient être non seulement établies, mais aussi strictement respectées.

Depuis quand se sentait-il bizarre à l'idée de faire quoi que ce soit ? Qu'avait donc cette femme pour le plonger dans cet état de confusion ?

Pourtant, il lui adressa son sourire le plus désarmant, celui qui d'habitude le sortait du pétrin avec les autres femmes. Curieusement, il savait que cela ne marcherait pas avec elle. Trop chaleureuse, trop fine, trop drôle... et dotée d'un cœur grand comme le Texas quand il s'agissait de ceux à qui elle était attachée. D'ailleurs, elle fronçait les sourcils devant son manque évident d'attention. Elle reprit son explication et, cette fois, il écouta.

— Hier, j'ai dîné avec mes amies. Elles nous ont invités, les enfants et moi, à leur donner un coup de main pour le marché de Noël. Elles sont même prêtes à les payer pour qu'ils gagnent un peu d'argent de poche. Vous savez, c'est cette grande foire organisée tous les ans une semaine en décembre sous la halle du marché fermier. Vous y êtes déjà allé ? C'est très amusant.

— Non, je sais de quoi vous parlez, mais je n'y ai jamais mis les pieds. Les petits sont d'accord ?

— Je ne leur ai encore rien dit. Je voulais d'abord vous demander votre avis, répondit-elle.

Il crut apercevoir une vague hésitation dans ses yeux.

— J'apprécie, répliqua-t-il. Vous croyez que ça leur plaira ?

— Ma foi, les filles sont dingues de pâtisserie !

— Je sais. D'ailleurs, grâce à tous ces gâteaux, j'ai dû desserrer ma ceinture de plusieurs crans. Si cela signifie que ces fameux pains seront vendus plutôt que de me tenter ici, allez-y, foncez ! C'est trop dur d'y résister.

Tout comme à toi.

Pensée inopportune qu'il réprima, surtout en voyant l'expression de Lily. Il précisa aussitôt :

— Comprenez-moi bien. Je trouve délicieux tout ce que les filles et vous confectionnez. Mais un peu trop pour mon propre bien, ajouta-t-il en tapotant son estomac.

Ces lèvres pleines aussi semblaient trop délicieuses...

— Vous savez que l'entreprise de mes amies, Celebration

Incorporated, est mise en avant dans l'émission *Catering to Dallas*, n'est-ce pas ? reprit-elle.

— Oui.

Là encore, il n'avait jamais eu le temps de la regarder.

— Un épisode de l'émission sera filmé durant le marché de Noël, ajouta Lily.

Elle fronçait les sourcils, et il comprit que quelque chose la préoccupait.

— Ça pose un problème ? Il y a une raison pour laquelle cela devrait nous inquiéter ?

— J'aimerais pouvoir dire que non, répondit-elle, hésitante.

— Ce sont vos amies, non ? Elles ne mettraient pas les enfants dans une situation préjudiciable, n'est-ce pas ?

— Non, et ça, je vous le garantis. Elles n'auront à cœur que le meilleur intérêt des petits. Mais il s'agit de télé-réalité, et le fonds de commerce des émissions de ce genre, c'est le drame, même préfabriqué.

— Quel drame une émission de télé-réalité sur une entreprise de traiteur peut-elle bien susciter ? Surtout lors d'un marché de Noël familial, avec une ambiance plutôt saine ?

Elle continuait de froncer les sourcils.

— Vous me cachez quelque chose ? demanda-t-il.

— L'an dernier, je devais passer dans cette émission, répondit-elle.

— Censée ? Qu'est-ce qu'il s'est passé ?

Pensive, elle se mordilla la lèvre.

— Vous vous souvenez quand je vous ai dit que j'étais censée me marier ? Eh bien, j'avais remporté un concours appelé la « Mariée de Celebration ». Mon fiancé, Josh, et moi, avons gagné un mariage tous frais payés qui devait être diffusé dans l'émission.

— Et ?...

— Josh a décidé qu'en fin de compte, il ne voulait pas se marier.

— Je suis navré, Lily.

En fait, il était navré pour l'imbécile qui avait laissé passer une femme comme Lily. Cela dit, il était bien placé pour savoir que tout le monde n'était pas taillé pour le mode de vie conjugal traditionnel. Dommage que Lily ait eu à en souffrir. Manifestement, en parler la bouleversait encore.

— Josh et moi voulions des choses différentes. Moi, me marier et fonder une famille. Pas lui. Mais ce n'est pas le sujet. Les producteurs de *Catering to Dallas* ont réussi à filmer en douce notre scène de rupture, et ont voulu passer la séquence à l'antenne. Sydney a réussi à les en empêcher. Je veux juste m'assurer que les petits ne soient pas exposés à ce genre de mauvaises surprises. Ils ont traversé des choses suffisamment dures ces derniers mois. J'ai confiance en mes amies, mais je me méfie des producteurs trop ambitieux.

Jamais il n'aurait pu trouver de meilleure personne pour s'occuper des enfants ! Lily se souciait *vraiment* d'eux.

Il sentit son cœur se serrer en songeant à l'humiliation qu'elle avait subie, même si la rupture n'avait pas été diffusée. Quel sale type, ce Josh !

— Je suis désolé de ce qui vous est arrivé, assura-t-il. Personne ne devrait être traité de cette manière.

— C'est très gentil de me dire ça.

Il se remémora ses propos de la veille, quand il était venu la dépanner au bord de la route. Quand il lui avait dit qu'il ne regrettait pas de l'avoir embrassée, et qu'il aimerait recommencer. S'il était aussi gentil que Lily le prétendait, il ne lui reparlerait jamais de l'embrasser. En fait, il n'y penserait même plus. Elle venait de le dire elle-même : elle voulait un mari et une famille. Or il n'avait aucune intention de se remarier. Pourquoi l'entraîner sur un chemin contraire à tout ce qu'elle désirait ?

— Je sais que vous ne voulez que le bien des enfants, Lily. Alors, je fais confiance à votre jugement à propos du marché de Noël et de leur participation à *Catering to Dallas.*

Si seulement il pouvait se fier à son propre jugement à propos d'elle !

Décorée pour le marché de Noël, la vaste halle ressemblait à un paysage hivernal féerique.

D'innombrables vendeurs proposaient de tout : cadeaux, décorations, nourriture, vins. Sucres d'orge et guimauve maison, chocolats et cidre chaud, mets de fête, traiteurs gastronomiques, organisation complète de réveillons.

Des lumières multicolores étaient suspendues d'un coin à l'autre du bâtiment, entre des flocons de neige scintillants attachés sur du fil de pêche au plafond. Dans un angle se dressait le plus haut sapin que Lily ait jamais vu. En dessous, des paquets de toutes les tailles enveloppés de papier muticolores donnaient envie de les secouer pour deviner leur contenu. Dans un autre angle trônait un grand trône doré, entouré d'une barrière blanche ornée de guirlandes de houx, de pommes de pin, de clochettes argentées et de rubans rouges. A l'entrée du petit enclos, un panneau indiquait le pôle Nord, et un tapis rouge menait au trône.

Le fauteuil du père Noël.

Lily était née et avait grandi à Celebration, au Texas, et elle avait maintes fois vu assis là le grand homme. Dès l'ouverture du marché de Noël, les enfants faisaient la queue pour lui chuchoter à l'oreille ce qu'ils souhaitaient comme cadeaux.

Même si elle avait trente ans et que cela faisait longtemps qu'elle ne s'était pas assise sur les genoux du père Noël, le spectacle festif du marché de Noël lui faisait toujours chaud au cœur.

Et cette année encore plus, puisqu'elle le partageait avec Cullen et les enfants. Cela donnait l'impression qu'ils formaient... une famille.

Tandis qu'elle entrait en compagnie de Cullen et des petits — y compris George — dans la halle la veille de l'ouverture officielle, pour une soirée VIP spéciale vendeurs et sponsors, elle ressentit une excitation croissante : c'était comme de voir les coulisses de l'événement, ou le plateau de tournage d'un film.

— Quel est le numéro du stand, déjà ? demanda Cullen.

Il avait merveilleusement réagi quand elle avait évoqué la

participation des enfants au marché de Noël. Mais elle le savait : il aurait fait n'importe quoi pour les enfants, et il se fiait à elle.

Même si elle avait été précédemment échaudée par sa propre expérience, elle avait décidé de faire confiance à ses amies. D'ailleurs, la foudre ne frappait jamais deux fois au même endroit.

Un principe qu'elle pouvait s'appliquer elle-même. Certes, elle avait été déçue en amour. Mais ce n'était pas une raison pour s'interdire de trouver le véritable amour qui l'attendait quelque part, elle en était certaine.

Elle décocha un regard à Cullen. Quand il lui adressa un sourire sexy, elle sentit son pouls s'accélérer. Il était rentré tôt du travail — enfin, tôt pour lui — afin de les accompagner à la soirée. Le côté rationnel en elle supposait qu'il voulait se faire une idée de l'organisation et estimer si le fait de laisser les enfants passer la semaine ici était sûr.

Mais l'indécrottable romantique en elle ne désespérait pas qu'il fût là parce qu'il le voulait. Il souhaitait passer du temps avec les enfants... et elle. Ce soir, peut-être honorerait-il sa promesse de l'embrasser une nouvelle fois ?

Pas devant les enfants, bien entendu. Il le comprenait, et elle ne l'en admirait que plus. Il ferait un père sensationnel, et pourrait en être un pour ces gamins, à condition qu'il s'accorde un peu plus de crédit.

Il les avait aidés à penser à autre chose qu'à la tragédie qu'ils avaient vécue. Les filles lui avaient parlé de *Stollenfest* et expliqué qu'à Dresde, le produit de la vente du pain était destiné aux plus démunis. Les enfants avaient décidé qu'ils voulaient faire pareil avec l'argent gagné au marché de Noël. Il avait promis de doubler la mise pour chaque dollar récolté. Il les avait même aidés à trouver une association caritative : le foyer Grace Children.

Son cœur avait bondi de joie, pendant qu'elle confectionnait les *stollen* avec les enfants. Megan, très mature, lui avait rapporté l'accord conclu avec Cullen.

— Parce que tu sais, Lily, il y a des enfants qui ont moins de chance que nous. Nous, on a oncle Cullen et on t'a, toi, mais certains n'ont personne. On veut les aider.

Lily sentit ses yeux s'embuer.

Après tous les chagrins et bouleversements qu'ils avaient connus, ils étaient encore capables de mesurer leur bonne fortune. Cullen pourrait bien y être pour quelque chose...

En réalité, il y était pour beaucoup, c'était clair comme de l'eau de roche. Mais cela ne collait pas avec le mauvais garçon décrit par ses amies, ce qui lui posait un problème.

Certes, c'était un homme complexe et compliqué, indiscutablement amateur de femmes, mais il n'en avait fait venir aucune depuis l'arrivée de Lily. En fait, si elle n'avait pas vu le texto de Giselle, elle aurait eu tendance à croire que sa mauvaise réputation était infondée. Car tout ce qu'elle savait, c'est qu'il avait un cœur immense quand il s'agissait des enfants.

Oui, qu'il le croie ou pas, il ferait un père en or pour eux. Et elle avait envie de l'aider à en prendre conscience.

Alors qu'ils approchaient du stand Celebrations Inc., George trébucha et laissa tomber les pains qu'il portait. Fronçant les sourcils, il se pencha pour les ramasser, mais une dame âgée qui marchait dans leur direction s'arrêta pour l'aider.

— Laisse-moi te donner un coup de main, jeune homme, dit-elle, empilant les deux *stollen* restants sur ceux qu'il avait déjà ramassés.

— Merci, firent Lily et Cullen quasi en même temps.

Eux-mêmes avaient les bras pleins, et il leur aurait été difficile d'aider George sans déposer leur charge au préalable.

— Il n'y a pas de quoi, répliqua-t-elle. Vous vendez quoi ?

— Des pains de Noël, répondit Hannah.

— Ça s'appelle des *stollen*, précisa Megan. Ça vient d'Allemagne. Mais on les a faits nous-mêmes.

— Et on va donner l'argent qu'on aura gagné à des enfants qui ont moins de chance que nous, ajouta Bridget de sa toute petite voix timide.

La femme posa une main sur son cœur.

— Je n'ai jamais rien entendu de plus adorable. Comptez sur

moi pour revenir vous en acheter plusieurs afin de participer à votre généreuse entreprise.

Tandis que les petits se dirigeaient vers le stand Celebrations Inc., la vieille dame adressa un immense sourire à Lily et Cullen.

— Quelle jolie famille ! Bravo à tous les deux du bel esprit civique dans lequel vous élevez vos enfants !

Lily et Cullen échangèrent un regard dérouté, mais la femme ne parut pas s'en apercevoir. Ni l'un ni l'autre ne rectifièrent. Pour Lily, durant un moment parfait, magique, ils *étaient* une famille, son désir le plus cher.

— Oh ! et moi qui bavasse pendant que vous m'écoutez si poliment, alors que vous avez les bras chargés ! reprit la dame. Pardon. Je repasserai acheter de ce *stollen* avant qu'il n'y en ait plus, promis. A bientôt !

Elle fit un petit signe d'adieu et tourna les talons. Quand ils eurent déposé les pains au stand, Cullen dit à Lily :

— Votre première cliente !

— Il semblerait, oui...

— Est-ce que ma *femme* veut bien m'aider à aller chercher le reste de la livraison dans la voiture ?

Lily sentit son cœur cogner dans sa poitrine. Elle avait cru qu'il ignorerait — *et tant mieux* — la méprise de la dame. Mais elle eut assez de présence d'esprit pour ne pas s'emballer. Il se contentait de jouer le jeu, de flirter comme tous deux le faisaient depuis le début...

Elle arqua un sourcil, résolue à le laisser libre d'interpréter sa réaction, mais l'intensité de son regard coquin posé sur elle la troubla. Aussi leva-t-elle les yeux au ciel, seule manière de mettre un terme à son embarras.

— Syd, on peut te laisser les enfants, le temps de récupérer le reste des *stollen* ? demanda-t-elle d'un ton faussement désinvolte. A deux, un seul trajet devrait suffire.

— Juste ciel ! fit Sydney. Vous avez enchaîné les fournées non-stop, ma parole.

Cullen enlaça Lily.

— Ah, ça ! Ma femme est une excellente pâtissière.

La bouche de Sydney s'ouvrit, mais elle la referma aussitôt, une expression perplexe sur son joli visage. Elle jeta un regard à Lily, semblant exiger des explications ultérieures.

— Ta *femme*, hein ? finit-elle par lâcher.

— Oh ! il plaisante, objecta Lily, se dégageant du bras de Cullen, furieuse de sentir ses joues s'embraser.

Sydney paraissait désormais les regarder de façon différente.

— C'est ça, les tourtereaux, allez chercher le reste. Je garde un œil sur vos gamins, mais pas de bêtises, hein. Cullen, je suis sérieuse : attention à ma copine.

Cullen acquiesça, et ils se dirigèrent vers la sortie.

— C'était quoi, ça, au juste ? demanda-t-il.

— Oh ! vous connaissez Sydney. Elle s'imagine devoir jouer la grande sœur qui veille sur moi.

— Je n'avais pas conscience que vous en aviez besoin.

Une lueur étincela dans ses yeux, et le cœur de Lily fit un bond dans sa poitrine. *Oh ! si tu savais...*

Elle jugea préférable de changer de sujet.

— A propos d'épouse... Je crois qu'on avait commencé une discussion l'autre soir à la jardinerie, non ?

— Mmm, vraiment ? Que voulez-vous savoir ?

Leurs bras se frôlaient tandis qu'ils marchaient, un contact qui intensifiait l'électricité entre eux.

— Ne m'obligez pas à poser des questions. Je vous ai parlé de ma rupture avec Josh. A votre tour de me dire ce qui s'est passé. Pourquoi avez-vous divorcé ?

Il prit une profonde inspiration, et la tension qui vibrait entre eux parut décroître un peu. Cet interrogatoire n'était peut-être pas une bonne idée, après tout, songea Lily. Le fil était si ténu entre intimité et indiscrétion... Elle aurait mieux fait de s'en tenir au flirt habituel.

— Ce qu'il s'est passé ? répéta-t-il, semblant peser ses mots. On était tous les deux trop focalisés sur notre travail. Ça n'a pas fonctionné, c'est tout.

— Que fait-elle dans la vie ?

— Chirurgienne pédiatrique. Et sacrément bonne.

Evidemment. Une femme brillante et, étant donné la réputation de Cullen, probablement très belle aussi.

— On s'est connus et mariés durant notre internat, poursuivit-il. Ensuite, elle a obtenu une bourse en chirurgie pédiatrique à Seattle, et on m'a proposé le poste ici.

Est-ce qu'il s'était battu pour la garder ? faillit-elle lui demander. Toute femme a besoin de savoir que l'homme qu'elle aime est prêt à se battre pour la garder. Qu'il ne la laissera pas partir les bras croisés.

Josh, lui, avait fait plus : il était parti le premier.

— On était mariés depuis moins de deux ans quand elle a décroché cette bourse. Mon travail était ici et le sien, à Seattle. Le problème a été vite réglé.

— Une relation à distance n'était pas envisageable ? Cela fonctionne pour de nombreux couples.

— Elle ne le voulait pas.

Oui, mais vous ? Et vous vous êtes battu, ou pas ?

Elle brûlait de lui poser ces questions, mais les mots ne sortaient pas. Il semblait soudain si vulnérable, si différent de l'homme à femmes pour qui ses amies le prenaient.

— C'est drôle qu'on parle d'elle, poursuivit Cullen. Je n'avais pas eu de ses nouvelles depuis des lustres. Voilà ce qui arrive quand deux bourreaux de travail sans enfants divorcent. Rupture définitive. Table rase du passé.

Cela avait le cas avec Josh et elle. Ils ne s'étaient pas parlé depuis leur séparation. Et ils vivaient dans la même ville.

— Or il se trouve qu'elle m'a appelé il y a quelques jours.

Quoi ? L'estomac de Lily s'emplit de plomb.

— Ah bon ? Comme ça ? Sans raison ?

Alors qu'ils sortaient du bâtiment, elle tenta de deviner ses sentiments. Il paraissait simplement mal à l'aise.

— Si. Il se peut qu'elle revienne ici. Elle passera prochainement pour discuter d'une association avec un cabinet de pédiatrie.

— Sympa, fit Lily, s'efforçant de garder le sourire. Elle arrive quand ?

— Elle ne le sait pas encore. Elle me téléphonera dès que la date sera fixée.

Il haussa les épaules. Elle hocha la tête. Rassembla son courage. Voilà pourquoi elle devait se rappeler quelle était sa place. Elle était la nounou. Il était son patron.

— En fait, ça pourrait se révéler une bonne chose. Si vous vous remettez ensemble, vous pourriez garder les enfants. Etre leurs parents.

— Cela n'arrivera jamais, objecta Cullen en ricanant.

Elle s'immobilisa devant la voiture et le fusilla du regard.

— Ce sont de braves gosses, Cullen, répliqua-t-elle sèchement. Surtout vu tout ce qu'ils ont enduré.

— Bien sûr. Je le sais parfaitement.

— Vous avez plein de place chez vous. Je ne comprends pas pourquoi vous ne les prendriez pas !

— Je n'ai pas la place pour quatre gamins dans ma vie. Ce serait malhonnête vis-à-vis d'eux.

— Mais vous vous débrouillez si bien avec eux. En quoi ce serait différent ? Que *maintenant*, je veux dire ? Ils sont si heureux, et *elle* pourrait vous aider à les élever !

Les paroles étaient sorties toutes seules, impérieuses. Elle sentait son cœur battre à tout rompre. En prenant le reste des *stollen*, elle prit soin d'éviter tout contact physique avec lui, consciente qu'elle devrait arrêter d'insister.

— On n'a jamais voulu d'enfants, expliqua-t-il. C'est une des rares choses sur lesquelles on était d'accord.

Il ne désirait réellement pas d'enfants ? Même après presque deux semaines avec les petits Thomas ? La vérité la heurta de plein fouet. Bien fait pour elle. Combien de fois le lui avait-il déjà dit, désormais ?

Pourtant, elle persistait à croire que les enfants le changeraient.

— Elle est pédiatre et ne veut pas d'enfants ? Ce n'est pas contraire aux lois de la nature, ça ? Voire au serment d'Hippocrate ?

Il haussa à nouveau les épaules. Ils feraient mieux de dévier la discussion vers un sujet plus neutre. D'autant qu'il n'avait pas nié la possibilité de se remettre avec *elle*.

Lily n'avait pas demandé son nom. Qu'il ne lui avait pas donné. Et alors ? Elle ne voulait pas le savoir. Elle se sentit prise d'une légère nausée. Mais, au moins, les choses étaient claires...

Elle s'obligea à sourire tandis qu'il refermait le hayon.

— Je suis fière que les enfants remettent le gain de leurs ventes à un organisme caritatif, et très touchée que vous participiez à la hauteur de leurs dons. C'est génial, Cullen.

Pendant qu'ils retournaient dans la halle, elle fit exprès de ne pas le regarder. Son cœur avait besoin de temps pour se remettre de la nouvelle concernant son ex-femme.

— C'est le moins que je puisse faire, et puis, en réalité, c'est normal, dit-il. C'est l'époque de l'année où on *devrait* être charitable. Du moins, *moi*, je devrais l'être. Vous, l'altruisme est votre nature, je pense.

— Ma foi, je suis institutrice. J'imagine que cela va avec le métier. Mais vous... vous êtes vraiment bon avec eux, Cullen. Ils vous *aiment* tant !

Voilà que les mots s'écoulaient de nouveau tout seuls. Un vrai moulin à paroles, la critiquait toujours Josh.

— J'agis correctement envers Greg, c'est tout. Ce sont Rosa et lui qui ont bien élevé ces enfants. Je continue juste ce qu'ils ont commencé. C'est bizarre de penser qu'ils ne sont plus là. Ça vous fait réaliser à quel point la vie est courte. Prendre du recul et faire l'inventaire de ce qui est important ou non.

Elle vit ses yeux quand il pivota pour ouvrir la porte d'un coup de reins. Durant une seconde qui parut durer une éternité, ils parurent emplis de tristesse, de souffrance, et d'autre chose qu'elle ne put définir.

Oui, décidément, cet homme était compliqué...

— Ils ne sont avec moi que le temps de leur trouver une famille qui les prenne tous les quatre, rappela Cullen. Ils doivent rester ensemble. Je refuse de les séparer.

— Vous croyez que vous y parviendrez d'ici le nouvel an ?

Il opina d'un air résolu.

— J'ai un avocat spécialisé en affaires familiales sur le coup. Cameron Brady. Je lui fais toute confiance.

Il observa les petits qui, sur le stand, aidaient Sydney et A.J. à disposer les *stollen* déjà apportés.

— Ce sont des gamins formidables, reprit-il. Ils méritent tellement mieux que ce que je peux leur donner. En plus, grâce à vous, j'ai juste à être là. Vous faites tout le reste. Mais vous ne serez pas toujours là.

Sa voix s'altéra, et il s'éclaircit la gorge.

— Je veux dire, vous ne serez pas là *éternellement*.

Elle eut envie de rétorquer : *Je peux rester. Il vous suffit de me le demander.* Mais elle se mordit l'intérieur des joues pour se retenir. Elle avait sa propre carrière à mener. Et si l'ex-femme revenait...

Il avait raison, les enfants avaient besoin de stabilité. D'un foyer traditionnel comme celui qu'ils avaient connu, où ils se sentaient à l'aise, bienvenus, aimés. Même si personne ne remplacerait jamais leurs parents, il leur fallait le refuge et la sécurité d'un foyer avec un homme et une femme qui s'aimaient. Les filles avaient besoin d'une maman, et le pauvre George manquait si désespérément d'une figure paternelle.

— Ils m'ont dit que vous leur aviez appris ce qu'est une donation, poursuivit-il. C'est vous qui donnez le bon exemple. Vous leur avez parlé d'un festival en Allemagne où on vend des gâteaux pour récolter de l'argent destiné aux œuvres de bienfaisance. La donation était leur idée, mais vous avez planté la graine !

— Oh ! vous sous-estimez votre super attitude avec eux...

— Hou hou ! les héla une voix.

En se retournant, ils virent la femme qui avait aidé George s'avancer vers eux.

— Je suis si contente de vous avoir rattrapés avant que vous partiez, dit-elle.

— Nous ne partions pas, expliqua Cullen. Nous étions juste en train d'apporter le reste des *stollen*.

Elle sourit en hochant la tête.

— Le boulot de parents n'en finit jamais, hein ? Ce monde a besoin de plus de familles comme la vôtre. Responsables, avec l'esprit de communauté, des enfants élevés en futurs bons citoyens. Oh ! pardon, je ne me suis même pas présentée. Je m'appelle Joan Cotton. Je suis la présidente du Jingle Bell Ball. Vous en avez entendu parler ?

— Cullen Dunlevy. Et voici Lily.

Il n'échappa pas à cette dernière que Cullen avait omis de dire son nom de famille à elle. Est-ce qu'il entretenait volontairement la méprise qu'ils étaient mariés ? Mais ils venaient de parler de son ex-femme...

— Bien sûr que je connais, poursuivit Cullen. Le bal lève des fonds pour la banque alimentaire New Harvest. J'ai déjà assisté à votre événement par le passé.

Joan applaudit.

— Chic ! Vous comptez venir cette année ?

— J'avoue que c'est tellement trépidant à la maison ces derniers temps que je n'ai pas acheté de billets.

— Je comprends. Et en tant que présidente du bal, j'aime offrir des billets à quelques couples méritants. Je serais ravie que vous soyez mes invités cette année.

Elle tendit une enveloppe à Cullen, qui hésita.

— Cela me fait plaisir de les payer, objecta-t-il.

— Offrir des billets d'entrée sert à deux fonctions. Cela permet non seulement de faire connaître New Harvest, mais également à de jeunes couples méritants adorables comme vous de passer une soirée entre amoureux, sans les enfants. C'est une chose que j'aime faire durant les fêtes de fin d'année. Bien entendu, si vous tenez à les payer, j'apporterai votre chèque au bureau.

Lily comprit ce que manigançait la femme. Elle les croyait mariés. Elle instillait à l'épouse l'espoir d'assister au bal en mettant le mari dans une position où il ne pouvait refuser. Sacrée technique de vente ! Les billets n'avaient pas dû s'arracher cette année...

Lily se prépara au refus poli de Cullen. La meilleure façon pour lui de s'en sortir était de simplement informer Joan qu'ils n'étaient ni mariés ni même en couple, et que ces billets ne leur seraient d'aucune utilité.

— Ne vous inquiétez pas. Il y aura une vente aux enchères et quantité d'autres opportunités de donations, si vous le souhaitez. Alors, faites-moi plaisir, soyez mes invités. Emmenez votre ravissante épouse au bal. Tous deux méritez amplement une soirée romantique.

— Je peux vous apporter un chèque demain ? demanda Cullen.

Joana acquiesça avec empressement.

Puis il se tourna vers Lily.

— Qu'est-ce que tu en dis, *chérie* ? Tu veux bien être ma cavalière à ce bal ?

8

Le marché de Noël fermait à 17 heures du lundi au mercredi. Cet horaire permettait aux vendeurs de réapprovisionner leurs stands et de récupérer avant les journées plus chargées et plus longues du jeudi au samedi.

Ce mercredi soir, Lily avait prévu de retrouver Sydney, qui lui ferait essayer quelques vêtements de sa garde-robe en prévision du bal.

Simple institutrice au budget limité, Lily n'avait aucune tenue habillée. Hormis ses robes de bal de promo, sa robe de mariée était la plus sophistiquée qu'elle ait jamais possédée — ou failli posséder. Quand le mariage était tombé à l'eau, elle l'avait rapportée.

Elle ne s'était jamais rendue à un bal de charité. Et malgré son excitation, elle n'avait pas les moyens de dépenser une grosse somme pour une robe qu'elle ne porterait probablement qu'une fois dans sa vie.

Une fois de plus, Sydney venait à son secours, jouant les bonnes fées pour sa Cendrillon, songea Lily en sonnant à la porte du vaste ranch dans lequel Sydney vivait avec son mari réalisateur, Miles Mercer.

— Salut, ma belle, dit son amie en l'accueillant.

— J'espère que tu as faim ! s'exclama Lily, brandissant un énorme plat de lasagnes. Et que Miles se joindra à nous. Comme il y en a plein, il t'en restera quand même, mais ce sera pratique puisqu'on travaille tard cette semaine.

Après être rentrée du marché avec les enfants, Lily avait fait une double fournée de lasagnes, une pour elle à emporter, et une autre pour Cullen et les petits. Préparer le dîner pour eux n'était pas prévu au départ, mais ils devaient bien manger, de toute manière. Et Cullen insistait toujours pour qu'elle reste et partage le repas avec eux. Au début, elle avait hésité. Maintenant, c'était devenu leur routine.

Que diraient ses copines si elles savaient que Cullen Dunlevy avait cessé de courir les jupons pour dîner en famille ?

Il semblait toujours si reconnaissant, et elle devait admettre qu'elle raffolait de son expression quand il se régalait de ses petits plats maison.

— En fait, Miles est en tournage ce soir, répondit Sydney. Donc, on n'est que toutes les deux.

Tant mieux. Pour le moment, Syd était la seule personne à savoir que Cullen l'emmenait au bal. Lily finirait par le dire aux autres mais, puisque la soirée n'aurait lieu que dans deux semaines, elle ne voyait pas l'intérêt dans l'immédiat de susciter leurs racontars ou leurs mises en garde vis-à-vis de Cullen.

— Mmm, ça sent super bon, poursuivit Sydney en l'entraînant jusqu'à la cuisine. Je comptais nous faire livrer quelque chose, mais ça, c'est mille fois mieux.

Sydney avait beau travailler pour Celebrations Inc. Catering, tout le monde savait qu'elle ne cuisinait pas. Elle était chargée des relations publiques de l'entreprise, dont elle détenait un quart. Elle était aussi bonne en relations publiques qu'A.J. l'était en cuisine. Un partenariat de rêve.

— Il suffit de le réchauffer une demi-heure, indiqua Lily.

— Sers-toi du four. Ce n'est pas mon domaine. J'ai de la veine d'avoir des amies et un mari qui sachent cuisiner !

Sydney marqua une pause, puis reprit en lui adressant un regard entendu :

— Je dirais qu'un certain Dr Mamour aussi a de la chance de t'avoir. Comment ça se passe ?

Lily feignit l'ignorance tout en réglant le four.

— Comment quoi se passe ?

— Tu sais très bien de quoi je parle, riposta Sydney, les mains sur les hanches. Ton rencard. La raison de ta présence ici ce soir... être sublime pour le prince charmant quand il t'escortera au bal.

— Pour commencer, ce n'est pas un *rencard*. On y va, c'est tout. Joan Cotton nous a offert des billets, et on n'a pas eu le cœur de les refuser. Elle était si gentille.

— Elle a cru que vous étiez mariés. Et je n'ai pas souvenir d'avoir entendu aucun de vous deux rectifier. En revanche, ce dont je me souviens bien, c'est la façon dont le Dr Mamour te regardait.

Sydney fronça les sourcils, avant d'ajouter :

— Fais attention, d'accord ?

— Ne t'inquiète pas, répliqua-t-elle. Je préférerais essayer les robes avant de manger. Tu es bien plus mince que moi, et je redoute l'idée d'enfiler un fourreau moulant après avoir engouffré une grande assiette de lasagnes. Tu es sûre que tu as quelque chose qui m'ira ?

— Ne sois pas ridicule. Evidemment que oui. Tu as une silhouette magnifique. Viens, allons dans ma chambre regarder ce que je t'ai préparé.

L'espace d'un instant, elle laissa libre cours à son inquiétude, à son manque d'assurance passé concernant ses formes pulpeuses, à sa crainte qu'aucune robe de Sydney ne lui aille. Mais non, pas question de céder à ses angoisses. Alors, elle chassa ses doutes et suivit son amie à travers l'élégant salon et la plus grande suite qu'elle ait jamais vue de sa vie.

Lili était souvent venue chez Sydney et Miles, mais n'était jamais entrée dans leur chambre. Sur le lit s'étalaient une bonne dizaine de robes, plus ou moins sophistiquées.

Tandis qu'elle les observait, Sydney brandit la page Culture et Loisirs du *Celebration Daily News*.

— Tu as vu le super article qu'ils ont fait sur le marché de Noël ? Il y a une photo des enfants en page 8.

Entre la préparation du dîner et la brève conversation avec Cullen sur leurs journées respectives, avant de partir en hâte chez son amie, Lily n'avait pas eu le temps de feuilleter le journal. Mais en effet, il y avait une photo épatante des filles souriantes, Megan tendant un *stollen* à un acheteur. Au-dessous, quelques lignes expliquaient que les enfants remettraient au foyer Grace Children l'argent récolté par la vente de ces pains confectionnés par leurs soins.

— C'est chouette, hein ? dit Sydney.

— Oui ! Les petites vont être enchantées de cette photo.

Elle s'apprêtait à refermer le journal quand un visage familier attira son attention. Elle lâcha un petit hoquet.

Car dans la rubrique Fiançailles, Josh Stockett, son ex, et une jolie blonde lui adressaient un sourire. Ils étaient photographiés dans une pose que Lily et ses amies baptisaient en plaisantant « godiches au bal de promo », où le couple se tenait par la taille, leurs mains libres entrecroisées. La blonde, lut Lily, s'appelait Ann-Elizabeth Hardy, fille du Dr et de Mme Hardy. Ann-Elizabeth — avec trait d'union, donc pas Ann, pas Elizabeth, ni Liz ou Lizzy ou, pire, Beth ou Betsy — était ravissante, mincissime, avait l'allure lisse et chic d'une affiliée de confrérie étudiante et un sourire aux dents parfaites.

Exactement le type de fille qui plaisait à Josh. Et elle buvait l'imbécile des yeux comme s'il était un dieu vivant.

Fiancé.

Josh Stockett, l'homme que Lily avait dû pousser aux fiançailles, allait se marier.

Lorsque Josh avait rompu avec elle, il avait dit qu'il ne l'épousait pas en raison de son surpoids. Il ne voulait pas risquer de se retrouver coincé avec une *grosse dondon.*

Le cœur de Lily saignait en y repensant. Non pour la perte de l'homme avec qui elle avait voulu passer le reste de sa vie, mais parce qu'elle avait sincèrement cru qu'il l'aimait.

Tout comme elle l'aimait.

Elle avait été traumatisée. Il lui avait fallu des mois pour prendre du recul. Elle ne serait jamais filiforme. Elle adorait cuisiner. Certes, elle voulait être saine, mais elle n'allait pas peser la moindre bouchée ni s'interdire des aliments qu'elle appréciait.

La vérité, c'est que Lily se sentait bien dans sa peau. D'autres auraient entamé un régime pour se sculpter une prétendue meilleure version d'elles-mêmes, mais pas elle.

Sa fierté avait mis un moment à s'en remettre, mais elle avait vite compris que le problème de Josh avec son poids camouflait juste un problème plus profond en lui. Et ce problème, ce n'était pas le sien, mais celui de Josh.

Surtout, elle n'allait pas le laisser la déposséder de la certitude que même ronde, elle méritait parfaitement de se marier et d'avoir une famille. Un jour, elle rencontrerait l'homme qui lui donnerait ce bonheur, ce sentiment d'appartenance qu'elle souhaitait plus que tout. D'ici là, elle continuerait de faire de son mieux.

— Tu en fais une tête, lança Sydney. On dirait que tu as vu un fantôme.

D'une certaine manière, c'était le cas. Le fantôme de son ancienne relation revenu la hanter. Juste quand elle pensait l'avoir enfin définitivement exorcisé.

Non qu'elle ait souhaité le retour de Josh ; mais le voir dans le journal avec une femme qui possédait toutes les qualités qu'il aurait voulu qu'elle ait s'avérait un peu douloureux.

— Tiens, regarde les annonces de fiançailles, indiqua Lily en lui tendant le journal. La deuxième photo en haut.

Les yeux de Sydney s'arrondirent.

— Oh ! je suis navrée !

— Il a fini par trouver sa femme parfaite.

— Eh bien, je suis désolée pour elle, décréta Sydney, faisant preuve d'une solidarité à la fois touchante et désagréable.

Lily, elle, n'était pas désolée. Ou alors peut-être un peu, mais pour elle-même. Désolée que tout ce qu'elle avait pensé être réel avec Josh n'ait été qu'un mirage. Comment avait-elle pu rester aussi longtemps avec lui sans rien voir venir ?

Ils sortaient ensemble depuis l'adolescence, leur rupture

remontait à un an et demi. Aujourd'hui, celui qu'elle avait cru être l'homme de sa vie serait marié à une autre au printemps.

Plutôt rapide, non ?

Sydney étudiait toujours le journal quand Lily dit :

— Il a tout ce qu'il désirait. Elle semble venir d'une bonne famille. Une silhouette haricot vert…

— Pff, carrément squelettique, oui, fit Syd avec dédain.

Lily inspira profondément.

— Bon, je leur souhaite tout le bonheur du monde.

— Elle fait partie d'une confrérie d'étudiantes, selon l'article. Que peut-elle bien attendre d'un homme comme Josh ?

— Il a toujours été ambitieux, répondit Lily. Je suppose qu'on ne peut pas le lui reprocher.

— Mais on n'a pas à lui pardonner pour autant.

Lily ne savait pas très bien si le venin que distillait Sydney découlait de la peine de cœur que Josh avait infligée à son amie, ou du fait qu'en refusant de se marier, il avait mis son travail à elle en péril. Sydney avait tant poussé Lily à gagner le concours de « Mariée de Celebration » ! La décision de Josh de rompre son engagement avait mis la production dans un vrai pétrin. Ensuite, quand l'un des producteurs avait voulu utiliser la séquence filmée de la rupture à la place du mariage annulé, elle s'était battue pour sauver la dignité de Lily.

Quelle bonne amie… Peu importait la source de sa rancœur.

— Je suis contente que tu te sois guérie de lui, déclara Sydney, posant le journal de côté.

— Etonnant comme un peu de temps et de distance cicatrise ce genre de plaie.

Si elle le répétait, elle commencerait sûrement à le croire.

Sydney souleva une somptueuse robe vert émeraude.

— Evidemment, se rendre au bal avec le Dr Mamour aide aussi, j'imagine.

Lily ne put s'empêcher de sourire.

— Quelle femme résisterait au charme de Cullen ?

Son amie lui jeta un regard en coin.

— Tu es en train de tomber amoureuse de lui, n'est-ce pas ?

— Et alors, ce serait si grave ?

— Grave, je n'irais pas jusque-là. Risqué, en tout cas. Cullen Dunlevy a la réputation de sortir avec de belles femmes inconsistantes. Tu peux te défendre sans problème dans la catégorie « plastique », surtout dans cette robe.

— Je ne connais pas cet aspect de lui, répliqua Lily. Sauf un texto qu'il a reçu d'une certaine Giselle. Il était censé la voir ce soir-là, mais il ne l'a pas fait. Il est rentré, comme il le fait tous les soirs depuis que je travaille pour lui.

— D'après ce que j'ai entendu dire de lui, il fréquente quantité de femmes, et aucune n'est intéressée par une relation.

— Qu'est-ce qui te fait penser qu'une relation avec lui m'intéresse, moi ?

— Parce que ce n'est pas le cas ? Hum…

Le regard de Lily tomba sur le journal. Depuis Josh, elle était sortie avec quelques hommes, mais aucun ne lui avait donné envie d'aller plus loin. L'alchimie qu'elle ressentait envers Cullen était indéniable. Mais était-elle réciproque ?

— Je ne sais pas ce que je veux, avoua-t-elle.

— Je ne cherche pas à te décourager, déclara Sydney. Sinon, je ne serais pas aussi contente de préparer Cendrillon pour le bal. Je ne connais pas très bien Cullen mais, en tout cas, il me donne l'impression d'être différent avec toi.

— Sans doute grâce aux enfants.

Mais aussitôt, Lily se rappela la sensation des lèvres de Cullen sur les siennes, et la manière sans équivoque dont il avait dit vouloir l'embrasser à nouveau. La pensée fit naître une vague brûlante au creux de son ventre.

— Moi, je te dis, vas-y, mais fais attention, conclut Sydney. Je ne veux pas te voir souffrir une nouvelle fois.

Tôt le lendemain matin, Lily sortait des roulés à la cannelle du four quand Cullen, rasé de frais, sentant divinement bon et prêt pour le travail, entra dans la cuisine.

Incroyable comme un simple pantalon noir et une chemise blanche au col ouvert pouvaient être sexy...

— Quelle odeur délicieuse ! dit-il en sortant un mug du placard. Vous savez comment me tenter, pas vrai ?

Une lueur dans ses yeux fit danser le cœur de Lily. C'était peut-être ça qui était sexy chez lui. Plus encore que le pantalon noir et la chemise blanche.

— Vous me connaissez, répliqua-t-elle en soutenant son regard. J'aime faire plaisir.

Et voilà, ça recommençait. Avec lui, flirter se révélait si facile qu'elle ne pouvait s'en empêcher. Il avait le don de l'y inciter. Certes, il était un pro du flirt. Devait-elle attendre autre chose de sa part ?

Médecin à plein temps. Dragueur à temps partiel.

Ou plein-temps pour les deux ? songea-t-elle en prenant une spatule pour lui servir un roulé à la cannelle fumant.

Elle était arrivée plus tôt que d'habitude, après une nuit agitée, à ressasser sa discussion avec Sydney. Elle avait fini par renoncer au sommeil et, plutôt que de rester au lit, taraudée par le doute, elle s'était levée, rendue dans la cuisine de sa grand-mère, désormais la sienne, et avait préparé de la pâte pour des roulés à la cannelle. Trop réfléchir ne résoudrait rien. Alors, elle avait décidé de suivre son emploi du temps habituel. Son travail, c'était de s'occuper des petits... et de Cullen, puisqu'il la laissait faire... et elle en avait bien l'intention.

Cullen, perché sur un tabouret devant l'îlot central, sirotait son café en lisant le journal que Lily avait apporté. Elle s'aperçut alors qu'il lui avait rempli une tasse, qui l'attendait à côté de la sienne.

Une invitation ?

Sans hésiter trop longtemps, elle posa l'assiette devant lui et s'assit sur le tabouret voisin. De biais pour lui faire face.

Les enfants dormaient encore. La maison était silencieuse, hormis les ronflements de Franklin, dans son panier près de la fenêtre, le cliquetis du four qui refroidissait, et le son du congélateur qui déversait un stock de glaçons dans le bac.

Feu et glace.

Exactement comme eux deux, se dit-elle : lui avec son sang chaud, elle avec sa froide réserve.

Il était loin de savoir qu'il existait une autre facette d'elle derrière sa façade d'employée efficace.

L'espace d'un instant, elle aurait pu croire qu'ils étaient seuls au monde.

Tandis qu'il mordait dans son roulé à la cannelle, elle but une gorgée de café, tenant le mug à deux mains, laissant la chaleur imprégner ses paumes et ses doigts.

— Hmm, c'est délicieux ! s'exclama-t-il. Et vous, vous n'en prenez pas ? Comment vous arrivez à les faire tous les jours sans y toucher ?

— Parce que je pèserais une tonne si j'en mangeais.

— Vous êtes parfaite telle que vous êtes, rétorqua-t-il avant de prendre une nouvelle bouchée.

Parfaite ? Telle que je suis ?

Pour éviter de protester, elle but une autre gorgée.

— Je voulais vous rappeler qu'aujourd'hui, le marché de Noël termine plus tard, dit-elle ensuite. Ça ne vous ennuie pas si je laisse les filles à Sydney et A.J., le temps d'aller chercher George à son stage ?

— C'est à l'autre bout de la ville. L'hôpital est plus près du centre de loisirs. Autant que je passe le prendre et que je vous l'amène, non ?

— Vous êtes sûr ? Ça ne vous dérange pas ?

Il se pencha vers elle, le bras sur le dossier de son tabouret et, l'espace d'un instant, elle pensa qu'il allait l'embrasser. Et elle allait le laisser faire.

Mais il hésita, comme s'il tentait de deviner sa réaction ou de lui donner une chance de refuser. Ce qu'elle ne fit pas.

— Absolument sûr, finit-il par dire, levant la main pour lui effleurer le menton du pouce. En réalité, je n'ai jamais été plus sûr de quoi que ce soit d'autre.

Oh ! Elle prit une grande inspiration.

Soudain, elle sut qu'il ne prévoyait pas de lui donner un baiser désinvolte, comme celui sous le gui. Il s'agirait d'un vrai baiser intense, et elle se sentit fondre d'anticipation.

— Ah oui ? murmura-t-elle d'une voix rauque. Vous semblez sacrément sûr de vous.

— Vous n'imaginez même pas.

Il s'approcha encore. Leurs corps se touchaient presque. Puis sa main caressa son dos... Son souffle brûlait sur sa tempe... Ses lèvres survolaient sa pommette. Elle leva les yeux vers les siens, voilés derrière ses paupières mi-closes, et tout à coup, ses lèvres furent sur sa bouche — goût de cannelle, de café, et d'une pointe de menthe, sans doute son dentifrice.

Il sentait si bon... le savon, la mousse à raser et une fragrance verte. Elle était fichue. Elle glissa les doigts dans ses cheveux, et se sentit vaciller. Elle voulait le humer... le dévorer.

Elle ignorait combien de temps ils s'embrassèrent, agrippés l'un à l'autre, perdus dans ce moment qui avait mis si longtemps à venir. Le bon sens leur ordonnait, *lui* ordonnait d'arrêter. Elle aurait dû se reculer, mais une autre part d'elle, plus profonde, plus avide, voulait disparaître dans l'abri de ses bras, dans cet endroit de fantasmes où n'existaient ni les erreurs ni les femmes comme Giselle.

Parce qu'elle n'était pas Giselle et, brusquement, ce fut parfaitement limpide dans son cœur — comme si tout s'était finalement mis en place.

Elle était tombée amoureuse.

Follement amoureuse.

9

— Je ne sais pas quoi vous dire, Max, soupira Cullen. Les délais sont très serrés. Vous allez devoir trouver une solution. Le nouveau bâtiment doit ouvrir à temps. Le conseil d'administration me refuse toute possibilité de négociation.

La journée, qui avait débuté de manière si prometteuse, tournait à l'enfer depuis que Cullen était arrivé à l'hôpital. Un carambolage de cinq voitures sur l'autoroute avait monopolisé toutes les forces en salle d'urgence, et les accidentés une fois stabilisés, Max Cabot, l'entrepreneur qui construisait la nouvelle aile de chirurgie pédiatrique, avait déboulé dans son bureau pour annoncer que le chantier prenait du retard. Il voulait savoir si le conseil d'administration se montrerait souple sur la clause stipulant que l'entrepreneur devait payer une grosse amende pour chaque jour de dépassement. Le conseil refusait, et Cullen était le messager chargé de délivrer les mauvaises nouvelles.

— Ecoutez, répliqua Max. Je vais être franc. Je n'arrive pas à joindre un de mes sous-traitants. C'est lui qui me plante.

— Il va falloir vous débrouiller, Max.

Avant que ce dernier ne puisse protester, l'assistante de Cullen le bipa sur l'Interphone.

— Docteur Dunlevy, le Dr Brenda Byrd est là.

Brenda ? Maintenant. Génial, il ne manquait plus que ça. Agacé, Cullen se frotta les tempes. La journée empirait.

— Max, dit-il en se levant pour le raccompagner. Je suis sûr que vous vous en sortirez. J'ai confiance en vous.

L'entrepreneur parti, visiblement moins confiant que lui, Cullen tourna son attention vers Brenda, qui lui souriait comme une invitée-surprise jaillie d'un gâteau d'anniversaire. Mais sans le costume sexy, trop ostentatoire pour elle. Son style de séduction avait toujours été plus intérieur, mais il constata qu'il n'y était plus sensible.

— Cullen ! lança-t-elle d'une voix rauque.

— Salut. Je croyais que tu m'appellerais une fois en ville.

Brenda n'avait pas changé, jolie, respirant l'intelligence. Ses cheveux auburn retombaient souplement sur ses épaules. Elle portait un chemisier de soie blanche sur une jupe noire apparemment coûteuse et des talons trop hauts pour un médecin, mais qui lui donnaient un petit côté sexy.

— Je voulais te faire la surprise.

— Mission accomplie, répliqua-t-il.

— Tu as le temps pour un café ?

— Non, j'ai une réunion dans dix minutes. Ma journée est très chargée, tu connais ça.

— Je ne suis là que pour deux jours, Cullen. On dîne ensemble ce soir, alors ?

Ce soir, cela faisait trop court pour prévenir Lily.

Lily. Rien que penser à elle lui donnait le sentiment que projeter de dîner avec Brenda était... une trahison.

— Impossible ce soir. Tu aurais dû me téléphoner. J'aurais pu te caser dans mon emploi du temps.

— Sympa d'apprendre qu'avec un coup de fil, tu m'aurais trouvé un créneau. Et demain soir ?

Une pointe de nervosité affleurait dans sa voix. Brenda avait l'habitude d'obtenir ce qu'elle voulait et n'aimait pas quand les choses ne tournaient pas en sa faveur. Or il ne souhaitait pas la blesser, mais...

Comme il hésitait, elle ajouta :

— J'ai besoin de te parler, de tes conseils. Tu peux m'accorder ça ? Au nom du bon vieux temps ?

— Un problème ? Qu'est-ce qui ne va pas ?

Elle soupira, regarda autour d'elle.

— Tu as une réunion. Je ne veux pas aborder ça maintenant. On dîne demain soir ?

A la fin de leur mariage, ils s'étaient promis de rester amis. A présent qu'elle risquait de s'installer à Celebration, ils avaient de grandes chances d'être également collègues.

Les amis trouvaient du temps pour les amis. Ils se donnaient des conseils.

— Il faut que je déplace deux trois trucs, mais je vais voir ce que je peux faire. Je te confirme ça demain, d'accord ?

— D'accord. Je t'accompagne jusqu'à ta salle de réunion, et tu pourras me raconter rapidement tout ce qui t'est arrivé depuis la dernière fois qu'on a discuté.

Pas question. Il y avait beaucoup trop de choses à dire. Bien qu'elle soit pédiatre, Brenda n'avait jamais désiré d'enfants. C'était une des raisons pour lesquelles leur relation avait fonctionné. Ou était censée avoir fonctionné. Tous deux étaient focalisés sur leur carrière. La médecine primait. Les relations personnelles venaient après. Il songea à Lily et aux enfants. Brenda ne comprendrait jamais pourquoi il avait recueilli les petits Thomas. Car cela signifiait mener une vie centrée autour d'eux. Cela vous rendait faible, et surtout disponible. Comme quand il avait promis à Lily d'aller chercher George à son stage...

Oh, non !

— Quelle heure est-il ? demanda-t-il, sortant en hâte son téléphone de sa poche.

Zut ! Presque 17 heures Il était censé être passé prendre George à 16 heures. C'est alors qu'il vit trois appels manqués d'un numéro qu'il ne connaissait pas. Son téléphone avait été en mode silencieux toute la journée depuis son travail aux urgences.

— Je dois y aller, dit-il, s'éloignant de Brenda sans donner d'explications.

— Où vas-tu ? Je croyais que tu avais une réunion.

— J'en ai une, cria-t-il par-dessus son épaule. Mais je dois m'occuper d'un truc important avant. Je t'appelle demain.

Tout en courant vers le parking, il recomposa le numéro inconnu, sans perdre le temps d'écouter les messages. Il devinait leur contenu. Maintenant, il devait juste joindre quelqu'un qui préviendrait George qu'il arrivait.

— Centre de loisirs de Celebration. April à l'appareil.

— Bonjour, April. Ici Cullen Dunlevy. J'appelle au sujet de George Thomas. Il suit le stage de basket. J'ai fait une bourde. J'étais censé le récupérer à 16 heures, mais je me suis trouvé coincé au travail. J'arrive dans cinq minutes.

— Ne vous inquiétez pas, docteur Dunlevy. Lily Palmer vient de passer le chercher. Il est sain et sauf.

Cullen pila net. Zut, zut, zut.

Enfin, heureusement que Lily avait rattrapé le coup ! Le pauvre gosse avait dû penser qu'on l'avait oublié. Cullen s'en voulait d'avoir imposé ça au petit garçon. Comme s'il n'avait pas déjà assez souffert...

— Il... allait bien ?

Il y eut un silence au bout de la ligne.

— Eh bien, pour dire la vérité, il était un peu bouleversé, mais quand Lily est arrivée, il s'est apaisé.

Il ravala un juron.

— Merci, April. Je suis désolé. Cela ne se reproduira pas.

Après avoir raccroché, il réfléchit un instant sur la marche à suivre. Retourner à l'intérieur assister à sa réunion ? Il n'avait que quelques minutes de retard.

Pourtant, ses pieds ne parvenaient pas à bouger.

Il appela Tracy, son assistante.

— S'il vous plaît, excusez-moi auprès du conseil d'administration. J'ai une urgence familiale et je dois quitter l'hôpital. Je reviens dès que je peux, mais qu'ils commencent la réunion sans moi.

L'irritation de Lily envers Cullen pour ne pas avoir récupéré George — ni avoir prévenu ou retourné ses appels — s'estompa dès qu'elle vit son expression coupable tandis qu'il s'approchait du stand à grands pas.

— Où est George ? demanda-t-il. April m'a dit que vous étiez passée le prendre. Il est où ?

Il balayait la vaste halle d'un regard paniqué.

— Du calme. Les filles et lui se baladent dans le marché pour acheter à manger. Il meurt de faim.

— Je suis navré. J'ai oublié.

— Comment ça, *oublié* ? rétorqua-t-elle d'un ton sec qu'elle regretta aussitôt.

Cullen haussa les épaules, honteux.

— J'ai oublié. Il y a eu un grave accident sur l'autoroute, et beaucoup de blessés sont arrivés aux urgences. Ensuite, les tuiles se sont enchaînées. Et d'un coup, il était 17 heures, et moi, j'avais oublié d'aller chercher George.

Lily se sentit désemparée. Elle devinait la souffrance de Cullen. Il était plus que confus. Inutile d'en rajouter. George était sain et sauf. Pour commencer, elle n'aurait jamais dû demander à Cullen de le récupérer. C'était son travail à elle. Sydney aurait pu surveiller les filles pendant qu'elle s'en chargeait. Mais elle ne comptait pas le dire à Cullen.

— J'ai tenté de vous joindre, répliqua-t-elle, pesant ses mots. April aussi a essayé de vous appeler.

— J'avais coupé la sonnerie quand je travaillais en salle d'urgences, et j'ai oublié de la réactiver. L'imaginer assis là-bas en train de m'attendre me fait horreur. Je suis venu tout droit ici pour m'excuser auprès de lui — et de vous — dès que j'ai appris que vous étiez allée le chercher.

Comprenant soudain à quel point il était désemparé, elle posa une main sur son bras.

— Hé, tout va bien…

— Non, objecta-t-il, repoussant sa main. C'est impardonnable de ma part. Je veux m'excuser auprès de lui avant de retourner à l'hôpital.

— Cullen, sincèrement. Tout va bien.

— Non, non. J'ai promis de passer le prendre. Et j'ai oublié. Quel imbécile oublie un gamin, dites-moi ?

— Venez, faisons quelque pas ensemble. Syd, je peux m'éloigner un moment ?

— Pas de problème, assura son amie.

De toute façon, elles s'apprêtaient à faire une pause dîner. Lily avait prévu de proposer à Cullen de se joindre à eux, mais elle n'était plus certaine que ce soit une bonne idée.

Marcher vers le parking avec Cullen devenait un trajet familier. Elle garda le silence jusqu'à la sortie. Dehors, il faisait froid, et elle remonta le col de sa veste.

— Vous dites qu'il y a eu une urgence. Vous n'avez pas l'habitude d'aller chercher un enfant. Ne soyez pas si dur envers vous-même, déclara-t-elle enfin.

— Vous ne comprenez pas, Lily. J'ai foiré, voilà tout.

Il s'appuya au mur du bâtiment et se passa une main dans les cheveux. Il était beau comme un dieu dans la lumière dorée de fin d'après-midi. Un dieu sombre et torturé. Elle aurait aimé l'entourer de ses bras jusqu'à ce qu'il s'apaise.

— Cullen. Vous vous traitez de minable parce que vous avez oublié George. Alors moi, en oubliant de vérifier mon niveau d'essence, je suis quoi ?

Il la fixa sans un mot. Elle se rapprocha de lui.

— Vous allez donc devoir vous pardonner à vous-même. Tous les parents commettent des bourdes. Je parie que quatre-vingt-dix pour cent des parents d'élèves à qui j'enseigne depuis des années ont été en retard ou ont oublié de venir chercher leur gamin au moins une fois.

De nouveau, elle posa une main sur son bras, mais de nouveau, il la repoussa.

— Je *ne suis pas* le parent de George, et ça prouve bien à quel point je suis inapte à m'occuper d'enfants. Ils méritent tellement mieux que moi !

— Cette discussion concerne l'incident avec George ou c'est parce que vous regrettez de m'avoir embrassée ce matin ?

Il parut frappé d'une brusque tristesse.

— Je ne regrette pas de vous avoir embrassée, mais je pense

qu'il vaut mieux que notre relation reste platonique. C'est plus facile comme ça.

Elle eut l'impression de recevoir une gifle.

— Bon. Parfait.

Elle n'en pensait pas un mot, mais que dire ?

— Je ferais bien de retourner à l'intérieur.

Pivotant sur ses talons, elle commença à s'éloigner de lui. A s'éloigner du fantasme ridicule qu'il se révèle différent de l'homme contre lequel ses amies l'avaient mise en garde.

— Lily !

Elle détesta la façon dont son cœur se serra quand il prononça son nom. Elle s'arrêta, mais ne se retourna pas.

— Lily, je suis désolé. Vraiment.

Eh bien, elle aussi. Elle en avait presque la nausée. Sydney, Pepper et A.J. avaient raison. Cet homme ne faisait pas dans le long terme, pour quoi que ce soit. Ou alors, elle n'était simplement pas son type de femme.

— Je dois vous dire quelque chose avant que vous partiez.

Prenant soin de garder un visage neutre, elle fit volte-face.

— Brenda est revenue. Elle est passée à mon bureau.

— Qui est Brenda ?

— Mon ex-femme.

Voilà donc comment elle s'appelait. *Brenda et Cullen. Les Dr Dunlevy, ou M. et Mme Dr Dunlevy ?*

— Oui.

Elle faillit lui demander si les félicitations étaient de rigueur. Voire lui proposer d'emmener *Brenda* au Jingle Bell Ball, mais elle ne voulait pas paraître amère.

Dire qu'elle avait été si impatiente de se rendre au bal ! Elle n'avait plus qu'à dire à Sydney qu'elle n'avait plus besoin de lui emprunter cette robe magnifique. Et Sydney lui dirait : *Je t'avais prévenue.*

Non, Syd avait trop de classe pour faire ça.

N'empêche, elle avait été prévenue, et elle avait choisi, une fois de plus, d'ignorer une autre vérité.

Quand finiras-tu par apprendre de tes erreurs ?

— Je suis désolé, répéta-t-il.

— Cessez de dire ça, Cullen. Je dois y aller.

Il hocha la tête.

— Demain soir, je risque de rentrer un peu tard.

— Pas de problème, répliqua-t-elle froidement. Les enfants et moi travaillerons sur le stand. Le marché ferme à 21 heures. Après avoir rangé, je les ramènerai vers 22 heures.

— Vous pourriez rester un peu plus longtemps ?

Oh ! Seigneur. Il passait la soirée avec *elle*.

Elle le fixa, refusant de l'aider à se tirer de ce pétrin. Refusant de croire qu'il avait le culot de lui demander de garder les petits pendant qu'il sortait avec une femme. Pas après l'avoir embrassée puis rejetée comme de l'histoire déjà ancienne.

Il s'éclaircit la gorge.

— Cela vous sera-t-il possible de rester avec eux jusqu'à mon retour ?

Ah, et faire la connaissance de Brenda ? Il poussait un peu, là. Si elle avait compati à son désarroi vis-à-vis de George, toute sa compassion s'évanouit quand elle prit conscience de ses intentions cachées. Eh oui, la nounou avait des limites, et elle allait les imposer pas plus tard que tout de suite.

— Navrée, mais non. 22 heures, grand maximum.

Puis elle s'enfuit.

Elle n'était pas une femme fatale comme Giselle ni une chirurgienne d'envergure comme Brenda. Elle n'était que la nounou bien commode avec qui Cullen avait brièvement envisagé de coucher avant de reculer à toutes jambes.

Elle veillerait sur les petits durant les horaires qu'ils avaient établis, parce que c'était son travail, mais elle ne resterait pas tard la nuit en attendant qu'il rentre avec son ex-femme.

Les larmes lui brûlaient les paupières, mais elle ne lui accorderait pas cette satisfaction. C'était exclu.

En approchant du stand, elle inspira à fond et chassa sa désillusion.

Quelle idiote d'avoir laissé déraper les choses. Comment s'était-elle permis de tomber amoureuse de lui ?

Bon, eh bien, c'était terminé avec Cullen, et elle devait s'en remettre.

La première étape consistant à se rappeler que rien ne pouvait être terminé entre eux, vu que rien n'avait jamais réellement commencé.

10

Le lendemain, Cullen et Brenda décidèrent de se retrouver à 18 h 30 au Café Saint-Germain pour prendre un verre avant de dîner. Cela leur permettrait de se donner mutuellement des nouvelles depuis leur dernière vraie conversation, quatre mois auparavant.

Brenda était en retard, comme d'habitude. Alors, Cullen s'installa au bar et commanda un whisky. De son tabouret, il avait une belle vue sur Main Street. Les réverbères à l'ancienne étaient ornés d'étoiles étincelantes et de guirlandes qui surplombaient la rue.

Les vitrines elles aussi affichaient un décor de Noël, et la boulangerie Roll Bakery présentait même des miches de *stollen* confectionnés par Lily.

Lily.

Elle était partout.

Où qu'il regarde, il voyait quelque chose qui la lui rappelait : son pain dans la boutique, la halle du marché fermier devant lequel il était passé pour venir, le magasin de sport où elle avait tenté d'acheter les baskets de George. Il repensa à la manière dont elle avait renversé les rôles lorsqu'il s'en était tant voulu d'avoir oublié le garçon.

Il ne se donnait pas d'excuses, mais elle avait raison. Il n'avait pas plus fait exprès d'oublier d'aller chercher George qu'elle avait fait exprès de tomber en panne d'essence en allant à Dallas.

Aucune des femmes qu'il fréquentait n'était aussi franche et directe que Lily. Sauf Brenda, et il l'avait épousée.

Cependant, Lily avait quelque chose qui manquait à Brenda — laquelle possédait de nombreuses qualités, elle était intelligente, belle et déterminée —, du cœur. Lily avait un cœur énorme, elle pensait toujours aux autres, souvent avant de penser à elle-même.

Certes, elle le défiait parfois — son grand cœur ne l'empêchait pas de dire le fond de sa pensée. Mais c'était son empathie qui la différenciait réellement des autres.

Il éprouva une pointe de regret. Il se trouvait mufle de l'avoir traitée ainsi la veille. C'était la seule manière de couper tout lien avec elle. Il avait une sacrée chance qu'elle n'ait pas insisté pour une coupure pure et simple en le laissant sur le carreau avec les enfants !

Il l'aurait amplement mérité — tout comme il méritait son accueil glacial quand elle avait ramené les petits après leur première longue soirée au marché de Noël. Il méritait également la nuit sans sommeil passée à se traiter d'abruti fini pour l'avoir embrassée, puis rejetée. Mais elle et les enfants commençaient à lui tenir trop à cœur...

Il détestait ça en lui, ce besoin de repousser les gens quand ils devenaient trop proches. Si seulement il pouvait le changer, mais il en était incapable ! C'était comme de demander à un éléphant de réduire sa taille. Il n'était pas fier de cette distance, mais il ne savait comment faire autrement.

Les enfants seraient bien mieux avec des parents adoptifs qui les recueilleraient comme de vrais membres de leur famille. Hélas, il revenait sans cesse à la réalité : jusque-là, Cam Brady n'avait trouvé personne prêt à adopter quatre enfants d'un coup. A mesure que passaient les jours, l'espoir s'amenuisait qu'il y parvienne avant la fin de l'année.

Dieu merci, Lily était là. Ce matin, elle était arrivée pile à l'heure, et il lui en savait gré. Elle s'était calmement mise à la tâche pendant qu'il se remplissait un gobelet de café à emporter. Mais aujourd'hui, pas de roulé à la cannelle ou autres douceurs qu'elle prenait sur elle de préparer auparavant. Il était livré à lui-même, et il n'avait que ce qu'il méritait !

Alors qu'il buvait une longue gorgée de son whisky, Jake Lenox, interne à l'hôpital, entra dans le bar accompagné de sa petite amie du moment, une brune tout en jambes que ses collègues surnommaient Miss Texas. Jake l'exhibait fièrement tel le trophée qu'elle était, mais Cullen se demandait parfois si Jake était vraiment heureux.

Bien entendu, en surface, qui ne serait pas heureux d'être avec une si belle femme ? Miss Texas était une des nombreuses beautés qui avaient traversé la vie de Jake au fil des ans. Il les collectionnait. Pourtant, Miss Texas durait plus longtemps que les autres. Son ami devenait-il sérieux ?

Cullen se savait coupable de crimes romanesques du même ordre. Sauf que si Jake sortait plusieurs mois avec une femme avant d'en changer, Cullen, lui, gérait une sorte de porte à tambour par où entraient et sortaient en continu de jolies filles de passage. Marrant comme cette porte avait cessé de tourner à l'arrivée de Lily et des petits. Avait-il rejeté Lily hier afin de pouvoir renouer avec ce triste processus ? En fait, il n'en avait même plus envie. Cela lui donnait carrément l'impression de régresser.

Puisqu'il ne savait pas ce qu'il voulait dans l'immédiat, autant ne rien faire...

Jake le salua d'un geste et s'approcha avec Miss Texas.

— Salut, mon pote. Tu es tout seul ?

— J'attends quelqu'un, répondit-il.

— Je t'offre un autre verre. Tu connais Dorenda ?

— Oui, on s'est vus chez Quinn Vogler.

Dorenda lui tendit sa joue en minaudant. Il l'embrassa en bon gentleman, manquant s'étouffer avec son parfum et perdre un œil à cause d'une boucle raide de laque.

Jake les abandonna pour commander les boissons.

— Tu as déjà dîné ici ? demanda Cullen.

— Non, répondit Dorenda. Je suis de Dallas.

— Et qu'est-ce que tu fais à Dallas ?

— Je suis mannequin.

Guère d'humeur à bavarder, Cullen consulta sa montre. Brenda était-elle en train de lui poser un lapin ?

Jake revint et commença à parler boutique. Trois quarts d'heure plus tard, Brenda arriva enfin.

— Désolée de mon retard. J'ai dû repasser me rafraîchir à l'hôtel. J'ai passé la journée entière chez Celebration Pediatrics. Ça devrait coller avec eux. Mais si j'entre au conseil d'administration, certaines choses devront changer.

Typique de Brenda. Pas de coup de fil ni de texto. Il n'y en avait que pour elle. Cullen réussit à faire les présentations.

— Dorenda et Brenda, comme des jumelles, ironisa Jake.

Brenda fixa d'un air dubitatif Miss Texas.

— Ravie de vous rencontrer, lâcha-t-elle du bout des lèvres.

— Vous voulez boire quelque chose ? proposa Jake.

— Non merci. Je suis sûre que Cullen meurt de faim. Allons voir si notre table est prête, d'accord, Cullen ?

Espérant couvrir sa rudesse, ce dernier tenta de plaisanter :

— La faim la rend grincheuse !

— Je ne suis pas grincheuse, je pensais juste à toi.

— Bon, allons vérifier notre réservation, alors.

Brenda, occupée à consulter son téléphone, ne parut pas remarquer les efforts de Cullen pour masquer son attitude hautaine. Ou peut-être qu'elle s'en moquait. C'était bien possible. Ce détachement avait été une des raisons de leur divorce. Elle était un excellent médecin, mais ses manières étaient brutales, dans la vie comme avec ses patients, sauf si elle choisissait de se montrer charmante.

Compte tenu de leur retard, ils avaient perdu leur réservation, mais un billet glissé par Cullen dans la main de l'hôtesse permit d'obtenir une autre table au fond.

— Ton urgence s'est bien terminée hier ? demanda Brenda.

Cullen lui jeta un coup d'œil par-dessus la carte des vins.

— Tout baigne, oui. Tu veux du blanc ou du rouge ?

Tout ne baignait pas, mais il n'avait pas envie d'en parler.

— Je ne sais pas. Ça dépend de ce que je vais manger.

La serveuse apporta une corbeille de pain, prit leur commande de boissons et promit de revenir pour les plats.

— En fait, je dois être rentré pour 22 heures, annonça Cullen.

— Couvre-feu de maman ? railla Brenda en souriant.

— De la baby-sitter.

Brenda faillit s'étrangler avec son verre d'eau.

— Pardon ? Tu as dit *baby-sitter ?*

— Oui. Bien qu'il s'agisse plus d'une nounou que d'une baby-sitter. Et les enfants râleraient si je disais qu'ils étaient gardés par une baby-sitter.

Abasourdie, Brenda se pencha en avant.

— Les enfants. Au pluriel. Et assez grands pour mal accepter d'avoir besoin d'être gardés ?

Puis elle plissa les yeux.

— Ah, je vois. C'est une plaisanterie. Très drôle, Cullen. J'ai failli tomber dans le panneau.

— Non, Brenda. Ce n'est pas une plaisanterie. J'ai quatre enfants, entre cinq et dix ans, qui vivent avec moi.

— Mais ce ne sont pas les tiens. Tu ne peux pas en avoir un de dix ans. On était mariés, à l'époque.

Etrangement, il eut envie de contester que les enfants n'étaient pas les siens...

— Manifestement, on a une sérieuse mise à jour à faire, reprit Brenda. D'où viennent ces gamins ?

Il lui raconta l'accident de Greg, sa promesse à Megan qu'elle pouvait l'appeler si la fratrie avait besoin de quoi que ce soit, la mésaventure de la famille adoptive.

— Je suis désolée, Cullen. Je sais que Greg était ton plus ancien ami. Ça doit être dur pour toi. Mais *quatre* gamins ? Qu'est-ce que tu vas faire ?

— J'essaie de trouver une solution mais, pour l'instant, je ne vois pas d'autre choix que de leur chercher une nouvelle famille. J'ai un avocat sur le coup. Je refuse de les séparer. Et encore plus de les placer en foyer.

— Tu réalises à quel point ce sera difficile de les garder tous ensemble ? Et si tu ne trouves personne ?

— On verra bien.

— Ne me dis pas que tu envisages de les garder ? Tu as autant besoin de quatre gosses que d'un trou dans le crâne.

Il referma le menu.

— Brenda, tu ne les connais pas. Ils sont plutôt chouettes. Malins et drôles. Ils nous tiennent en haleine, Lily et moi.

— Lily, c'est la nounou, ou quelqu'un de spécial ?

— Elle est très spéciale.

Le mettre en mots le surprit lui-même.

— Hum, je vois.

Elle semblait déçue. Son regard cherchait le sien, et il vit qu'elle réfléchissait à toute allure. Puis elle lâcha :

— Cullen, tu réalises qu'en gros, tu as renoncé à une vie de famille normale le jour où tu as prononcé le serment d'Hippocrate ? Tu es marié à ton boulot. Si tu adoptes quatre gosses, il te faudra une nounou à demeure. Ne me force pas à te mettre du plomb dans la tête et les idées en place.

Elle lui sourit, comme si elle plaisantait, mais il savait qu'elle était sérieuse. Brenda maîtrisait parfaitement l'agression passive sous une forme raffinée.

Pourtant, ses paroles résonnèrent dans sa tête.

Tu as renoncé à une vie de famille normale.

— Tu ne m'as pas demandé de dîner avec toi parce que tu voulais mes conseils ? C'est bien ce que tu as dit, non ?

— Oui, fit-elle. Je veux que tu m'expliques comment c'est de vivre et de travailler à Celebration. Mais… Ecoute, ne prends pas mal ce que je t'ai dit. Mais ça me désole de te voir commettre une erreur qui risque de conduire ces enfants dans une position pire que celle dans laquelle ils sont déjà.

Un silence inconfortable tomba entre eux. Puis elle posa une main sur la sienne.

— Je vais être honnête, Cullen. Parfois, je pense que te quitter a été la plus grosse bêtise de ma vie. Ces derniers mois, j'ai beaucoup pensé à toi. A nous. Quand j'ai appris la possibilité d'un poste ici même, à Celebration, je me suis dit que ça devait être un signe. Et tu me connais : je ne crois pas aux signes.

Oh ! non. Ils avaient tenté l'expérience, et compris qu'ils s'entendaient à merveille comme amis et collègues, mais comme couple, c'était la catastrophe !

— Maintenant qu'on est bien installés dans nos carrières et qu'on a roulé notre bosse, on pourrait essayer de nouveau ? Sans précipitation, bien sûr. *Si* je prends ce poste ici.

Soudain, il eut une vague impression de claustrophobie. Voilà donc ce qu'elle voulait. Le sonder avec l'idée de vivre et travailler à Celebration avec lui — détail mineur qu'elle avait omis de mentionner.

— N'accepte pas ce poste pour moi, ou pour nous. Si tu dois changer de travail, étudie et compare chaque proposition qui s'offre à toi avant de prendre la moindre décision et de choisir celle qui te convient le mieux.

— Evidemment, répliqua-t-elle, déçue. C'est le plus raisonnable. Et justement, ce que tu viens de dire illustre parfaitement pourquoi on ferait un si bon duo. On se comprend si bien, tous les deux.

Le plus drôle, c'est que Cullen ne la comprenait pas du tout. Ne l'avait jamais comprise, ne la comprendrait jamais.

Son portable sonna, et il le tira de sa poche, à la fois pour voir qui appelait, et quelle heure il était. Son ventre se crispa quand il vit le numéro de Lily s'afficher.

— Excuse-moi, dit-il en se levant. Je dois répondre.

Il décrocha en s'éloignant vers les toilettes.

— Oui, Lily ? Tout va bien ?

— Désolée de vous déranger, mais Bridget a de la fièvre. J'ai ramené tout le monde plus tôt du marché parce qu'elle se sentait mal. J'allais attendre votre retour pour vous demander combien il fallait lui donner d'ibuprofène, mais elle n'a pas besoin de souffrir à ce point si je peux juste vous passer un coup de fil.

— Vous avez bien fait. A combien monte sa température ? ?

Après avoir entendu la réponse, il donna ses instructions et assura qu'il rentrait au plus vite.

— Je suis vraiment navrée de gâcher votre soirée. Inutile de rentrer maintenant. Je suis sûre que ça va aller pour Bridget.

— C'est bon. On en avait terminé de toute façon.

Il paya l'addition avant de regagner la table, désireux d'éviter une bagarre avec Brenda pour la partager.

— Pardon de faire ça, dit-il, une fois de retour, mais je dois y aller. C'était Lily. Une des filles est malade. Je dois aller voir si ce n'est pas trop grave.

Une lueur étincela dans les yeux de Brenda.

— Puisque ta maison est sur le chemin de mon hôtel, pourquoi je ne t'accompagnerais pas pour jeter un coup d'œil à cet enfant ? Je suis pédiatre, après tout. Je ne fais pas de visite à domicile mais, pour toi, je ferai une exception.

11

Lily était surprise de l'empressement de Cullen à rentrer. Elle avait longtemps hésité à l'appeler, mais finalement la raison l'avait emporté.

Il s'agissait de Bridget, pas d'eux deux. Son inquiétude concernait la fillette. S'il prenait l'initiative de rentrer, c'était sa décision.

Assise au chevet de Bridget, elle s'interdit d'être nerveuse à l'idée de le voir. Elle s'interdit aussi de supputer sur les raisons qui l'incitaient à écourter sa soirée. Certes, elle lui avait dit devoir partir à 22 heures, mais quand même !

Quand elle entendit des bruits de pas dans le couloir, elle décida de rester là où elle se trouvait. Bridget somnolait sous l'effet de l'ibuprofène, et les autres enfants regardaient la télévision. Aucun n'avait protesté quand Lily les avait confiés à la garde de Megan. Bien sûr, le grand saladier de pop-corn et le film de leur choix les rendaient coopératifs, mais que leur sœur soit patraque les assombrissait.

Après la perte de leurs parents, ce devait être terrifiant que quoi que ce soit arrive à l'un d'eux. Comme Lily aurait aimé pouvoir leur promettre que tout irait bien désormais ! Hélas, elle ne savait pas lire l'avenir. Cela lui brisait le cœur, mais elle ignorait totalement où ils finiraient à la fin des vacances. La seule chose qu'elle pouvait faire, c'était d'être là pour eux et de leur offrir le plus beau Noël dont ils puissent rêver.

Lorsque Cullen entra dans la chambre, il n'était pas seul.

Le cœur lourd, Lily vit une belle femme à ses côtés. Elle sut qu'il s'agissait de Brenda avant même que celle-ci se présente.

— Vous êtes Lily. J'ai beaucoup entendu parler de vous.

Peut-être que Lily l'imaginait, mais le sourire de la femme ne semblait pas tout à fait sincère. Ils avaient parlé d'elle ?

Sa discussion de la veille avec Cullen lui revint en mémoire. Si elle ne le pensait pas du genre à dire du mal de qui que ce soit, elle aurait bien aimé savoir ce qu'il avait raconté à Brenda à son sujet...

Lors de leur rupture, Josh ne s'était pas privé de lui dresser un récapitulatif de tous ses défauts, lequel était encore très frais dans son esprit, mais elle refusait d'en faire des complexes. Brenda était d'une beauté intimidante et un super médecin, et alors ? Lily était ce qu'elle était et ne voyait aucune raison de s'en excuser. Elle composa son plus franc sourire.

— Vous devez être Brenda. Ravie de vous rencontrer.

— Brenda est pédiatre, expliqua Cullen. Elle va examiner Bridget.

— C'est chic de votre part, merci.

Pourtant, elle lui en voulut de devoir réveiller la fillette. Combien de temps la pauvre petite mettrait-elle à se rendormir ? Mais Brenda était médecin, elle devait savoir ce qui convenait. Le cœur lourd pour l'enfant malade, et aussi pour elle-même, Lily comprit qu'il valait mieux prendre congé.

— Maintenant que je sais Bridget entre de bonnes mains, je vais rentrer. Cullen, pourquoi je n'emmènerais pas Megan, George et Hannah chez moi ? Vous serez déjà bien assez occupé avec Bridget ce soir.

Et si Dr Parfaite décidait de rester cette nuit — pour surveiller la fillette malade, évidemment —, il serait *réellement* assez occupé. Lily espérait juste que cette femme serait partie avant qu'elle dépose les enfants demain matin.

D'ailleurs, est-ce qu'elle les déposerait ? Tout était si bizarre avec Cullen qu'ils n'avaient même pas pu évoquer le programme du week-end. Il s'attendait peut-être à ce qu'elle emmène les petits au marché de Noël. De toute façon, elle avait prévu de s'y rendre pour donner un coup de main. Autant qu'elle y aille directement avec les enfants, non ?

Super. Cela laisserait à l'ex-couple une journée complète pour raviver la flamme. Certes, quelqu'un devrait garder un œil sur Bridget.

— Je ne peux pas vous demander ça, objecta-t-il. Votre journée a déjà été suffisamment longue, Lily.

Brenda, qui examinait la fillette, releva la tête pour leur décocher un regard par-dessus son épaule.

— Sortons dans le couloir afin de ne pas déranger Brenda, suggéra Lily.

Cullen la suivit et referma la porte derrière eux. Ils étaient seuls. Lily entendait le son assourdi du film au rez-de-chaussée. Une des filles, sans doute Hannah, pouffa à quelque chose de drôle. Lily aurait aimé être en bas avec eux. Etre n'importe où ailleurs que là, face à face avec l'homme qui lui avait brisé le cœur.

— Vous paraissez bouleversée, dit Cullen.

Ma foi, oui...

— Je suis juste inquiète pour Bridget. Et en effet, la journée a été longue.

— Restez, s'il vous plaît.

Il avait une expression tourmentée sur le visage. Elle cilla. Un instant plus tôt, il reconnaissait qu'elle devait être épuisée, et maintenant il lui demandait de rester ?

La poitrine serrée, elle se chercha une contenance. Pourvu qu'elle ne craque pas devant cet homme qui, hier, avait parfaitement expliqué quelle était sa place dans sa vie. Et pour couronner le tout, son ex-femme se trouvait dans la pièce voisine.

Alors non, mille fois non.

Il avait établi ses limites la veille. A son tour d'établir les siennes.

— Cullen, je suis ravie de prendre les enfants chez moi, mais il faut que je rentre. Je vais leur dire de préparer leurs affaires. Brenda restera peut-être et vous aidera avec Bridget.

Puis elle pivota en direction de l'escalier.

— Elle s'en ira dans quelques minutes. Je vous en prie, Lily. Restez… j'ai besoin de vous.

Elle s'arrêta en haut des marches et se retourna. La façon dont il la regardait lui donnait envie de croire qu'il avait vraiment *besoin* d'elle. Mais elle devait replacer la phrase dans son contexte. Il avait été très clair hier.

Pourtant, elle ne put s'empêcher de lâcher :

— Arrêtez. Cullen, s'il vous plaît.

— J'ai fait une erreur hier.

Oh, non ! Elle sentit les larmes lui monter aux yeux. Elle les essuya avant qu'elles coulent.

— Comment s'est passée votre soirée ?

— Disons que c'était un dîner entre deux vieux amis. C'est tout ce que nous sommes, et serons jamais, elle et moi.

Un sanglot échappa à Lily, et une larme coula le long de sa joue. Cullen l'effaça doucement.

— Pardon, Lily. Pardon. Je suis désolé.

Brenda s'éclaircit la gorge. Elle les observait depuis le seuil de la chambre.

— Eh bien, c'est un virus. Elle ira mieux dans un jour ou deux. Mon travail ici est terminé. Je vais me laver les mains.

— Brenda, laisse-moi te ramener à ton hôtel, insista Cullen, face à son ex-femme dans le couloir à l'étage.

Avant que Brenda ressorte de la salle de bains, Lily était descendue rejoindre les trois autres enfants. Bridget dormait, et tous deux étaient soulagés du bon pronostic.

— Ne sois pas ridicule, dit-elle d'une voix affreusement calme. J'ai déjà appelé un taxi. Il va arriver d'une minute à l'autre. Mais viens l'attendre avec moi dehors, s'il te plaît.

C'était le moins qu'il puisse faire. Elle boutonna son manteau, ajusta son écharpe. Cullen enfila sa veste, et ils sortirent dans la nuit glacée.

Durant un moment, ils restèrent silencieux, à une distance

respectable l'un de l'autre. Il entendait presque les rouages de son cerveau. Puis elle lança :

— Lily est une belle femme. Elle semble sincèrement aimer les enfants.

— Elle est enseignante de primaire. Elle est géniale avec les gosses. J'ai eu de la chance de la trouver.

Brenda eut un son sceptique, à mi-chemin entre le rire et la dérision.

— Pour s'occuper des enfants, je veux dire, précisa-t-il.

Elle soupira et fit un geste dédaigneux.

— Certaines femmes sont faites pour la maternité. Pas moi. Je sais gérer les enfants malades, mais je suis toujours contente de les rendre à leurs parents.

Cullen enfouit les mains au fond de ses poches. Il faisait si froid qu'il ne serait pas surpris qu'il neige cette nuit.

— Je peux te poser une question ? demanda-t-il.

— Bien sûr.

Une note de résignation teintait sa voix, comme si elle acceptait de jouer le jeu, mais n'en attendait pas grand-chose.

— Pourquoi es-tu devenue pédiatre si tu ne raffoles pas des enfants ? Je n'ai jamais compris ça chez toi.

— Ah ! Un de mes nombreux mystères. Disons que je ne trouve pas étrange que tu ne veuilles pas vivre à tout prix avec tes patients.

— Touché.

Le taxi s'arrêta le long du trottoir. Brenda marqua une pause avant de grimper dedans.

— Tu sais qu'elle est amoureuse de toi. Ça se voit sur son visage. Je pense que tu es amoureux d'elle, toi aussi. J'ai raison ?

— Bonne nuit, Brenda.

Elle éclata de rire, mais un rire sans humour.

— Au revoir, Cullen.

Il suivit le taxi des yeux, regardant ses feux arrière s'évanouir. Lorsque le véhicule eut disparu dans la nuit, il sentit s'envoler un poids qu'il n'avait pas eu conscience de porter.

Il rentra. Dans la cuisine, Lily finissait de laver la vaisselle.

— Il est tard, protesta-t-il. Laissez ça.

— C'est presque terminé. J'ai couché les enfants pendant que vous étiez dehors.

Il s'approcha, ferma le robinet d'eau. Elle leva les yeux vers lui, une expression abasourdie sur son beau minois.

Il l'étudia, examina chaque centimètre de son visage, en quête de ce qu'y avait vu Brenda. Il devait le découvrir à son tour, le vérifier. Car il savait ce qu'il ressentait. Il était amoureux de Lily Palmer, malgré sa tentative de la repousser, dans l'espoir qu'elle emporterait quand elle partirait cet étrange sentiment qui avait grandi en lui.

Toute sa vie, tous ceux qu'il avait aimés l'avaient quitté. Son père n'avait jamais eu envie de rester, sa mère était morte, Brenda l'avait quitté — avait quitté leur mariage — et, en partant, elle avait emporté tous ses sentiments à lui, toute sa capacité à aimer. D'une façon curieuse, c'était comme si elle venait de lui rendre ce qu'elle avait pris.

Désormais, s'il n'avait pas tout gâché, il savait précisément à qui appartenait son cœur.

— Vous pardonneriez à un imbécile ? demanda-t-il.

Lily le regarda comme s'il était devenu fou. Et il l'était. Fou d'elle. Fou de l'avoir lâchée.

— Vous pouvez être plus clair ?

— Disons qu'il m'a suffi de dîner avec mon ex-femme pour comprendre exactement ce que je perdais.

La jeune femme pâlit.

Dieu du ciel, quel maladroit il était !

— Brenda est revenue à Celebration avec en tête l'idée de nous réconcilier. Mais nous avons tous les deux compris ce soir que mon cœur était déjà pris.

Lily fronça les sourcils. Il voyait son mur virtuel s'élever de nouveau alors qu'elle ouvrait la bouche pour parler.

— Il est déjà pris par toi, Lily, se hâta-t-il d'ajouter, passant au tutoiement qui lui brûlait les lèvres. Si tu en veux. Je t'en prie, dis-moi que oui. Ou alors dis-moi que je suis un idiot. Et tu pourras t'en aller. Je ne te le reprocherai pas. Hier, oublier

George a fait resurgir des problèmes personnels dont il faudra que je te parle un jour. Cela a déclenché de mauvais souvenirs. Ça, mélangé à l'apparition-surprise de Brenda et à la prise de conscience que j'étais amoureux de toi. Bref, je… je n'ai pas bien su gérer tout ça. Pardon, Lily.

La main de Lily vola vers sa bouche, tandis qu'elle regardait le mur qu'elle avait soigneusement érigé autour d'elle s'écrouler, pierre par pierre.

Et d'un coup, elle se retrouva dans ses bras, avec ses lèvres sur les siennes. Cela commença en un baiser léger comme une plume, qui fit battre la chamade à son cœur et s'envoler sa raison.

Lent et doux au début — frôlement de lèvres, tâtonnement de langues. Alors, elle noua les bras sur la nuque de Cullen, glissa les mains dans ses cheveux, et lui donna sa bouche, l'invitant à y pénétrer.

Il approfondit leur baiser. Ivre de passion, elle enregistra le martèlement de son cœur, le velours de ses lèvres. Des lèvres, des mains si habiles. Perdue dans ce baiser, elle se sentait si vivante, si sexy, un peu téméraire, même, avide de sa bouche sur sa tempe, son lobe d'oreille, son cou…

Elle recula, cherchant de l'air, totalement désorientée. Craignant de se réveiller de ce rêve merveilleux pour se retrouver seule, gelée — ou, pire, qu'ils lèvent les yeux et découvrent un public de quatre, ou trois, puisque la mignonne Bridget était malade. Mais même si un seul enfant les surprenait…

— Cullen, je dois y aller. Vraiment.

Elle hésita. Elle ne tolérerait plus longtemps ces va-et-vient incessants.

— Mais on devrait peut-être discuter de la direction qu'on est en train de prendre. Tu vois bien que te résister me coûte un effort considérable.

Il laissa échapper un grognement rauque et la regarda comme s'il n'avait aucune intention de l'encourager sur le chemin de l'abstinence. Et cela lui convenait très bien. Elle ne voulait pas l'*abstinence*, mais s'assurer qu'ils souhaitaient tous deux la même chose, et s'y prendre de la même manière.

— Je ne peux pas rester avec toi ce soir, poursuivit-elle. Pas avec les enfants dans la maison. Comment le leur expliquer ? Ce serait trop déroutant, et ils n'ont pas besoin de ça.

Il hocha la tête.

— Tu as raison. Absolument raison.

Elle leva une main, tentant d'ignorer sa bouche gonflée de désir, le siège de sa féminité prêt à se mutiner et à envoyer les convenances au diable. Alors, elle se mordit la lèvre pour parvenir à garder la tête froide.

— J'ai besoin de savoir que ce qui s'est passé hier ne se reproduira plus.

— Je te le jure, Lily. Il fallait que je fasse le tri dans ma tête. Et je l'ai fait.

— Et j'en suis heureuse. Alors, cette semaine, on va prendre notre temps. On saura quand le moment sera venu.

Peut-être au Jingle Bell Ball samedi prochain ?

12

A la regarder de l'autre côté de la piste de danse bondée du Grand Puerto Vallarta Hotel, on aurait dit qu'elle était surgie d'un rêve — son rêve récurrent à lui qui n'avait cessé de tourner en boucle dans sa tête depuis qu'il avait retrouvé la raison la semaine dernière. Cullen sentit le désir le submerger, tandis qu'il revenait vers Lily, deux flûtes de champagne à la main.

La robe émeraude de Lily moulait ses formes parfaites. Elle paraissait si douce, si sensuelle et si sexy qu'il sentit tout son corps réagir. Depuis qu'elle avait débarqué dans sa vie, trois semaines plus tôt — trois semaines seulement ? —, il ne pouvait envisager l'existence sans elle. Qu'il veuille le croire ou non, cela avait été un coup de foudre. Réellement. Dès qu'il avait posé les yeux sur elle, quelque chose en lui avait basculé ; la vie telle qu'il la connaissait avait cessé d'exister une fois que Lily y était apparue. La vie était passée de nuances de gris et d'actions routinières à des jours et des nuits emplis de raison d'être et de possibilités époustouflantes.

L'orchestre attaqua les premières mesures de « Can't take my eyes off you ». Quand il atteignit la table, il posa les flûtes et tendit la main.

— Danse avec moi.

— J'ai cru que tu ne me le proposerais jamais.

Sur la piste, il la prit dans ses bras. Elle leva vers lui des yeux assombris par l'émotion. Leurs lèvres se frôlaient presque tandis qu'ils se balançaient au rythme de la musique, en une danse lente, intime, qui les unissait.

Depuis la semaine précédente, il n'avait pas regardé en arrière et, maintenant qu'elle se trouvait entre ses bras, il avait l'intention de continuer d'aller de l'avant, aussi vite qu'elle le lui permettrait.

Il prit une profonde inspiration, se perdant dans sa senteur. Pas question de trop réfléchir. Il se laisserait porter.

La piste était bondée, mais c'était si bon de la tenir dans ses bras. Ils dansèrent encore sur trois chansons, puis Lily suggéra d'aller enfin boire le champagne.

Alors qu'ils s'apprêtaient à regagner leur table, elle se figea, fixant un homme qui dansait avec une blonde à quelques pas de là. L'homme, qui lui rendit son regard, semblait aussi surpris qu'elle.

— Tout va bien ? s'enquit Cullen.

— C'est Josh, lui chuchota-t-elle à l'oreille.

Entre-temps, l'homme avait guidé sa cavalière de manière à se rapprocher d'eux. Il se pencha vers Lily, et l'embrassa, un peu trop près de la bouche au goût de Cullen.

— Lily, dit-il. Je ne m'attendais pas à te voir ici.

Cullen n'apprécia pas plus la façon dont il la regardait.

— Eh bien, me voici pourtant. Moi non plus, je ne m'attendais pas à te voir. Cullen, je te présente Josh Stockett, indiqua-t-elle avec un sourire forcé. Josh, mon cavalier, Cullen Dunlevy.

Il fallut à ce dernier un temps pour relier le nom à l'homme et comprendre qu'il s'agissait de son ex-fiancé. Il lui tendit la main, et Josh la serra sans conviction. Cullen remarqua la tension de Josh, son attention entièrement focalisée sur Lily.

— Comment ça va ? lui demanda-t-il.

— Je n'ai jamais été aussi bien.

— Bonsoir, Lily, lança la cavalière de Josh, s'immisçant dans la conversation. Je suis Ann-Elizabeth Hardy, bientôt Ann-Elizabeth Stockett, précisa-t-elle, exhibant avec un gloussement idiot un énorme solitaire à son annulaire gauche. Josh et moi allons nous marier. Comment vous connaissez-vous, tous les deux ?

Comment on se connaît ?

Cet abruti ne lui avait jamais dit qu'il avait été fiancé ? Elle décocha un regard en biais à Josh, qui semblait retenir son souffle. Ce serait drôle de le torturer en se présentant comme l'ex-future Mme Stockett. Mais il ne méritait même pas cette peine.

— Oh ! Josh et moi ? On se connaît depuis des lustres.

— Oui, renchérit Josh. D'ailleurs, si on dansait, en souvenir du bon vieux temps ?

Lily fixa Cullen, dans l'espoir qu'il intervienne. En vain.

— Mais bien sûr, je vous en prie. Ann-Elizabeth, me ferez-vous l'honneur, en contrepartie ?

Traître !

L'orchestre jouait une version jazzy de « Fly me to the moon ». Josh glissa un bras raide autour de la taille de Lily. Il ne savait pas danser, mais prétendait le contraire.

Pas question qu'elle engage la conversation la première, songea-t-elle tandis qu'ils se déplaçaient maladroitement dans la direction opposée à celle où dansaient Cullen et Ann-Elizabeth. Dire qu'il n'avait même pas avoué à la femme qu'il allait épouser qu'il avait failli se marier avec une autre ! Mais c'était Josh tout craché.

— Alors, comment ça va ? finit-il par lancer.

— Tu m'as déjà posé la question, Josh. Et j'ai répondu que je n'avais jamais été aussi bien.

— Cullen a l'air d'un chic type.

Certes. Et qui savait parler de ses sentiments, ne repoussait pas les discussions difficiles jusqu'au moment où il se retrouvait acculé dans un coin et sous l'œil des caméras. Mais quel intérêt de ressasser toute l'histoire ce soir ?

— Oui, c'est un homme formidable, répliqua-t-elle.

— Merci d'avoir été cool avec Ann-Elizabeth.

— Cool ? Je ne te comprends pas.

— Il est évident que je ne lui ai pas parlé de nous.

Nous ? Utilisé dans ce contexte, le mot rendit Lily à la fois écœurée et soulagée qu'ils ne forment plus un *nous*.

— Tu devrais pourtant le faire, déclara-t-elle. Tu le lui dois,

Josh. Tu dois à la femme que tu vas épouser d'être honnête envers elle, même si ça te coûte. Parce que si une relation ne survit pas à l'honnêteté, elle est condamnée dès le départ.

Josh pâlit. Ils dansèrent plusieurs minutes en silence. A la fin de la chanson, Lily pivota pour s'éloigner, mais il la retint par la main.

— Pardon, dit-il. Tu mérites d'être beaucoup mieux traitée que je ne l'ai fait, et je veux m'excuser. C'est ma manière d'être honnête avec toi.

Elle le connaissait assez pour savoir qu'il était sincère.

— Merci, Josh. Ann-Elizabeth semble être une gentille fille. Bonne chance à vous deux. J'espère que tu la traiteras comme il faut.

Il sourit, lui lâcha la main et elle s'en alla.

Cullen l'attendait au bord de la piste.

— Tu es de quel côté ? murmura-t-elle en le rejoignant.

— Du tien, bien sûr, répondit-il avec un sourire entendu. C'est important de régler certaines choses. Crois-moi, je sais de quoi je parle. Il faut tourner la page et refermer le livre. On ne peut pas avancer si on n'a pas réglé son passé.

— Paroles d'un homme qui sait de quoi il retourne.

Il acquiesça.

— Alors, prête à passer à autre chose ?

La question était plus complexe qu'il n'y paraissait. Elle prit le temps de sonder son cœur. Etait-elle prête ?

Différentes raisons pouvaient vous bloquer dans le passé : l'espoir de se remettre ensemble, et risquer de rater sa vie en attendant que ce jour vienne, ou tenir envers et contre tout parce qu'on se berçait d'illusions. C'est ce qu'elle avait fait avec Josh. Mais c'était terminé. Elle ne voulait plus de lui.

Non. La brave Ann-Elizabeth pouvait l'avoir. Lily espérait juste que Josh serait honnête avec elle et ne lui infligerait pas les mêmes souffrances qu'à elle.

— Tu n'as pas idée à quel point je suis prête, assura-t-elle.

Cullen se pencha pour l'embrasser. Ses lèvres s'attardèrent

assez longtemps pour l'inciter à se tendre vers lui, avide, tandis que sa grande main caressait son dos.

Lorsqu'ils s'écartèrent, elle vit Josh qui l'épiait, une expression pas très réjouie sur le visage. La pauvre Ann-Elizabeth regardait son fiancé adoré observer Lily, une lueur d'incertitude, bien trop familière à celle-ci, dans les yeux.

— Partons d'ici, dit-elle, se sentant libérée et purifiée de Josh pour la première fois depuis qu'il avait brisé son cœur.

Cullen mit un bras sur ses épaules et la tint tout contre lui tandis qu'ils quittaient la salle de bal.

Ils gardèrent le silence durant le trajet du retour. Mais un silence chargé d'émotion. Tous deux savaient ce qui allait arriver une fois à la maison. Les filles dormaient chez Sydney, et George chez un collègue de Cullen qui avait un fils de son âge. Les garçons étaient devenus copains quand Lily avait invité le jeune garçon à venir jouer. Voir George aussi heureux après le fiasco du stage de basket était une bouffée d'air frais.

Ce soir, ils étaient donc seuls. Pour la première fois, et avec une grande plage de temps devant eux, sans avoir à craindre que les enfants ne débarquent. Depuis deux jours, dès qu'ils avaient un instant d'intimité, ils ne pouvaient empêcher leurs mains de se toucher mutuellement.

Donc, oui, ils savaient ce qui allait se produire. Demain matin, aussi certain que le soleil se lèverait à l'est, elle se réveillerait dans le lit de Cullen.

Dès lors, les vingt minutes de trajet entre Dallas et Celebration auraient pu constituer un délai de réflexion pour l'un comme pour l'autre. Une chance de se rendre compte que ce serait une erreur. Mais ce n'en était pas une.

Lily refusait que des mots — papotage anodin ou grandes déclarations d'amour, ou absence de celles-ci — les dissuadent de ce qui était inévitable depuis la première seconde où ils avaient posé les yeux l'un sur l'autre.

Quand Cullen glissa une main sur son genou et la fit remonter plus haut, toujours plus haut, et quand il se pencha pour planter un baiser sur ses lèvres à un feu rouge, puis dans son cou à un stop, elle comprit que lui aussi refusait que des mots leur fassent obstacle.

Le silence, uniquement brisé par les baisers et la sensation de la main qui avait pris possession de sa cuisse sous sa robe, intensifiait l'excitation de ce qui allait suivre.

Enfin, Cullen gara la voiture dans l'allée, et ils entrèrent. Tous les deux. Seuls dans la maison. La large porte en bois était la seule chose entre eux et le monde extérieur.

Debout face à face, ils étaient si proches qu'ils respiraient le même air. Elle percevait sa senteur grisante, un mélange subtil de savon et d'eau de toilette verte teintée d'une indéfinissable note masculine qui était tout lui. L'essence de Cullen pénétrait ses sens et lui tournait davantage la tête que le champagne qu'ils avaient bu ce soir. Les bulles, ainsi que la libération procurée par l'adieu final à Josh, l'avaient légèrement grisée, mais c'était Cullen qui l'enivrait — sa saveur, son odeur, la sensation qu'elle imaginait de son corps sur le sien.

Et d'un coup, en un geste fiévreux, il l'enlaça, la plaqua contre la porte, tout en l'embrassant. Après avoir pris possession de son cœur, il s'appropriait son corps. Et elle les lui abandonnait bien volontiers, tous les deux.

Il le savait.

Entremêlant leurs doigts, il la pressa contre lui. Elle sentit certaines parties de son anatomie réagir en se durcissant. La simple sensation de sa bouche, de sa langue, l'embarquait dans un univers rien qu'à eux. Le passé ne pouvait les toucher, et l'avenir paraissait très, très lointain.

Désormais, les choses entre eux étaient différentes. Ou peut-être avaient-elles toujours été ainsi, mais là, en cet instant, ce qui couvait semblait intense, profond, et si juste !

Pour la première fois depuis longtemps, elle baissa la garde et ouvrit son cœur à un infini de possibles.

Tandis que leur baiser se prolongeait, leurs mains exploraient le corps de l'autre, l'apprenaient. Des spirales de félicité se déployaient au creux de son ventre, allumant un désir brûlant, impatient. Quand avait-elle désiré un homme à ce point ? Elle n'aurait su le dire. La pensée de lui faire l'amour, là, dans le vestibule, l'embrasait tout entière. Soudain, elle le voulait nu, sur elle afin qu'il s'enfouisse en elle. Maintenant. Tout de suite.

Mais il avait d'autres projets. Il l'entraîna vers l'escalier, la souleva dans ses bras, et, sans cesser de l'embrasser, entreprit de grimper les marches.

Le trajet jusqu'à la chambre fut le plus long de sa vie, plus long que le retour en voiture, plus long encore que le temps qu'il leur avait fallu pour arriver à cet instant.

Enfin, ils franchirent le seuil en titubant, chacun arrachant les vêtements de l'autre, avides de se toucher, de s'unir.

Langues mêlées, mains impatientes. Il baissa la fermeture Eclair de sa robe, et elle la fit glisser sur le sol. Elle ne portait plus que sa culotte, des bas et ses talons hauts.

En la voyant ainsi, il poussa un gémissement rauque, l'écarta un peu de lui pour mieux l'admirer.

Puis ses mains se posèrent sur ses seins, et c'est elle qui poussa un gémissement de plaisir. Son contact était possessif, elle voulait qu'il la possède. Tout entière.

Elle déboutonna sa chemise, la passa par-dessus sa tête, voulant qu'ils soient peau contre peau. Voulant le toucher et être touchée. Voulant que ses mains caressent son corps. Il glissa les mains le long de son dos, empoigna ses fesses. Impatiente de se donner à lui, elle l'aida à se débarrasser de son pantalon. Elle se sentait à la fois vulnérable et en totale confiance. Car seul comptait son désir pour Cullen, et celui de Cullen pour elle. Et son désir à lui était flagrant, la rendait belle, forte. Et désirable.

Il la voulait telle qu'elle était. Jamais aucun homme ne l'avait fait se sentir aussi belle.

— Tu vas bien ? murmura-t-il en l'allongeant sur le lit.

C'étaient les premiers mots prononcés entre eux depuis qu'ils avaient quitté le bal.

— Tu ne peux pas savoir à quel point !

Elle l'enlaça, explora son large dos, sa taille mince, la vigueur si masculine de son corps. En retour, il écarta une mèche de cheveux sur son front et embrassa la peau en dessous avec une telle tendresse qu'elle faillit fondre en larmes. Il fouilla son regard. Elle répondit d'un baiser.

Oui, je le veux. Je te veux.

Elle aurait aimé lui dire toutes les manières dont elle avait imaginé ce moment, et son bonheur qu'ils n'aient plus à nier leur désir l'un pour l'autre. Mais cela aurait pris trop de mots. Et ce soir, les mots étaient inutiles.

Avec un sourire sensuel, il sortit des préservatifs du tiroir de la table de chevet, puis noua de nouveau leurs doigts. Un instant, elle contempla leurs mains entremêlées, les siennes, si grandes, viriles, qui s'agrippaient mais hésitaient presque, comme s'il lui donnait silencieusement une dernière chance de changer d'avis, de redevenir juste amis.

Trop tard pour reculer.

Une vague brûlante de désir la traversa. Il dut la percevoir, car, dans un élan fébrile, il roula sur le dos, l'attira à califourchon sur lui, et, tout en l'embrassant doucement, commença à jouer avec ses seins. Ses doigts titillèrent leurs pointes, puis descendirent le long de son ventre, dessinant des cercles qui embrasèrent l'endroit caché entre ses cuisses, déjà moite.

Son corps chantait. Suppliait.

Et, soudain, elle se retrouva sous lui. Ses mains exploraient ses épaules musculeuses, le sillon de sa colonne vertébrale, les courbes fermes de son fessier. Elle l'attira plus près, jusqu'à ce que son sexe presse à l'entrée du sien, qu'elle écarte les jambes, prête à le recevoir...

Oh ! comme elle le désirait !

Mais il la fit attendre encore, la maintenant sur cette ligne fragile entre anxiété et extase. Il reprit sa bouche, captura sa langue, la taquinant fougueusement. C'était presque insupportable, pourtant, elle se concentra sur cet instant de toutes les fibres de son être en feu.

Arc-boutée, elle lui rendit son baiser avec passion. Avec voracité. Elle adorait la manière dont ses formes épousaient si parfaitement les angles de son corps. Quand il la saisit par les hanches, elle se cambra vers lui, puis recula pour glisser la main sur son érection, et, à son tour, joua avec son désir, caressa la peau soyeuse et tendue. Enfin, il enfila un préservatif, et plongea en elle.

Au train où il allait, s'il ne ralentissait pas, ce serait terminé avant qu'il puisse lui montrer à quel point il l'aimait.

Oui. Il l'aimait.

Une étrange sensation l'envahit.

Pour la première fois de sa vie, il n'avait pas envie de fuir. Il ignorait où ceci le menait mais, en tout cas, il serait là pour le découvrir.

Il ralentit le rythme, embrassa Lily dans le cou tandis que leurs corps trouvaient une cadence naturelle.

Il se perdit dans la sensation d'elle, dans son odeur et sa saveur, jusqu'à ce que quelque chose d'incongru se fraie un chemin dans sa conscience.

Il n'avait pas eu l'intention que cela se produise ce soir. Enfin, il l'avait souhaité, et s'en réjouissait ! Mais s'il avait projeté de la séduire, il aurait réservé une chambre d'hôtel. Il voulait attendre qu'elle soit prête. Sinon, cela ne pouvait pas marcher.

Quand il l'avait vue plantée devant le crétin qu'elle avait failli épouser, si vulnérable, si douce et encore plus tentante qu'aucune femme qu'il avait rencontrée jusque-là, il s'était demandé pourquoi ce type l'avait laissée partir. A cet instant, Cullen avait su qu'il ne commettrait pas la même erreur.

N'empêche, il n'avait pas prévu de l'entraîner dans son lit. Si cette alchimie entre eux comptait pour beaucoup dans ce qu'ils vivaient ensemble, c'était un bonus. Après tout ce qu'elle avait enduré, c'est elle qui devait donner le ton.

Il savait aussi que lui faire l'amour ne pouvait se réduire à une aventure d'un soir. Il lui avait fallu s'assurer qu'il y était prêt. Cela signifiait beaucoup plus, et il devait le lui prouver.

Il la regarda dans les yeux pendant qu'ils bougeaient en rythme, et il comprit que ce ne serait jamais une simple liaison. C'était du sérieux.

Malgré le désir qui lui faisait perdre la tête, il s'obligea de nouveau à ralentir, à prendre le temps de savourer sa beauté, de se délecter de l'amour qu'il lui portait.

Il voulait lui promettre que jamais il ne lui ferait du mal. Pas exprès. Plus il passait de temps avec elle, plus il savait que sa vie n'était rien sans elle.

Sous le rugissement du sang dans ses oreilles, il entendit le souffle précipité de Lily s'accélérer encore, puis elle cria.

Le son de son plaisir intensifia ses sens, et sa respiration se cala sur la sienne. Agrippé à son corps, il poussa en avant, plongea plus loin, encore plus loin, de plus en plus vite, et la fit basculer dans la jouissance.

Ce n'est que lorsqu'il fut sûr de son orgasme qu'il s'autorisa à escalader les montagnes de l'extase et à succomber à une dernière, exquise poussée. Un long gémissement rauque s'échappa de sa gorge. Il s'effondra sur elle, l'embrassa, à la fois câlin et possessif, la serrant de manière à sentir chaque centimètre de son corps pressé contre le sien, repu de leur plaisir partagé, égaré dans la tendresse de leur étreinte.

13

Se réveiller dans les bras de Cullen, c'était meilleur que d'ouvrir ses cadeaux le matin de Noël, qui n'était que dans quatre jours. Mais ces derniers temps, Lily choisissait de vivre le moment présent. Tout était encore si nouveau, et puis, bien entendu, ils devaient penser aux enfants.

— Je crois qu'on devra faire attention devant les petits, dit-elle. Ils sont si jeunes que ça risque de les troubler.

— Tu as raison, répliqua-t-il en l'embrassant. Savoir que je devrais éviter de te toucher va décupler mon désir pour toi.

Comme elle était bien, nichée contre son épaule ! Si seulement ils pouvaient rester ainsi toute la journée. Pourtant, ils feraient bien de décréter le branle-bas de combat, car les petits seraient rentrés à midi. Il était 10 heures.

Elle devait se doucher, s'habiller, et se rendre présentable afin que les enfants ne remarquent rien de différent… même si elle s'inquiétait que quiconque en la regardant voie sur son visage que tout avait changé.

— Ce ne sera pas comme ça éternellement, déclara Cullen.

Que voulait-il dire par là ? Qu'il comptait rendre les choses permanentes ? Façon bague au doigt ? Son cœur bondit dans sa poitrine, mais elle le refréna aussitôt. Ils se connaissaient depuis moins d'un mois, et ce n'était que le matin de leur première nuit ensemble !

— Explique-toi, tu veux ?

— Cam Brady a quelques pistes valables à propos de deux familles susceptibles de prendre les petits.

Elle sentit son cœur se serrer. C'était le seul point délicat qu'ils n'avaient pas examiné. Elle ne voulait pas envoyer les enfants ailleurs. Non seulement elle était tombée amoureuse de lui dès son arrivée, mais encore les petits et Cullen étaient devenus sa famille. Une boîte de Pandore qu'elle n'était pas certaine de vouloir ouvrir sur-le-champ. Ils commençaient juste à s'habituer à être un couple. Le reste se résoudrait en temps opportun.

— Tu es terriblement silencieuse, fit-il remarquer.

— Je ne peux tout simplement pas imaginer cette maison sans les petits, dit-elle avec précaution. Pourquoi la paternité t'effraie-t-elle tant ? Tous les hommes que je connais ayant des enfants affirment que ça a changé leur vie. Certes, il faut du temps pour s'habituer à ces changements, mais je ne connais aucun parent impliqué qui le regrette.

Elle le sentit s'écarter. Imperceptiblement, mais vraiment.

— Le mot-clé, c'est bien *parent impliqué*. Mon planning ne le permet pas. Tu as vu comme je rentre souvent tard le soir. Ce ne serait honnête pour personne.

Voilà qu'il repartait dans les généralités...

Pas honnête pour qui ? Les petits ? Elle ?

Elle ne pouvait poser la question sans paraître insistante, bien qu'elle ait besoin de connaître le fond de sa pensée. Est-ce qu'il parlait d'elle élevant les enfants sans qu'il s'implique activement ? Car, s'il ne parlait pas d'elle en particulier, elle avait envie de souligner que, avec ou sans gamins, la personne avec laquelle il serait impliqué subirait quand même ses soirs d'absence.

Ne sachant comment l'exprimer correctement, elle opta pour une légère variation.

— Eh bien, aucune situation n'est parfaite. La vie est compliquée et pleine de surprises, et chacun doit faire des compromis. Si tu commences à trop réfléchir, ça paralyse.

Il se déplaça un peu, mettant le bras qui l'avait enlacée sous sa tête. Il haussa un sourcil dubitatif.

— Quand j'étais petit, ma mère devait tout faire seule. J'étais son unique enfant, Dieu merci. Elle travaillait, faisait la cuisine, le ménage et s'occupait de moi, jusqu'à ce que je sois en âge de l'aider. Quand j'ai été assez grand pour comprendre, j'ai trouvé affreusement injuste que mon père ait été un compagnon pour me concevoir, mais incapable de rester pour la partie *compliquée*, comme tu dis. C'était un père totalement absent. Il a divorcé et venait me voir tous les trente-six du mois. Parfois, il annonçait sa visite mais ne venait pas. Il était si peu fiable et égoïste que je le haïssais. J'ai décidé que je ne serais jamais comme lui. Il buvait, courait les femmes, et était globalement un être méprisable. La seule fois où il a daigné me donner un conseil, il m'a dit que les femmes ne valaient pas un clou ; elles n'étaient bonnes qu'à tomber en cloque et vous saigner à blanc.

Le regard de Cullen était lointain et outré. Lily posa la main sur son torse, y dessinant des huit du bout de l'index.

— A quoi tu penses ?

Il la fixa, les yeux emplis d'amour.

— Au fait que parfois, on ne se rend pas compte à quel point on ressemble à quelqu'un. Même si on n'a pas l'intention de reproduire ses erreurs.

Elle savait qu'il évoquait son propre mariage brisé, et toutes ses femmes qui s'étaient succédé dans sa vie.

— Le mariage de mes parents n'a jamais marché. Avant le départ de mon père, je me souviens de leurs disputes. Il était nul, mais je me demande si cette unique expérience ne l'a pas empêché de trouver le réel amour. Il est peut-être passé à côté d'une personne comme toi ? Ce serait le seul regret que je puisse éprouver à son égard.

Il se pencha, l'embrassa, puis lui refit l'amour. Ensuite, ils se douchèrent ensemble et se préparèrent au *retour à la normale*. Ils s'y exercèrent avec un petit déjeuner de café et pain perdu. Lily en confectionna plus pour les enfants et Sydney, qui était même passée prendre George chez son copain.

— Tu ne peux pas faire une fournée de ces roulés à la cannelle qui m'ont fait tomber amoureux de toi ? demanda Cullen.

— Pas ce matin, la pâte doit lever deux heures. Mais si tu es gentil, je t'en ferai peut-être demain.

Il l'attira dans ses bras.

— Laisse-moi te montrer comme je peux être gentil.

Il l'embrassa, jusqu'à ce qu'un coup à la porte d'entrée et le carillon insistant de la sonnette les ramènent à la réalité.

Les enfants étaient rentrés. Tous deux se sourirent en se réajustant, arborant un visage *normal*.

— Nous voilà ! clama Sydney lorsque Lily ouvrit la porte.

Exubérantes, les filles se bousculèrent pour montrer à Lily leurs ongles peints et les tatouages provisoires que Sydney, qu'elles qualifièrent de personne la plus « cool » du monde, les avait aidées à poser.

Même George semblait moins maussade que de coutume.

— Tu te rappelles que j'ai un match à 14 heures ? demanda-t-il.

Zut. Avec tous ces événements — la pâtisserie pour le marché de Noël, la maladie de Bridget, les préparatifs pour le bal, et sa nouvelle relation avec Cullen —, elle avait oublié ! Elle l'avait inscrit sur le calendrier, mais…

— Bien sûr, répondit-elle. On ira tous t'encourager.

Les filles grognèrent, arguant que le basket les ennuyait.

— C'est très important qu'on soutienne George. A nous tous, on formera une chouette bande pour l'acclamer.

— Oncle Cullen vient aussi ? s'enquit Bridget.

Lily interrogea l'intéressé du regard.

— Je dois passer vérifier deux ou trois choses à l'hôpital. Mais je vous rejoindrai dès que possible. Ça marche ?

— Oui ! piaillèrent les filles de concert.

George soupira très fort.

— Qu'est-ce qui ne va pas, George ? s'enquit Lily.

— Ne me dis pas que tu viens si tu ne le fais pas.

— Hé, un peu d'indulgence, mon garçon, objecta Cullen, posant une main sur son épaule. Je sais que j'ai gaffé la semaine dernière, mais j'ai droit à une seconde chance, non ? La nouvelle version améliorée d'oncle Cullen va te montrer de quoi il est capable. Je risque d'arriver un peu en retard, mais je serai là. Tu me fais confiance ?

— Et s'il t'emmenait manger une glace après le match ? suggéra Lily. Rien que tous les deux ?

Les filles protestèrent qu'elles aussi voulaient y aller.

— Ce n'est pas juste s'il a de la glace et pas nous, dit Megan.

Déclaration appuyée par deux « Ouais » de ses sœurs.

— On n'a qu'à laisser les garçons se faire un moment de camaraderie, et nous, un truc chouette entre filles. Ensuite, on se retrouvera tous pour dîner. Ça vous plaît ?

La question s'adressait en réalité à Cullen. Il acquiesça d'un air résigné.

Il était exclu que Cullen oublie ce match. Il programma trois rappels sur son téléphone et colla des Post-it marqués MATCH en grosses lettres sur tous ses dossiers, au cas où le travail le rattrape. Il déclina même une réunion imprévue.

Il arriva avec un quart d'heure de retard, mais George avait été prévenu. Et quand celui-ci le vit, son visage s'illumina et il lança le ballon avec plus d'entrain.

Il était plutôt bon joueur, en fait, songea Cullen. Qui sait ? Le garçon et lui pourraient peut-être installer un panneau de basket dans le jardin et... Ah, c'est vrai, les enfants quitteraient la maison peu après Noël.

Mais ils viendraient sans doute en visite. Alors oui, un panier de basket serait quand même une bonne idée.

Cullen, Lily et les filles encouragèrent l'équipe de George. Les quinze dernières minutes de jeu, le score était serré. Chaque panier comptait. Dès qu'une équipe en plaçait un, l'autre récupérait le ballon et marquait à son tour. Pas terrible, la défense, songea Cullen, mais il aiderait George à travailler ça. Peut-être que le gamin finirait dans l'équipe du lycée. Durant quelques minutes, Cullen s'imagina assister avec Lily à tous ses matchs à domicile, et le garçon les présenter à ses amis comme tante Lily et oncle Cullen.

Il décocha un coup d'œil à Lily, testant le fantasme.

Pendant qu'il regardait ailleurs, quelque chose survint sur le terrain. George et un gosse de l'autre équipe se disputaient le ballon. Chacun tentait de l'arracher à l'autre lors d'une confrontation de dernière minute, si violemment que tous deux tournaient en rond autour pour en prendre possession.

L'équipe de George menait d'un point. Le petit public se dressa sur ses pieds.

Cullen, Lily et les filles hurlèrent :

— Allez, George ! Prends le ballon !

Comme galvanisé par leur soutien, George tira un bon coup et récupéra le ballon. Le plaquant sur sa poitrine, il hésita une fraction de seconde, leva la tête vers les gradins. Il croisa le regard de Cullen, qui l'encouragea avec fougue.

— C'est mon garçon ! Bravo ! Bien joué !

Même si son équipe menait, ce serait si formidable pour sa confiance en soi de marquer le dernier panier. Selon Lily, la soirée pyjama avec quelques coéquipiers avait constitué une sorte d'avancée : il se faisait des amis et montrait une sacrée assurance sur le terrain.

Puis, comme au ralenti, George se mit à courir dans la mauvaise direction. Il courait du mauvais côté du terrain. Le public criait de nouveau. Cullen tentait d'attirer son attention pour lui dire de faire demi-tour. Même s'il gardait le ballon jusqu'à ce que le temps soit écoulé, son équipe gagnerait, mais le garçon semblait si déchaîné qu'il lança le ballon et donna les deux derniers points à l'équipe adverse.

Lily saisit la main de Cullen et gémit :

— Oh ! non. Non, non.

L'autre équipe gagnait le match d'un point.

L'espace d'un instant, le gymnase tomba dans le silence. Les coéquipiers de George, tétanisés, le fixaient d'un air incrédule. Puis les garçons de l'équipe adverse explosèrent en acclamations et applaudissements hystériques, faisant preuve d'un esprit sportif déplorable. Ils huèrent George en se tapant dans les mains et en se moquant de lui pour leur avoir offert la victoire.

Personne n'allait les arrêter ? Quelqu'un devait à tout prix les calmer et leur parler de leur comportement. En fait, en toute équité, ils devraient même renoncer à la victoire en raison de ce manque de fair-play.

Mais le dommage était fait. Cela ne ferait qu'attirer davantage d'attention sur l'erreur de George.

Cullen se tourna vers Lily.

— Pourquoi tu ne rentres pas avec les filles ? Je vais aller chercher George et essayer de limiter les dégâts.

— Tu es sûr ?

— Certain. J'en fais mon affaire.

Il était poussé par un furieux sentiment de protection. Longtemps auparavant, il avait été le gamin sur le terrain qui avait commis l'erreur et personne n'était là pour le défendre. Sa mère travaillait, son père était introuvable. Cullen avait été livré à lui-même. C'était la plus horrible impression du monde pour un petit garçon. Cullen savait ne pas avoir l'étoffe d'un père, mais *ça*, c'était personnel.

Pendant que Lily entraînait les filles hors du gymnase, il descendit sur le terrain pour délivrer George, toujours figé au pied du panier.

— Dis-moi, mon pote. Si allait s'offrir ce banana split dont on a parlé ?

Où était l'entraîneur, nom d'une pipe ? Cullen aurait voulu lui reprocher yeux dans les yeux de ne pas avoir été là pour rappeler qu'il ne s'agissait que d'un jeu, et que George avait fait de son mieux. Hé, il avait super bien joué jusqu'à la fin. Ce genre de trucs pouvait marquer un gamin à vie ! Cela pouvait le pousser à se renfermer encore plus.

Un des arbitres tripotait des papiers, et Cullen envisagea un instant de lui passer un savon pour avoir laissé les garçons de l'équipe adverse agir comme ils l'avaient fait. Puis il vit George, planté le regard dans le vide comme s'il n'était pas réellement là, et changea d'avis.

Le mieux pour cet enfant était de le sortir d'ici. Trois minutes plus tard, tous deux quittaient le centre de loisirs dans la voiture de Cullen, laissant ce mauvais souvenir derrière eux. Peut-être pas tout de suite, mais plus vite il mettrait le gamin devant une glace, plus tôt ce dernier verrait que le panier fautif n'avait aucune importance.

Tout en prenant la direction de Polar Bear Ice Cream, Cullen chercha quoi dire. Commencer par le fait que les autres gamins avaient eu tort de réagir ainsi ? Ou une approche plus douce, genre, ce n'est qu'un jeu, pas une opération du cerveau — ha ha, humour de carabin ? Non, cela banaliserait l'incident, et fausserait tout.

Pourquoi était-ce si difficile ?

Ils roulaient depuis cinq minutes quand le garçon enfouit la tête contre l'épaule de Cullen et se mit à sangloter.

Cullen resta pétrifié deux bonnes minutes, les mains agrippées au volant, pendant que l'enfant fondait en larmes.

Aucun mot ne l'arracherait à cet état mental. Maintenant qu'il était loin des autres garçons et que la réalité de ce qui s'était passé le poignardait, Cullen décida qu'il valait mieux le laisser l'évacuer par les larmes.

Pas certain que ce soit la bonne chose à faire, mais à défaut d'autres idées, il entoura le garçon d'un bras et lui tapota maladroitement l'épaule droite.

Peu après, ils approchèrent de Polar Bear Ice Cream mais, avant que Cullen s'engage sur le parking, il remarqua que certains coéquipiers de George s'y trouvaient déjà.

Mauvaise idée. Heureusement, le garçon ne les avait pas vus, le visage toujours niché sous l'aisselle de Cullen, pleurant de manière convulsive.

Sans réfléchir plus avant, Cullen dépassa le glacier et continua en direction de Dallas.

Parfois, mieux valait aller là où personne ne vous connaissait, le temps de rassembler vos esprits.

Ils arrivèrent à Dallas une vingtaine de minutes plus tard et roulèrent au hasard pendant une demi-heure. George finit par relever la tête et par s'écarter de Cullen. Celui-ci remit la main droite sur le volant et repartit vers Celebration.

Juste avant d'arriver à l'autoroute, il repéra un fast-food. Sans un mot, il s'arrêta au guichet de vente à emporter.

— Quel parfum de milk-shake tu veux ? demanda-t-il.

— Chocolat.

Il commanda deux milk-shakes au chocolat, et ils les sirotèrent sur le chemin du retour.

Aucun d'eux ne parla mais, le temps d'arriver à la maison, les yeux de George n'étaient plus rouges. Il s'était mouché. Personne ne se rendrait compte de sa crise de larmes.

Cullen garderait le secret. Enfin, il le dirait à Lily. Il préférait, au cas où il ait causé du tort au petit en ne l'encourageant pas à parler.

Décidément, le boulot de parent n'était pas pour des amateurs.

Ils descendirent de voiture et s'avancèrent vers la porte d'entrée. A mi-chemin, George s'arrêta. Cullen pensa qu'il avait oublié quelque chose dans le véhicule, et s'apprêtait à lui tendre les clés, quand le petit garçon l'enlaça et l'étreignit. C'était tellement inattendu que Cullen faillit tomber.

— On n'a rien dit d'autre durant tout ce temps, raconta Cullen à Lily autour d'un verre de vin, les enfants une fois couchés. Je ne sais pas pourquoi il m'a serré dans ses bras. Je n'ai rien fait pour l'aider. Les seuls mots qu'on a échangés, c'était *Quel parfum de milk-shake tu veux ?* et *Chocolat*. Qu'est-ce que j'aurais dû faire pour l'aider, le pauvre ?

Lily lui prit la main. Il enlaça leurs doigts.

— Mais tu as *fait* quelque chose. Parfois, peu, c'est mieux. Parfois, le simple fait d'être là suffit.

Elle regretta aussitôt ces paroles, qui risquaient de faire mouche après son évocation de l'absence de son père durant sa propre enfance. Il avait si peur d'avoir hérité des mauvais gènes paternels. Quelle idiote de le lui rappeler alors qu'il était tellement à vif sur le plan émotionnel !

— Malheureusement, les enfants arrivent sans mode

d'emploi, tu sais. Il faut agir à l'instinct. Eh bien, tu vois, tu as de très bons instincts.

Il secoua la tête. Elle n'aurait su dire s'il était traumatisé, choqué ou impressionné de lui-même.

— En tout cas, je ne pourrais pas faire ça tous les jours.

Lily lui jeta un regard en coin.

— Tu es sérieux ? Tu ne veux vraiment pas d'enfants ?

Au lieu de répondre, il but une longue gorgée de vin.

— Je vais être honnête, reprit-elle. Pour moi, c'est... rédhibitoire. Non seulement je veux des enfants, mais j'en veux plein. Tu étais fils unique, toi aussi. Tu ne regrettes pas de ne pas voir eu de frères ou de sœurs ?

— Tss tss. Vu comme ma mère trimait pour qu'on ait un toit au-dessus de la tête et de quoi manger ? Et elle n'avait qu'un fils. Pas question. Pas question de faire la même chose avec une tripotée de mômes.

— Tu juges ce que tu serais en fonction de ce que ton père était. En fait, cela devrait te rendre encore plus déterminé à devenir le type de père que tu aurais voulu qu'il soit. Tu es équilibré, Cullen. Tu as tant à offrir, et ces petits ont besoin de toi.

Il secoua de nouveau la tête, l'air acculé, comme si elle l'avait poussé dans un coin.

— Quelle importance ? Regarde Greg. Il avait tout au monde. Il a quand même fini par laisser tomber ses gosses.

— Parce qu'il a eu le culot de mourir ? N'importe quoi. Evidemment, c'est triste. Moi-même, j'ai perdu mes parents quand j'avais dix ans. Je ne dis pas que c'est rien, mais on va tous mourir un jour, Cullen. Tu ne peux pas cesser de vivre parce que tu as peur de mourir.

— Je n'ai pas peur de la mort. Je ne me suis jamais vu père, voilà tout. Ecoute, la journée a été dure. Je pense que ce n'est pas le moment d'avoir cette discussion.

— Quand, alors, Cullen ? Il faudra en parler, tôt ou tard.

Comme il ne répondait pas, elle ajouta :

— On doit y réfléchir sérieusement. Je ne sais pas si ça va marcher entre nous, mais j'ai l'impression qu'on veut des vies totalement différentes, toi et moi.

14

Les deux jours et demi suivants, Cullen se jeta à corps perdu dans le travail. Comment Lily et lui avaient-ils atteint pareille impasse ? Mais avoir ou non des enfants était une décision fondamentale pour un couple. Une partie du socle sur lequel se bâtissait leur relation.

Avec Lily, cela avait été le coup de foudre. Il n'avait jamais connu ça, et ne pensait pas que cela se reproduirait. Oh ! il rencontrerait sans aucun doute une autre — ou plusieurs autres — femme sur sa route. Mais elles ne seraient pas Lily. Pourquoi fallait-il qu'une différence fondamentale aussi vaste que le Grand Canyon menace de les séparer ?

Etait-ce honnête d'attendre d'elle qu'elle sacrifie son désir d'enfants ? Après tout, elle était institutrice. Les enfants étaient sa vocation. Mais était-ce mieux d'aller à l'encontre de sa nature à lui ?

Alors qu'il éteignait son ordinateur, son regard tomba sur un dessin d'Hannah, qu'elle lui avait remis avec la stricte instruction de l'emporter à son bureau, parce qu'elle l'avait réalisé dans ce but. Ce qu'il avait fait. Il trônait donc là, sous ses yeux, comme s'il signifiait quelque chose pour lui.

Ce devait être le cas, sinon il serait resté dans sa voiture, ou il l'aurait égaré en chemin. Mais il ne l'avait jamais vraiment regardé.

Il prit la feuille de papier et l'examina. C'était un dessin rudimentaire d'une maison avec une porte rouge et de la fumée qui s'échappait de la cheminée. Un groupe de personnages bâtons se tenaient devant la maison. Quatre figures féminines, autant qu'il puisse en juger par les triangles représentant apparemment des jupes et des nœuds dans leurs cheveux. Près d'elles, deux autres figures, sans enjolivement, exception faite des grands sourires qui prenaient presque tout leur visage. Ça devait être les garçons.

Dessin à la main, Cullen recula sur son siège.

Quatre filles, deux garçons. A l'évidence, il s'agissait de Lily et Cullen avec les petits. Les mains des plus grandes figures féminine et masculine se croisaient. Hannah les avait-elle dessinés les mains jointes ?

C'était une petite fille intelligente. Elle avait sans doute davantage perçu que Lily le pensait.

Il l'entendait dire : *Les enfants sont plus perspicaces que tu le crois.*

Cela crevait les yeux !

Il reposa le dessin à sa place. C'était la veille de Noël, et il ne travaillait que jusqu'à midi. Il avait l'intention de passer le reste de la journée avec eux.

Il avait neigé au cours de la nuit, et tout était recouvert d'un manteau cotonneux blanc. Quand il aurait terminé ses achats de Noël, il entraînerait Lily et les petits dehors, pour faire un bonhomme de neige. Aujourd'hui, en cette veille de Noël, ils mettraient leurs différences de côté, et seraient simplement ensemble.

Il attrapa son téléphone, ses clés, sa veste, souhaita un joyeux Noël à l'équipe réduite au minimum en cette période de fêtes, et se dirigea vers la sortie.

Il attendait l'ascenseur quand son téléphone sonna. Le nom de Cameron Brady, l'avocat, s'afficha sur l'écran.

— Joyeux Noël, Cam. Vous travaillez aujourd'hui aussi ?

— Joyeux Noël également, Cullen. Je travaille tout le temps ! Pas de repos pour les braves. Ecoutez, je vous appelle avec de semi-bonnes nouvelles. Ce n'est pas exactement le gros cadeau du père Noël qu'espèrent les mômes, mais c'est un début. Vous me donnerez votre avis.

— Je suis tout ouïe, Cam.

Les portes de l'ascenseur s'ouvrirent, mais Cullen retourna dans son bureau, au calme.

— Comme je vous disais, ce n'est pas ce que vous espériez vraiment, mais j'ai trouvé une famille prête à adopter les deux fillettes.

Cullen observa la neige tomber derrière la fenêtre tout en digérant les paroles de l'avocat.

— La famille habite Oklahoma City. C'est à environ trois heures de route de Celebration.

— Ils ne veulent pas les prendre tous les quatre ? Les garder ensemble est une priorité pour moi.

— En effet, ainsi que de les placer avant la rentrée scolaire. C'est le mieux que je puisse faire dans l'immédiat. On pourrait trouver une famille d'accueil à Oklahoma pour les deux aînés. Mais au moins, les deux petites seraient casées au 1er janvier et pourraient démarrer l'école.

Cullen garda le silence. Qu'était-il censé dire ?

— Ce n'est pas l'idéal, Cam, lâcha-t-il enfin.

L'avocat poussa un gros soupir.

— Je sais, je sais. Mais je dois être honnête avec vous, Cullen. Penser que vous trouverez une famille susceptible de les recueillir tous les quatre, ce n'est pas gagné. Loin de là. Ça frise l'impossible. Surtout dans un tel délai. Si vous êtes disposé à les garder ou à les placer en foyer en attendant, c'est une autre histoire. Et encore, ce ne sera pas simple. Pourquoi ne pas y réfléchir, ou parler aux enfants, pour voir ce qu'ils en pensent, et vous me rappelez ensuite ? Les gosses sont très résilients, vous savez.

— Merci, Cam. Je vous tiens au courant.

Lorsque Cullen raccrocha, la neige tombait pareille à des larmes du ciel. S'il croyait qu'avoir des enfants était difficile, décider de les laisser tomber ou pas s'avérait atroce.

Qu'il le fasse ou non, dans les deux cas, il s'en mordrait les doigts. Quel choix cornélien ! Dire que tout avait commencé par une promesse spontanée à une petite fille. A présent, leur sort à tous était entre ses mains.

Quel genre de Noël ce serait, s'il disait aux enfants qu'il les séparait ? Ils seraient anéantis, et Lily ne lui pardonnerait jamais. Mais il s'agissait de décider ce qui était le mieux pour les enfants.

Ce qu'il savait, en revanche, c'est qu'il attendrait après Noël pour leur parler. Il voulait qu'ils passent cette fête comme une famille, sans y ajouter de l'angoisse ou de la tristesse. C'était le moins qu'il puisse faire.

Le matin de Noël, ils se réunirent tous les six autour du sapin. Lily avait disposé les cadeaux joliment emballés. Elle avait acheté plusieurs petits présents pour chaque enfant afin que le sapin soit le plus décoré possible, et que les enfants aient la joie d'ouvrir beaucoup de paquets.

Depuis leur discussion de dimanche, Cullen et elle s'étaient croisés sans rien échanger. Il avait été très absent, ce qui facilitait les choses. Elle ne voyait pas comment cela finirait autrement que très mal.

Mais aujourd'hui, elle affichait une expression enjouée, fermement décidée à ce que rien n'altère la magie de Noël.

Elle avait fini par lui dénicher un cadeau. Une carafe à décanter en cristal, gravée à ses initiales. Pas facile de trouver une idée. Qu'offrir à un homme qui avait tout ?

Tout, sauf le principal.

Mais c'était son choix. En aucun cas, elle ne le forcerait à prétendre vouloir des enfants s'il n'en désirait pas. Ce serait pire que l'ultimatum pour le mariage qu'elle avait imposé à Josh.

Elle avait enfin compris. Pour être un couple heureux, les deux devaient être sur la même longueur d'onde. On ne pouvait obliger personne à prendre des décisions de vie importantes. Car le cœur voulait ce que le cœur voulait. Et parfois, des différences fondamentales s'avéraient tout simplement être incontournables.

Le plus triste, c'était que son cœur désirait encore Cullen.

Si elle décidait désormais de voir la réalité en face, son cœur mettrait longtemps, très longtemps à cicatriser. Mais ce n'était pas grave, parce que les enfants une fois placés dans une famille stable, et elle, retournée à son métier d'enseignante, elle aurait tout le temps du monde pour guérir.

Elle redoutait cependant que tous les morceaux ne s'assemblent comme avant qu'elle ne rencontre Cullen et les enfants.

— Qui veut jouer le père Noël ? demanda-t-elle d'une voix joyeuse. Ou bien, reprit-elle alors que les quatre levaient la main, si chacun de vous distribuait une tournée de cadeaux ?

Megan se leva.

— Super. Et je commence parce que je suis l'aînée.

— En fait, objecta Cullen, en termes d'âge, c'est moi l'aîné. Donc c'est moi qui commence.

Megan grogna, mais se rassit avec son frère et ses sœurs.

Lily était contente que Cullen soit le premier à donner les cadeaux. S'il ne lui avait rien acheté, ce serait moins embarrassant de lui offrir le sien plus tard.

Elle ne faisait pas de cadeaux pour en avoir. Au contraire, elle aimait encore plus en offrir qu'en recevoir. Mais ils étaient tous deux dans une telle phase qu'elle ne savait pas trop quoi faire. Quoi qu'il en soit, elle avait acheté et emballé la carafe à décanter avec le même amour que les autres présents.

Franchement, s'il ne lui offrait rien, pas de problème.

— J'ai un cadeau spécial pour tout le monde, annonça Cullen. Quand je dis tout le monde, c'est vraiment tout le monde.

Les petits applaudirent, tout excités.

— Si on commençait par Franklin ?

— Hein ? fit George, stupéfait. Même Franklin en a un ?

Le chien, allongé près d'Hannah, leva la tête à son nom.

— Oui, répliqua Cullen. Même Franklin. Son cadeau est dehors, dans le jardin. On va le voir ?

Les enfants, revêtus de leurs pyjamas de Noël — un autre cadeau de Lily —, se ruèrent vers la porte.

— Mettez vos chaussures et vos manteaux, intervint Lily. Il fait froid dehors.

— Oui, insista Cullen. Ecoutez Lily. Il gèle.

Il parvint même à sourire, un peu nerveux.

Il faisait des efforts, lui aussi. Ce serait son plus beau cadeau de Noël, songea-t-elle.

Quand chacun fut chaudement emmitouflé, Cullen les mena dans le jardin, où ils découvrirent une niche entourée d'un gros nœud rouge.

— Regarde, Franklin, cria Hannah. Une maison rien que pour toi !

C'était un chouette cadeau, mais un peu bizarre compte tenu des circonstances. Cela dit, si Cullen avait été capable de transporter la niche depuis le magasin, les petits pourraient également la transporter jusqu'à leur nouveau foyer, afin que Franklin l'utilise, où qu'ils se retrouvent.

Elle s'empressa de chasser cette pensée triste, décidant que ce serait comme s'ils emportaient un morceau de cette maison dans la nouvelle.

— Bon, à qui le tour ? feignit de s'interroger Cullen en tapotant son menton.

Ravis, les mômes sautèrent, mains en l'air, criant :

— Moi ! Moi ! Moi ! Moi !

— Vous êtes tous les suivants, dit-il. Mais vous devez me suivre.

Il les guida de l'autre côté de la maison, où une grande bâche bleue recouvrait sa surprise.

— Maintenant, mon adorable assistante, Lily, aurait-elle la gentillesse de m'aider à la dévoiler ?

Adorable ?

Au moins, il jouait le jeu, et se montrait gentil. Plus que gentil, en réalité. Il traitait merveilleusement les enfants, et elle sentit son cœur fondre pour lui.

Si seulement il pouvait se voir à travers ses yeux à elle ! Il verrait quel père formidable il serait…

Une fois de plus, elle chassa cette pensée.

— Je vous aide avec plaisir, mon bon monsieur.

Les petits éclatèrent de rire devant sa pantomime.

Elle se dirigea vers l'extrémité de la bâche et la souleva, tandis que Cullen faisait de même de son côté.

— Je compte jusqu'à trois, déclara-t-il. Un, deux, trois !

Ensemble, ils soulevèrent la bâche avec autant de grandiloquence qu'ils le purent, dévoilant les six bicyclettes, équipées de casques, cachées dessous.

Des bicyclettes ? Des bicyclettes.

Et une pour lui-même et pour elle, aussi ?

Piaillant de joie, les enfants se précipitèrent pour choisir chacun son vélo. Puis, leur excitation un peu retombée, et tous les enfants ayant enfourché leurs montures respectives, George demanda :

— Est-ce qu'on pourra prendre nos vélos et la maison de Franklin avec nous quand on ira dans notre nouvelle famille ?

— Oh ! George, mon bonhomme, je ne crois pas que vous devriez emporter les vélos ailleurs, répondit Cullen.

Le cœur brisé, Lily vit les visages des petits s'effondrer.

Il n'aurait pas pu leur acheter quelque chose de moins cher ou de plus transportable que des vélos, s'il ne voulait pas qu'ils les emportent en partant ? En fulminant, elle décida qu'elle plaiderait la cause des enfants. De toute façon, qu'est-ce qu'il ferait avec six bicyclettes ?

Cullen dut remarquer à quelle vitesse le baromètre était descendu, car il ajouta rapidement :

— Il y a une raison à ça, et c'est le plus beau cadeau de Noël. Vous êtes prêts à le recevoir ?

Les enfants retrouvèrent le sourire, mais ils semblaient un peu hésitants, sans doute encore déçus de ne pouvoir emporter les vélos dans leur futur foyer.

— Que tout le monde se rassemble, reprit-il en les attirant vers lui d'un geste. Venez. Vous pourrez remonter sur les vélos plus tard. Ce que je vais dire est très important.

Les enfants obéirent, abandonnant leurs montures avec un regard de regret, et se regroupèrent autour de Cullen. Lily resta en arrière, observant la scène douce-amère.

— Tout le monde est là ? demanda Cullen, prétendant compter les têtes. Un, deux, trois, quatre, cinq. Il manque quelqu'un, non ? Qui manque ?

— Lily ! crièrent les petits.
— Lily, répéta Cullen. Lily, rejoins-nous.
La manière dont il lui souriait lui brisa de nouveau le cœur. Pourtant, elle s'exécuta.
Cullen lui fit place dans le cercle. Il passa un bras autour d'elle et l'attira contre lui.
Elle refusa de songer combien leurs corps s'emboîtaient à la perfection, même pour un jeu tel que celui-ci.
— Vous êtes prêts ? redemanda Cullen. J'ai une super nouvelle. Je vous ai trouvé une famille, ici même, à Celebration.
Les yeux des enfants s'arrondirent.
— Et on peut rester tous les quatre ensemble ? insista Megan, un nuage d'inquiétude dans ses yeux bleus.
— Absolument. Parce que vous allez rester ici, dans cette maison. Enfin, si vous êtes d'accord.
Les petits sautèrent de joie, tapèrent des mains et exprimèrent leur enthousiasme encore plus bruyamment que précédemment.
Lily, abasourdie, applaudit et s'exclama en chœur.
Quoi ? Quand ? Quand avait-il décidé ce virage à 180 degrés ? La dernière fois qu'ils en avaient parlé… eh bien, il ne voulait même pas en parler. Mais peu importe ; elle était si heureuse pour lui et les enfants. Elle tenta de ne pas s'attarder sur ce que cela signifiait pour eux deux et leur relation. N'empêche, elle se posait la question…
Lorsque l'enthousiasme se fut calmé, et qu'ils réussirent à arracher les enfants au froid et à leurs nouvelles bicyclettes, avec la promesse d'une balade après le déjeuner, une pensée traversa l'esprit de Lily.
Avant qu'ils se réunissent autour du sapin, elle dit :
— Je suis très heureuse pour toi et les petits. Tu as réfléchi à quelle école les inscrire ? Si tu veux les envoyer à Brighton Academy, je serai ravie de les y conduire et de les ramener. Mais tu dois bien comprendre que je vais retourner travailler après les vacances. Je ne peux plus être ta nounou à plein temps.
Cullen lui caressa la lèvre inférieure du bout du doigt.

— Je ne veux pas que tu sois la nounou. Je veux que tu sois ma femme.

Elle cilla. Une fois. Deux fois. Doutant d'avoir bien entendu.

— Cullen ?

— Je suis conscient que c'est très soudain, et j'espère que tu ne penses pas que je me suis emballé. J'aurais sans doute dû t'en parler avant de l'annoncer aux mômes...

— Non ! C'est le plus merveilleux cadeau de Noël que tu aies pu leur faire. Tu leur as offert un foyer, Cullen.

Ses yeux s'emplirent de larmes, tant c'était beau.

— Je t'aime, Lily. Les enfants et toi êtes la seule vraie famille que j'aie jamais eue. Il m'a fallu un moment pour m'en rendre compte, mais je ne peux pas imaginer vivre un seul jour de plus sans vous.

Il lui parla du coup de fil de Cameron Brady.

— Après notre conversation, face à la perspective de séparer les petits et qu'ils n'aient pas la chance de grandir ensemble, ça m'était tout simplement impossible. Tout est devenu clair comme de l'eau de roche. Les enfants devaient rester avec moi. Et je n'ai pas fini. Il y a autre chose.

Il lui prit la main et l'emmena dans le salon, où les enfants étaient regroupés au pied du sapin.

— Le prochain cadeau est pour Lily, annonça-t-il.

Il se pencha pour prendre un petit paquet sous les branches. Tenant sa main, il se mit sur un genou et lui présenta la petite boîte.

— Lily Palmer, me feras-tu l'honneur d'être ma femme ?

— S'il te plaît, dis oui, intervint Bridget. Comme ça, tu seras notre maman plutôt que notre nounou.

Lily était si submergée d'émotion qu'elle en resta sans voix. Cullen dut se méprendre sur son expression, y lire de l'hésitation, car il se tourna vers les enfants.

— Pourquoi vous n'iriez pas dehors quelques minutes jeter un œil sur vos nouveaux vélos ? A votre retour, on finira d'ouvrir les cadeaux.

Les mômes coururent vers la porte de derrière.

Lily finit par retrouver la parole.

— Tu n'avais pas besoin de les envoyer dehors.

— Si. Je veux que tu saches que je t'aime. Je veux t'épouser parce que je veux vivre avec toi, pas juste parce que tu es une nounou commode. Cela dit, quand j'ai décidé de les adopter, j'ai aussi décidé de m'investir à fond pour eux. Je tiens à marquer le coup pour que tu saches combien tu comptes pour moi. Je suis prêt à me battre pour que tu restes. Mais je n'avais pas réalisé que tout ceci doit t'effrayer. Si tu as besoin de temps pour réfléchir, je comprendrais.

— Cullen, tu essaies de me convaincre de t'épouser, ou tu essaies de m'en dissuader ?

— Non. Ni l'un ni l'autre. Enfin, si. Je serais l'homme le plus heureux du monde si tu acceptais de m'épouser.

— Oui. Ma réponse est oui. Parce que moi non plus, je ne peux pas imaginer vivre un jour de plus sans vous tous.

Il l'attira dans ses bras et l'embrassa fougueusement.

— Allons chercher les petits.

Quand tous se retrouvèrent autour du sapin, il posa de nouveau un genou à terre et lui prit la main.

— Je veux faire les choses dans les règles. Alors, je repose la question. Me feras-tu l'honneur d'être ma femme ?

— Oui ! Cela fera de moi la plus heureuse du monde.

Cullen sortit la bague du coffret — un superbe solitaire qui étincela à la lumière de l'arbre de Noël — et la glissa à son doigt. Elle lui allait parfaitement. Comme sa nouvelle famille.

Avant que Cullen se relève, George s'immisça entre Lily et lui, brandissant une branche de gui.

— Maintenant, vous devez vous embrasser, déclara Megan, sautillant sur place, tapant des mains. Sinon, vous allez briser les lois de Noël.

CLARE CONNELLY

Un Noël à Singapour

PASSION SOUS LA NEIGE

Traduction française de
LÉONIE GADES

HARLEQUIN

Titre original :
AN HEIR CLAIMED BY CHRISTMAS

Ce roman a déjà été publié en 2021.

Prologue

— Que me voulez-vous exactement ?

Tout le mépris de Dimitrios pour la presse à scandale transparaissait dans le ton cassant de sa question.

— Mon mail n'est pas assez clair ? répondit une voix goguenarde à l'autre bout du fil.

Résistant à l'impulsion de raccrocher au nez de son interlocuteur, Dimitrios jeta un œil au message laconique qui s'affichait sur son écran :

Article à paraître dans l'édition du week-end.
Appelez-moi pour en parler.

En pièce jointe, la photo d'un petit garçon. C'était tout.

Le message était cependant suffisamment étrange pour que Dimitrios ait décidé d'y répondre. Quelque chose dans le visage de l'enfant – ses yeux à l'expression familière – avait éveillé une vague inquiétude en lui.

Zach, son frère jumeau, était le don Juan de la famille. Une de ses nombreuses aventures sans lendemain avait-elle donné naissance à un enfant ?

La presse à sensation raffolait de ce genre de scandale. Le nom des Papandreo serait traîné dans la boue, et avec lui celui de l'empire médiatique hérité de leur père, qu'ils avaient développé à une échelle internationale.

Ashton, l'homme qui lui avait envoyé le mail, travaillait pour un journal concurrent basé à Sydney. Dimitrios ne pouvait donc pas faire jouer son influence pour étouffer le scandale.

— Alors ? reprit Ashton. Un commentaire ?

Dimitrios poussa un soupir excédé.

— Navré de vous décevoir, mais cette photo mystérieuse ne m'inspire rien.

Il allait néanmoins devoir en parler à son frère. Zach était-il au courant ? Certainement pas. Son jumeau ne lui aurait pas caché qu'il avait un fils. L'hypothèse la plus probable était que le journaliste prêchait le faux pour savoir le vrai.

— Et Annie Hargreaves ? Cela ne vous dit rien non plus ?

Dimitrios se figea. À la mention de ce nom qu'il pensait ne plus jamais entendre, sa vue se brouilla. Il fixa sans le voir le panorama spectaculaire que la baie vitrée de son bureau offrait sur Singapour, où les tours emblématiques du Marina Bay Sands baignaient dans la lumière dorée du soleil matinal.

— Pardon ? demanda-t-il, la mâchoire serrée à faire mal.

En réalité, il n'avait pas besoin qu'Ashton répète sa question. Annabelle Hargreaves était gravée au fer rouge dans sa mémoire. Son corps charmant. Ses baisers passionnés. Son innocence. La façon dont elle l'avait regardé, la nuit où ils avaient fait l'amour. Pour elle, au-delà du fait qu'il avait pris sa virginité, cette nuit avait de toute évidence une signification particulière.

Dimitrios s'était empressé de la ramener sur terre. Il lui avait fait comprendre que cette parenthèse – qui ne se reproduirait pas – n'avait été qu'une façon d'évacuer le trop-plein d'émotions qu'ils éprouvaient l'un comme l'autre après la mort du meilleur ami de Dimitrios, le frère d'Annabelle. Avec l'intention d'écarter tout malentendu, il avait employé des mots délibérément cinglants, mais c'était pour le bien de la jeune fille.

Il ne pouvait en effet pas la laisser croire qu'ils avaient un avenir ensemble. Il était conscient qu'elle nourrissait un béguin d'adolescente pour lui depuis des années. Il devait détruire ce fantasme puéril selon lequel lui, Dimitrios Papandreo, était l'homme de sa vie. Il n'était l'homme de la vie de personne.

Néanmoins, l'évocation de la jeune fille éveilla des émotions confuses en lui et il resta un instant sans voix.

— Mlle Annie Hargreaves, vingt-cinq ans, vivant à Bankstown, dans la banlieue de Sydney. Mère célibataire d'un petit garçon de six ans prénommé Max... Toujours aucun commentaire ?

Dimitrios luttait de toutes ses forces contre le vertige tandis que les paroles du journaliste rebondissaient dans son cerveau. Six ans. Max.

Lewis était mort sept ans auparavant, presque jour pour jour. Zach et lui n'oubliaient jamais ce triste anniversaire. Tous les trois, ils avaient été inséparables. Plus qu'un ami, Lewis était comme un frère pour eux. Sa mort brutale et prématurée les avait anéantis. Dimitrios avait souffert dans son existence, mais jamais un chagrin aussi puissant ne l'avait touché, au point de lui faire perdre la tête.

Ses yeux se fermèrent malgré lui à la pensée de la petite sœur de Lewis. *Annabelle...*

La voix du journaliste l'arracha au flot confus de ses souvenirs.

— Une rumeur prétend que vous avez passé une seule nuit ensemble, neuf mois environ avant la naissance du petit garçon.

Une « rumeur » ? Dimitrios n'y croyait pas une seconde. Si une rumeur avait circulé à propos d'un fils qu'il aurait eu, elle lui serait parvenue avant cet appel téléphonique. Le journaliste avait une source.

Annabelle ? Il rejeta immédiatement cette idée. Si elle avait voulu rendre la chose publique, elle serait venue le voir directement.

— Alors ? insista Ashton. Vous confirmez ? Avez-vous rencontré votre fils, Dimitrios ?

Son fils. L'idée qu'il avait un fils dont il ignorait l'existence le sidérait, en même temps qu'un sentiment familier de culpabilité le submergeait. « Veille sur elle, Dimitrios. Fais-le pour moi. Annie va être dévastée. S'il te plaît, va la voir. Assure-toi qu'elle va bien. » Mais il avait trahi la confiance de son meilleur ami ; il avait rompu une promesse faite à un mourant. Tout cela parce que, écrasé par le chagrin, il avait recherché le réconfort d'un contact physique. Il ne se pardonnerait jamais cette erreur.

Et Annabelle, dans tout cela ? À l'époque, elle aussi était accablée de tristesse. Et il avait profité d'elle sans vergogne. Il avait cherché l'oubli dans ses bras, sans se soucier des dégâts qu'il infligeait à son cœur déjà meurtri par la mort d'un frère adoré.

Conscient qu'il devait répondre d'une manière ou d'une autre, il lança la première explication qui lui passa par la tête.

— Annie Hargreaves est une amie de longue date de ma famille, fit-il.

— On dirait qu'elle est un peu plus que cela.

Le rire sarcastique d'Ashton lui donna envie de fracasser un objet contre le mur. Mais il réussit à recouvrer son sang-froid et, lorsqu'il reprit la parole, ce fut avec son calme habituel.

— Vous êtes conscient que vous allez bouleverser la vie d'un enfant dans le seul but d'augmenter vos tirages ?

— *Vous* prétendez que ça vous choque ?

Que répondre ? Grâce à leur travail acharné, Zach et lui avaient vu les tirages de leur groupe tripler au cours de la dernière décennie. Il n'allait pas reprocher aux autres d'aspirer à la même réussite. De plus, il avait depuis longtemps abandonné l'espoir d'une vie anonyme. Qu'il le veuille ou non, il était une personnalité publique et sa vie privée pouvait être étalée à la vue de tous.

La sidération avait cédé la place à l'impatience, à présent.

— Je vous rappelle, dit-il, avant de raccrocher.

— Je suis sûre que tu sais ce que je ressens pour toi, Dimitrios...

— Ce que tu ressens ? Par pitié, Annabelle ! Tu es encore une gamine ! Je n'ai pas pensé une seconde à toi ou à tes sentiments. Pour moi tu es la petite sœur de Lewis, c'est tout.

Elle avait blêmi, mais poursuivit courageusement :

— Je t'apprécie beaucoup. Je pense même que... Non, j'en suis *sûre*... Je t'aime.

Il avait eu l'impression qu'on lui braquait un revolver contre la tempe. Une vague de panique l'avait envahi. Il avait commis une erreur, et la situation empirait. Pour limiter les dégâts, il devait trancher dans le vif et bien faire comprendre à la jeune fille qu'il n'avait rien à lui offrir.

— J'étais ivre, Annabelle ! Je suis venu parce que Lewis me manque et que j'avais besoin de parler avec quelqu'un qui me comprendrait. Ça... – avait-il dit en désignant le lit défait – n'était pas censé arriver. Je n'ai jamais eu l'intention de coucher avec toi. Tu le sais, n'est-ce pas ? Ce qui s'est passé n'a rien à voir avec « l'amour ». C'était du sexe, purement et simplement. Et le pire, c'est que j'étais tellement ivre que je ne me souviens pratiquement de rien.

En la repoussant il se punissait lui-même, mais il se réjouit néanmoins de voir son visage se crisper de douleur. Elle allait le haïr. C'était ce qu'il méritait. Restait à lui porter le coup de grâce :

— J'ai une vie. Une petite amie. Et crois-moi, je regretterai jusqu'à mon dernier jour ce qui s'est passé entre nous.

Bon sang ! Aujourd'hui encore le souvenir des mots lapidaires qu'il avait jetés à la figure d'Annabelle emplissait Dimitrios d'un profond dégoût envers lui-même, même s'il n'avait cherché qu'à protéger une très jeune femme de désillusions douloureuses. Elle avait manifestement eu le cœur brisé et il s'était senti comme le dernier des salauds. Ce sentiment de culpabilité et de regret mêlés ne l'avait jamais vraiment quitté.

Son regard revint à la photo sur l'écran de son ordinateur, et il la scruta d'un autre œil. Son fils. Et celui d'Annabelle. La sensation de choc se dissipa, libérant des sentiments contradictoires.

L'indignation. La déception. L'incrédulité.

Comment avait-elle pu lui cacher l'existence de son fils ?

Certes, il avait piétiné ses sentiments et fait preuve d'une implacable insensibilité, mais méritait-il une vengeance aussi cruelle ? Il avait du mal à croire qu'elle ait pu lui faire cela... Pourtant, la réalité était là, qui le fixait droit dans les yeux par écran interposé. Annabelle avait donné naissance à un enfant, et Dimitrios était prêt à parier toute sa fortune qu'il était le père.

Tandis qu'une colère sourde montait en lui, il appela son assistante.

— Faites préparer le jet. Immédiatement. Je pars à Sydney.

1

— Mange mon chéri, moi j'ai déjà dîné.

Max n'avait que six ans, mais il était très précoce et Annie redoutait sa perspicacité. Il l'étudia attentivement, comme pour savoir si elle mentait ou pas. Visiblement convaincu par son sourire rassurant, il commença à manger. Il ne releva pas que, pour le troisième soir d'affilée, il allait manger du pain de viande. En pleine phase de croissance, il avait un appétit impressionnant. Annie espérait que ses finances tiendraient le coup jusqu'à ce qu'il ait fini de grandir.

— Tu vas travailler ce soir, maman ? demanda-t-il entre deux bouchées.

— Un peu, répondit-elle en jetant un regard vers l'ordinateur portable ouvert de l'autre côté de la table.

Après avoir éteint la lumière de la cuisine, elle était venue s'asseoir à côté de Max. Elle prit sa tasse de thé entre ses mains pour se réchauffer.

— Tu peux te mettre au travail maintenant, si tu veux. Comme ça, tu pourras te coucher plus tôt.

La prévenance de son fils l'émut profondément, même si elle aurait parfois préféré qu'il soit moins clairvoyant. Il avait raison ; ces derniers temps elle abusait de ses forces. Elle s'était portée volontaire pour faire des heures supplémentaires. Son poste n'était pas très bien rémunéré, mais il lui permettait de travailler à domicile. Quand Max était bébé, elle n'avait pas le choix, mais même maintenant, alors qu'il était rentré à l'école, elle avait continué à cause des vacances scolaires. Elle n'avait personne pour l'aider – pas de grands-parents vivant à proximité, ni tantes ou oncles – et la garderie était hors de prix.

— Je me couche un peu tard de temps en temps, c'est vrai. Mais ça me plaît. Comment tu trouves le pain de viande ?

Pourvu que cela n'attire pas l'attention de son fils sur la monotonie de leurs menus. Elle n'avait trouvé que ce sujet pour détourner la conversation. Elle afficha un sourire plein d'entrain, que Max lui retourna.

Il ressemblait tellement à son père.

Comme chaque fois qu'elle devait se rendre à cette évidence, une vive douleur la gagna, à laquelle s'ajoutait depuis quelque temps une pointe d'inquiétude. Max avait commencé à poser des questions plus précises sur son père, plus réfléchies que lorsqu'il avait commencé à remarquer que les enfants avaient généralement deux parents.

Elle s'était promis de ne jamais lui mentir, mais appréhendait à présent de s'aventurer sur ce terrain miné.

D'autant que le sujet la ramenait inévitablement à sa condition de mère célibataire. Elle craignait qu'un jour son fils ne lui reproche de l'avoir privé de son père. Ce n'était pourtant pas de gaieté de cœur qu'elle s'était résolue à élever son enfant seule – qui plus était dans des conditions difficiles.

Comme chaque fois qu'elle repensait à cet épisode de son passé, sa gorge se noua. Le soir où elle avait voulu annoncer sa grossesse à Dimitrios avait été une des pires expériences de sa vie. Elle avait dû faire appel à toutes ses réserves de courage pour retourner le voir trois mois après qu'il l'avait plaquée sans ménagement. Elle avait préparé son discours : il n'avait pas besoin de s'impliquer dans l'éducation de leur enfant s'il ne le souhaitait pas, mais il avait le droit de savoir.

Mais quand elle était arrivée devant le bar branché où elle savait qu'elle le trouverait, il était entouré de tous ses amis aussi « adultes » et sophistiqués que lui, et une superbe jeune femme rousse se lovait contre lui. Annie n'avait que dix-huit ans, ce spectacle l'avait humiliée et son cœur s'était définitivement brisé. Le précieux souvenir de la nuit qu'ils avaient partagée avait volé en éclats. Elle s'était enfuie.

La mort de Lewis avait laissé Annie en plein désarroi. Le lien, déjà ténu, avec ses parents s'était complètement rompu. Loin de les réunir, la tragédie les avait au contraire éloignés encore davantage, tant la mère d'Annie refusait d'admettre que d'autres qu'elle puissent aussi souffrir. Pour Annie, faire l'amour avec Dimitrios, dont elle était amoureuse depuis des années, avait été, au-delà de l'accomplissement d'un rêve d'adolescente, une expérience bouleversante et lumineuse. Elle avait éprouvé un sentiment de plénitude inouïe, qui avait subsisté longtemps après que le plaisir se fut dissipé.

Les paroles terribles de son amant, le lendemain matin, lui avaient arraché ce sentiment de bien-être. Elles l'avaient renvoyée à l'obscurité et au désespoir où elle se débattait depuis la maladie, puis la mort de son frère. La vie s'acharnait sur elle. Lewis était mort. Après avoir offert sa virginité à Dimitrios, elle avait pensé trouver le bonheur à ses côtés, mais il l'avait brutalement rejetée. Puis elle avait découvert qu'elle était enceinte. La colère de sa mère quand elle avait annoncé la nouvelle à ses parents avait scellé leur rupture. Sans doute s'était-elle à l'époque laissé dépasser par ses émotions, et aujourd'hui, à vingt-cinq ans, elle se demandait parfois si elle avait pris la bonne décision.

Pouvait-elle toujours justifier le fait d'avoir tenu Max à l'écart de Dimitrios ?

— Qu'est-ce qui ne va pas, maman ?

Absorbée par ses réflexions teintées d'amertume, elle avait cessé de sourire. Elle se ressaisit sur-le-champ.

— Rien, mon chéri. Finis de manger. Il est bientôt l'heure d'aller au lit.

Max se brossa les dents, puis elle lui lut une histoire et ils bavardèrent encore un petit moment jusqu'à ce qu'il s'endorme. Au moment de refermer la porte de la chambre derrière elle, elle s'attarda pour jeter un dernier regard à son fils endormi. Une vague d'amour la submergea. Oui, elle était épuisée, soucieuse et stressée, mais elle avait Max et, grâce à lui, sa vie débordait d'amour.

Un sourire mélancolique aux lèvres, elle referma doucement la porte et regagna son ordinateur portable dans le salon. Le travail lui fit oublier qu'elle avait faim. Elle travaillerait une heure, puis boirait une tasse de thé avec un cookie aux céréales, la seule extravagance qu'elle s'accordait. En temps normal, elle ne se serrait pas autant la ceinture, mais Noël approchait et elle devait économiser pour le cadeau de Max. Contrairement à ses camarades outrageusement gâtés, il ne croulait pas sous les jouets neufs ou les tenues de sport dernier cri. Elle tenait d'autant plus à ce qu'il ait quelque chose pour Noël.

Enregistrer des propriétés à vendre sur des sites d'agences immobilières était une tâche qui ne demandait pas trop de réflexion. Elle vérifiait que les photographies correspondaient à la description du produit mis en vente puis s'assurait que chaque bien soit correctement répertorié avant de passer au suivant.

Cela faisait presque une heure qu'elle était absorbée dans sa besogne quand un coup retentissant frappé à sa porte la fit bondir de sa chaise. C'était probablement un livreur. Son appartement était au rez-de-chaussée d'une grande maison divisée en six petits appartements et il arrivait qu'elle soit dérangée pour des livraisons destinées aux autres locataires.

– Une seconde ! cria-t-elle.

Elle entrouvrit la porte d'entrée en laissant la chaîne enclenchée. Se penchant dans l'entrebâillement, elle faillit impulsivement refermer aussitôt la porte.

Oh non !

Que diable Dimitrios faisait-il ici ? Sous l'effet de la surprise, une idée saugrenue lui traversa l'esprit. À force de penser à lui, l'avait-elle fait apparaître sur le pas de sa porte ?

Avec l'impression d'être prise au piège, elle jeta par-dessus son épaule un coup d'œil embarrassé à son appartement minuscule et délabré.

— Annabelle.

La voix virile incroyablement chaude la fit frémir. C'était l'une des rares personnes qui l'appelaient par son prénom entier. Elle frissonna au souvenir de la façon dont il l'avait prononcé cette nuit-là, avant de la caresser, puis de...

« Ce qui s'est passé ne signifie rien. » Le rappel des mots terribles qu'il avait prononcés, et de la souffrance qu'ils lui avaient causée, balaya la langueur qui, un instant, avait failli l'amollir. Elle se ressaisit et, se redressant, toisa le visiteur de son regard le plus glacial. En son for intérieur, toutefois, elle n'en menait pas large. Surtout quand elle prit conscience que Max, *leur fils*, dormait à quelques mètres de là. Heureusement, il n'y avait rien à craindre de ce côté, il avait le sommeil profond.

— Nous avons un problème, déclara Dimitrios.

« Nous » ? Qu'est-ce qu'il racontait ? Cela faisait une éternité que, pour elle, « nous » représentait seulement Max et elle. Craignant que sa voix ne trahisse sa panique, elle lui répondit par un haussement de sourcils interrogateur.

— Je peux entrer ? demanda-t-il.

— Euh... Non. Je... Je préfère que nous parlions dehors.

Elle prit la clé sur un crochet fixé à la porte et défit la chaîne avant de sortir. Au fond d'elle, elle savait qu'elle ne redoutait pas seulement qu'il découvre Max. En fait, elle avait honte de son appartement. Il était tout sauf luxueux. On pouvait même dire qu'il était tout sauf *confortable*. Elle avait fait de son mieux, mais il y avait toujours eu des choses plus urgentes à acheter ou à payer.

Comment avait-elle pu croire qu'elle était prête à revoir Dimitrios ? Quand elle se retrouva face à lui, elle frissonna. La fraîcheur de la nuit, sans doute – après tout, elle ne portait qu'un T-shirt léger et un pantalon de yoga.

— Que veux-tu, Dimitrios ? demanda-t-elle en croisant les bras pour se réchauffer.

Quand elle prononça son nom, la lueur indéchiffrable qui s'alluma dans ses yeux la troubla.

Elle avait presque oublié à quel point il était beau. Son visage aux traits réguliers semblait sculpté dans le granit. Tout en lui était sublime. Ses pommettes saillantes, son nez aristocratique, sa mâchoire déterminée et cette fossette au creux de son menton qu'elle avait taquinée du bout de la langue.

À ce souvenir, un frisson sensuel la parcourut. Les yeux de Dimitrios étaient gris ou bleus selon la lumière, et son regard trahissait une remarquable acuité intellectuelle. Elle l'avait toujours connu avec une barbe de trois jours. Ce n'était pas pour se plier à une mode quelconque, mais plutôt parce qu'il était trop occupé pour songer à se raser tous les jours.

Une boule de feu explosa dans son ventre tandis que d'autres détails de sa virilité triomphante lui revenaient en mémoire. La musculature harmonieuse de son torse, son teint mat, ses bras puissants qui l'avaient enlacée pour la serrer contre lui alors qu'elle s'endormait. Oui, elle s'était endormie, bercée par les promesses qu'elle avait cru déceler dans leurs étreintes passionnées. Elle avait vu dans ce qu'ils venaient de vivre le prélude d'une relation merveilleuse qui durerait toute la vie. Au milieu de la tristesse et du désespoir de la mort de son frère, elle avait eu la sensation d'avoir enfin trouvé un havre, que tout s'arrangerait.

— Pourquoi ne m'as-tu rien dit ? demanda-t-il sans répondre à la question qu'elle lui avait posée.

Le danger qu'elle sentait planer se précisait. Il n'allait pas à la pêche aux renseignements avec cette question. Il savait quelque chose.

Une poussée d'adrénaline chassa son anxiété.

— Te dire quoi ? répondit-elle d'une voix un peu plus aiguë qu'elle ne l'aurait voulu.

— Il est trop tard pour ça maintenant, Annabelle. Un journaliste est au courant que nous avons eu un fils ensemble.

Elle s'y attendait, mais elle dut s'appuyer contre la porte pour encaisser le coup. Voilà, c'était fait. Dimitrios était au courant pour Max...

Tous les arguments si sensés qu'elle se répétait depuis des années pour justifier son silence s'effondrèrent instantanément. La rage accusatrice et amère qu'elle lut dans son regard lui fit détourner la tête. La honte lui brûlait les joues et elle fut soudain incapable de respirer.

Elle l'entendit jurer, puis plus rien. Combien de temps dura ce « rien » ? Elle eut soudain conscience que Dimitrios la saisissait par la taille. Elle était sonnée, incapable de protester ; il prit les clés dans sa poche. Quand il ouvrit la porte et entra chez elle, elle ne songeait plus à rougir, du moins pas de son intérieur misérable.

Il la transporta jusqu'au canapé, où il l'allongea. Puis elle l'entendit s'éloigner. Il y eut un bruit d'eau qui coulait. Il revint et lui tendit un verre.

— Bois, dit-il.

Elle devait offrir un spectacle pitoyable ! Dans un sursaut de fierté, elle s'assit et s'empara du verre d'une main tremblante. Après en avoir bu la moitié, elle serra le verre contre elle, luttant contre l'envie de pleurer.

— Alors c'est vrai ?

Il connaissait la réponse, elle le voyait à l'intensité de son regard. De toute façon, elle n'avait pas l'intention de lui mentir, pas plus qu'à Max. Mon Dieu ! Max ! Comment allait-elle expliquer la situation à son fils ? Elle repoussa nerveusement une mèche de cheveux blonds qui retombait sur ses yeux.

Paradoxalement, elle ressentait un véritable soulagement. Enfin, Dimitrios savait. C'était fini. Plus de secrets ni de mensonges, du moins en ce qui concernait Max.

— Oui, dit-elle simplement.

Elle vit sa mâchoire se crisper et ne put soutenir un instant de plus son regard glacial.

— Il a six ans, il s'appelle Max. Je peux te montrer des photos si tu veux.

— Des photos ? fit-il d'une voix sourde. Tu te fiches de moi ? Donne-moi une bonne raison pour que je ne l'emmène pas immédiatement !

La menace porta et son cœur manqua plusieurs battements. Quelques secondes, elle crut qu'elle allait de nouveau perdre connaissance, mais elle réussit à se lever. Malgré ses jambes flageolantes, elle préférait être debout pour affronter l'homme qui menaçait de lui enlever son fils.

— J'ai déjà une photo, reprit-il. Le journaliste en avait une.

— Quel journaliste ? demanda-t-elle. C'est impossible. Personne n'est au courant.

— En es-tu sûre ?

Elle déglutit avec difficulté, intimidée malgré elle par son ton tranchant.

— Oui, j'en suis sûre. Il ne porte pas ton nom. Personne n'a jamais su pour…

Sur le point de dire « nous », elle n'acheva pas sa phrase. « Nous » n'avait jamais existé en ce qui les concernait. « Nous » impliquait des liens, de l'amitié, voire une véritable relation. Or ce qui s'était passé entre eux n'était qu'une nuit sans lendemain qui n'aurait jamais dû avoir lieu.

— Tu n'en as jamais parlé à personne ?

Son ton dubitatif fit ressortir la féministe qui sommeillait en elle.

— Ton amour-propre en prend un coup, Dimitrios ? Tu pensais que j'allais me vanter partout d'avoir couché avec toi ?

De nouveau elle vit sa mâchoire volontaire se crisper, il avait du mal à maîtriser sa colère. Au même instant, elle prit conscience qu'elle *voulait* provoquer sa colère. Enfin une réaction adéquate à ce qu'ils avaient traversé ! Mais ce fut d'une voix posée qu'il reprit :

— Je pensais que tu étais une personne intègre, comme Lewis. Mais si cela avait été le cas, tu ne m'aurais jamais caché l'existence de mon fils.

Elle frémit qu'il ose mêler le nom de son frère à ses accusations contre elle, mais, au prix d'un effort considérable, elle afficha le même calme que lui.

— Tu as un sacré culot, de me reprocher mon manque d'intégrité. Une personne intègre aurait-elle dit les choses que tu m'as dites ce matin-là ? Une personne intègre ne serait pas venue, complètement ivre, frapper à ma porte après les funérailles de mon frère, et n'aurait pas passé la nuit à faire l'amour avec moi avant de m'envoyer à la figure, le lendemain matin, que... que... je ne représentais rien pour elle.

— C'est donc de représailles qu'il s'agit ? Tu voulais me faire souffrir ?

— Non. Jamais, répondit-elle sans la moindre hésitation. Ça n'a rien à voir avec une quelconque vengeance.

Un long silence chargé d'émotion suivit, uniquement troublé par le son saccadé de leurs respirations.

— Tu m'as dit que tu m'oublierais, que ce n'était qu'une affaire de jours. Tu t'en souviens ?

Comme il restait muet, elle poursuivit :

— Tu m'as aussi dit que tu étais tellement ivre que j'aurais pu être n'importe quelle femme. Que tu avais débarqué chez moi pratiquement par hasard.

— Tu n'as pas besoin de répéter ce que j'ai dit. Je m'en souviens.

Curieusement, cet aveu provoqua une certaine satisfaction en elle.

— Tu m'as aussi dit que tu avais une petite amie, poursuivit-elle néanmoins.

Dieu qu'elle l'avait haï, ce matin-là ! C'était comme s'il avait pris cette nuit incroyable – sa première expérience sexuelle, avec un homme dont elle était secrètement amoureuse depuis des années, le plaisir et le sentiment de plénitude qu'elle avait ressentis – pour la transformer en une chose sordide. Elle n'aurait jamais couché avec lui si elle avait su qu'il était avec quelqu'un d'autre.

— Je sais, répondit-il. Tout ce que je t'ai dit ce jour-là fait de moi un salaud de première classe. Mais bon sang, ce n'est pas une excuse pour me cacher l'existence de notre fils pendant six années !

Elle s'éloigna de quelques pas et se posta devant la fenêtre donnant sur la rue. Elle avait eu l'intention de le lui dire. Elle ne voulait pas garder ce secret, à l'origine. Mais quand elle l'avait vu, au milieu de ses amis, elle avait eu peur. Ils venaient de deux mondes tellement différents. Elle avait compris que jamais elle ne se fondrait dans l'univers luxueux et sophistiqué où évoluait

Dimitrios. Et s'il réclamait la garde et élevait son enfant avec une autre femme ? Elle avait déjà tout perdu – ses parents, Lewis –, à l'époque le bébé qu'elle attendait était tout ce qui lui restait.

Forte de cette conviction, elle s'était enfuie et, toutes ces années, elle s'était dit que le jour où il apprendrait la vérité, il lui serait reconnaissant de ne pas lui avoir imposé le fardeau d'une famille non désirée.

— Et mon fils ? Sait-il qui je suis ?

Mon fils. Elle ne parvenait pas à s'insurger contre son ton possessif. Au fond, c'était tellement... naturel.

— Non, il ne le sait pas.

Derrière le juron qu'il étouffa, elle entendit distinctement sa souffrance et son cœur se serra.

— Tu ne lui as jamais parlé de moi ?

— Non. Mais il commence à me poser des questions à ton sujet. Ça fait un moment que je sais que je vais devoir...

— Et tu m'aurais prévenu, moi, à ce moment-là ? l'interrompit-il.

Elle pivota et lui fit face.

— Je n'en sais rien, dit-elle. J'aime penser que oui.

Les yeux de Dimitrios plongèrent dans les siens comme s'il cherchait à sonder la vérité de son cœur. Sous son regard intense, elle sentit son pouls s'accélérer.

Elle attendit qu'il dise quelque chose, mais il se contentait de la dévisager et peu à peu son trouble changea de nature. Elle dut reculer d'un pas pour rompre la tension purement sexuelle qui crépitait entre eux. Elle n'en revenait pas. Comment pouvait-il avoir cet effet sur elle en un moment pareil ?

— Je...

Elle ignorait ce qu'elle s'apprêtait à dire quand Dimitrios lui intima de se taire d'un geste de la main. Puis il se dirigea résolument vers la porte d'entrée.

— Tu t'en vas ? demanda-t-elle, abasourdie.

Parvenu sur le seuil, il se tourna vers elle.

— Il vaut mieux que nous ne discutions pas de cela maintenant, dit-il. Crois-moi, je suis sur le point de dire des choses que je risque de regretter. Mais je reviendrai demain.

Elle le dévisagea, interloquée par ce brusque revirement.

— Max sera à l'école.

— Parfait. Je préfère qu'il ne soit pas là quand nous discuterons de nos projets.

— Quels projets ?

Elle pensait déjà avoir la réponse à sa question. Il allait demander la garde. Il allait prendre Max avec lui, au moins une partie du temps. À la pensée d'être séparée de son fils, elle paniqua. Mais Dimitrios la prit complètement au dépourvu.

— Pour notre mariage, Annabelle. Quelle autre solution vois-tu ?

2

Annie avait fait son possible pour rendre son appartement présentable en prévision de la visite de Dimitrios. Cependant, contrairement à ce qu'elle avait espéré, le grand ménage ne lui avait pas fait oublier les mots qu'il avait lancés en partant.

« Notre mariage, Annabelle. » Comme s'il parlait d'un fait accompli.

Elle reconnaissait bien là Dimitrios. Il était né pour commander. Naturellement, il n'avait pas un instant envisagé qu'elle ne voulait peut-être pas se marier avec lui.

Comment pouvait-il croire qu'elle accepterait ce plan ? Ils ne s'étaient pas vus depuis sept ans, et leur dernière rencontre avait été un désastre émotionnel dont elle ne s'était toujours pas vraiment remise. Et maintenant, elle devait l'épouser ? C'était délirant.

Pour calmer sa nervosité, elle prépara du thé. Le ciel était gris. Les nuages bas et épais formaient un couvercle au-dessus de Sydney et l'humidité était étouffante.

Annie aperçut son reflet dans la vitre de la cuisine et grimaça.

Comment un homme tel que Dimitrios Papandreo pouvait-il s'intéresser à elle ? Certes, elle s'était habillée avec un soin particulier, ce matin. Elle portait son meilleur jean et une chemise blanche en lin qu'elle avait achetée dans un vide-greniers. Après mûre réflexion et divers essais, elle avait laissé sa chevelure blonde retomber librement sur ses épaules, en un halo doré autour de son visage.

Dans l'espoir de paraître sûre d'elle, flamboyante, elle avait mis un peu de rouge à lèvres, mais elle était loin de ressembler aux créatures sublimes avec lesquelles Dimitrios sortait habituellement. D'autant que, malgré ses efforts, une expression soucieuse figeait légèrement son visage.

Ce n'était pas très étonnant car, quoi qu'il arrive – que le mariage ait lieu ou non – sa vie était sur le point de basculer.

Elle buvait la première gorgée de thé quand la sonnette de la porte d'entrée retentit. Le cœur battant d'appréhension, elle alla ouvrir à Dimitrios et l'invita à entrer.

De retour dans la salle de séjour, elle constata que Dimitrios avait déjà littéralement pris possession de l'espace ; sa seule présence charismatique bouleversait son quotidien étriqué, calme et banal.

Elle essayait de cacher à quel point son appartement lui faisait honte, mais c'était difficile alors que le costume gris ardoise de son visiteur, visiblement taillé sur mesure, semblait avoir coûté plus qu'un an de son loyer.

— Je viens de faire du thé. En veux-tu ?

— Non, merci. Passons aux choses sérieuses. Je n'en ai pas pour longtemps.

Tendue, elle esquissa pourtant un sourire. Il n'avait pas changé ! Toujours aussi autoritaire. Et quelle entrée en matière romantique pour une demande en mariage ! Elle retint néanmoins sa remarque sarcastique. Elle n'attendait – ni ne voulait – aucun romantisme de la part de Dimitrios. Elle était curieuse d'entendre ses plans, même si elle n'avait pas l'intention d'accepter sa proposition absurde.

Quand ils furent assis de part et d'autre de la table, elle le regarda enfin, pour découvrir qu'il la dévisageait, les sourcils froncés. Il regrettait sans doute ses paroles de la veille et cherchait comment revenir avec tact sur sa demande en mariage. Résolue à encaisser dignement un nouveau rejet de sa part, elle se tenait très droite.

— Alors, Dimitrios, dit-elle en prenant sa tasse en coupe entre ses mains. De quoi veux-tu discuter ?

La question arracha Dimitrios à ses réflexions et, contrairement à l'intuition d'Annie, il sortit des documents pliés de la poche de sa veste.

— J'ai fait rédiger un contrat prénuptial, dit-il en les lui tendant par-dessus la table étroite. Rien de très compliqué. Je suppose que tu n'as pas énormément de biens, mais quels qu'ils soient, ils resteront ta propriété propre.

Tout en parlant, il avait jeté un bref regard circulaire sur le petit salon-salle à manger-cuisine.

Elle qui était persuadée qu'il allait lui annoncer avoir changé d'avis ! Elle resta un moment désarçonnée.

— Bien entendu, les termes du contrat sont généreux pour toi, poursuivit-il. Quant à notre fils, tu t'en doutes, il héritera un jour de ma fortune. Il touchera aussi l'argent d'un fonds d'investissement spécialement créé pour lui quand il aura dix-huit ans, puis une autre partie quand il en aura vingt et un, et enfin, quand il aura vingt-cinq ans. C'est ainsi que ça s'est passé pour Zach et moi, et pour notre père avant nous. Ça fonctionne bien. C'est mieux que de recevoir une somme énorme à dix-huit ans, à l'âge où on pense plus à faire la fête qu'à faire fructifier son argent.

L'avalanche d'informations donna le tournis à Annie, qui but une gorgée de thé dans l'espoir de faire disparaître la boule qui lui nouait la gorge.

— Quant à l'endroit où nous allons vivre…, reprit-il. J'ai déménagé notre siège à Singapour il y a quatre ans. Ma maison est assez grande pour toi, notre fils et tous les autres enfants que nous pourrions avoir…

Elle manqua s'étouffer avec son thé et reposa sa tasse sur la table avec un bruit sec.

— Je ne vais pas t'épouser, Dimitrios, protesta-t-elle. Alors arrête de faire des plans sur la comète.

Il ne se départit pas de son calme. Comme s'il s'était préparé à une opposition de sa part.

— Le montant de ta pension est négociable, bien sûr.

— Si l'argent m'intéressait, tu ne crois pas que j'aurais

pris contact avec toi il y a longtemps ? Ces sept années ont été difficiles pour moi... J'ai lutté et j'ai fait des sacrifices..., pour notre fils. Au fait, il s'appelle Max. Et laisse-moi te dire que je suis choquée : depuis dix minutes que tu es là, tu ne m'as même pas demandé quoi que ce soit sur lui.

Il vibra de colère contenue.

— Non, Annabelle, je n'ai pas envie de t'entendre me parler de mon fils, répondit-il en la foudroyant du regard. Je veux apprendre à le connaître par moi-même, pas à travers tes yeux. C'est mon enfant ; j'aurais dû faire partie de sa vie depuis bien longtemps. Et quand je vois la façon dont tu vis et dans quel cadre tu élèves mon fils... Je pense qu'il mérite mieux.

Pour blessante que soit sa remarque, elle ne pouvait pas le contredire.

— J'ai fait de mon mieux, Dimitrios. Alors ne viens pas m'insulter sous mon toit. Tu n'imagines pas ce que j'ai traversé...

— Tu ne peux t'en prendre qu'à toi-même.

Elle encaissa ce coup supplémentaire. Il avait de nouveau raison, mais elle n'allait pas pour autant céder à toutes ses exigences.

— Je ne peux pas réécrire le passé, reprit-elle. Tu veux faire partie de la vie de Max et je le comprends, mais en aucun cas nous ne pouvons tout abandonner ici pour nous installer à Singapour. Et il est hors de question que je t'épouse. Nous ne sommes plus au XIXe siècle, aucune autorité morale ne te reprochera d'avoir un enfant hors mariage.

— Mais il y a *ma* morale. Et l'avenir de mon fils. Je suis prêt à discuter des détails de notre situation, mais pas de la résolution finale. Nous allons nous marier, Annabelle, alors arrête de t'opposer à moi et fais-toi à cette idée.

Il se pencha en avant et s'accouda sur la table.

— Prépare-toi et sois heureuse. Tous tes soucis disparaîtront dès l'instant où tu seras ma femme.

Un sursaut de révolte la fit frémir. Si elle devenait sa femme, au contraire, ses ennuis commenceraient, elle en était persuadée.

Mais comment le lui faire comprendre sans dévoiler les sentiments confus qu'il lui inspirait ?

— Pourquoi tiens-tu tellement à cette idée de mariage ? Si j'en crois la presse people, tu collectionnes les petites amies très glamour et très célèbres, mais tu n'en as jamais épousé aucune. J'en déduis que le mariage t'intéresse aussi peu que moi.

— C'est vrai, le mariage n'a jamais fait partie de mes projets.

— Alors pourquoi maintenant ?

— Max a changé la donne.

Max a changé la donne. C'était vrai pour elle aussi. Elle avait tiré un trait sur ses projets d'avenir, renoncé à l'université et à une carrière qui s'annonçait brillante. Elle avait peu à peu perdu contact avec les amis de son âge ; c'était difficile de suivre le rythme avec un bébé à la maison.

— Nous pouvons faire tous les deux partie de sa vie sans avoir à vivre ensemble, dit-elle posément.

— Ce n'est pas suffisant.

— Il faudra pourtant t'en contenter.

Il garda si longtemps le silence qu'elle crut qu'il se rendait finalement à ses raisons, mais il la détrompa.

— J'ai organisé un mariage à la mairie. Restons discrets, cela vaut mieux. Nous nous occuperons des retombées médiatiques plus tard.

Parlait-elle dans le vide ?

— Quelles retombées ? Quels médias ? Je ne vais pas me marier avec toi !

— Si tu préfères un mariage en grande pompe, nous pourrons arranger ça ultérieurement. Je te laisse t'en occuper. Quant à ta vie à Singapour… Tu travailles en ce moment ?

Cette conversation était complètement absurde, mais le plus aberrant fut qu'elle s'entendit répondre machinalement :

— Euh, oui, j'ai un travail.

— Que fais-tu ?

— J'enregistre pour plusieurs agences des propriétés sur des sites d'annonces immobilières. Ça me permet de travailler de la maison. C'était pratique quand Max était petit. Maintenant il va à l'école, mais il y a les vacances, et les jours où il est malade..., alors je continue.

Dimitrios l'observait d'un regard indéchiffrable.

— Que sont devenus tes projets d'études à l'université ?

Une vague de nostalgie la submergea. Ce n'était pas de la tristesse car elle était heureuse d'avoir Max, même si l'arrivée du bébé avait sonné le glas de ses rêves professionnels. Non, c'était de la nostalgie pour la jeune femme qu'elle avait été.

— Max est arrivé. Je ne pouvais pas avoir un bébé et faire des études de droit.

— Si je me souviens bien, tu avais été admise dans une fac prestigieuse...

Elle réprima le plaisir que lui fit cette remarque, ainsi il s'en souvenait. Cela ne signifiait rien. Dimitrios avait une mémoire phénoménale, même pour les détails insignifiants.

— J'ai renoncé.

— Et tes parents ?

— Ils sont partis vivre à Perth.

— Quand ? demanda-t-il, visiblement surpris.

— Après la mort de Lewis.

Après toutes ces années, elle avait toujours du mal à prononcer cette phrase. Cela la ramenait au moment où elle avait appris que la stabilité et la permanence n'existaient pas en ce bas monde. Elle avait perdu son frère, puis ses parents – même si ceux-ci vivaient toujours – en l'espace de quelques mois.

— Pour maman, c'était devenu trop difficile de vivre ici. Tout lui rappelait Lewis. Elle avait besoin d'un nouveau départ.

— Tu avais à peine dix-huit ans et tu étais enceinte, pourquoi n'es-tu pas partie avec eux ?

— Nous ne nous sommes jamais très bien entendus. Ils n'étaient pas de mauvais parents quand nous étions enfants, mais c'était toujours tendu à la maison. Ils se disputaient sans arrêt. Je pense que maman rêvait pour moi d'une vie différente de la sienne. Quand elle a su que j'étais enceinte et que j'abandonnais mes études pour élever mon enfant, elle était furieuse. Selon elle, mon avenir était « terminé ». Elle voulait que je fasse adopter Max.

Annie s'arrêta là. Pourquoi se confiait-elle ainsi à lui ? Le visage de Dimitrios s'était assombri quand elle avait parlé d'adoption.

— Elle n'a pas proposé de t'aider ?

— Je ne pense pas qu'elle se soit posé la question une seconde. Ils ont déménagé à Perth et moi je suis restée ici, et j'ai eu Max. Maintenant ils l'adorent. C'est l'unique raison pour laquelle je les tolère.

Elle esquissa un sourire doux-amer.

— Je ne pouvais pas vraiment lui reprocher de partir. Moi aussi, tout me rappelait Lewis ici. Mais contrairement à ma mère, je ne voulais pas fuir ces souvenirs. Il m'arrive parfois de passer devant son ancien appartement. Je me souviens comme il était heureux quand il a emménagé. Il aimait tellement la vie. Je ne me suis pas sentie capable de laisser tout ça derrière moi. Sydney me rattache à lui. Ça doit te paraître ridicule.

— Pas du tout, je comprends tout à fait, dit-il d'une voix voilée par l'émotion.

Soudain, un souvenir troublant s'immisça entre eux. Celui du chagrin partagé qui les avait poussés dans les bras l'un de l'autre ce soir-là. Incapable de soutenir le regard qu'il posait sur elle alors que ce souvenir flottait entre eux, elle détourna la tête.

— J'ai un appartement ici, dit-il d'une voix où perçait une certaine empathie. Tu pourras revenir à Sydney aussi souvent que tu voudras. Je comprends ce que cette ville représente pour toi. Pour moi aussi, elle est liée à Lewis.

Il avait parlé avec une douceur qui lui donnait envie de pleurer. De nouveau leurs regards s'accrochèrent et cette impression de lien puissant et indissoluble fut là, comme ce fameux soir.

— Max pourra rendre visite à ses amis, dit-il, mais la plupart du temps, nous vivrons à Singapour. Il y a une école internationale très réputée où nous pourrons l'inscrire...

Elle résistait de toutes ses forces aux images de vie de famille idyllique que ces paroles lui évoquaient.

— Qu'est-ce que tu ne comprends pas quand je dis « non » ? Je ne peux pas t'épouser !

— Pourquoi ?

La question toute simple la prit de court, comme sa propre incapacité à y répondre. Aucun argument percutant qui clouerait le bec à Dimitrios ne lui vint à l'esprit.

— Quoi ? Tu as un amant ? Un petit ami ?

Elle piqua un fard. Elle ne risquait pas d'avouer à Dimitrios l'embarrassante vérité : elle n'avait couché avec aucun autre homme depuis la nuit qu'ils avaient passée ensemble, sept ans auparavant !

— On ne se marie pas sur un coup de tête, déclara-t-elle.

— Même quand il y a un enfant ? demanda-t-il d'un ton taquin.

— Surtout quand il y a un enfant ! Pas plus que moi, tu n'as envie d'imposer cette sorte de mariage à Max !

— Quelle sorte de mariage exactement ?

Elle pinça les lèvres tandis que les souvenirs d'enfance se bousculaient en elle. Les éternelles disputes de ses parents, à propos de l'argent qui manquait, de tout ; et quand ils ne se querellaient pas, ils criaient sur leurs enfants.

— Un mariage où les parents se disputent sans cesse à tout propos. Ce n'est pas ce que je veux pour Max.

— Je n'ai pas l'intention de me disputer avec toi une fois que nous serons mariés.

— Qu'as-tu l'intention de faire quand nous serons mariés ?

La question sembla le déstabiliser et elle profita de son avantage.

— Tu as du mal à imaginer à quoi ça ressemblera, n'est-ce pas, Dimitrios ? Toi et moi, mari et femme, jusqu'à la fin de nos jours... À moins que tu n'envisages ce mariage pour une durée déterminée, jusqu'à ce que Max soit un peu plus âgé ? Qu'il ait douze... ou quinze ans, ou dix-huit ? À quel moment mettrons-nous un terme à cette mascarade pour reprendre le cours de nos vies ?

Les yeux de Dimitrios luisaient à présent d'une intensité inquiétante, mais c'était le remords plus que la colère qu'elle y lut.

— J'avais promis à Lewis que je veillerais sur toi, avant qu'il meure, dit-il. Il s'inquiétait et il m'a demandé de garder un œil sur toi.

La gorge nouée par l'émotion, elle le dévisagea. C'était Lewis tout craché ! Seigneur, comme son grand frère lui manquait !

— J'ignorais, dit-elle.

Il eut une sorte de rictus.

— Oui. Et on ne peut pas dire que j'ai tenu ma promesse.

Alors elle comprit : il ne se sentait pas coupable parce qu'il s'était montré impitoyable avec elle. Non, il estimait avoir trahi sa promesse à Lewis. Ce constat ne la consolait pas, mais donnait du sens à ce qui s'était passé et confirmait à quel point leur passion avait été à sens unique.

— Jusque très récemment, je ne réalisais pas à quel point j'avais failli à ma promesse, mais j'ai l'intention de me racheter, Annabelle. J'ai l'intention de veiller sur toi, à partir de maintenant.

Un sursaut de fierté la fit se redresser.

— Et si je ne veux pas qu'on veille sur moi ? Je me débrouille très bien toute seule.

Il se pencha davantage et elle eut honte de la réponse instinctive de son corps à sa présence si proche.

— Pour en revenir à ta question, je ne sais pas à quoi ressemblera notre mariage, reprit-il. Mais mon instinct me dit que le mariage est la chose sensée à faire et, à vrai dire, la décision ne relève plus de toi.

— Qu'est-ce que tu racontes ?

— Tu sais que ma famille est riche, n'est-ce pas ?

Elle leva les yeux au ciel.

— Tu es un Papandreo. Ta famille est beaucoup plus que « riche ». Où veux-tu en venir ?

— L'argent implique beaucoup de choses.

— Comme ne pas avoir besoin de travailler pour vivre ?

Elle regretta aussitôt son sarcasme. Zach et Dimitrios travaillaient beaucoup plus que la plupart des gens, elle le savait.

— Je suis désolée, je ne pensais pas ce que je disais. Et pour information, c'est exactement le genre de pique que je ne veux pas que Max entende.

Le sourire qui étira les lèvres de Dimitrios la fit fondre.

— Dans ce cas, ne me lance pas de piques, dit-il.

— C'est plus facile à dire qu'à faire, marmonna-t-elle.

Elle but une gorgée de thé pour se donner une contenance, mais ce n'était pas évident quand il était si proche. La chaleur émanant de son grand corps viril et les effluves discrets de son eau de toilette la grisaient.

— Dès que Zach et moi sommes allés vivre chez notre père, les intrusions dans notre vie privée ont commencé. Les paparazzis, les histoires à dormir debout, les spéculations et les reportages révélant « toute la vérité ». Nous sommes désormais habitués à ces absurdités, mais pas toi. Ni Max. Il est trop tard pour garder cette histoire secrète. L'article va sortir d'un jour à l'autre et ta vie va être bouleversée à un degré que tu n'imagines pas. Je ne peux pas vous protéger si vous ne vivez pas avec moi, chez moi. Tu comprends ?

— Je... Je suis tout à fait capable de gérer les journalistes, fit-elle d'un ton peu convaincant. Je veux dire : j'apprendrai.

— Peut-être. Mais en attendant, tu exposeras Max à des désagréments qui lui seraient épargnés si tu étais raisonnable.

— Raisonnable ? Comme si t'épouser était raisonnable ! C'est complètement délirant. Je t'ai perdu de vue depuis sept ans, et la dernière fois que nous avons été ensemble... On ne peut pas dire que ça a été un succès.

— Tout ceci n'a rien à voir avec nous, répondit-il fermement. Max est ma priorité numéro un.

— Tu ne l'as même pas rencontré.

L'expression de Dimitrios se fit menaçante.

— Si j'étais toi, c'est un argument que je ne mettrais pas en avant, dit-il d'un ton glacial.

Prise en faute, elle fit machine arrière.

— Je n'apprécie pas que tu débarques et que tu agisses comme si tu étais le seul à te soucier de lui.

— Sans vouloir t'offenser, Annabelle, quand je regarde cet

appartement, je vois que, malgré tes efforts pour le rendre agréable, tu vis dans des conditions d'extrême pauvreté. Je sais que tu as du mal à joindre les deux bouts, que ton compte est dans le rouge et que tu es en retard pour ton loyer, pourtant ridiculement bas. Tu n'as pas de couverture santé, pas de voiture, et tu as l'air de ne pas avoir fait de repas correct depuis une semaine...

— Dimitrios... Tu m'as fait espionner ? demanda-t-elle, abasourdie.

— Tu m'as caché l'existence de mon enfant. J'estime que j'ai le droit de savoir dans quelles conditions il vit.

— Tu aurais tout simplement pu me le demander.

Ils s'affrontèrent du regard. Il n'avait pas besoin de répondre, elle devinait ses pensées : « Et si tu m'avais menti ? » Pour une raison inexplicable, ce manque de confiance la peina. Elle cligna des yeux pour se retenir de pleurer, mais une larme réussit à s'échapper, qu'elle essuya d'un geste rageur.

— Ce n'est pas la fin du monde, dit Dimitrios d'une voix douce.

Furieuse de se donner ainsi en spectacle, elle se réfugia dans la cuisine. Elle n'avait pas soif mais elle remplit deux verres d'eau pour se donner le temps de se ressaisir.

— Tu es tellement calme, dit-elle en revenant dans le salon et en les posant sur la table. Tu dois pourtant ressentir quelque chose...

Il lui lança un regard intense et bouleversant.

— Oui, je ressens des choses, dit-il d'un ton bourru. J'ai manqué six ans de la vie de notre fils, à cause de la décision que tu as prise.

Cette fois, ce fut lui qui se leva. À présent son regard reflétait plus de souffrance que de colère.

— Je ressens tout ce qu'un père peut ressentir dans une telle situation, dit-il. Mais à quoi bon te le faire payer ? Je ne vais pas me lancer dans un procès qui t'achèverait financièrement et que je gagnerais de toute façon. Pas plus que je ne vais me répandre dans la presse pour te donner le mauvais rôle. Toutes ces mesures de rétorsion m'ont traversé l'esprit, je le reconnais.

C'est pour éviter de te les lancer à la tête que je suis parti hier soir. Pourtant tu le méritais, tu ne crois pas ?

Un frisson d'angoisse la parcourut à la pensée de ce dont il la menaçait.

— Puis j'ai pensé à Max. Je suis sûr qu'il t'adore. J'ai pensé à l'opinion qu'il aura de moi quand il sera un homme et qu'il me jugera pour les décisions que je prendrai aujourd'hui. En se fondant sur la façon dont je t'aurai traitée, toi, sa mère, il me considérera comme un héros ou un salaud. Je suis donc venu aujourd'hui pour faire la paix, même si je pense que tu ne le mérites pas, et je veux que tu acceptes ma proposition. Parce que je suis prêt à tout pour que Max fasse partie de ma vie.

Était-ce son insistance bienveillante, ou la menace larvée qu'elle percevait derrière la douceur de sa voix masculine ? Sa résistance commençait à céder.

Le souvenir des contes de fées avec lesquels Lewis avait bercé son enfance la poussa cependant à lui opposer une ultime objection.

— Le mariage… Le mariage n'est-il pas censé être une affaire d'amour ? fit-elle d'une voix hésitante.

Elle se sentait un peu stupide, et terriblement naïve, mais en même temps, il devait comprendre qu'il lui demandait d'aller à l'encontre de tout ce en quoi elle croyait.

— Pour certaines personnes, c'est le cas, reconnut-il. Mais pour d'autres, c'est seulement un arrangement pratique. Tous les mariages peuvent se résumer à un échange. Notre mariage ne sera pas basé sur l'amour, mais il sera heureux, j'en suis convaincu.

Elle sentit son cœur se briser. Jamais Lewis n'avait évoqué cette dimension purement pragmatique du mariage. La réalité de sa situation lui apparut clairement. Dimitrios avait raison et elle devait accepter sa proposition. Mais elle devait renoncer à la croyance qu'elle avait toujours gardée au fond de son cœur – qu'un jour elle vivrait le grand amour avec son prince charmant.

— J'ai besoin d'y réfléchir, dit-elle. D'accord ?

Il finit par acquiescer d'un hochement de tête, avant de se

diriger vers la porte. Quand il passa devant elle, il s'arrêta et la toisa avec une expression indéchiffrable.

— Réfléchis vite, Annabelle. J'ai attendu six ans. Je n'attendrai pas plus longtemps pour être son père.

— Je vous confirme que Max est bien mon fils.

Dimitrios réussit à garder un ton dénué d'émotions. Ce n'était pas facile, car le simple fait de s'adresser au journaliste lui coûtait. Mais étant donné les circonstances, autant utiliser la presse à son avantage. Annabelle aurait un aperçu de ce qui l'attendait. Il espérait que cet électrochoc la convaincrait que leur mariage était la meilleure solution. Pour l'instant, l'idée de l'intrusion médiatique était encore théorique pour elle.

— Sans blague ! répondit Ashton en s'esclaffant bruyamment. Et j'avais raison pour la mère ?

— Oui, c'est bien Annabelle Hargreaves.

— Comment l'avez-vous rencontrée ?

— Vous allez devoir vous fatiguer un peu pour le découvrir, répondit Dimitrios avec mépris. Je ne peux pas vous empêcher de vous immiscer dans ma vie privée, mais ce n'est pas moi qui vous mâcherai le travail.

Ashton rit de nouveau.

— Dans ce cas, avez-vous une déclaration pour moi ? demanda-t-il.

Dimitrios était conscient qu'il s'apprêtait à franchir une ligne rouge, qu'il ne pourrait plus revenir en arrière. Mais la pensée de son fils le conforta dans sa décision. Annabelle et lui n'avaient pas le choix. Dès l'instant où ils avaient conçu cet enfant, leur avenir avait été scellé.

— Comme je vous l'ai dit, Annabelle et moi nous connaissons depuis longtemps. Récemment, nous avons renoué. Nous n'avons pas voulu précipiter les choses, pour ne pas perturber notre fils, mais maintenant, je suis heureux d'annoncer à la terre entière que nous allons nous marier dès que possible.

3

Annie prit les flashs en plein visage. Éblouie, elle baissa la tête. Elle eut cependant le temps de voir la douzaine de photographes qui avaient envahi le trottoir en face de chez elle. Leurs questions fusèrent en même temps.

— Comment avez-vous réussi à garder le secret sur votre fils pendant toutes ces années ?

— Est-il vrai que l'enfant n'a jamais rencontré son père ?

— Qu'allez-vous porter pour le mariage ?

— Pouvez-vous nous montrer la bague de fiançailles ?

— Êtes-vous jalouse des autres femmes ?

Éberluée, elle continua d'avancer, mais ils la suivirent en la harcelant de questions. Quand elle fut à un pâté de maisons de l'école de son fils, elle s'arrêta et leur fit face.

— Laissez-moi tranquille, ordonna-t-elle.

Un silence de quelques secondes se fit, et le flot de questions reprit de plus belle.

— Vous n'avez pas l'air d'une femme amoureuse. Y a-t-il déjà de l'eau dans le gaz ?

Elle pressa le pas et arriva à l'école. Comme elle l'avait espéré, ils ne franchirent pas la grille de l'établissement.

Bon sang, comment une chose pareille avait-elle pu arriver ? Tout en se dirigeant vers la classe de son fils, elle sortit son téléphone de sa poche. D'un doigt tremblant, elle tapa le nom de Dimitrios dans la barre de recherche du navigateur. Un premier article apparut instantanément.

Papandreo révèle l'existence de son enfant caché et annonce ses fiançailles !

Étouffant une exclamation incrédule, elle parcourut le début de l'article.

Le cœur du célèbre célibataire Dimitrios Papandreo n'est plus à prendre. Ses nombreuses admiratrices sont au désespoir. Le magnat des médias, qui a renoué avec son amour de jeunesse, se dit « impatient » de convoler en justes noces. « L'amour n'attend pas. » Voilà qui est nouveau ! Jusqu'à présent, le milliardaire semblait plus partisan des aventures sans lendemain que du grand amour. Mais il a apparemment trouvé la femme de sa vie. Une femme avec qui il a eu un enfant secret il y a six ans !

Écœurée par ce flot d'inepties, elle referma l'article. Avant qu'elle ait pu ranger son téléphone, toutefois, celui-ci sonna.

— Tu es à l'école de Max ? demanda Dimitrios à l'autre bout du fil.

— Oui. Je suppose que je dois te remercier pour ce fichu article qui me vaut d'avoir une meute de photographes aux trousses. À quoi pensais-tu ?

— L'histoire allait sortir de toute manière, répondit-il avec un flegme exaspérant. Je lui ai donné une tonalité positive. Je préfère que notre fils pense que nous étions amoureux plutôt que deux personnes incapables de se contrôler. Pas toi ?

Désarçonnée par sa logique, elle ne put que murmurer :

— J'aurais aimé être prévenue.

— Je comprends, répondit-il d'une voix douce.

Consciente qu'il lui rendait la monnaie de sa pièce, elle ravala ses reproches pour revenir à la situation présente.

— Max va bientôt sortir de classe. Dès que nous aurons franchi le portail de l'école, ils vont nous sauter dessus. Qu'est-ce que je vais lui dire ? Je ne suis pas prête à lui parler de ça, bon sang ! Je déteste qu'on me force la main !

— Tu ne peux pas lui cacher mon existence plus longtemps. Quant aux paparazzis… j'ai envoyé une voiture. Un SUV noir avec chauffeur vous attend dans le parking des instituteurs. Je ne pense pas que les photographes y aient accès. Rentrez à la maison et attendez-moi. Nous lui dirons la vérité ensemble.

Il coupa la conversation avant qu'elle ait pu rien ajouter. Non qu'elle ait su quoi dire... Le monde était devenu fou et toute son énergie l'avait abandonnée. Heureusement, elle s'était ressaisie quand elle arriva devant la classe de Max.

Quelques instants plus tard, il sortit et son cœur de mère se serra d'émotion. Il était plus grand que ses camarades, tout en jambes et en bras. Et ses yeux reflétaient l'intelligence. Il avait le sourire facile et un beau visage. Son cœur se gonfla de fierté quand une fillette plus jeune trébucha et que Max, sans hésiter, se précipita pour la retenir. Il adressa un sourire craquant à la petite fille, puis attrapa son cartable et scruta le hall. Son regard s'illumina quand il aperçut Annie.

Sa vie était sur le point d'être bouleversée et il ne se doutait de rien.

— Comment s'est passée ta journée ? lui demanda-t-elle en lui ébouriffant affectueusement les cheveux.

— Bien. M. Peterson a dit que j'avais cartonné au devoir de maths.

Max était un élève brillant. D'après son instituteur, son niveau lui aurait aisément permis de sauter une classe, mais Annie jugeait préférable que, pour son épanouissement personnel, il reste avec les enfants de son âge.

— Ça ne me surprend pas, dit-elle en le prenant par la main.

— Où allons-nous, maman ?

Max, qui contrairement à elle n'avait pas remarqué les regards curieux des autres parents, s'étonnait qu'elle l'entraîne vers la sortie annexe de l'école.

Elle comprenait désormais mieux les célébrités et leurs lunettes de soleil surdimensionnées. Elle aurait donné n'importe quoi pour cacher son visage.

— Aujourd'hui, nous rentrons à la maison en voiture, dit-elle à voix basse. Un ami doit passer nous prendre.

Dans le parking du personnel, elle repéra immédiatement le

gros SUV noir dont deux hommes descendirent à leur approche. L'un, pourvu des lunettes de soleil dont Annie rêvait, ouvrit la portière arrière.

— Madame, dit-il en inclinant la tête.

— Hello, répondit-elle, surprise par son attitude déférente.

— C'est qui ? demanda Max à mi-voix.

— Des amis.

Plus intrigué qu'inquiet, Max s'installa sur le siège rehausseur prévu pour lui. Annie contourna le véhicule et y monta à son tour par la portière que l'autre homme tenait pour elle. Elle n'y connaissait rien en matière de voitures, mais devinait qu'il s'agissait d'un modèle haut de gamme. Les vitres étaient teintées et le cuir sombre des sièges incroyablement doux. Alors qu'elle s'émerveillait des accoudoirs très larges qui ajoutaient une note supplémentaire de confort, l'homme assis sur le siège passager l'informa que des boissons étaient à leur disposition dans la console centrale.

À en croire l'expression ébahie de Max, l'idée lui semblait fabuleuse. Avant qu'elle ait pu l'en empêcher, il ouvrit la console où étaient rangées de petites bouteilles de champagne, d'eau et de jus de fruits. Annie fut tentée de se servir une coupe de champagne pour lutter contre sa nervosité, mais elle allait avoir besoin de toutes ses facultés pour ce qui allait suivre.

— Je peux prendre un jus de fruits, maman ?

Elle ouvrit la bouche pour répondre « non », mais pourquoi lui refuser ce petit plaisir ?

— Bien sûr.

Pour achever de le mettre à l'aise, elle prit elle-même une bouteille d'eau.

Leur appartement n'était pas très loin de l'école et, Dieu merci, les paparazzis ne les avaient pas suivis. Quand ils se rendraient compte qu'ils avaient été dupés, il serait trop tard.

La voiture se gara devant la maison. Annie fit rapidement rentrer Max et l'un des hommes resta en faction devant la porte.

— Ton ami ne veut pas rentrer ? demanda Max une fois la porte refermée derrière eux.

— Non.

— C'était bizarre.

— C'est vrai, répondit-elle sans se lancer dans une explication que Max ne réclamait d'ailleurs pas.

— Tu veux jouer aux cartes ?

La proposition de son fils tombait à point nommé pour lui redonner le sentiment rassurant que tout était normal, finalement. Elle s'apprêtait à accepter quand la porte s'ouvrit brusquement. Dimitrios ne prit pas la peine de frapper, cette fois-ci ; il entra comme s'il était chez lui. Comme s'il était chez lui *partout*. Instinctivement, elle posa une main sur l'épaule de Max et l'attira à elle, sans quitter le visiteur du regard. Elle nota qu'il était aujourd'hui habillé de façon plus décontractée : jean et T-shirt blanc qui faisait ressortir son bronzage.

— C'est encore un ami, maman ?

— Pas exactement, répondit-elle en déglutissant péniblement. Viens t'asseoir, Max. Nous avons quelque chose à te dire.

Le moment de vérité était arrivé, et elle avait l'impression étrange de percevoir tous les détails de la scène avec une acuité exacerbée. Le charisme de Dimitrios, l'exiguïté de son appartement, la vétusté du mobilier, l'expression sérieuse de son fils et l'usure de son uniforme d'écolier.

— Max, je te présente Dimitrios, dit-elle quand ils furent assis autour de la table. C'était un très bon ami de ton oncle Lewis. C'est par lui que nous nous sommes connus, il y a très longtemps, et nous sommes devenus… amis.

Dans un geste d'encouragement, Dimitrios, qui s'était assis entre Max et elle, posa une main sur la sienne. Elle réalisa à ce moment seulement qu'elle tremblait.

— La vérité, Max, c'est que ta mère et moi nous étions plus qu'amis. Nous sommes tombés amoureux et nous t'avons eu.

Nous sommes tombés amoureux… Elle savait qu'il enjolivait la réalité, mais les mots de Dimitrios vibrèrent en elle comme la plus douce des musiques.

Max fronça les sourcils.

— Tu veux dire que… tu es mon père ?

Une lueur de fierté illumina le regard de Dimitrios. L'importance évidente que sa paternité avait pour lui décupla le sentiment latent de culpabilité qui la taraudait.

— Maman ? C'est vrai ?

En proie à une émotion violente, elle fut incapable de proférer un son et acquiesça d'un mouvement de tête.

— Mais tu ne vis pas avec nous, dit Max, revenant à Dimitrios. Pourquoi ?

— J'habite à Singapour.

À l'étonnement d'Annie, cette réponse parut satisfaire Max.

— C'est très loin, n'est-ce pas ? dit-il.

— Oui. As-tu déjà été à Singapour ?

— Je n'ai jamais pris l'avion.

— Je vois..., dit Dimitrios en lançant un regard sombre à Annie.

Elle n'était pourtant certainement pas la seule mère célibataire à n'avoir jamais emmené son enfant en vacances à l'étranger ? Mais déjà Dimitrios s'était retourné vers leur fils.

— Ça te dirait de venir à Singapour ?

Elle posa la main sur celle de Dimitrios pour lui signifier son désaccord qu'il manipule ainsi leur fils, mais il fit mine de ne pas comprendre.

— Je... On va aller à Singapour, maman ?

Elle afficha un sourire rassurant pour ne pas perturber davantage Max.

— Rien n'a encore été décidé.

— À vrai dire, Max, je pense qu'il est temps que nous vivions tous les trois ensemble, comme une vraie famille, dit Dimitrios. Or ma maison et mon travail se trouvent à Singapour.

— À quoi ressemble ta maison ? demanda Max.

Visiblement ravi de cette réaction encourageante, Dimitrios lui adressa un sourire charmeur.

— Tu veux voir une photo ?

De nouveau, Max se tourna vers elle, comme pour quêter son approbation.

— Et toi, maman, tu as envie de déménager à Singapour ?

Annie sentit le regard de Dimitrios peser sur elle. Elle

comprenait ce qu'il ressentait. Il était impatient de rattraper le temps perdu... N'était-ce pas la moindre des choses qu'elle puisse faire ? Et Max ? N'avait-il pas le droit d'apprendre à connaître son père et de profiter de la vie dénuée de souci matériel qu'il pouvait leur offrir ? De plus, sa brève expérience avec les paparazzis lui avait donné un avant-goût de ce que sa vie allait être, désormais. Dimitrios saurait les protéger de leur intrusion.

— Singapour est une ville magnifique, répondit-elle. Mais tu es sûr que ton école ne va pas te manquer ?

Max sembla soupeser le pour et le contre, puis il s'adressa à Dimitrios :

— Il y a des écoles à Singapour ?

— Oui, il y a d'excellentes écoles, répondit Dimitrios en lui tendant son téléphone.

Les yeux du petit garçon s'écarquillèrent.

— C'est... C'est l'école ? demanda-t-il.

— Non, c'est ma maison.

— C'est là que je vais habiter ?

— Si c'est ce que tu veux, oui.

Machinalement, Annie se pencha vers la photo que son fils étudiait. La maison était immense, de style contemporain, avec son empilement de blocs de ciment et de verre, au milieu d'un écrin de végétation tropicale. C'était à la fois original et luxueux. Derrière le bâtiment, on apercevait l'océan et, plus loin, la silhouette caractéristique de Singapour.

Quand Max eut fini de regarder la photo, il posa la question qu'Annie redoutait depuis que Dimitrios les avait rejoints.

— Pourquoi je ne t'ai pas rencontré avant ?

Elle se raidit. C'était le moment qu'elle avait toujours appréhendé. Volontairement ou non, Dimitrios vola à son secours et la dispensa de répondre.

— Parfois les familles sont séparées, Max, dit-il. Mais maintenant que je suis là, je veux faire partie de ta vie, pour toujours. Je n'ai pas été proche de mon propre père, mais j'espère que toi et moi nous pourrons être bons amis.

Elle perçut les regrets dans la voix grave de Dimitrios, mais

Max – qui n'était qu'un enfant après tout – ne sembla retenir que le sens des paroles.

La délicatesse de Dimitrios la bouleversait. Il aurait facilement pu creuser un fossé entre son fils et elle en la dénigrant devant Max, mais il ne l'avait pas fait. Au contraire, en n'entrant pas dans les détails, sans rejeter le blâme sur quiconque, il simplifiait la transition. Craignant de trahir le flot d'émotions qui la submergeait, elle se leva brusquement et alla dans la cuisine.

Dimitrios était revenu dans sa vie depuis la veille seulement et, soudain, tout paraissait simple. Max acceptait l'arrivée inattendue de ce père dans son existence sans se poser de questions inutiles. De quel droit leur refuserait-elle l'opportunité de nouer une véritable relation père-fils ?

— Tu as une piscine ? demanda-t-elle d'un ton enjoué en revenant dans la conversation.

— Deux piscines.

Elle leur tournait toujours le dos, mais elle entendit le sourire dans la voix de Dimitrios et son cœur se serra sous l'effet des souvenirs et des regrets.

C'était la même intonation qu'il avait eue la première fois qu'ils s'étaient rencontrés. À l'époque elle avait quinze ans. Lui et son jumeau Zach étaient venus dans le petit pavillon en banlieue de Sydney où Lewis et elle avaient grandi. Annie gardait un souvenir très précis de ce jour-là. Son univers lui était apparu à la fois plus petit et plus vaste. Elle n'avait jamais rencontré quelqu'un comme lui dans la vraie vie. Il avait vingt et un ans, mais son physique athlétique lui conférait une maturité très séduisante. Et il avait une allure incroyable, avec ses vêtements élégants mais décontractés. Il lui avait souri et quelque chose en elle avait changé pour toujours.

— Deux piscines ! Pour quoi faire ? demanda Max en s'esclaffant.

— L'une se trouve dans le gymnase. Elle sert surtout à faire des longueurs. L'autre est à l'extérieur, dans le jardin. Elle surplombe la baie et la ville, et elle sert plutôt à se détendre.

— Et pour faire des plongeons ?

Le rire grave de Dimitrios se répandit dans les veines d'Annie comme du miel tiède. Elle se retourna vivement dans l'espoir de capter son expression tandis qu'il riait.

— Oui, aussi pour faire des plongeons.

Il avait appuyé sa réponse d'un clin d'œil à Max, puis il leva les yeux et son regard rencontra celui d'Annie. Aussitôt, son visage se ferma. Elle sentit son cœur se glacer.

Elle prit une bouteille de lait dans le réfrigérateur et remplit un verre qu'elle posa devant Max. Le père et le fils discutaient à présent des modalités pratiques du déménagement. Leur départ imminent sembla soudain bien réel à Annie.

— Je pourrai emporter mon train et mes rails, maman ?

— Bien sûr. Tu n'as qu'à ranger tout ce que tu as envie de prendre sur ton lit. Ce sera plus facile ensuite de tout mettre dans des cartons.

— OK.

Max vida son verre de lait, puis se leva et, souriant, quitta le salon.

Quand elle fut seule avec Dimitrios, un phénomène curieux et familier se produisit. Elle avait soudain du mal à respirer et à se concentrer. Quant à soutenir son regard...

— C'est incroyable comme il me ressemble.

— Je sais.

— Je ne comprendrai jamais comment tu as pu décider de ne rien me dire et m'empêcher de le voir.

— Ça n'a pas été une décision facile.

— Pourtant tu t'y es tenue pendant toutes ces années. Alors même que tu te débattais dans des problèmes financiers sans nom que j'aurais facilement pu t'épargner.

— Tu penses vraiment que ma vie va être plus facile, désormais ? Déménager dans un autre pays, *t'épouser* ? Le mariage n'est pas une mince affaire. Admettons que nous restions mariés jusqu'à ce qu'il ait dix-huit ans, cela représente douze ans de vie commune, douze ans à faire semblant. En ce qui me concerne, ça me paraît insurmontable.

— Tu te trompes sur plusieurs points, Annabelle. Dans mon

esprit, notre mariage n'aura rien d'une mascarade. Il sera bien réel, ce qui signifie qu'il durera jusqu'à ce que la mort nous sépare, selon la formule consacrée. Quant à faire semblant... nous n'en avons pas besoin.

Sous-entendait-il qu'ils allaient de nouveau coucher ensemble ? Ou prenait-elle ses rêves pour la réalité ? Toujours est-il que cette possibilité faisait s'accélérer les battements de son cœur.

— Que veux-tu dire par : notre mariage sera « réel » ?

— Nous formerons une famille. Nous vivrons ensemble. Nous partagerons une chambre, nous élèverons notre fils ensemble. Je t'épaulerai en tout.

C'était trop. Trop de gentillesse et trop d'exigences à la fois. Elle s'était préparée à se défendre, à le combattre, mais son attitude conciliante la désarmait complètement. De là à partager son lit... Alors qu'elle connaissait la piètre opinion qu'il avait d'elle... Il l'avait traitée de gamine, après lui avoir pris sa virginité. Au souvenir de son humiliation, elle rougit.

— D'accord pour vivre sous le même toit que toi, dit-elle. Mais pour le reste... Ne t'imagine pas que je vais me précipiter dans ton lit après toutes ces années, simplement parce que nous avons un fils ensemble.

Il lui décocha un sourire narquois.

— Non, Annabelle. Tu vas te précipiter dans mon lit parce que tu me désires tout autant qu'il y a sept ans. N'essaie pas de me faire croire que coucher avec moi sera une corvée.

— Tu es tellement arrogant ! répondit-elle, outrée.

Le rire grave de Dimitrios s'égrena doucement.

— C'est vrai. Mais ose prétendre que je me trompe.

Nie en bloc ! intimait une petite voix intérieure à Annie. Encore aujourd'hui, elle avait honte de la facilité avec laquelle elle s'était donnée à lui.

— Je me contrôle mieux aujourd'hui qu'à dix-huit ans, dit-elle. Que les choses soient claires : j'accepte ce mariage uniquement pour Max. Je n'attends rien de toi.

— C'est ce que tu veux ? Alors qu'il y a entre nous des étincelles, que l'alchimie est toujours là ?

Prise de court par cette allusion directe à l'attirance physique qu'elle éprouvait effectivement encore pour lui, elle fut incapable de répondre.

— Peu importe, dit-il comme elle ne réagissait pas.

Sa déception la conforta dans l'idée qu'elle était bien faible, quand il s'agissait de Dimitrios. Malheureusement, ces sentiments n'étaient pas réciproques.

— Le sexe n'est pas le sujet, dit-il. Mais pour préserver les apparences, tu dormiras dans ma chambre. Je ne veux pas que Max raconte à ses copains de l'école que nous faisons chambre à part. Cela vous exposerait – lui comme toi – au genre de ragots que je veux justement éviter.

— Dans ce cas, nous aurons des lits jumeaux, dit-elle.

Il éclata de rire. Mais son rire était plus railleur que gai.

— Ne t'inquiète pas, mon lit est grand. Tu pourras dormir tout au bord, si tu as peur que je ne résiste pas à l'envie de te toucher au milieu de la nuit.

Elle se sentit ridicule. Embarrassée et puérile.

Il plongea la main dans sa poche et en sortit une petite boîte noire qu'il poussa vers elle. Encore pétrifiée d'avoir malgré elle révélé à Dimitrios qu'il la troublait toujours autant, elle ouvrit machinalement la boîte. Et ne put retenir une exclamation admirative.

— Waouh ! Qu'est-ce... Qu'est-ce que c'est ?

— Une bague de fiançailles.

Elle s'arracha à la contemplation du bijou et leva lentement les yeux vers lui.

— Elle est bien trop... trop.

La bague était ridiculement sublime. Un diamant énorme taillé en poire, monté sur un anneau en platine, lui-même serti de diamants. Même à la lumière blafarde de son appartement, le bijou scintillait de mille feux.

— C'est ce que le bijoutier avait sous la main. Si elle ne te plaît pas, tu pourras en choisir une autre.

Son ton était nonchalant, comme si tout cela n'avait aucune importance pour lui. C'était la demande en mariage la plus étrange qui soit et Annie avait du mal à croire qu'elle y était partie prenante.

— Non, elle me plaît, dit-elle. C'est seulement que... Combien a-t-elle coûté ? Et puis, non... Je ne veux pas le savoir.

Elle se mordit la lèvre, cherchant ses mots.

— Jusqu'à maintenant, la vie n'a pas été facile pour moi. J'économisais sur tout pour pouvoir acheter à Max les choses indispensables, et même ainsi je ne pouvais les avoir que d'occasion, et toi tu débarques avec... cette bague. Ça va me prendre un moment pour m'habituer.

— Tu aurais dû prendre contact avec moi.

Elle ne lui avoua pas qu'elle avait essayé, par crainte qu'il ne devine les sentiments qu'elle avait éprouvés pour lui.

À son grand soulagement, Dimitrios n'insista pas. Il sortit des papiers de son autre poche et les lui tendit.

— C'est le contrat prénuptial. Si tu veux, tu peux le montrer à un juriste, mais il ne trouvera rien à redire. Il est très favorable pour toi.

— Je ne peux pas me payer de juriste, alors je t'en prie... Explique-moi de quoi il s'agit.

Elle vit un muscle tressaillir sur sa mâchoire virile, mais il obtempéra.

— C'est simple. Les deux premiers paragraphes sont consacrés aux fonds d'investissement pour Max. Le suivant à ce qui se passera si je meurs. Le partage de ma fortune entre différents fonds qui reviendront à Max et aux autres enfants que nous pourrions avoir.

Elle fit un effort considérable pour cacher que l'allusion à d'autres enfants possibles la troublait profondément.

— Pour finir, il y a la partie concernant ton argent de poche et la pension alimentaire que tu recevrais en cas de divorce.

Elle regarda fixement la dernière partie du document. Le divorce. La tête lui tournait. Comment arrivait-il à évoquer dans la même phrase leur mariage et leur divorce ? Elle se força à lire les termes du contrat avec attention, avant de lever les yeux vers lui.

— Si j'ai bien compris, pendant que je serai mariée avec toi je recevrai une somme mensuelle ridiculement élevée, et presque plus rien si je décidais de te quitter.

L'expression de Dimitrios avait une froideur toute professionnelle. Elle se souvint d'un article qu'elle avait lu sur lui, quelques années auparavant, où il était décrit comme un « magnat impitoyable ». Cette formule correspondait parfaitement à l'homme qui se tenait face à elle.

— C'est l'idée, en effet. Ta vie, tant que tu seras ma femme, dépassera tout ce que tu peux imaginer. Tu auras tout ce que tu voudras, quand tu voudras.

— Et si je te quitte, je me retrouverai au point de départ ?

Il parcourut l'appartement du regard avant de répondre.

— Tu ne vivras plus jamais dans ces conditions, dit-il d'une voix sourde où elle crut déceler de la colère. Mais crois-moi : tu n'auras aucun intérêt à me quitter.

Son ton s'adoucit et il ajouta :

— Je veux que notre mariage dure toute notre vie. Pour Max.

Pourquoi était-elle déçue ? Qu'avait-elle espéré entendre ? Qu'il éprouvait quand même un quelconque sentiment pour elle ? Eh bien, elle en était pour ses frais. Mais en réalité, tous ces détails juridiques n'avaient pas d'importance. De toute façon, s'ils divorçaient un jour, sa fierté l'empêcherait de prendre l'argent de Dimitrios. Levant le menton dans un mouvement de défi, elle acquiesça.

— Parfait. Je signe.

Une lueur victorieuse fit briller les prunelles de Dimitrios. Il sortit la bague de son écrin et il la passa lentement au doigt d'Annie.

Par la baie vitrée de son appartement au sommet de la tour Papandreo, Dimitrios contemplait le centre historique de Sydney. Il se répétait qu'il avait pris la bonne décision. À un moment, il avait envisagé de verser à Annie une pension alimentaire importante pour lui permettre d'élever dignement leur fils.

Mais cela aurait impliqué une garde alternée. Voulait-il être un père absent ou, pire, obliger Annabelle à être une mère à temps partiel ? Non. Et il n'avait pas besoin de creuser beaucoup pour comprendre pourquoi cette solution lui déplaisait foncièrement.

Quand il était entré dans le petit appartement miteux où elle vivait, l'endroit lui avait rappelé sa propre enfance. Il avait vécu ses dix premières années dans la pauvreté, auprès d'une mère qui faisait du mieux qu'elle pouvait pour élever décemment ses fils. Son enfance avait été une succession de contrastes. Quand leur père venait, de façon sporadique, il les emmenait, Zach et lui, pour une semaine de luxe et de splendeur. Ils pouvaient avoir tout ce qu'ils voulaient. Mais tout s'évanouissait quand ils revenaient chez leur mère. En grandissant, il en avait voulu à son père. Celui-ci était immensément riche. Pourquoi laissait-il leur mère vivre dans un tel dénuement ?

Il ne s'était jamais consciemment promis de ne pas agir comme son père mais, confronté à la même situation, il était déterminé à ne pas suivre l'exemple paternel.

Et leur fils n'aurait jamais à choisir entre ses deux parents. Il pourrait les aimer tous les deux. Ils formeraient une famille unie. Pour Max.

Quant à la réalité de leur mariage... Annabelle pouvait répéter tant qu'elle voudrait que l'aspect physique de leur union ne l'intéressait pas, il n'était pas dupe. Tout son être la trahissait. Ses yeux, quand elle le regardait, son corps qui semblait attiré malgré elle quand ils étaient proches, son souffle qui devenait irrégulier et ses joues qui rosissaient.

Elle le désirait aujourd'hui, comme elle l'avait désiré la nuit où ils avaient conçu Max. Lui-même n'était pas insensible à son charme. Elle était toujours aussi belle qu'à dix-huit ans et la nuance rare de ses prunelles bleu-vert le fascinait, il devait bien l'admettre. Tout comme le fascinait le contraste entre sa silhouette mince et ses courbes délicieusement féminines.

Oui, il gardait bon espoir que ce mariage de raison se transforme peu à peu en une relation plus sérieuse. Pour le bien de leur fils.

4

Dix-neuf ans auparavant

— Et qu'est-ce qui se passe après, Loulou ? demanda Annie.

— Je t'ai interdit de m'appeler comme ça, répondit son frère avec un sourire qui démentait la sévérité de son ton.

— Lewis, rectifia-t-elle.

Sa mimique faussement contrite acheva de faire perdre son sérieux à Lewis, qui éclata de rire.

— Après, la princesse s'échappe du donjon ; elle s'envole sur le dragon et ils se réfugient dans un endroit sûr.

— Ah bon ? Et le dragon ne la brûle pas ?

— Non, car c'est une princesse. Ce qui nous amène à la partie avec le prince.

Annie, âgée de six ans, s'accouda et attendit que son frère poursuive son récit. Lewis avait douze ans, et au lieu de jouer au foot, ou de lire des livres de grands, il inventait chaque soir une histoire pour elle. C'était leur rituel.

— Et ensuite… ? demanda-t-elle.

— Le dragon atterrit dans un champ…

— Quel genre de champ ? De fleurs, de blé, de maïs ?

— De fleurs, répondit-il en lui souriant.

— Des fleurs violettes ?

— Si tu veux Annie. Un champ de fleurs violettes.

Un sourire flottant sur les lèvres, elle se laissa retomber

contre l'oreiller. Ses paupières s'alourdirent tandis que Lewis reprenait le fil du conte.

— Et dans ce champ l'attendait le fameux prince charmant dont elle avait tellement entendu parler. Maintenant qu'elle avait échappé à la méchante reine, rien ne les empêchait de se marier et de régner ensemble sur le royaume. Ils vécurent heureux et eurent beaucoup d'enfants.

Le sourire d'Annie s'élargit. Les histoires de Lewis se terminaient toujours bien.

— Lewis, les princes et les princesses existent vraiment ?

— Bien sûr.

— Pourquoi je ne suis pas une vraie princesse ?

— Mais si, tu es une vraie princesse. Pour moi, en tout cas.

— Et quand je serai grande, j'épouserai un prince ?

— Ce ne sera peut-être pas un vrai prince, mais il te traitera comme une princesse. Ou il aura affaire à moi.

— Oui, je l'ai vu.

— Et Annie aussi ?

Sous le regard incisif de Zach, Dimitrios serra les dents. Devant eux, un journal était grand ouvert sur la table de la salle à manger. La une n'apportait rien de nouveau. Les mots « relation secrète » et « enfant de l'amour » s'étalaient à la une. Mais l'article en pages intérieures se montrait très dur avec Annabelle. Le journaliste la qualifiait de « jeune femme ordinaire », et de « mère célibataire mal fagotée ». Pour illustrer ses propos, il avait choisi les photos les moins flatteuses, prises la veille. Malgré cela, Dimitrios se surprit à étudier plus attentivement l'une d'entre elles, remarquant des détails qui avaient apparemment échappé au journaliste. Il s'attarda sur la courbe gracieuse de sa nuque, les reflets dorés de sa chevelure, son port de tête à l'élégance naturelle, ses lèvres pleines, la profondeur de son regard.

Repoussant le journal, il se tourna vers son frère.

— Je ne sais pas, répondit-il enfin. De toute façon, elle va devoir s'habituer à ce genre d'article désobligeant. C'est le revers de la médaille.

— Et elle ne trouve rien à y redire ?

L'hésitation qu'il avait sentie chez son frère l'intrigua.

— Qu'est-ce que tu sous-sous-entends ?

— Allons, Dim... Tu peux raconter ton histoire de retrouvailles romantiques à la terre entière, mais pas à moi. Je sais que vous n'avez jamais été ensemble. Sauf – de toute évidence – une nuit, mais c'était une exception. Au passage : je suis impatient de rencontrer votre fils... Mais quels que soient les termes de votre accord, tu ne peux pas livrer ainsi Annie en pâture aux médias. Quoi qu'elle ait fait, elle ne mérite pas ça.

Dimitrios se retint de souligner qu'elle lui avait quand même caché l'existence de son fils pendant six ans. Devait-il s'apitoyer sur ses déconvenues, à présent ? Il réprima son ressentiment.

— Non, répondit-il. Mais je ne contrôle pas la façon dont les concurrents traitent cette affaire.

— Tu contrôles beaucoup plus de choses que tu ne le penses. Fais en sorte qu'elle ne puisse pas être aussi facilement ridiculisée. Prive-les d'arguments, Dimitrios. Pour le bien d'Annie.

Hantée par l'appréhension de la nouvelle vie qui s'annonçait pour Max et elle, Annie avait mal dormi. Quand elle se réveilla en sursaut, il était déjà 7 heures. C'était un coup frappé à la porte qui l'avait tirée du sommeil, et pas la sonnerie du réveil qu'elle n'avait même pas entendue. Dimitrios l'avait prévenue qu'il lui enverrait un chauffeur, mais, échaudée par son premier contact de la veille avec les paparazzis, elle s'assura de l'identité du visiteur avant d'ouvrir la porte.

— Qui est là ?

— C'est Henderson, madame. C'est moi qui vous ai ramenés hier.

Elle entrouvrit la porte de sorte que personne ne puisse la voir en pyjama et passa la tête dans l'entrebâillement.

— Nous en avons pour quelques minutes, dit-elle. Vous pouvez patienter un peu ?

— Bien sûr.

— Voulez-vous entrer ? Boire un verre d'eau, ou du thé ?

— Il y a du café dans la voiture, madame.

Du café ? Voilà ce dont elle avait besoin. Une bonne dose de caféine. Elle remercia le chauffeur et promit de se dépêcher.

Elle courut à la chambre de Max et lui secoua doucement l'épaule, puis elle déposa un baiser sur son front. Quand il ouvrit des yeux encore ensommeillés, son cœur fondit.

— Il est l'heure de se lever, Max. Nous sommes en retard. Tu peux t'habiller tout de suite ?

— Oui, maman.

Elle alla rapidement se préparer. En enfilant un jean et un chemisier noir, elle remarqua que ses vêtements flottaient un peu. « On dirait que tu n'as pas mangé depuis une semaine », avait dit Dimitrios. Pour ne pas prêter le flanc à cette critique, elle ressortit les pans du chemisier qui retomba par-dessus sa ceinture, et mit un gros collier qu'elle avait acheté dans une friperie.

Le résultat lui parut satisfaisant.

Elle noua sa chevelure en chignon sur le sommet de son crâne, donna un toast à Max, et ils furent prêts.

Mais seraient-ils vraiment « prêts » un jour ? se demanda-t-elle quand, sur le seuil de la maison, un crépitement de flashs les accueillit, accompagné d'une rafale de questions. Cette fois, elles s'adressaient à Max. Un enfant de six ans ! Ces gens étaient fous. Annie les foudroya du regard et se pencha vers Max pour lui murmurer :

— Ne leur réponds pas, mon cœur. Va vers la voiture, c'est tout.

Henderson les escorta vers le SUV en faisant rempart de son corps et les dissimula autant que possible aux photographes tandis qu'ils grimpaient dans le véhicule. La portière refermée sur eux, ils se retrouvèrent protégés par les vitres teintées.

— C'était bizarre, dit Max en fronçant les sourcils.

Elle éclata de rire.

— Oui, c'est le bon mot !

Elle continua de rire, parce que ça faisait du bien, et parce qu'elle était fière de la capacité de résilience de son fils, de son calme. Elle pressa affectueusement sa petite main dans la sienne.

— Regarde maman, dit-il quand la voiture se mit à rouler. Il y a encore des boissons.

— On dirait même qu'il y a du chocolat chaud pour toi.

Et du café pour elle. Quel bonheur !

Max but une gorgée et son sourire de contentement réchauffa le cœur d'Annie. Tandis qu'il mangeait son toast et buvait son chocolat, il avait clairement l'impression d'être quelqu'un de spécial. Une fois qu'ils furent arrivés devant l'école, Annie le conduisit à l'intérieur, comme d'habitude. Pourtant, depuis la veille, plus rien n'était normal. Les parents – même ceux dont elle était assez proche – la regardaient bizarrement, comme l'instituteur de Max.

Elle n'avait jamais été très expansive ; elle n'eut pas besoin de changer d'attitude. Elle s'accroupit devant Max et, d'une caresse, écarta les mèches sombres qui retombaient sur le front du petit garçon.

— C'est probablement mieux que tu ne parles pas de tous les changements qui sont arrivés depuis hier. Tu auras tout le temps d'expliquer la situation à tes copains, mais pour l'instant, je pense qu'il vaut mieux laisser les choses se tasser.

— OK, répondit-il. De toute façon, je ne sais pas ce que je pourrais raconter.

Son cœur de mère saigna devant cet aveu de vulnérabilité.

— Effectivement, dit-elle d'une voix rassurante. Mais tu sais que tu peux me poser toutes les questions que tu veux, n'est-ce pas ?

— Je sais.

À son départ de l'école, peu désireuse d'engager la conversation avec quiconque, elle garda les yeux obstinément baissés. Henderson, les bras croisés, attendait près de la voiture.

Une fois installée et la ceinture bouclée, elle laissa sa tête retomber sur le dossier en cuir et ferma les yeux. Un petit moment plus tard, elle prit conscience qu'ils n'allaient pas dans la bonne direction.

— Où allons-nous ? demanda-t-elle en se penchant vers le chauffeur.

— M. Papandreo m'a demandé de vous conduire à lui.

La conduire à lui ? Était-elle donc l'une des nombreuses possessions de Dimitrios ?

— J'aurais apprécié qu'il m'en informe d'abord, dit-elle.

Elle pensait avoir parlé à voix basse mais le sourire de Henderson dans le rétroviseur lui indiqua qu'il avait entendu son commentaire. Tant pis ! Dimitrios n'avait qu'à ne pas se montrer aussi... despotique.

À cette heure matinale, le trafic était dense et le SUV roulait à vitesse modérée entre les gratte-ciel qui projetaient leur ombre sur le quartier des affaires. Peu familière de cette partie de la ville, elle avait du mal à s'y orienter. Finalement, la voiture s'immobilisa. La portière s'ouvrit et Annie descendit, happée par l'ambiance de ruche de la grande ville.

— Par ici, madame.

— Henderson, si vous êtes amené à me véhiculer plus souvent, seriez-vous d'accord pour m'appeler Annie ? Ça fait un peu vieux jeu de m'appeler « madame » alors que vous avez l'air d'avoir mon âge.

— Cela vous met mal à l'aise ?

— Honnêtement ? Oui.

Sa franchise lui arracha un petit rire.

— Parfait, mademoiselle Hargreaves.

— Non, simplement « Annie ». Je vous en supplie.

— Parfait, Annie. Puisque vous insistez...

C'était une petite victoire, mais celle-ci lui insuffla la conviction qu'elle parviendrait à rester elle-même malgré les bouleversements qu'allait subir son univers.

— Merci, dit-elle. Maintenant, où est Dimitrios ?

D'un mouvement de tête, Henderson désigna une grande porte en verre noir portant en lettres élégantes le nom d'une marque mondialement célèbre, synonyme de luxe. Jamais elle n'aurait songé à entrer dans cet endroit.

La gorge nouée par une inquiétude sourde, elle s'avança. Henderson appuya sur la sonnette. Quelques secondes plus tard, les portes s'ouvrirent sur de larges dalles de marbre et un plafond vertigineux aux lustres scintillants. Une armée d'une dizaine de personnes, visiblement des vendeurs, l'attendaient. Et à côté d'eux se tenait Dimitrios, vêtu d'un de ses élégants costumes sur mesure, les souliers brillants, sa chevelure noire coiffée en arrière. L'intensité du regard qu'il fixa aussitôt sur elle lui fit monter le rouge aux joues.

— Annabelle !

Il s'avança vers elle et l'attira dans ses bras. Ses yeux luirent brièvement en guise d'avertissement, puis, avant qu'elle puisse reculer, il s'inclina et l'embrassa sur la bouche.

Elle avait beau savoir cette démonstration passionnée uniquement destinée à donner le change aux employés de la boutique, une vague de désir prit naissance au creux de son ventre et se propagea dans ses veines comme de la lave en fusion. Instinctivement, elle enroula un bras autour de la nuque masculine, glissa les doigts dans la chevelure sombre et épaisse pour l'empêcher de s'écarter. Seigneur ! Il embrassait divinement ! Leurs langues se mêlèrent en une joute sensuelle, ravivant une foule de souvenirs érotiques.

Un signal d'alarme retentit dans son cerveau, lui ordonnant de s'arracher immédiatement à ce baiser. Mais son corps avait pris le contrôle, et son corps désirait Dimitrios avec une force presque insupportable.

Quand il s'écarta finalement, il darda un regard indéchiffrable sur elle. À la nuance plus sombre de ses yeux, elle devina que leur baiser l'avait autant troublé qu'elle. Il murmura de façon à être entendu d'elle seule :

— Tout le monde pense que nous sommes amoureux. Ne l'oublie pas, *agape*, et joue le jeu.

C'était le seau d'eau glacée dont elle avait besoin pour reprendre ses esprits et couper court aux idées folles qui l'avaient traversée un bref instant. Elle plaqua un sourire radieux sur son visage.

— Bien sûr, chéri, répondit-elle sur le même ton.

— Merci de m'avoir rejoint ici.

Il avait pris sa main et entrelaça ses doigts aux siens.

— Avais-je le choix ? chuchota-t-elle sans se départir de son regard enamouré.

— Pas vraiment, reconnut-il sans la moindre honte.

À cet instant, un homme se détacha du groupe qui s'était pudiquement détourné et s'adressa à Annie.

— Madame, c'est un plaisir de vous accueillir. Je m'appelle Gustav et je suis le manager de la boutique. M. Papandreo m'a demandé de vous aider à faire votre choix parmi les choses que nous pouvons vous proposer.

Annie parcourut la boutique luxueuse du regard. Un sentiment d'inadéquation s'insinua en elle.

— Honnêtement, je ne sais pas en quoi vous pourriez m'aider, dit-elle. Je ne fais pas mon shopping dans des magasins comme celui-ci.

— Quel dommage pour nous ! répondit gracieusement le manager, avant de s'adresser à ses troupes : Au travail !

Les employés se dispersèrent parmi les portants chargés de vêtements et seul le manager resta auprès d'eux.

— Que diriez-vous d'une coupe de champagne et d'un croissant aux amandes ?

Sur le point de rétorquer qu'il était à peine 9 heures du matin, elle se ravisa. Les bulles atténueraient sans doute sa nervosité.

— Quelques gorgés, alors, répondit-elle.

— Parfait. Et pour vous, monsieur ?

— Un café.

Quand le manager disparut, elle en profita pour faire part d'un soupçon à Dimitrios :

— Où sont les autres clients ? Ne me dis pas que tu as privatisé le magasin pour toi tout seul.

— Pour *toi*, répondit-il.

Elle poussa un soupir excédé.

— Dimitrios, pourquoi fais-tu ça ?

Il tendit la main et effleura le col de son chemisier d'un geste négligent.

— Parce que tu as besoin de vêtements neufs. Et parce que je peux me le permettre. Tu vas être ma femme et tu ne peux pas t'habiller n'importe comment.

— Mais ceci est… extravagant. Je n'ai pas besoin de…

Pour appuyer ses dires, elle désigna le premier vêtement qui lui tomba sous la main. C'était une blouse rose pâle, en soie, avec des boutons de perles. Quand elle vit le prix sur l'étiquette, elle faillit tomber à la renverse.

— C'est ridicule, Dimitrios ! Qui paye une somme pareille pour un simple chemisier ?

Il lui prit la main et l'attira contre lui. Ce n'était que de la poudre aux yeux destinée à accréditer leur histoire d'amour, pourtant son pouls s'accéléra.

— Ne t'occupe pas du prix. Achète tout ce qui te fait envie.

— Mais je ne veux rien. Je sais, mes vêtements ne sont pas très glamour, mais ils sont parfaits pour *moi*. Ils correspondent à mon style de vie et à qui je suis.

— La semaine dernière, j'ai reçu le président des États-Unis à dîner, répondit Dimitrios comme s'il énonçait une banalité. J'invite régulièrement des hôtes de marque. Dis-moi, Annabelle, as-tu dans ton placard une tenue que tu pourrais porter pour un dîner avec le président ?

Elle était impressionnée, mais elle fit de son mieux pour le cacher. Elle refusait de se laisser manipuler, ou d'oublier qui elle était.

— Si je devais dîner avec le président des États-Unis, je mettrais une robe propre, j'afficherais mon plus beau sourire et je lui demanderais comment se passe son séjour à Singapour, comment se porte sa famille. Ce n'est pas plus compliqué que ça.

Sa repartie lui valut une moue admirative de son compagnon, qui ne changea pas d'avis pour autant.

— Je ne te demande pas de virevolter dans la maison en robe de bal, dit-il d'une voix douce mais ferme. Essaie quelques vêtements... Vois ce qui te plaît. Si à la fin de la matinée tu n'as rien trouvé à ton goût, alors OK.

Gustav revint avec une coupe de champagne remplie à ras bord.

— Madame, dit-il en lui présentant le plateau d'argent.

— Je vous en prie, appelez-moi Annie, répondit-elle en prenant la coupe.

— Oui, Annie, dit le manager avant de se tourner vers Dimitrios.

Celui-ci prit la tasse de café et remercia d'un hochement de tête. Il n'avait pas quitté Annie des yeux. Elle envisagea un instant de persister dans son refus. Puis elle réalisa qu'il était vain de lutter contre Dimitrios quand il avait une idée dans la tête. Surmontant son malaise, elle laissa les vendeuses s'occuper d'elle.

Elle dut reconnaître que celles-ci étaient des professionnelles hors pair. Le premier vêtement qu'elles lui firent essayer était une magnifique robe jaune citron en lin. Alors qu'elle s'attendait à avoir l'air déguisée, elle découvrit, en contemplant son reflet dans le miroir, qu'elle avait l'air... l'air d'elle-même, quelques années auparavant. Non pas qu'elle ait jamais possédé une robe aussi élégante, mais le vêtement faisait ressortir la fraîcheur de son teint, lui rappelant qu'elle n'avait en fait que vingt-cinq ans. Troublée, elle but une gorgée de champagne sans quitter le miroir du regard.

Ensuite, elle essaya un pantalon blanc tout aussi flatteur. Une robe noire à pois blancs suivit, puis une chemise de soie et une jupe en jean qui mettait ses jambes bronzées en valeur. Une heure passa ainsi dans un foisonnement d'étoffes. Quand elle émergea finalement du salon d'essayage – vêtue de ses vêtements personnels –, sa coupe de champagne était vide et sa résolution avait indéniablement faibli.

— Laisse-moi deviner, dit Dimitrios quand elle l'eut rejoint. Tu as tout aimé, c'est ça ?

C'était vrai, mais acheter toutes les merveilles qu'elle avait essayées lui paraissait toujours aussi absurde.

— J'ai particulièrement adoré la robe jaune, avoua-t-elle. Elle est magnifique.

Elle crut apercevoir une lueur de surprise dans le regard de son compagnon, mais ce fut très fugace.

— Alors porte-la, dit-il. Elle convient tout à fait à notre prochain rendez-vous.

— Quel prochain rendez-vous ?

Malgré la générosité dont il faisait preuve, ses manières autoritaires la heurtaient.

— Dans un institut de beauté.

Devançant le refus qu'elle s'apprêtait à lui opposer, il se pencha vers elle et murmura :

— Laisse-toi tenter. Une seule fois. Pour moi.

Elle comprit soudain que les vendeuses et le manager ne perdaient pas une miette de leur conversation et se mit au diapason de son « fiancé ».

— Pour toi, mon chéri, je ferais n'importe quoi, dit-elle d'une voix câline.

Il s'inclina davantage, jusqu'à ce que son front touche le sien. La lueur de défi qui brillait dans ses prunelles ardentes la fit chavirer.

— Attention, Annabelle, murmura-t-il. Je pourrais te le rappeler plus tard.

5

Une fois sa réticence initiale surmontée, Annie prit goût à se laisser dorloter. Elle avait pleinement savouré l'expérience à l'institut de beauté. Après la séance de massage, la manucure et la pédicure, elle avait fini par un rendez-vous chez un des coiffeurs les plus réputés de la ville. Un balayage réchauffait à présent son blond naturel. Ces changements étaient très subtils, mais avec sa robe neuve et sa coupe de cheveux, elle se sentait belle et pleine d'assurance. Elle éprouvait même de la reconnaissance pour Dimitrios qui avait permis cette métamorphose.

Son enthousiasme et sa gratitude retombèrent cependant d'un cran lorsque Henderson dépassa la sortie d'autoroute menant à sa banlieue.

— Ce sont les instructions du boss, l'informa-t-il quand elle lui demanda où ils allaient.

— Mais... Et Max ?

— Un de mes collègues ira le chercher à l'école.

À quoi bon accabler le chauffeur qui exécutait les ordres ? Préférant réserver ses récriminations pour Dimitrios, elle s'enferma dans un silence boudeur jusqu'à leur arrivée à destination. La voiture entra dans le garage souterrain qui portait une grande plaque « Papandreo Towers ». Elle ne desserra pas la bouche tandis que Henderson l'accompagnait dans l'ascenseur. Quand, au dernier étage, les portes s'ouvrirent, le chauffeur ne fit pas mine de la suivre.

— Vous ne venez pas ? demanda-t-elle.

— Non, Annie. Bonne soirée.

Curieusement, elle trouvait désormais sa présence rassurante. Comme elle, c'était une personne ordinaire, pas un milliardaire à la tête d'un empire médiatique. Il représentait un lien avec le monde réel.

Contrairement à Dimitrios Papandreo.

Elle pénétra dans l'appartement qui occupait tout le dernier étage de la tour avec l'impression d'être comme un poisson hors de l'eau. « Grandiose », fut le mot qui lui vint à l'esprit.

D'immenses baies vitrées offraient un panorama spectaculaire sur Sydney. Au centre du vaste salon, un élégant escalier de marbre blanc menait à un étage en mezzanine, où devaient se trouver les chambres. Un piano à queue occupait un coin de la pièce. Des œuvres d'art originales ornaient les murs et la cuisine semblait tout droit sortie des pages de papier glacé d'un magazine de décoration.

Et au milieu de tout cela, parfaitement à l'aise dans ce décor spectaculaire, se tenait Dimitrios. Il avait ôté la veste de son costume, sa cravate ; sa chemise aux derniers boutons ouverts révélait son cou hâlé.

Il était beau comme un dieu, tout simplement. Mais ce n'était pas une raison pour lui pardonner ses manières despotiques. Elle était furieuse contre lui, elle ne devait pas l'oublier. Surtout pas. Car si elle n'y mettait pas le holà, il s'imaginerait qu'il pouvait régenter sa vie.

— Pourquoi m'as-tu fait venir ici ? demanda-t-elle sans ambages.

— C'est ici que nous allons vivre jusqu'à notre mariage.

— Je te rappelle que j'ai déjà un appartement.

Il laissa échapper un soupir excédé.

— J'ai tout arrangé. Ton propriétaire s'est montré compréhensif, au vu des circonstances.

— Tu as parlé avec mon propriétaire ? fit-elle, abasourdie. De quoi te mêles-tu ? C'est *mon* propriétaire. *Mon* bail. *Mon* appartement.

Il s'avança d'un pas.

— *Mon* fils. *Ma* fiancée. *Ma* responsabilité.

Sa responsabilité. Ce rappel à la réalité fut salutaire. Elle s'aperçut que, l'espace d'une journée, elle s'était imaginé qu'il faisait tout pour qu'elle se sente plus à l'aise dans sa nouvelle vie. Toutefois, elle n'allait pas jusqu'à croire qu'il éprouvait des sentiments pour elle, au-delà de l'affection pour la petite sœur de son ami décédé. Il se sentait moralement responsable d'elle, parce qu'il l'avait abandonnée, livrée à elle-même avec son enfant, pendant sept ans. Il oubliait au passage qu'elle avait sa part de responsabilité dans sa séparation avec son fils.

Un sentiment de culpabilité lui ôta tout esprit combatif.

— D'accord, dit-elle. C'est bon, nous vivrons ici.

— Je m'attendais à plus de résistance, dit-il, visiblement surpris.

— Moi aussi, avoua-t-elle.

— Tes affaires ont été rangées dans ma chambre, à l'étage. La chambre de Max est au bout du couloir. À Singapour, nous aurons beaucoup plus d'espace.

L'absurdité de la remarque la fit éclater de rire.

— Plus d'espace qu'ici ? Comment est-ce possible ? Cet endroit ressemble déjà à un palais !

— Tout est relatif.

Sa belle assurance disparut et elle se sentit de nouveau empotée, déplacée. Afin de se donner une contenance, elle se dirigea vers l'espace dédié à la cuisine, où elle prit la bouilloire sur une étagère pour la remplir d'eau. Faisait-elle ces gestes banals dans l'espoir de s'approprier ce lieu nouveau ? Sans doute.

— Qui est allé chercher Max à l'école ? demanda-t-elle.

— Mon chauffeur et une nurse.

— Une nurse ? Pour quoi faire ?

— Ne me regarde pas comme si j'avais l'intention de te remplacer dans la vie de Max ! Vous allez être confrontés à des changements considérables. Francesca vous aidera à vous adapter.

Le sifflement de la bouilloire amena une interruption bienvenue dans la conversation. Tout allait si vite depuis que Dimitrios avait réapparu dans sa vie. Elle aurait besoin d'être soutenue pendant la période de transition, elle devait le reconnaître.

— Veux-tu une tasse de thé ? demanda-t-elle.

— Je vais me préparer du café.

Pendant un moment, ils s'absorbèrent dans l'accomplissement de tâches domestiques. Comme s'ils vivaient ensemble depuis des années et que ces gestes faisaient partie de leur routine quotidienne.

Quand son thé fut infusé, elle s'appuya contre le plan de travail. Dimitrios resta debout en face d'elle. Sa tasse de café à la main, il la dévisageait.

— La date du mariage a été fixée ? demanda-t-elle pour rompre le silence qui lui mettait les nerfs en pelote.

— Il aura lieu vendredi. Zach sera là. Je sais que tu n'es pas proche de tes parents, mais je suppose que tu voudras les inviter.

La gorge d'Annie se serra.

— Mes parents ? Ils sont à Perth, et nous ici... Je préfère une cérémonie la plus intime et la plus brève possible.

— Un peu comme on arracherait un sparadrap, c'est ça ? demanda-t-il, une lueur amusée au fond des yeux.

— Exactement.

— L'idée de m'épouser te rebute-t-elle à ce point ?

Elle scrutait son visage viril, son cœur battait sourdement dans sa poitrine. Comment expliquer ses réserves sans lui avouer qu'il la troublait terriblement ?

— Disons que tout ceci est très soudain.

— Pour moi aussi, dit-il. Pourtant, ça ne me perturbe pas particulièrement.

Il avait reposé sa tasse de café et franchi la faible distance qui les séparait. Quand il posa les mains sur le comptoir, elle se retrouva prisonnière de ses bras. Les battements de son cœur s'accélérèrent tandis que le souvenir de leur baiser vint la hanter. Malgré elle, son regard fut attiré par sa bouche masculine et ses lèvres s'entrouvrirent imperceptiblement.

— Je sais si peu de choses sur toi, dit-elle.

— Et le peu que tu sais te déplaît... c'est ça ?

Une vague de chaleur s'insinua dans ses veines. Elle aurait voulu que ce soit vrai. Mais la colère qu'elle éprouvait pour lui paraissait un souvenir lointain, à présent. Et quand il était près d'elle, comme en cet instant, il lui semblait qu'ils étaient intimes depuis toujours. Quoi d'étonnant, quand l'unique nuit qu'ils avaient passée ensemble était toujours gravée dans son esprit et dans son corps.

— Tu apprendras à me connaître, dit-il.

— Et à t'apprécier ?

— Cela rendrait notre mariage plus agréable.

Peut-être... Ou peut-être pas. Pour elle, cependant, la difficulté résidait plutôt dans le fait qu'elle l'appréciait trop. Elle devait sans cesse prendre du recul et oublier les sentiments qu'elle avait éprouvés pour lui. C'était le seul moyen de laisser une chance de réussite à ce mariage qu'elle n'avait accepté que dans l'intérêt de Max. Mais les réactions physiques que Dimitrios déclenchait toujours en elle ne l'aidaient pas beaucoup.

— Pour en revenir au mariage... Il aura lieu vendredi, c'est ça ?

Elle avait espéré qu'en réorientant la conversation vers ce sujet, Dimitrios la libérerait, mais il la maintenait toujours prisonnière dans la cage de ses bras.

— Oui, dans la matinée. Nous nous envolerons pour Singapour après le déjeuner.

— Si tôt ?

— Pourquoi attendre ? À moins que tu veuilles sacrifier à la tradition de la lune de miel ?

Certainement pas ! L'idée de « lune de miel » éveillait exactement le genre d'images qu'elle cherchait à étouffer. Elle secoua la tête. Le sourire moqueur de Dimitrios accrut son embarras.

— Aurais-tu peur de moi, Annabelle ?

Du bout des doigts, il attrapa son menton et il l'obligea, tout en douceur, à soutenir son regard, comme s'il voulait lire la vérité dans ses yeux.

— Pas du tout.

Il était si proche que son souffle tiède effleura son visage quand il parla, et la fit frémir.

— C'est curieux, quand je t'ai embrassée, ce matin, j'ai eu l'impression que le temps s'était arrêté et que rien n'avait changé.

C'était exactement ce qu'elle-même avait ressenti !

— Nous avons joué un rôle, c'est tout.

— Non, c'était plus que cela. N'essaie pas de me faire croire que tu n'as pas ressenti la même chose. Comme tu le faisais remarquer, nous nous connaissons à peine. Mais nos corps sont à l'unisson, et ce n'est pas rien. À mon avis, c'est un bon début pour un mariage.

— Je n'ai pas l'intention d'éprouver quoi que ce soit pour toi, dit-elle posément.

— Pourquoi ?

Il effleurait de son pouce la lèvre inférieure d'Annie et ce simple contact attisait son désir.

— Parce que, répondit-elle.

Un petit sourire – amusé ou cynique, elle n'aurait su le dire – étira ses sublimes lèvres viriles.

— Tu es toujours fâchée contre moi à cause de ce que je t'ai dit il y a sept ans ?

— Je ne suis plus en colère. Mais j'ai retenu la leçon.

— Quelle leçon ?

— À jouer avec le feu, on se brûle inévitablement.

— C'est moi, le feu ?

— Pour moi, tu l'étais, oui.

— Et je t'ai brûlée ?

À chaque parole qu'il prononçait, il s'inclinait un peu plus et ses lèvres n'étaient plus à présent qu'à quelques millimètres des siennes. Elle avait un mal croissant à aligner deux pensées cohérentes.

— Tu m'as ouvert les yeux, et tu m'as appris à ne pas tout prendre pour argent comptant. Je pensais que tu attendais plus de moi que… le sexe. Mais tu n'avais pas envie de *moi*. N'importe quelle femme aurait fait l'affaire.

En guise de réponse, il se plaqua contre elle et elle sentit son érection contre son ventre. Happée par la vague de sensualité qui les enveloppait, elle dit la première chose qui lui vint à l'esprit pour rompre le charme.

— Et tu avais une petite amie.

— Non. J'ai dit ça pour être sûr que tu recevrais le message. Nous n'avions pas d'avenir ensemble. À l'époque, j'étais persuadé qu'en agissant ainsi je te protégeais.

— Tu m'as menti ? demanda-t-elle, abasourdie.

L'expression de Dimitrios était indéchiffrable.

— Et ce mensonge m'a coûté cher. Si je ne t'avais pas fait croire que j'avais une petite amie, tu aurais peut-être essayé de me revoir pour m'annoncer que tu étais enceinte.

Elle s'agrippa à sa chemise pour ne pas vaciller sous le choc de cette révélation. Elle voulut d'abord le repousser, mais la chaleur qui émanait de lui l'envahit et lui communiqua sa force.

— J'ai essayé de te prévenir, avoua-t-elle.

« J'ai essayé de te prévenir. » Était-ce une excuse qu'elle inventait pour se dédouaner ? Pour se justifier de lui avoir caché l'existence de son fils ?

— Quand j'ai découvert que j'étais enceinte, je suis venue te voir, mais... je t'ai trouvé au milieu de tes amis... Il y avait une femme, ta petite amie... Et je n'ai pas pu. J'ai pris conscience que tu étais tellement différent de moi. Tu semblais vivre dans un univers à des années-lumière du mien, et de mon milieu. J'étais effrayée, embarrassée et je redoutais ta réaction.

— Où était-ce ? demanda-t-il, la gorge nouée.

— Dans un bar. J'avais vu dans un journal que tu serais à l'inauguration parce que tu avais investi dedans.

Il s'en souvenait parfaitement. C'était un endroit sur Circular Quay.

— Je regrette de ne pas te l'avoir dit à ce moment-là.

Sa sincérité toucha une corde sensible en lui. Le peu de rancœur qu'il ressentait encore pour elle se dissipa complètement.

— Tu étais très jeune, dit-il.

— C'est ce que tu m'avais reproché, en effet.

Il avait eu tort de se montrer aussi dur avec elle, il le reconnaissait à présent. Mais un puissant sentiment de culpabilité avait brouillé son jugement. Il s'en voulait terriblement d'avoir couché avec la jeune sœur de Lewis. Ce ne serait jamais arrivé si son ami avait vécu. Lewis l'aurait tué. Il adorait « Annie », comme il l'appelait ; il parlait souvent d'elle. Dimitrios savait que la jeune fille s'était entichée de lui, et n'avait jamais eu l'intention de l'encourager. Alors pourquoi diable était-il allé chez elle, ce soir-là ? Pourquoi l'avait-il attirée dans ses bras dès le pas de la porte et pourquoi l'avait-il embrassée jusqu'à effacer de son esprit toute pensée de Lewis, de mort et de tristesse ?

— Quand je t'ai vu avec cette femme, ça m'a... blessée. Je sais que je n'avais aucun droit sur toi, mais... j'étais jalouse.

Sans doute embarrassée par cet aveu, elle avait baissé les yeux. Il prit son visage entre ses mains et lui fit relever la tête.

— J'étais ton premier amant, dit-il. C'est normal que tu aies ressenti quelque chose quand tu m'as vu avec une autre, si peu de temps après cette nuit.

Les lèvres d'Annabelle frémirent, comme si elle se retenait de pleurer.

— J'ai d'abord pensé que l'arrivée d'un enfant ruinerait ta vie. Puis j'ai eu peur que tu me l'enlèves. J'étais seule, sans personne pour me conseiller. Plus le temps passait, plus j'étais convaincue que j'avais pris la bonne décision. Jusqu'au jour où Max est né... Il te ressemblait tellement, Dimitrios. Tout bébé, il avait déjà les mêmes yeux que toi.

La voix d'Annabelle était voilée par l'émotion.

— J'ai voulu te l'annoncer à ce moment-là. J'ai même décroché le téléphone... Puis je me suis souvenue de tes paroles. Je n'ai pas voulu garder le secret pour te punir, ne crois pas cela. Mais je pensais que tu me haïssais. Et si tu haïssais aussi notre bébé ? Ou si tu me haïssais encore davantage pour l'avoir gardé ? La seule solution qui me restait était de ne pas t'en parler et de l'élever toute seule.

Une larme glissait le long de la joue d'Annabelle.

— Je suis tellement désolée de ce que je t'ai fait... De ce que je vous ai fait à tous les deux.

— Ne sois pas désolée, dit-il d'une voix émue. Tu ne me dois aucune excuse. Je t'en ai voulu quand je l'ai découvert, mais comment pourrais-je t'en vouloir maintenant que je sais ce que tu as traversé ?

Poussé par le besoin de la réconforter, il effleura ses lèvres humides d'un baiser.

— C'est moi qui suis à blâmer, dit-il. J'ai eu tort de venir chez toi ce soir-là, tort de te repousser aussi brutalement, même si c'était pour ton bien. J'ai eu tort de ne pas reprendre contact avec toi ensuite.

Tout en parlant, il cueillit de nouveau le visage d'Annabelle entre ses mains et l'attira à lui.

— Je suis désolé, murmura-t-il contre ses lèvres.

Elle laissa échapper un sanglot, qu'il étouffa sous un baiser. D'abord doux et langoureux, comme s'il lui présentait ainsi ses excuses. Mais quand elle entrouvrit les lèvres, quelque chose au plus profond de lui s'éveilla et, presque malgré lui, il approfondit son baiser. Il la souleva pour l'asseoir sur le plan de travail puis, cédant à l'envie qui le taraudait depuis l'instant où il l'avait revue, il caressa la courbe si féminine de ses hanches ; ensuite il laissa ses mains glisser vers ses fesses, dont il savoura la rondeur exquise. Il n'avait pas rêvé l'étincelle qui avait jailli entre eux ce matin dans la boutique et qui, à présent, s'était muée en un brasier sensuel !

Annabelle n'était pas en reste. Sans cesser de l'embrasser, elle entreprit de défaire les boutons de sa chemise, dont elle repoussa fébrilement les pans. Un frisson délicieux le parcourut quand elle posa les mains sur sa taille, puis qu'elle caressa son ventre, ses pectoraux, avant de glisser voluptueusement les doigts dans la toison qui recouvrait sa poitrine.

Comme sept ans auparavant, la force du désir qu'elle éveillait en lui le désarçonna, mais pas plus qu'alors il ne songea à lui résister. Il la souleva et enroula ses jambes fuselées autour de sa taille et, sans interrompre leur baiser, il quitta la cuisine pour l'emmener dans l'intimité de son bureau.

Là, il se dirigea vers le vaste sofa blanc, où, la tenant toujours enlacée, il se laissa tomber avec elle. En proie à une fièvre sensuelle, il retroussa sa robe d'une main tremblante. Quand il la lui eut ôtée complètement, il s'écarta pour la contempler.

Il avait besoin de redécouvrir ce corps qu'il n'avait pas été en état d'apprécier complètement le soir où ils avaient fait l'amour. Il en gardait suffisamment le souvenir pour déceler de légers changements. Ses seins étaient plus ronds, par exemple. Et ses hanches avaient pris une plénitude toute féminine. Il posa une main possessive sur chaque globe voluptueux et il se remit à l'embrasser, tout en taquinant les bourgeons hypersensibles qui durcirent sous ses doigts. Il eut la satisfaction de l'entendre gémir sous ses caresses.

Lui-même n'en menait pas large quand elle glissa les mains sous la ceinture de son pantalon pour planter les ongles dans la chair de ses fesses et l'attirer à elle.

— Trop de vêtements, dit-elle, le souffle court.

— Beaucoup trop, fit-il avec un rire rauque, égayé par l'appétit sans fard qu'elle avait de lui.

D'un bond, il se leva et entreprit de se déshabiller. Puis il l'aida à se débarrasser de ses sous-vêtements. Quand elle fut nue, il la contempla avidement. Elle était sublime et il eut l'intuition qu'il ne se lasserait jamais de regarder ses seins fermes et pleins, les délicieux boutons roses de leurs aréoles. Il la découvrait aujourd'hui dans toute la splendeur de sa féminité et il aspirait plus que tout au monde à la faire sienne.

Pour la seconde fois de son existence, il était sur le point de se laisser contrôler par un désir irrésistible. Et cette fois encore, c'était Annabelle qui avait cet effet sur lui.

Elle lui avait rappelé les mots terribles qu'il avait prononcés et qu'elle n'avait apparemment pas oubliés. « N'importe quelle femme aurait fait l'affaire. » Il comprenait à présent que c'était faux. C'était Annabelle qu'il voulait, cette nuit-là. Tout comme il la voulait maintenant. Pourquoi avait-elle ce pouvoir sur lui ?

Il n'en savait rien, mais c'était un fait. Cela ne le dégageait toutefois pas de ses responsabilités envers elle. Bien au contraire.

Au prix d'un effort surhumain, il s'écarta.

— Annabelle, je pense que nous ferions mieux d'attendre d'être mariés.

— Tu te moques de moi ! Quelle différence ça fera ?

Visiblement frustrée et déçue, elle se leva.

Il se redressa à son tour et la rejoignit. Mais avant qu'il puisse s'approcher, elle lui signifia d'un geste de ne pas faire un pas de plus.

— Non, dit-elle. Ne me touche pas. Explique-moi plutôt pourquoi tu ne veux pas coucher avec moi.

Les circonstances ne prêtaient pas à sourire, mais il eut une moue ironique.

— J'ai l'air de ne pas avoir envie de toi ? dit-il en désignant son érection.

Elle baissa les yeux vers son sexe gonflé de désir et rougit. Son trouble fit monter d'un cran l'excitation de Dimitrios. Mais il ne dévia pas de sa résolution.

— Annabelle... Il y a sept ans, je me suis comporté comme un parfait égoïste et, à cause de moi, ta vie a été bouleversée. Si nous faisons l'amour maintenant, tu risques de le regretter et tu me reprocheras d'avoir profité de toi.

— Mais... c'est toi qui disais que tu voulais un vrai mariage.

— Et c'est vrai, dit-il en se frottant nerveusement la mâchoire. Je veux que nous trouvions un terrain d'entente et le fait que l'alchimie entre nous fonctionne toujours aussi bien me semble un signe encourageant. Mais toute cette situation t'a perturbée et je ne vais pas profiter de ce qui n'est peut-être qu'un moment d'égarement.

Sans tenir compte de la main qu'elle levait pour protester, il s'approcha et entrelaça leurs doigts.

— Je te veux, Annabelle. Il n'y a pas de mots pour exprimer à quel point j'ai envie de toi, alors crois-moi quand je te dis qu'il a fallu toute la force de ma volonté pour m'éloigner de toi. J'ai fait aujourd'hui ce que je n'ai pas réussi à faire il y a sept ans.

— Tu le regrettes donc tant que ça ? demanda-t-elle avec une expression meurtrie qui prouvait qu'elle avait mal interprété ses paroles.

— Oui, dit-il. Mais pas pour les raisons que tu crois. Cette nuit-là a été fantastique, et j'avais envie de toi. Mais j'aurais dû comprendre que nous étions mal assortis. Tu étais tellement belle, mais aussi tellement innocente. Si inexpérimentée et si naïve. Pour moi, cette nuit-là ne représente que du sexe. Alors que pour toi... Qu'était-ce ? De l'amour ?

Elle tressaillit, et il eut mal pour elle.

— Ça n'a aucune importance aujourd'hui.

— Détrompe-toi. Si nous comptons de nouveau faire l'amour ensemble, nous devons d'abord fixer des limites claires. Je ne te ferai plus souffrir, Annabelle. J'ai regretté ce que je t'ai fait pendant sept ans.

Pourquoi le regardait-elle comme s'il était le dernier des salauds ? Ne voyait-elle pas le sacrifice qu'il faisait ? Tout son corps hurlait de désir pour elle, ne le comprenait-elle donc pas ?

— Il y a sept ans, je pensais que tu te souciais de moi, dit-elle. J'étais stupide et naïve, comme tu viens de le dire.

— Je me souciais vraiment de toi, Annabelle. C'est justement pour cette raison que je t'ai repoussée. Je ne voulais pas que tu perdes ton temps à fantasmer sur moi.

— Ne t'inquiète pas pour ça. Ce n'est pas sur toi que je fantasmais, mais sur un personnage imaginaire que j'avais créé et qui n'était pas toi. Je me faisais des films à ton sujet, comme une adolescente stupide. Mais c'est fini maintenant.

Cette affirmation, au lieu de le rassurer, le contraria. Mais c'était sans doute une simple question d'ego.

— J'ai compris que je ne représentais rien de plus qu'une aventure d'un soir pour toi. J'ai pris conscience que mes attentes étaient complètement irréalistes, comparées à ce que tu pouvais m'offrir. Et aujourd'hui, je sais quelles sont les « limites », comme tu dis. Je comprends que le sexe est probablement la seule chose que nous ayons en commun.

— Et tu t'en contenteras ? demanda-t-il d'une voix volontairement dénuée d'émotion.

Elle poussa un soupir. Cette réponse lui suffit. Il revint vers elle et ne put se retenir d'effleurer son bras nu, qui frissonna sous sa caresse.

— Mais je reste convaincu qu'il vaut mieux que nous prenions notre temps, dit-il. Et ne t'inquiète pas, je ne te laisserai pas tomber.

6

Émerveillée malgré elle, Annie fit courir une main sur les rangées de vêtements de marque accrochés aux cintres de l'immense dressing dont la superficie dépassait celle de son appartement. Elle ouvrit au hasard un tiroir sur des sacs à main sublimes, soigneusement rangés.

Tout cela pour elle !

Tout ce qu'elle avait essayé – et aimé – dans la matinée était là. Et bien d'autres choses encore. C'était comme si quelqu'un avait retenu ses remarques les plus anodines pour constituer son vestiaire de rêve. Tout y était, du plus décontracté – jeans et pantalons de yoga – au plus sophistiqué et glamour. Des robes de soie fluides, et même deux robes de soirée, ainsi que des tailleurs-pantalons et des chemisiers à la coupe impeccable.

Toutes les étiquettes de prix avaient disparu, ce qui la fit sourire. Dimitrios avait compris que si elle avait pu estimer la valeur exacte de cette garde-robe fabuleuse, elle l'aurait obligé à tout rapporter à la boutique.

Son premier réflexe fut d'aller le remercier et de le gronder gentiment, mais la passion qui avait explosé entre eux l'empêchait à présent de se comporter de façon spontanée avec lui.

Quand Max était arrivé, elle s'était consacrée à lui, veillant à ce qu'il s'adapte en douceur au changement spectaculaire de sa vie. Heureusement, il avait les pieds sur terre et prenait tout cela avec philosophie. Au lieu de l'intimider, les nouveaux aspects de sa vie éveillaient sa curiosité. L'idée d'avoir une nurse lui paraissait intéressante. Et en découvrant gigantesque sa chambre, il s'était surtout extasié d'y retrouver ses livres et son petit train.

Dimitrios avait commandé des hamburgers pour le dîner, que Max avait mangé avec un bel appétit. L'homme d'affaires ne cachait pas la fierté que lui inspiraient la vitalité et la vivacité de son fils. Annie les avait observés bavarder et plaisanter avec un sentiment de tristesse – à la pensée du temps qu'ils avaient perdu à cause d'elle – et de joie mêlées car, de toute évidence, il n'était pas trop tard pour construire une véritable relation père-fils.

C'était ce qui justifiait tout ce qu'ils faisaient. Et quels que soient les sacrifices que cela impliquait pour Dimitrios et elle, cela en valait la peine.

Quant à leur relation personnelle, peut-être avait-il raison. Peut-être valait-il mieux attendre un peu avant de faire l'amour.

Faire l'amour avec Dimitrios ! Que s'était-il passé pour qu'elle envisage ce qui, la veille encore, lui paraissait impensable ? Aujourd'hui elle devait reconnaître qu'il l'attirait toujours autant. Allait-elle arriver à résister à son magnétisme animal ?

Avait-elle envie de résister ?

Une chose était sûre : elle ne voulait pas souffrir de nouveau. Elle n'était cependant plus aussi naïve ni vulnérable qu'autrefois. Échaudée par la façon dont il l'avait plaquée, elle avait révisé sa conception du sexe. Ce n'était dorénavant pour elle rien de plus qu'un acte purement physique, sans signification. Ils se désiraient toujours, c'était indéniable, mais cela ne voulait pas dire que leurs sentiments entraient en jeu. Il s'agissait de passion à l'état pur. Cela ne les empêcherait pas de développer un respect mutuel et de l'amitié.

Et l'amour ? As-tu oublié les contes de fées et leurs dénouements heureux ? Elle devait s'y résigner : tout cela n'était que des enfantillages ridicules.

Pleine de résolution, elle quitta la chambre pour rejoindre Dimitrios et le remercier pour la garde-robe. Elle eut la surprise de le découvrir dans la chambre de leur fils. L'heure du coucher de Max était dépassée depuis une demi-heure. Dimitrios avait dit qu'il se chargeait de le coucher et, Max n'ayant pas insisté pour que sa mère le borde, elle avait accepté.

Elle ralentit en approchant de la porte. La voix grave de Dimitrios lui parvint comme une caresse et ses bras se couvrirent de chair de poule. Elle résista à l'envie de passer la tête à l'intérieur, par crainte de les interrompre.

— Celle-là, c'est quand j'étais un petit garçon, à peine plus âgé que toi.

— C'est arrivé comment ?

— Avec mon frère – ton oncle Zach –, nous adorions aller à The Rocks, pas loin d'ici. Il y a un vieux pont à côté d'un escalier. On l'escaladait, avant de sauter en prétendant qu'on volait. Mais évidemment, on ne savait pas voler. Je me suis fait cette cicatrice au bras en tombant sur le trottoir. Ma mère n'était pas très contente.

Il y eut un silence et elle essaya d'imaginer l'expression de Max. N'y tenant plus, elle passa la tête à l'intérieur de la chambre. Son cœur s'ouvrit en deux à la vue de Dimitrios assis sur le lit à côté de Max. Le bras gauche de Max était sorti de dessous la couverture ; sans doute sa cicatrice, consécutive à une chute de trottinette quand il avait deux ans, avait-elle provoqué cette conversation.

— C'est ma grand-mère ? Elle habite où ?

— Ici, à Sydney, répondit Dimitrios d'une voix parfaitement neutre.

— Je vais la rencontrer ?

— Oui, au mariage.

— Elle n'habite pas avec toi ?

— Non. Je vis à Singapour, tu te souviens ?

— Ah oui, c'est vrai.

Max s'absorba un instant dans ses pensées.

— Ma maman me manquerait, si elle n'habitait plus dans la même maison que moi, dit-il finalement.

Une sorte de sixième sens dut alerter Dimitrios car, à cet instant précis, il leva la tête et la vit.

— Ne t'inquiète pas pour ça, dit-il. Tu vas être coincé avec ta mère et moi encore pour un bon bout de temps.

Il avait souri en disant ces mots et elle ne put que lui retourner son sourire. Mais aussitôt, l'émotion la submergea. Elle recula dans le couloir pour ne pas éclater en sanglots. La naissance de cette relation père-fils la bouleversait. Jamais elle n'aurait cru assister à un moment aussi beau, aussi magique.

— Maintenant, il est l'heure de dormir, Max. Je n'avais pas réalisé qu'il était si tard.

Une note affectueuse adoucissait l'autorité naturelle de la voix de Dimitrios. Max bâilla.

— OK, Dimitrios, répondit-il sagement.

Le cœur d'Annie se serra. Bientôt, il l'appellerait « papa ».

Puis Dimitrios sortit de la chambre et ils se retrouvèrent face à face. Le sourire indulgent qui irradiait le visage de Dimitrios la fit fondre. Sur un accord tacite, ils s'éloignèrent de la chambre de Max avant de parler.

— Tu sais t'y prendre avec les enfants, dit-elle.

— Plusieurs de mes amis proches ont des enfants. J'ai passé pas mal de temps avec eux. Ça a l'air de te surprendre...

Elle lui adressa un sourire mélancolique.

— J'imaginais sans doute que tu menais la même vie que quand tu avais vingt ans. Les fêtes, les amis, les soirées...

— Je n'ai jamais vraiment été un fêtard, Annabelle. Contrairement à Zach. Généralement, je rentrais étudier ou travailler après le premier verre.

Elle haussa les épaules pour signifier que cela lui importait peu, mais posa une question qui démentait cette indifférence.

— Mais les journaux...

— Oui, je sais... La presse à scandale raffole des jumeaux Papandreo.

— Et apparemment de moi aussi, à présent.

Elle se mordilla nerveusement la lèvre en se rappelant l'article humiliant de la veille.

— C'est pour ça que tu m'as emmenée acheter des vêtements ce matin, n'est-ce pas ? demanda-t-elle en lui posant une main sur l’avant-bras. À cause de cet article qui me décrivait comme insignifiante et mal fagotée ?

La mâchoire de Dimitrios se crispa, il aurait de toute évidence volontiers étranglé l’auteur de l’article.

— J’ignorais que tu l’avais lu, dit-il. Tu n’es pas contrariée ?

— Bof. Ce n’est pas très flatteur, mais je ne me faisais pas d’illusion. Je sais qui je suis et qui tu es. Cet article s’approche sans doute plus de la réalité que l’histoire de notre « folle romance » que tu as laissée filtrer.

— Tu n’es pas mal fagotée.

— C’est vrai. Surtout depuis que tu m’as habillée de pied en cap comme une malheureuse Cendrillon, dit-elle en riant.

Elle se remit en marche, mais ce fut lui qui la retint en posant une main sur son poignet.

— Je n’ai jamais pensé que tu étais mal fagotée. Si j’ai estimé nécessaire de renouveler ta garde-robe, c’est parce que ton manque d’argent faisait de toi une cible facile pour ce type de journaux. Je n’ai pas aimé que tu sois dénigrée comme ça. Je ne veux pas que Max entende des choses pareilles sur sa mère.

Ah… Max. Bien sûr. Quand admettrait-elle que la générosité et la prévenance de Dimitrios étaient dictées par Max ? C’était d’ailleurs naturel. Et bien qu’il n’ait pas fait allusion à Lewis, la promesse faite à son frère entrait aussi en jeu.

Elle sourit, mais le cœur n’y était pas, cette fois.

— En tout cas, je tenais à te remercier. C’est très généreux de ta part.

Il la dévisagea un long moment et son regard indéchiffrable provoqua une vague d’émotions en elle.

— La générosité n’a rien à voir là-dedans. Tu vas être ma femme. Tout ce qui est à moi t’appartient.

— Aussi longtemps que nous resterons mariés, fit-elle du tac au tac sur le ton de la plaisanterie. Mais je vais avoir besoin d’un peu de temps pour m’y habituer, si je m’y habitue un jour. Et quoi qu’il en soit, je te suis reconnaissante de faire ton possible pour que je me sente à l’aise dans ton univers.

Ils étaient revenus dans le salon et il avait ouvert un décanteur.

Il remplit deux verres d'un liquide ambré et lui en tendit un. Les effluves d'une douceur de miel lui chatouillèrent agréablement les narines. Elle balaya la vaste pièce d'un geste de la main.

— Tout ceci… Il y a moins d'une semaine, je refaisais mes comptes dans tous les sens pour voir comment acheter à Max ce qu'il voulait pour Noël. C'est pour ça que les derniers mois ont été difficiles. Il comprend tout et je faisais l'impossible pour qu'il ne se doute pas à quel point notre situation financière était dramatique. Je ne voulais pas qu'il renonce de lui-même à des jouets que ses copains auront pour m'éviter des angoisses. Oh ! il ne demande rien d'extravagant, mais pour moi, même les choses les plus ordinaires sont difficilement abordables. Alors, oui, je vais avoir besoin de temps pour m'habituer à tout ceci.

— Qu'a-t-il demandé pour Noël ?

— Une voiture téléguidée et une locomotive à moteur pour son train électrique ; il veut s'asseoir et le regarder tourner en boucle. Comment dire… ? C'est un gamin qui aime les moteurs.

Les yeux de Dimitrios s'illuminèrent.

— Tu n'as plus besoin de t'inquiéter de ce genre de choses maintenant.

— Mais je ne veux pas qu'il soit outrageusement gâté, dit-elle aussitôt.

— Bien sûr. Moi non plus.

Il but une gorgée de whisky, puis, posant une main dans le creux de son dos, l'invita à passer sur la terrasse. Ce geste n'avait rien de déplacé, mais il raviva les souvenirs encore brûlants de leur « moment d'égarement ». Et le cadre se prêtait aux divagations romantiques. La nuit était magnifique, les étoiles scintillaient dans le ciel au-dessus de Sydney, l'Opéra brillait comme une perle sous le clair de lune.

La situation avait un côté irréel. Pourquoi se comportaient-ils comme si être ensemble était la chose la plus naturelle du monde ? L'aisance dont ils faisaient preuve l'un avec l'autre la surprenait.

— À quoi ressemble Noël chez vous ? demanda Dimitrios.

Ils s'étaient assis sur un banc pour profiter du panorama.

— Nous allons à l'église le matin et, en rentrant, Max ouvre ses cadeaux. J'arrive généralement à économiser suffisamment pour qu'il en ait deux ou trois. Des petites choses. Mes parents envoient aussi un cadeau, mais c'est plutôt quelque chose d'utile, comme des vêtements. Ils savent qu'il grandit à toute vitesse. Puis je prépare un repas de fête pour midi. Des plats que nous ne mangeons pas le reste de l'année. Du saumon, ou de la dinde. Ensuite nous regardons un film en mangeant le pudding. Rien d'extraordinaire, un Noël normal, en quelque sorte.

Elle avait gardé le regard fixé au loin, mais se tourna alors vers son compagnon et lui sourit.

— Je suppose que « normal » est un terme très relatif. Tes Noëls sont sans doute très différents.

Il lui rendit son sourire.

— En fait, Noël est plutôt calme chez nous. Zach déteste cette période depuis toujours, et maman reçoit les enfants de son mari, qui l'adorent. Alors elle ne nous reproche jamais de ne pas venir chez elle pour fêter Noël en famille.

Une pensée frappa Annie comme la foudre. Elle avait toujours considéré que Dimitrios vivait dans une sorte de bulle coupée de tout. L'idée ne lui avait jamais traversé l'esprit que sa décision de cacher l'existence de Max à Dimitrios se répercuterait sur d'autres membres de sa famille. Zach et leur mère auraient peut-être aimé connaître le fils de Dimitrios.

— Ta mère est fâchée contre moi parce que je l'ai privée de son petit-fils ? demanda-t-elle.

— Non.

— Comment est-ce possible ? Après ce que tu as perdu, et ce qu'elle a perdu ?

— Parce que je vais t'épouser, et qu'elle n'est pas du genre à me reprocher mon choix d'épouse.

— Tu veux dire qu'elle a peur de toi ?

— Pas du tout. Elle sait qu'une fois que j'ai pris une décision je m'y tiens, quoi qu'il advienne. À quoi lui servirait-il de vouloir me faire changer d'avis ? Mais pourquoi cette question ? Tu as l'air déçue qu'elle ne t'en veuille pas.

— D'une certaine manière, c'est vrai. Je pense probablement le mériter.

— Pourquoi ? Tu as essayé de me parler de Max. Et tu as fait d'immenses sacrifices pour élever notre fils. J'aurais aimé que les choses aient été différentes entre nous, mais après la façon dont je t'ai traitée, je ne peux m'en prendre qu'à moi-même.

— Tu es tellement compréhensif…

— Je ne suis pas un monstre. Même si je suis conscient que tu as pu penser le contraire.

— Reconnais que tu as été très brutal, ce matin-là.

Il acquiesça d'un hochement de tête.

— Je n'arrive pas à croire que nous allons nous marier dans deux jours, reprit-elle.

— Tu penses toujours que c'est une mauvaise idée ? demanda-t-il.

Sans se laisser démonter par l'intensité de son regard, elle soupesa longuement la question. Elle se rappela l'attitude de Dimitrios avec Max. Les paroles de son fils affirmant qu'il voulait vivre toute la vie avec sa mère, et elle secoua la tête.

— Non, je suis convaincue que nous avons pris la bonne décision, dit-elle. Max en vaut la peine.

— Oui, il en vaut la peine, répondit-il en soutenant son regard.

7

— Tu as l'air nerveuse.

Annabelle leva les yeux vers Dimitrios, puis se détourna pour fixer le paysage qui défilait derrière la vitre de la limousine. La nervosité qui tendait ses traits n'ôtait rien à sa beauté. Depuis le matin, il ne se lassait pas de la regarder. Sa chevelure blonde artistiquement coiffée mettait en valeur l'ovale parfait de son visage. Pour le mariage elle avait porté une robe de dentelle qui épousait ses courbes féminines, mais après le décollage elle s'était démaquillée et changée. Sa nouvelle tenue était certes moins glamour que sa robe de mariée, mais tout aussi seyante. Aucun journaliste malveillant ne s'aviserait de la trouver mal fagotée. Sur sa silhouette mince et merveilleusement proportionnée, un simple débardeur noir en lin et un pantalon de soie assorti avaient une allure incroyable.

— La journée a été assez chargée, dit-elle.

La matinée s'était effectivement déroulée dans un tourbillon. Une brève cérémonie à la mairie, puis le déjeuner avec la famille de Dimitrios et quelques amis très proches susceptibles de plaire à Annabelle, et enfin ils s'étaient envolés pour Singapour à bord de son jet privé.

En posant le pied sur le tarmac de l'aéroport, ils avaient été cernés par l'air nocturne, humide et chaud. Max n'avait pas semblé incommodé mais Annabelle s'était éventée avec un magazine jusqu'à la limousine, où elle avait réglé la climatisation au maximum. Malgré la fraîcheur, Max s'était endormi dès que la voiture avait démarré.

— Tu t'en es très bien sortie, dit-il.

Elle se tourna vivement vers lui, visiblement surprise par son compliment. N'était-elle donc pas consciente qu'elle s'était montrée à la hauteur ? Surmontant son appréhension à l'idée de revoir Zach et de rencontrer sa mère, elle s'était montrée charmante et elle les avait conquis par sa spontanéité et son humour.

Il l'avait observée tout au long de la journée ; rien dans son attitude ne laissait deviner les termes inhabituels de leur mariage. Aux yeux de l'extérieur, ils ressemblaient à un couple d'amoureux ordinaires.

Zach, qui connaissait la position de Dimitrios concernant le mariage, eut la politesse de ne pas s'étonner de ce revirement le jour de la cérémonie.

En effet, Dimitrios avait juré, il y avait bien longtemps, que l'amour ou le mariage n'étaient pas faits pour lui. Il avait vu ce que « l'amour » avait rapporté à leur mère et cet exemple lui avait servi de repoussoir. Avec les années, cependant, le revers de la médaille du célibat lui était apparu. L'absence d'enfants. Mais, parce que cela impliquait de se marier, il avait renoncé à poursuivre sa lignée.

Raison pour laquelle cette union était parfaite à ses yeux. Annabelle était arrivée avec tous les composants d'un mariage qu'il puisse accepter. Elle était intelligente, il la désirait, et elle lui avait déjà donné un fils. Selon toute probabilité, ils auraient d'autres enfants un jour. Oui, il était satisfait de ce dénouement, et cette fois-ci il avait pris soin de ne pas piétiner les sentiments qu'elle pouvait éprouver.

Parfaitement détendu, il étira son bras le long du dossier de la banquette de cuir. Ses doigts n'étaient qu'à quelques millimètres de la peau nue de ses épaules si féminines. Était-elle troublée par sa proximité ? Toujours est-il qu'elle baissa les yeux. Il eut soudain envie de l'embrasser, mais il se ressaisit. Il devait surmonter cette impulsion. Il s'était promis de ne pas profiter de sa vulnérabilité. Il lui laisserait le temps de s'habituer à sa nouvelle vie.

— C'est vrai que je suis nerveuse, dit-elle enfin. C'est comme si je prenais seulement maintenant conscience que c'est ici que nous allons vivre, dorénavant. Et si je ne m'y habituais pas ?

— Alors nous déménagerons à Sydney.

Il avait répondu sans réfléchir, mais à sa grande surprise il pensait ce qu'il disait. Il était prêt à quitter Singapour si Annabelle ne s'y adaptait pas. Après tout, n'avait-elle pas accepté de tout abandonner pour le suivre ? Pourquoi serait-ce différent pour lui ?

— Je pense que tout dépendra de Max. S'il s'adapte, s'il est heureux dans sa nouvelle école, alors je suis sûre que je serai heureuse aussi.

Il admirait sa détermination. Elle qui était réticente au début, elle ferait en sorte que leur mariage soit un succès.

— Pourquoi as-tu décidé de vivre à Singapour ? demanda-t-elle quand la voiture bifurqua vers Ocean Drive.

— Nous avons passé beaucoup de temps ici, à l'adolescence. Je m'y sens autant chez moi qu'en Australie. Quand, il y a quelques années, nous avons lancé notre groupe de télévision et que nous avons racheté plusieurs grands titres, je suis revenu ici. La situation géographique est idéale pour se rendre n'importe où dans le monde. Zach aussi y passe la moitié de l'année.

— Ça m'a fait plaisir de le revoir. Il n'a pas changé.

— Non.

Dimitrios éclata de rire, mais avec une pointe d'inquiétude. Une inquiétude dont il ne parlait jamais. Il éprouva pourtant le besoin de se confier à Annabelle.

— Pour être honnête, quand le journaliste m'a envoyé la photo de Max, j'ai tout de suite pensé que Zach était le père.

Un petit sourire incurva les lèvres d'Annabelle. Le premier depuis qu'ils étaient montés à bord de l'avion.

— Pourquoi ? demanda-t-elle.

— Disons que… les rumeurs à mon sujet sont largement exagérées.

— Tu veux dire que tu ne changes pas de femme comme de chemise ?

Malgré la voix parfaitement neutre avec laquelle elle avait posé la question, l'intensité de son regard incita Dimitrios à la prudence. Elle ne devait surtout pas se faire des idées sur ce qu'elle pouvait attendre de lui.

— Je ne prétends pas être un moine. J'ai eu des petites amies. Mais je suis prudent. Tu es la seule femme avec qui j'ai complètement perdu le contrôle. Zach est plus… insouciant. Si une femme devait accidentellement tomber enceinte de l'un de nous, j'aurais parié sur lui.

Annabelle s'apprêtait à répondre, mais aucun son ne franchit ses lèvres. Son attention sembla soudain accaparée par quelque chose derrière l'épaule de Dimitrios. La limousine avait ralenti pour franchir le portail monumental ; elle venait d'apercevoir la maison au bout de la longue allée bordée d'arbres centenaires.

Il voulut effacer son air soucieux, lui insuffler du courage. Oubliant toute prudence, il se pencha et déposa un baiser sur ses lèvres. Cela aurait dû être un baiser bref mais, à l'instant où leurs lèvres se touchèrent, une décharge d'adrénaline explosa dans ses veines. Il se rapprocha d'elle et, la plaquant contre le dossier, l'embrassa jusqu'à ce qu'elle s'agrippe au col de sa chemise en laissant échapper ces petits soupirs qui le rendaient fou.

La portière de la limousine s'ouvrit, l'obligeant à interrompre leur baiser et lui arrachant un grognement de frustration. Qu'avait-il espéré ? Lui faire l'amour sur la banquette en cuir ? Alors que leur fils dormait sur l'autre banquette ? Décidément, les années avaient passé mais elle avait toujours le pouvoir de lui faire perdre la tête.

— Qu'est-ce qui t'a pris ? demanda-t-elle.

Ses yeux écarquillés et ses lèvres gonflées par la morsure de son baiser la rendaient infiniment désirable.

— Je voulais te changer les idées. C'est réussi ?

Elle regarda la maison, puis son regard revint vers lui.

— Pendant environ trois secondes, répondit-elle.

Oubliant sa résolution de ne pas précipiter les choses, il s'entendit déclarer :

— Il faudra que je fasse preuve de plus de créativité, alors.

Il était conscient de jouer avec le feu. Il aimait l'idée qu'elle était irrésistiblement attirée par lui, mais il ne devait pas oublier que c'était réciproque.

— Max est épuisé, dit-elle. Il était si excité dans l'avion qu'il a à peine dormi.

Max était d'une curiosité insatiable. Il avait voulu tout savoir du fonctionnement d'un avion. Dimitrios avait répondu avec plaisir aux multiples questions que lui-même se posait quand il avait l'âge de son fils.

— Il est très intelligent, dit-il à voix basse.

— Oui. Son instituteur voulait lui faire sauter une classe, mais j'ai refusé.

— Pourquoi ? La plupart des parents auraient été enchantés par cette opportunité.

— Pas moi. Je sais qu'il est brillant. Il fera de grandes choses quand il sera plus âgé. Mais le développement d'un enfant passe aussi par la sociabilité, et lui faire sauter une classe ou deux pourrait le perturber de ce point de vue. Il est heureux avec les enfants de son âge. Je pensais attendre quelques années avant de reconsidérer la question.

Ils étaient descendus du véhicule et Dimitrios se pencha à l'intérieur pour défaire la ceinture de Max.

— Je vais mettre Max au lit, dit-il en le prenant dans ses bras, puis je te ferai visiter la maison.

La maison de Dimitrios était tout simplement fantastique. Subjuguée par ce qu'elle découvrait en suivant son mari à l'intérieur, Annie perdit le fil de la conversation. Le parti pris architectural était résolument contemporain, avec son audacieux empilement de cubes de béton et de verre. L'intérieur, lui, regorgeait de meubles anciens et d'antiquités asiatiques, en un séduisant contraste avec la modernité du bâtiment.

Tout en admirant ces splendeurs, Annie apercevait en coulisses une armée de domestiques tout de noir vêtus, les femmes avec des tabliers blancs, s'activant en silence.

Il faisait chaud. Beaucoup plus chaud qu'à Sydney. Mais, Dieu merci, la maison était climatisée. La chambre – leur chambre – était à la mesure de la maison, c'est-à-dire immense. Un vaste lit de bois sculpté y trônait. Il y avait aussi un canapé en velours vert pomme. Un grand tapis aux teintes vives recouvrait une partie du parquet et des portes-fenêtres ouvraient sur un balcon.

Le choc de la découverte passé, la curiosité lui revint. Elle se dirigea, Dimitrios sur les talons, vers le balcon. La chaleur humide l'assaillit comme si elle se heurtait à un mur. Les mains sur la rambarde, elle inspira une profonde bouffée d'air tropical et embrassa la vue du regard. D'un côté les célèbres tours du Marina Bay Sands se découpaient sur la silhouette illuminée et hérissée de gratte-ciel de la ville, et de l'autre, c'était l'obscurité la plus totale.

— C'est la baie, dit Dimitrios. Tu la verras mieux demain matin.

En lui indiquant la direction du bras, il l'avait frôlée et, dans l'ambiance sensuelle de la tiédeur tropicale, cet effleurement la troubla. Elle se tourna légèrement vers lui. Il était plus proche qu'elle ne l'avait cru, elle avait à présent les lèvres à quelques centimètres de sa joue à la barbe naissante. L'envie de l'embrasser fut soudain irrésistible.

Presque aussitôt, toutefois, elle recouvra la raison. Certes, Dimitrios la désirait autant qu'elle le désirait, et depuis qu'il était revenu dans sa vie, elle vivait un conte de fées. Sauf sur un point. Il ne l'aimait pas et tout ceci – les vœux qu'ils avaient prononcés, leurs retrouvailles romantiques – était une fiction. Un mensonge dicté par l'amour, mais par l'amour de Max. Ou de Lewis, mais pas de l'un pour l'autre.

Désenchantée, elle focalisa son attention sur les tours de l'autre côté de l'eau.

— Elles sont vraiment impressionnantes, dit-elle dans un murmure.

S'était-il rapproché, ou prenait-elle ses désirs pour la réalité ? Dans la moiteur de l'air nocturne, elle perçut les effluves de son eau de toilette et son trouble augmenta.

— C'est l'endroit idéal pour les achats de Noël.

Elle fronça les sourcils. Elle imaginait parfaitement le genre de boutiques de luxe que les tours devaient abriter.

— Il fait sombre, mais je vois ton hésitation, madame Papandreo.

Un souffle tiède lui effleura l'oreille et elle eut brusquement envie de reculer d'un pas pour s'appuyer contre son torse athlétique, de sentir la chaleur de son corps viril, ses bras qui l'enlaçaient. Elle avait envie, pour une nuit, de faire comme si leur mariage était une réalité et que la passion qui les poussait l'un vers l'autre plongeait ses racines dans l'amour, et pas seulement dans le désir.

Mais était-elle prête à courir les risques que ce genre de petit jeu comportait ? Dans le doute, elle orienta la conversation vers un sujet moins périlleux.

— Je n'ai pas vu de sapin de Noël dans le salon, dit-elle.

— Noël est dans trois semaines. Mais si tu penses qu'il est temps, j'en ferai livrer un.

— Tu as des décorations ?

— Elles seront livrées avec le sapin.

Elle ne put s'empêcher de sourire.

— Ta vie est vraiment très différente de celle du commun des mortels.

— Est-ce un reproche ? Tu t'en plains ?

— Au contraire, je commence à penser que j'arriverai à m'y habituer.

— On est tellement haut, maman ! J'ai l'impression que je pourrais voler.

— Surtout pas ! s'écria-t-elle, horrifiée, en attrapant Max par le col de son T-shirt.

Dimitrios éclata de rire et se pencha vers elle pour lui murmurer :

— Je ne pense pas qu'il avait réellement l'intention de sauter.

Elle eut un peu honte de sa réaction excessive.

— C'est vraiment très haut, dit-elle pour se justifier.

— Et parfaitement sécurisé.

Il lui donna un coup d'épaule affectueux, puis prit Max par la main.

— Maintenant, fini de donner des frayeurs à sa mère, dit-il avec un clin d'œil à Annie.

Elle regarda un instant le père et le fils s'éloigner main dans la main, avant de profiter plus sereinement de la vue sur le célèbre parc de Gardens by the Bay, avec ses étonnantes structures évoquant des arbres géants s'élançant vers le ciel. Le soleil qui descendait à l'horizon jetait un voile doré sur la ville. Elle savoura l'air, qui était frais à cette hauteur. Quelle journée merveilleuse ils avaient passée ! Max était aux anges.

— Tu viens ? lança Dimitrios. Il est temps de rentrer à la maison.

« À la maison ». Le cœur d'Annie manqua un battement. Quand elle les rejoignit, son mari lui prit la main. Ridiculement émue, elle eut l'impression, tandis qu'ils marchaient ainsi tous les trois, qu'ils étaient une famille comme une autre.

Quand ils arrivèrent finalement chez eux, Dimitrios portait Max ensommeillé dans ses bras. Au départ, le but de la promenade était de découvrir quelques lieux emblématiques de la ville. Puis ils avaient pique-niqué au bord de la mer, avant de passer l'après-midi aux Gardens by the Bay, où ils avaient joué au foot et assisté à un spectacle de magie – à la plus grande joie de Max.

— Il est épuisé, dit Annie.

— Le programme était peut-être un peu chargé…

— Non ! C'était parfait.

Elle n'oublierait jamais le spectacle de Max et son père en train de jouer au foot ensemble. Elle s'émerveillait à chaque instant de l'affection et de la complicité qui s'étaient immédiatement tissées entre eux. Elle ne demandait qu'à revivre souvent de pareils moments.

— Je dois avouer que j'avais une arrière-pensée en vous gardant dehors aussi longtemps.

— C'est quoi une « arrière-pensée » ? demanda Max, à moitié endormi.

Au lieu de répondre, Dimitrios ouvrit la porte d'entrée et recula d'un pas pour inviter Annie à entrer. Le spectacle incroyable la fit s'arrêter sur le seuil.

— Oh ! mon Dieu ! Qu'as-tu fait ? s'exclama-t-elle en se tournant vers son mari.

— Ça te plaît ? demanda-t-il.

À l'expression de Dimitrios, elle comprit que sa réaction lui importait vraiment. Elle masqua l'émotion que cette pensée lui procura derrière un ton de taquinerie.

— Non, je déteste ! répondit-elle, avant d'ajouter en lui lançant une bourrade : C'est incroyable !

Il passa un bras autour de ses épaules et l'attira contre lui. Dans le décor féerique de guirlandes et de verdure, elle oublia presque que leur mariage reposait sur un mensonge.

Max se frottait les yeux. Comment la maison de son père s'était-elle transformée en grand magasin en l'espace d'une journée ?

— Qu'est-ce qui t'a pris ? demanda-t-elle.

— Tu voulais un arbre de Noël.

— *Un* arbre de Noël ! s'exclama-t-elle en levant l'index. Un arbre qu'on aurait mis dans un coin et devant lequel on se serait réunis le matin de Noël pour ouvrir les cadeaux. Mais ceci... c'est... c'est spectaculaire.

— Tu mérites un Noël spectaculaire, murmura-t-il en lui déposant un baiser sur le bout du nez.

Ce baiser innocent lui fit l'effet d'une caresse hautement

érotique et elle dut une nouvelle fois se rappeler à la raison. *Tout ceci est irréel.* Mais comment pouvait-elle s'accrocher à cette pensée au milieu de ce décor époustouflant apparu comme par magie ?

8

Annie se réveilla en sursaut d'un de ces rêves où Lewis lui racontait des histoires pour l'endormir. Désorientée, elle essaya de se rappeler où elle était. Un parfum d'aiguilles de pin lui chatouilla les narines et, soudain, tout lui revint en mémoire.

Dimitrios. Le mariage. Singapour.

Elle se tourna lentement et son regard tomba sur son mari qui dormait. Aussitôt, les battements de son cœur s'accélérèrent. Sans faire de bruit, elle sortit de la chambre et descendit au niveau inférieur, où se trouvait la cuisine, digne d'un grand restaurant. Après s'être préparé un thé, elle alla s'installer dans l'une de ses pièces préférées, un salon en contrebas qui semblait jaillir de la maison et surplombait le jardin. Elle aimait particulièrement les grands arbres qui formaient un mur dense de verdure devant la baie vitrée et lui donnaient l'impression de vivre perchée dans un nid au milieu d'une forêt tropicale. Elle ouvrit la baie vitrée et prit une profonde inspiration. Il pleuvait. C'était une pluie grisante qui exhalait des parfums de chaleur, d'orage et de papaye.

Elle se recroquevilla dans un coin du canapé en regardant la pluie tomber.

— Il est tôt.

La voix de Dimitrios, un peu rugueuse sous l'effet du sommeil, la tira de sa rêverie. Il était là, simplement vêtu d'un boxer.

— Je n'arrivais plus à dormir, dit-elle, s'arrachant à la

contemplation de ses abdos saillants qui avaient attiré son regard comme un aimant.

Il traversa la pièce et vint s'asseoir de l'autre côté du sofa. Elle garda les yeux obstinément fixés sur le jardin.

— C'est moi qui t'ai réveillé quand je me suis levée ?

— Sans doute. J'ai le sommeil léger.

— Désolée.

— Ne t'inquiète pas, j'aime me lever tôt.

— Aussi tôt que ça ?

— Pas tout le temps. Qu'est-ce qui t'a réveillée ?

— Je fais souvent des rêves, dit-elle en soupirant, qui sont plutôt des souvenirs. Des histoires que Lewis inventait pour m'endormir.

— Quel genre d'histoires ?

Elle esquissa un sourire plein de nostalgie.

— Oh ! ça parle de dragons, de châteaux forts et de grottes enchantées. Des histoires qui m'emmenaient dans un monde très lointain, ou dans une autre galaxie. Il y avait toujours des monstres et j'étais la seule personne qui pouvait sauver le monde. Je regrette qu'il ne les ait pas retranscrites par écrit. Encore que... je serais peut-être la seule à les apprécier.

Dimitrios ne dit rien pendant un long moment, au point qu'elle crut qu'il s'était assoupi.

— Il doit terriblement te manquer, dit-il enfin.

— Oui.

Elle risqua finalement un regard dans sa direction. Il regardait dans le vide, en pianotant pensivement contre son genou.

— Moi aussi, il me manque. C'était mon meilleur ami. J'ai remarqué que Max parlait de son oncle Lewis.

— Oui. Il est enfant unique et ce lien entre frère et sœur est quelque chose qu'il ne connaît pas.

Dimitrios lui caressa les cheveux, avant de reposer la main sur le dossier du canapé comme s'il regrettait ce geste de tendresse.

— Aimerais-tu avoir d'autres enfants ? demanda-t-il.

— J'ai toujours pensé que j'en aurais plus d'un. J'ai adoré être une petite sœur. J'avais quelqu'un à qui confier mes secrets, et Lewis était... un frère génial.

La gorge nouée par l'émotion, elle toussota discrètement avant de demander :

— Et toi ?

— En fait, je n'ai jamais vraiment envisagé d'avoir des enfants, jusqu'à ce que je m'installe ici. Nous venions de lancer notre réseau à Singapour et j'avais l'impression que rien ne pouvait nous résister. Nous avons hérité d'un empire que notre grand-père a créé de toutes pièces et nous avons travaillé dur pour le développer à une échelle internationale. Tout ça pour quoi ? Pour qui ? Sans enfants, à qui tout cela ira-t-il ?

Du bout des doigts, il traça un cercle sur la peau nue de l'épaule d'Annie, et un frisson délicieux la parcourut. Mais il la fit rapidement déchanter.

— Pourtant, ça ne m'a pas fait changer d'avis et j'étais toujours déterminé à ne jamais me marier. Cela doit te paraître étrange, à toi, ma femme. Mais notre mariage est différent. Je ne voulais pas de la pression émotionnelle que représente le mariage. Une femme qui m'aime et qui attend que je l'aime en retour. Car comme tu me l'as fait remarquer, la plupart des mariages sont fondés sur une présomption d'amour.

— Pas le nôtre, en tout cas.

Elle s'étonna du stoïcisme qu'elle parvenait à afficher alors qu'avec ces mots elle renonçait à ses rêves d'enfance.

— De plus, je ne voulais pas élever un enfant comme j'ai été élevé, sans cesse ballotté entre deux foyers. Mes possibilités étaient donc assez limitées. Puis ce journaliste m'a révélé l'existence de Max et tout s'est mis en place.

— Pourquoi fais-tu ce blocage vis-à-vis du mariage ?

— Ce n'est pas le mariage en lui-même qui me pose problème, mais plutôt l'idée de l'amour. L'exemple de mes parents m'a vacciné. Ma mère aimait mon père alors que lui n'avait que faire d'elle. Pour moi, l'amour a toujours été synonyme de faiblesse et de souffrance.

— Qu'est-ce qui s'est passé entre eux ?

— Rien. C'était une aventure sans lendemain. Elle est tombée enceinte. Il ne voulait pas d'enfants, alors il a continué à vivre sa vie et il l'a laissée élever ses deux fils dans la plus extrême pauvreté... Exactement comme moi je t'ai laissée tomber.

— Ce n'est pas la même chose, toi tu ignorais l'existence de Max.

Il n'était apparemment pas prêt à accepter son absolution.

— Ça ne change rien au fait que tu as élevé Max dans des conditions très difficiles. Mon père ne nous trouvait aucune valeur intrinsèque jusqu'au jour où il s'est marié et qu'il s'est avéré que ma belle-mère ne pouvait pas avoir d'enfants. Elle en voulait désespérément, alors il nous amenés ici, à Singapour. Ma mère était dévastée.

— Comment a-t-il pu lui faire ça ?

— Il ne se préoccupait absolument pas d'elle et de ses sentiments. Pour lui, leur brève liaison ne signifiait rien. Il l'a aussitôt oubliée.

Assaillie par une douleur insoutenable, elle dut détourner le regard. Ces mots auraient parfaitement pu s'appliquer à sa relation avec Dimitrios.

Comme s'il avait suivi le cheminement de ses pensées, il ajouta :

— Ce n'est en rien comparable avec notre relation. J'ai très souvent pensé à toi depuis cette nuit-là, Annabelle.

Comme par enchantement, la douleur se dissipa, cédant la place à l'espoir.

— Oh ?

— Je me vante d'être toujours maître de moi-même. Or cette nuit-là, avec toi, je n'ai rien contrôlé du tout. Alors que j'avais promis à Lewis que je veillerais sur toi, j'ai fait *ça*.

L'espoir qu'elle n'avait pu empêcher d'éclore s'évanouit.

— Ce n'est pas penser à moi. C'est à toi que tu penses, et à ce que tu considères comme une défaillance.

— Non, c'est à toi que je pensais, je me demandais ce qui en toi avait pu me faire perdre la tête. Quel était ce pouvoir que tu exerçais sur moi.

Cette fois, elle fut incapable d'endiguer le bonheur qui la submergea. Il n'y avait pourtant pas de quoi se réjouir. Il n'était pas question de pouvoir ni de victoire. Dimitrios parlait au passé et même si cela n'avait pas été le cas, de toute évidence, quelle que soit la source de ce pouvoir, il faisait tout pour y résister.

— Il s'agissait tout simplement d'un chagrin partagé, dit-elle.

— C'était l'élément déclencheur, je n'en doute pas. Mais tu avais envie de moi bien avant ce soir-là.

Elle rougit violemment à cette allusion à son béguin d'adolescente, et il s'approcha.

— Tu me regardais comme si j'étais Dieu sur Terre, dit-il. Quel homme aurait pu rester de marbre face à une telle admiration ?

— J'étais très jeune, dit-elle dans un murmure. Je n'avais jamais rencontré quelqu'un comme toi.

Il glissa la main sous la bretelle de sa chemise de nuit et commença rêveusement à caresser la peau de son épaule. Se rendait-il compte de ce qu'il faisait ?

— C'était il y a longtemps, dit-il. En sept ans, tu as eu le temps d'acquérir de l'expérience.

Embarrassée par l'aveu qu'elle allait devoir lui faire, elle gagna du temps en buvant une grande gorgée de thé, puis se lança :

— Je n'ai jamais couché avec un autre homme que toi.

Cet aveu le prit probablement de court, car il tressaillit.

— Mais… comment as-tu tenu aussi longtemps sans sexe ?

Elle rit doucement, mais, en son for intérieur, elle était navrée. De toute évidence, cette idée était une abomination pour lui. Avec combien de femmes avait-il couché pendant tout ce temps ? Elle préférait ne pas le savoir.

— Cette nuit-là… j'avais bu, dit-il. Je ne me souviens même pas si j'ai été aussi prévenant que j'aurais dû. Tout ce que je sais, c'est que c'était ta première fois, et que je ne m'y attendais pas du tout.

— Tu as été… attentif, dit-elle. Même ivre, tu semblais parfaitement savoir ce que tu faisais. Même si peu t'importait avec qui tu étais.

— Je n'aurais jamais dû dire ça.

— C'était pourtant la vérité, non ?

Une grimace crispa son sublime visage masculin.

— J'avais besoin de... de chaleur humaine.

Elle changea légèrement de position pour masquer le trouble où la plongeait sa proximité et le frôlement de sa main masculine sur son bras.

— Et j'étais là, dit-elle.

Il secoua la tête, comme perdu dans ses souvenirs, avant de lever la main pour caresser sa chevelure.

— Tu étais tellement courageuse, aux funérailles. Je te regardais, tu te tenais très droite, tu réconfortais tes parents et tu te montrais forte pour eux.

Sous la caresse de sa voix rauque, une vague de chaleur sensuelle envahit Annie.

— Quand j'y repensais, plus tard, je n'arrêtais pas de me demander ce que tu pouvais ressentir. Qui te réconfortait, toi ?

Elle déglutit. Une émotion étrange lui serra le cœur.

— J'avais promis à Lewis que je veillerais sur toi, mais c'était plus que cela. Je voulais m'assurer que tu allais bien, Annabelle. C'est pour ça que je suis venu chez toi. Mais quand tu as ouvert la porte, je t'ai vue et un désir incontrôlable m'a submergé. J'ai passé les sept dernières années à me reprocher ce moment de faiblesse, mais peut-être que ça n'avait rien à voir avec la faiblesse, ou la force. Peut-être que c'était simplement... naturel.

S'était-il encore rapproché, ou était-elle victime de son imagination ? Ils étaient tout près l'un de l'autre à présent.

— Ça semblait naturel, répondit-elle.

C'était vrai. Jusqu'au matin, quand il l'avait quittée et que la dure réalité lui était tombée dessus.

— Tu es la sœur de Lewis. Tu étais la dernière personne que j'aurais dû aller voir et j'ai commis l'erreur de coucher avec toi. Tu étais vierge et moi, j'étais ivre. Nous avons eu tort.

— Non.

Sa réponse avait jailli comme un cri du cœur. Elle lui posa une main sur le genou.

— Nous n'avons rien fait de mal. Arrête de te torturer à propos de cette nuit. J'aurais pu te repousser, te demander d'attendre. Je savais que tu avais bu et que tu étais aussi bouleversé que moi par la mort de Lewis.

Il s'apprêtait à protester, mais elle posa un doigt sur ses lèvres pour le faire taire.

— Si quelqu'un s'est montré égoïste, c'est moi, poursuivit-elle. J'étais amoureuse de toi depuis des années et je n'aurais pas pu te laisser repartir. J'ai pris ce que tu m'offrais parce que j'en avais besoin. Je voulais que tu sois le premier.

Une lueur brilla dans les profondeurs des yeux gris de Dimitrios.

— Mais tu ne désirais pas tomber enceinte.

Décidément, il voulait absolument endosser tous les torts !

— Non, effectivement. Mais quand j'ai découvert que je l'étais, j'ai été heureuse, Dimitrios. L'idée de porter ton enfant n'a jamais été un désastre pour moi. Même quand je t'ai vu, au bar, et que j'ai compris que je devrais probablement l'élever seule, je n'ai pas hésité une seconde.

— Comment est-ce possible ?

— J'étais seule au monde. Je n'ai jamais eu beaucoup d'amis et je n'étais pas proche de mes parents. Lewis était… C'était mon univers. Grâce à toi, l'espace d'une nuit, j'ai eu l'impression que tout allait bien se passer pour moi.

Assaillie par le flot de ses souvenirs, elle ne se rendait pas compte qu'elle se dévoilait. Ou éprouvait-elle soudain le besoin de vider son cœur ?

— Je me sentais en parfaite harmonie avec toi et c'est ce dont j'avais besoin à ce moment-là. Ma grossesse a été une sorte de planche de salut qui m'a aidée à tenir bon. Un bébé me reliait au monde extérieur, à toi et à Lewis. Il m'obligeait à être forte.

Il inclina encore un peu la tête ; à présent leurs fronts se touchaient sans qu'elle songe à s'écarter.

— Tu es tellement forte, Annabelle. Tu es la personne la plus forte que je connaisse.

— Je n'ai pas eu le choix, dit-elle en haussant les épaules avec fatalisme.

Le silence s'installa, que seuls troublait le son de leurs respirations entremêlées.

— Je serais venu te chercher plus tôt, si j'avais su. Je t'aurais épargné toutes ces difficultés.

Ces paroles ne la soulagèrent pas. Au contraire, elles lui rappelaient qu'il ne l'avait épousée que par devoir et non par choix.

— Tu n'as vraiment pas eu l'occasion de rencontrer d'autre homme ?

— Je n'en avais ni le temps ni l'envie. Et toi ? demanda-t-elle. Je suppose que ta vie a continué comme avant.

— Grosso modo, oui, admit-il d'un ton légèrement contrit.

— Détends-toi, dit-elle. C'était une seule nuit. Je ne m'attendais pas à ce que tu restes célibataire jusqu'à la fin de tes jours.

Elle rit pour achever de le rassurer, mais sa gaieté sonna faux, même à ses propres oreilles.

— En fait, j'étais plein de regrets.

Cet aveu surprenant la fit tressaillir et elle dut lutter contre les faux espoirs.

— En couchant avec toi j'ai trahi mon meilleur ami. Ensuite, j'ai été impitoyable avec toi. À l'époque, j'étais convaincu d'avoir bien agi. Et puis je voulais t'oublier, dit-il avec un sourire triste.

Elle n'était pas sûre d'avoir compris ce que son aveu impliquait.

— Tu prétends que tu as couché avec d'autres femmes pour m'effacer de ta mémoire ? demanda-t-elle, incrédule.

— Pas consciemment. Et pas de façon aussi cynique. Mais, oui, Annabelle. J'espérais qu'avec le temps je t'oublierais.

Il n'y était pas parvenu. Ne le lui avait-il pas déjà plus ou moins avoué ?

La voix de Dimitrios n'était plus qu'un murmure rauque à présent :

— J'aurais aimé pouvoir te dire autre chose.

— Pourquoi ?

— Parce que tu le mérites.

— Tu ne m'as jamais fait aucune promesse, Dimitrios.

Lorsqu'il se leva, un faible sourire flottait sur ses lèvres. Brusquement privée de la chaleur de son grand corps viril, elle ressentit la distance qui les séparait comme un abîme infranchissable.

— Peut-être que tu as raison, mais je te fais une promesse maintenant, Annabelle. Je ne te ferai plus jamais souffrir. Je ne me laisserai plus dominer par l'attirance que j'éprouve pour toi. Si nous faisons l'amour ensemble, c'est parce que tu auras décidé que c'est bien, pas parce que nos corps ne peuvent pas se contrôler. Et je ferai tout ce qui est en mon pouvoir pour que ce mariage te rende heureuse.

9

Dans la semaine qui suivit cette nuit où ils avaient échangé des confidences au rythme de la pluie tropicale battant contre les vitres, chaque fois qu'elle croisait le regard de son mari, Annie se sentait rougir. Ce qui ne l'empêcha pas de le regarder à la dérobée dès qu'elle pouvait. Il suffisait qu'elle ferme les yeux pour voir son torse musclé, sa peau bronzée et ses larges épaules. Mais si elle s'autorisait à fantasmer sur lui dans la journée, quand elle se retrouvait le soir dans le même lit que lui, elle n'osait pas le toucher.

Chaque nuit, allongée à moins d'un mètre de Dimitrios, elle se consumait de désir sans oser l'assouvir. C'était bien plus qu'une fièvre sensuelle. Et c'était cela qui la terrifiait.

En fait elle appréciait de plus en plus les multiples facettes de la personnalité de Dimitrios. C'était un père extraordinaire. Le voir avec Max la rendait incroyablement heureuse. Quelque chose s'était déclenché chez son fils dès l'instant où il avait rencontré Dimitrios et leur relation avait un côté facile et naturel, comme s'ils vivaient ensemble depuis toujours. La veille au soir, elle les avait observés jouer aux cartes. Abandonnant le roman qu'elle lisait, elle avait simplement profité du spectacle de son fils en train de jouer à son jeu préféré – et battre son père à plate couture.

Mais ce n'étaient pas que les qualités paternelles de Dimitrios qu'elle appréciait le plus. Chaque fois qu'il avait levé les yeux de son jeu et que leurs regards s'étaient croisés, son cœur avait manqué un battement et une vague de désir désormais familière l'avait submergée.

— Bonjour.

Elle sursauta, surprise. Ainsi, il avait deviné qu'elle était réveillée. Généralement, l'un d'eux se levait avant l'autre, pour éviter d'avoir à bavarder dans le lit, de partager un moment d'intimité conjugale. Une attitude assez ridicule alors qu'ils avaient conçu un enfant ensemble.

Elle se tourna vers lui. Curieusement, elle n'était plus embarrassée qu'il la voie au naturel, sans maquillage, les cheveux en désordre.

— Bonjour, répondit-elle en souriant.

— Tu as des projets pour aujourd'hui ?

Elle avait gardé quelques clients, mais sa charge de travail était nettement moins importante qu'auparavant. Elle en aurait fini avant Noël.

— Pourquoi veux-tu le savoir ?

— Tu te souviens que Francesca emmène Max au stage de foot ?

L'adorable nurse qu'il avait engagée pour s'occuper de Max l'avait inscrit à quelques activités pendant les vacances, dont beaucoup accueillaient des enfants scolarisés dans l'établissement où il irait à la rentrée. Et il commençait déjà à se faire de nouveaux amis. Il s'adaptait vraiment à une vitesse incroyable !

— Oui. Il était impatient que le stage commence.

Elle se troubla devant la lueur sans équivoque qui s'alluma dans les prunelles de Dimitrios. Soudain, la seule chose à laquelle elle pouvait penser était que vingt petits centimètres les séparaient et qu'elle mourait d'envie de les abolir.

— J'ai pensé que nous pourrions en profiter..., dit-il d'une voix traînante.

— Pour quoi faire ? demanda-t-elle, le cœur palpitant d'excitation.

— Pour faire les courses de Noël.

La déception faillit la faire crier de frustration. Qu'avait-elle espéré ? Qu'il lui propose de rester au lit et de faire l'amour toute la journée ? Il lui avait pourtant clairement signifié qu'il attendait qu'elle fasse le premier pas, quand elle serait prête. Pourquoi ne lui avouait-elle pas qu'elle avait envie de lui ? Surtout lorsque, comme en ce moment, il posait doucement une main sur la sienne. Et si elle n'arrivait jamais à rassembler son courage ?

— Je pensais t'accompagner pour t'aider à choisir les cadeaux.

— C'est très gentil, répondit-elle. Mais tu dois avoir mieux à faire... Ne te sens pas obligé de réorganiser ta vie autour de nous.

Il ne dit rien pendant un long moment, puis il se pencha vers elle et plongea son regard dans le sien.

— Je ne me sens pas obligé. Je le veux.

Un sentiment de légèreté l'envahit et elle lui sourit.

— Alors, allons-y !

À quel moment cela s'était-il produit ? Dimitrios avait arrêté de considérer Annie comme la sœur de Lewis pour ne voir que la femme qu'elle était. Et Annabelle Papandreo le fascinait. Il la suivait du regard alors qu'elle arpentait le rayon des jouets, soulevant avec précaution des boîtes sur les étagères, les inspectant sous tous les angles, lisant les notices avant de les remettre à leur place. Il poussait un caddie vide. Si cela n'avait tenu qu'à lui, il serait au moins à moitié plein à présent.

— Quel est ton critère de sélection, exactement ?

Sa poitrine se serra quand elle lui adressa un sourire pétillant de malice.

— C'est compliqué. En fait, je cherche le cadeau parfait.

— Tu veux qu'il n'ait qu'un seul cadeau, mais qu'il soit parfait ?

— Pas nécessairement. Généralement, je lui prends plusieurs cadeaux. Des choses qu'il a réclamées et quelque chose que je choisis, moi. Un livre, ou des balles de tennis. Nous allions au parc pour jouer au tennis le week-end. Il est doué, d'ailleurs.

Le cœur de Dimitrios se gonfla de fierté. Leur fils excellait dans de nombreux domaines. Aux cartes, dans la conversation, à la lecture et sans doute en sport.

— Tu sais que tu peux maintenant lui acheter tout le magasin sans te retrouver à découvert ? demanda-t-il.

— Jamais je ne ferais une chose pareille ! répondit-elle, scandalisée.

Il vint vers elle en souriant, luttant du mieux qu'il pouvait contre son envie de l'embrasser.

— Je sais.

— Je ne veux pas qu'il ait l'impression que sa vie a complètement changé.

Il se retint de rire. Annabelle, cependant, ne s'en priva pas. Il se délecta du tintement de son rire d'autodérision.

— J'ai conscience que ma crainte est ridicule, concéda-t-elle. Regarde où nous vivons. J'ai dû demander à la gouvernante d'arrêter de faire son lit car Max peut très bien le faire tout seul. Je ne veux pas qu'il pense que tout cela est normal.

Il comprit instinctivement ce qui inquiétait Annabelle, et reprit son sérieux. Posant un doigt sous son menton, il lui fit doucement relever la tête.

— Nous sommes mariés maintenant, Annabelle. Rien de tout ceci ne va disparaître.

Ses yeux se mouillèrent d'une émotion suspecte. Il sentit comme un poids peser sur sa poitrine.

— C'est ce que tu dis, mais...

Une larme se forma au bord de sa paupière, qui fit paraître ses cils plus noirs. Il retenait son souffle, suspendu à ses lèvres tandis qu'elle cherchait ses mots.

— Tout le monde est toujours parti, dit-elle dans un souffle.

Elle évitait son regard et il en fut soulagé. Il n'aurait pas voulu qu'elle voie à quel point il était bouleversé. Il comprenait ce qu'elle voulait dire. Lewis était mort. Puis ses parents l'avaient abandonnée. Et enfin, lui-même avait disparu après l'avoir mise enceinte. Elle luttait seule depuis des années pour assurer son bonheur et celui de son fils. Quoi d'étonnant, dans ces conditions, qu'elle redoute que tout s'arrête du jour au lendemain ?

— Je ne te laisserai pas tomber, lui assura-t-il. Et je ne fais jamais de promesses que je ne peux pas tenir.

Elle leva les yeux vers lui. Quand leurs regards se rencontrèrent, une émotion aussi violente qu'inconnue l'ébranla. Il avait envie de la faire sourire, de la rendre vraiment heureuse. C'était la mère de son fils, après tout ; c'était naturel qu'elle lui inspire ce genre de réaction. L'épanouissement de Max passait aussi par le bonheur de sa mère.

— Réfléchis, Annabelle. Pourquoi t'aurais-je demandé de m'épouser si je n'avais pas voulu d'une solution permanente ?

— Je sais. Tu aurais facilement pu m'enlever Max. Je te suis reconnaissante de ne pas l'avoir fait.

— Je ne veux pas de ta gratitude.

Une lueur de défi luisait à présent dans les yeux incroyablement bleus levés vers lui.

— Que veux-tu, alors ?

Grande question… La réponse était plus difficile à formuler qu'il ne l'aurait cru.

— Je veux que Max et toi viviez avec moi ici. Ou n'importe où ailleurs. C'est ce qui me semble… naturel.

« Naturel ». C'était ainsi qu'ils avaient l'un comme l'autre décrit la nuit qu'ils avaient passée ensemble. Ce mot revenait souvent dans leurs conversations.

Elle le repoussa doucement. Son sourire ne montait pas jusqu'à ses yeux, comme si sa réponse ne l'avait pas entièrement satisfaite. Puis elle prit un carton sur une étagère sans même regarder ce que c'était et le déposa dans le chariot.

— Prenons celui-là, dit-elle.

Un sentiment de frustration envahit Dimitrios. Il l'avait déçue. Ce n'était pas la réponse qu'elle attendait. Mais qu'attendait-elle au juste ? Ruminant ces sombres pensées, il la suivit en inspectant les rayonnages de jouets.

Une demi-heure plus tard, Annabelle avait choisi quelques jouets supplémentaires, avec plus d'attention cette fois. On ne pouvait pas dire qu'elle avait fait des folies. Une voiture téléguidée, une locomotive électrique et un maillot de foot.

Dimitrios avait du mal à se retenir d'acheter tout le magasin, car c'était son premier Noël avec Max, mais il était d'accord avec Annabelle. Il était inutile de remplir le monde d'un petit garçon de biens matériels. Max était un gamin extraordinaire. Gentil, généreux, affectueux et heureux ; il n'avait pas besoin de cela pour s'épanouir. Il vivait déjà dans une maison immense avec une armée de domestiques prêts à répondre à ses moindres besoins. Sa « vie normale » était définitivement derrière lui et Dimitrios savait d'expérience que ce changement n'était pas évident à vivre.

— Tu sais, j'ai réfléchi, dit-il alors qu'ils déambulaient dans la galerie commerciale après avoir quitté le magasin de jouets. Maintenant que Max va à l'école et que tu n'as plus besoin de travailler, tu pourrais reprendre tes études. À condition que tu en aies envie, bien sûr.

À en croire son expression surprise, elle n'avait pas envisagé cette possibilité, mais l'idée la séduisait de toute évidence. Quelque chose se passa en lui et son humeur se fit plus légère. Cette perspective aiderait Annabelle à se convaincre du caractère permanent de sa nouvelle vie. Une vie en dehors de lui et de Max. Une vie qui la comblerait intellectuellement.

— Lewis répétait toujours que tu étais la personne la plus intelligente qu'il connaissait. Et il m'incluait dans la comparaison.

Le compliment lui fit plaisir, elle souriait franchement maintenant. Et le poids qui pesait sur la poitrine de Dimitrios s'allégea.

— Mais je veux attendre que Max s'habitue à sa nouvelle école, dit-elle. Une fois son trimestre fini, si je vois qu'il s'est fait des amis et qu'il va bien, je ne m'en voudrais pas de faire quelque chose pour moi.

— Et tu n'es pas obligée d'étudier le droit. Tu peux t'inscrire où bon te semble.

Elle éclata d'un rire joyeux.

— Tu n'as pas besoin de me faire l'article, Dimitrios ! Je suis d'accord. C'est une bonne idée.

Elle ralentit un peu et l'émotion embua de nouveau ses yeux bleus quand elle lui dit :

— Merci. Je n'y aurais jamais pensé moi-même, et l'idée me plaît beaucoup.

— Ça y est, je peux regarder ?

— Bientôt.

Dimitrios sourit. Ses mains posées sur les yeux d'Annabelle, il la guidait avec précaution à travers la marina.

— Je sens l'odeur salée de l'océan.

— Tu es très perspicace.

— Tu ne vas pas me jeter aux requins, j'espère ?

— Pas tout de suite.

Elle éclata de rire.

— Je suis sérieuse, Dimitrios. Où m'emmènes-tu ?

— On t'a déjà dit que tu étais nulle pour les surprises ?

— J'ai eu suffisamment de surprises pour toute une vie, marmonna-t-elle d'un ton blasé qui le fit sourire.

Il souriait beaucoup depuis la conversation chargée d'émotion de ce matin, quand elle lui avait confié sa peur d'être abandonnée. Ils s'étaient promenés dans les rues commerçantes, où ils s'étaient contentés de faire du lèche-vitrines. Annabelle s'était plusieurs fois montrée choquée par le prix des choses. Il aimait son côté terre à terre et il se demandait si elle changerait peu à peu, maintenant qu'elle avait les moyens de s'offrir tout ce qu'elle voulait. Il l'avait emmenée déjeuner dans l'un de ses restaurants préférés, puis ils s'étaient rendus dans une galerie où Annabelle l'avait impressionné par sa connaissance de l'art contemporain.

L'idée de l'emmener au yacht-club lui était venue brusquement. À quoi bon le nier ? Il reculait le moment de mettre un terme à leur sortie. Ce tête-à-tête était l'occasion de mieux la connaître, voulut-il se convaincre.

— OK, nous y sommes presque.

Parvenu à son anneau, il la fit s'immobiliser devant la poupe de son yacht – le plus grand de la marina –, avant d'ôter lentement les mains de ses yeux, puis de les poser sur ses épaules, où il savoura sa peau tiède.

— Je peux ouvrir les yeux maintenant ?

Il baissa le regard vers elle et une étrange émotion lui noua la gorge. Il s'éclaircit la gorge, de peur que sa voix ne le trahisse.

— Oui, ouvre les yeux, dit-il.

Il avait lâché ses épaules et s'était posté à côté d'elle pour voir sa réaction. Elle examina le yacht un long moment.

— *Le Patricia* ? demanda-t-elle en haussant un sourcil interrogateur.

— C'est le prénom de ma mère.

— Sérieux ?

Son sourire était gentiment taquin. Il lui donna un coup d'épaule affectueux.

— Quoi ? Ce n'est pas assez cool ?

Elle réfléchit quelques instants avant de répondre.

— C'est mignon.

Pourquoi avait-il l'impression qu'elle se retenait d'ajouter quelque chose ? L'idée qu'elle s'empêche d'exprimer ses pensées devant lui lui déplut.

— Tu veux monter à bord ?

Il ne se reconnaissait plus. Depuis quand était-il suspendu à la réponse de quelqu'un ? En temps normal, il l'aurait entraînée à bord sans lui demander son avis. Mais avec Annabelle, il était attentif à ce qu'*elle* voulait.

Il fut incapable d'interpréter le sens du regard qu'elle lui lança avant de déclarer :

— D'accord, mais seulement une minute.

Grisée par la sensation du vent qui faisait voler ses cheveux, Annie s'agrippa au bastingage et contempla Singapour. Elle se sentait légère et libre, et paradoxalement, anxieuse. Elle était trop détendue, elle s'amusait trop. Elle en oubliait presque que cette vie n'était qu'une grande mascarade. Même quand Dimitrios était prévenant et adorable avec elle, qu'il lui donnait l'impression qu'elle était au centre de son univers... C'était pour Max et non pour elle. Il savait que si elle était heureuse, tout coulerait de source. Il faisait donc en sorte qu'elle soit heureuse.

Mais tant qu'elle était consciente de ce qui se passait, tant qu'elle ne se berçait pas d'illusions dangereuses, tout irait bien. Cette pensée la rassura.

— Mon yacht te plaît ?

Perdue dans ses réflexions, elle n'avait pas entendu Dimitrios s'approcher. Elle pivota et découvrit qu'il s'était changé. Il était en maillot de bain et son caleçon turquoise faisait ressortir son hâle. Subjuguée, elle fut incapable de détacher son regard de son torse musclé. Son regard s'attarda sur la toison sombre qui ombrait sa poitrine.

— Oh… Oui, répondit-elle, consciente que sa voix voilée trahissait son trouble.

Il lui sourit, découvrant une rangée de dents blanches. Elle détourna les yeux, mais en vain. L'image du corps sublime de Dimitrios restait imprimée sur sa rétine. Et le sentir si proche accélérait les battements de son cœur.

— Tu vas nager ? demanda-t-elle.

— Seulement si tu viens avec moi.

Elle regarda l'eau sombre. Il faisait chaud, mais l'idée de plonger de l'arrière d'un bateau dans l'océan ne l'attirait pas. Il comprit apparemment la cause de son hésitation, car il toucha son coude, puis sa main descendit en une lente caresse jusqu'à son poignet. Il souleva sa main et la pointa en direction du pont supérieur du yacht.

— Il y a une piscine là-haut, dit-il.

— N'est-il pas temps de rentrer ?

Ils étaient à bord depuis une demi-heure. Elle avait accepté qu'il fasse appareiller « seulement pour voir la ville du large ».

— Max va bien. Il est avec Francesca.

Il avait raison, elle le savait. Tout comme elle savait que sa réticence à rester avec lui n'avait rien à voir avec Max. Elle avait tout simplement de plus en plus de mal à étouffer le désir brûlant que la présence de Dimitrios éveillait en elle.

— Je n'ai pas de maillot.

— Il y en a plein dans la cabine. Viens, je vais te montrer. À moins que tu préfères nager sans rien ?

Sa question narquoise faisait écho aux pensées inavouables

qui l'agitaient et elle se troubla. Heureusement, il se méprit sur les causes de son mutisme.

— Détends-toi, Annabelle. Je plaisantais.

Elle aurait voulu lui dire que cela ne la gênait pas qu'il la voie nue, mais une sorte de timidité la retint et elle changea de sujet.

— Comment se fait-il que tu m'appelles Annabelle ?

— Parce que c'est ton nom.

— Mais tout le monde m'appelle Annie.

Il haussa les épaules avec désinvolture.

— Peut-être que je n'aime pas ressembler à tout le monde.

Lui, ressembler à tout le monde ? L'idée était tellement saugrenue qu'elle sourit.

Considérant la conversation close, il traversa le pont et s'engouffra dans une coursive vitrée. Elle lui emboîta le pas. Ils entrèrent dans une cabine qui ressemblait à une chambre d'hôtel de luxe, avec son lit immense ; un grand miroir au cadre de bois clair agrandissait encore l'espace. Un tapis couleur crème couvrait le sol. Le mobilier était de style scandinave. Dimitrios ouvrit une vaste garde-robe. Quand elle vit, à côté des vêtements masculins, plusieurs robes, elle fut envahie par un horrible sentiment de jalousie. À qui appartenaient ces vêtements ? Dimitrios semblait avoir suivi le cheminement de ses pensées.

— J'ai fait livrer ici quelques-unes des tenues que tu avais essayées à Sydney.

Elle s'approcha de la penderie et reconnut les vêtements. Sa jalousie se dissipa et elle eut honte de sa réaction.

— J'aime bien avoir des affaires dans toutes mes résidences, fit-il. Comme ça, je ne suis pas obligé de faire mes valises chaque fois que je veux bouger.

— Combien de maisons as-tu, exactement ? demanda-t-elle.

— Ma résidence principale est à Singapour. Mais j'ai des propriétés un peu partout où nous avons des intérêts. Londres, Madrid, Tokyo, New York, Paris, Dubaï, Sydney.

Le vertige que cette énumération fit naître en Annie s'aggrava quand le bateau se mit à tanguer, comme s'ils venaient de croiser une autre embarcation. Elle aurait perdu l'équilibre si Dimitrios ne s'était pas élancé vers elle, l'empêchant de tomber. Ce n'était pas une tentative de séduction, mais elle n'en fut pas moins troublée par le contact de sa peau tiède. Et soudain, le déclic se produisit ; elle se sentit emportée par une volonté irrésistible. Elle leva les yeux et s'abandonna au désir lancinant, obsédant, qu'elle avait ressenti toute la journée.

Posant les mains sur le torse nu de son compagnon, elle savoura la sensation de ses muscles sous sa paume. Elle baissa les yeux pour le contempler et sa bouche s'assécha.

— Les maillots de bain sont dans un tiroir, dit-il d'un ton bourru.

Elle ne se laissa pas impressionner, car il n'avait pas fait un mouvement pour s'écarter. Au contraire, il se rapprocha même imperceptiblement et elle sentit ses hanches contre les siennes. Elle avait peur, mais se sentait en même temps téméraire, prête à réclamer ce qu'elle voulait. Sans quitter le regard de Dimitrios, elle ôta lentement son débardeur. Elle vit le moment exact où l'expression de Dimitrios changea. Ses traits se crispèrent et il laissa échapper un soupir de capitulation.

— Tu m'aides à me changer ? murmura-t-elle en laissant le débardeur tomber à terre.

Il baissa les yeux sur ses seins que couvrait un soutien-gorge en dentelle. L'intensité de son regard la brûla.

— Annabelle...

C'était une supplication. Une supplication désespérée.

— Annabelle... Tu ne sais pas ce que tu fais.

Elle croisa les mains derrière son dos. Elle trouva le fermoir de son soutien-gorge et le décrocha.

— Je suis désolée de te contredire, mais je sais parfaitement ce que je fais.

Elle fit tomber le soutien-gorge, qui rejoignit son débardeur. Ses seins, libérés des bonnets de dentelle, jaillirent comme deux fruits mûrs, réclamant l'attention de Dimitrios. Il étouffa un juron.

— Fais-moi l'amour, Dimitrios. Je ne veux plus attendre.

10

Annabelle constata avec une pointe de satisfaction que sa demande sans détour déstabilisait Dimitrios. C'est lui pourtant qui avait entretenu tout au long de la journée la tension sensuelle à laquelle elle succombait. Mais son hésitation fut de courte durée et, l'instant d'après, il prit avidement possession de ses lèvres.

Lui nouant les bras autour des épaules, elle s'abandonna aux sensations qu'il éveillait en elle et répondit à son baiser avec passion. Il la souleva, elle enroula les jambes autour de sa taille et il l'emporta vers le lit. Plaquée contre la tiédeur de son corps viril, elle se sentait fondre. Une chaleur délicieuse prenait naissance dans le creux de ses cuisses, la pointe de ses seins se dressait. Entre deux baisers, elle murmurait son nom comme une prière.

Il cueillait ses chuchotements sur ses lèvres, et sans cesser de l'embrasser, il lui ôta son pantalon, s'attardant au passage pour caresser ses mollets, puis ses chevilles. En proie à une délicieuse excitation, elle aspirait à une plus grande intimité. En même temps, elle voulait savourer chaque seconde de ce moment merveilleux.

Quand la bouche de Dimitrios prit la relève de ses mains et qu'elle sentit ses lèvres lui effleurer les genoux, elle tressaillit sous le coup de la surprise. Puis elle s'arqua tandis qu'il remontait avec une lenteur délicieuse le long de sa jambe, ponctuant son exploration de baisers brûlants, taquinant du bout de la langue l'intérieur de ses cuisses, puis plus haut. Enfin, il ouvrit ses jambes d'un geste doux et elle s'offrit comme une fleur aux rayons du soleil. Il plaqua la bouche sur le cœur vibrant de sa féminité et l'embrassa avec une telle sensualité qu'elle faillit s'évanouir de plaisir. Dans un bref éclair de lucidité elle constata que la passion qui les avait précipités dans les bras l'un de l'autre, sept ans auparavant, était toujours intacte.

— Tu es si douce, si chaude, murmura-t-il d'une voix rauque qui la fit frissonner.

Il immisça un doigt en elle. Le rythme lancinant de la caresse conjuguée de sa langue et de ses doigts l'entraîna dans un tourbillon de sensations enivrantes. Quand le plaisir la submergea, elle cria son nom. Les soubresauts de son orgasme s'étaient à peine apaisés que déjà il remontait le long de son ventre, y traçant de la langue une ligne de feu. Quand il arriva à ses seins, il happa un bourgeon dressé et lui infligea la plus délicieuse des tortures. En proie à une excitation presque insoutenable, pantelante, elle poussa un cri de frustration quand elle le sentit s'éloigner.

— Ne bouge pas, ordonna-t-il tout contre ses lèvres.

Elle ouvrit les yeux, il était debout.

— Où vas-tu ? demanda-t-elle.

— Je vais chercher un préservatif. À moins que tu n' aies envie de mettre un autre enfant en route dès maintenant ?

La question, si elle ne l'arracha pas au délire sensuel dans lequel elle nageait, la ramena cependant brièvement à la réalité. Un autre enfant ? Une nouvelle chance de vivre la maternité, mais cette fois-ci sans le stress qu'elle avait connu pour Max... La perspective était tentante, mais ce n'était pas une décision à prendre à la légère.

— Non, je ne suis pas prête, répondit-elle.

Il hocha la tête, se dirigea vers une porte qui devait mener à la salle de bains d'où il ressortit presque immédiatement, une guirlande de pochettes métallisées à la main. Et complètement nu. Elle oublia instantanément l'idée d'un autre enfant. Toute son attention était accaparée par ce corps splendide, sa musculature harmonieuse, sa grâce puissante et... son sexe fièrement dressé.

— Seigneur ! Tu es tellement belle.

Ce cri du cœur la chavira. Sous le regard admiratif de Dimitrios, elle avait soudain l'impression d'être une déesse digne d'être idolâtrée.

— Tu as changé, ajouta-t-il dans un murmure ému. Tes seins sont plus gros.

Du bout des doigts, il effleurait les aréoles d'une caresse aérienne. La passion l'aveuglait… Ses seins n'avaient pas repris leur taille d'avant la naissance de Max, mais sa poitrine était toujours assez menue.

— Tu es magnifique, murmura-t-il en souriant, avant de se pencher vers elle pour l'embrasser jusqu'à ce qu'elle n'ait plus de souffle et que les étoiles scintillent sous ses paupières.

— Je me disais exactement la même chose à propos de toi, dit-elle, en lui attrapant la taille de ses jambes.

Elle sentit plus qu'elle ne vit son sourire contre son épaule. Quand il se redressa, il caressa sa joue. Son regard brillait vivement, comme s'il voulait lui dire quelque chose mais qu'il ne trouvait pas les mots. Se pouvait-il qu'il éprouve des sentiments plus profonds pour elle ?

Elle n'eut cependant pas le temps de s'appesantir sur cette folle espérance. Déjà il lui écartait les jambes et elle sentit son érection contre le cœur palpitant de sa féminité. Une faim primitive la submergea, balayant les doutes et les questions.

— Je t'en prie… Maintenant…, murmura-t-elle dans un souffle.

Elle s'était cambrée pour mieux l'accueillir et poussa un soupir de satisfaction quand il la pénétra. Il commença à se mouvoir en un lancinant va-et-vient, plongeant chaque fois plus profondément en elle, l'entraînant rapidement vers les cimes du plaisir. Elle s'agrippa aux draps et s'abandonna à l'explosion sensuelle qui se propagea dans tout son corps. Ses soupirs de plaisir envahirent la cabine. Les vagues qui faisaient danser le bateau semblaient bien faibles comparées à celles qui secouaient son âme.

De nouveau, il n'attendit pas qu'elle ait complètement repris son souffle. Il la fit rouler avec lui sur le côté et il recommença à faire l'amour. Leurs yeux ne se quittèrent pas une seconde et l'intensité de son regard gris rendait plus encore bouleversante l'intimité de leur étreinte. Une larme d'émotion qu'elle avait été incapable de retenir coula sur sa joue. Il la sécha du bout des lèvres avant de l'embrasser sur la bouche. Son baiser avait le goût salé des larmes. C'était à la fois doux et incroyablement passionné.

Mais une fièvre sensuelle balaya rapidement ce moment de tendresse et il accéléra la cadence souple de ses reins. Cette fois, quand le plaisir la transporta de nouveau au septième ciel, il la rejoignit sur les sommets de l'extase en criant son nom. Leurs propos incohérents, leurs râles de plaisir se mêlèrent à leurs souffles saccadés et emplirent la cabine d'une musique érotique au rythme du balancement hypnotique du bateau.

Elle eut l'impression d'être libérée d'une tension qui l'obsédait depuis sept ans. Une digue avait cédé, des chaînes s'étaient brisées, elle était enfin libre et... à sa place.

Une main posée sur son torse puissant, elle perçut les battements réguliers de son cœur sous sa paume. Elle ferma les yeux et sourit avec un soupir.

Encore engourdie de plaisir, elle sentit une profonde fatigue l'envahir. Elle aurait pu dormir pendant des jours.

Au moment où elle allait sombrer dans le sommeil, la pensée de Max lui fit brusquement reprendre conscience de la réalité. Elle ouvrit les yeux sur Dimitrios qui l'observait. Ce seul regard suffit à rallumer la passion qu'elle pensait avoir assouvie. Comment était-ce possible ? Ne venait-elle pas de vivre plusieurs orgasmes explosifs ? À la lueur sans équivoque qui dansait dans les prunelles de son amant, elle comprit qu'il n'était pas rassasié non plus.

Elle avait envie d'explorer toutes les façons de lui donner du plaisir. Non, elle voulait plus que cela. Elle voulait le rendre fou de désir, lui faire perdre la tête comme il savait lui faire perdre la sienne. Longtemps sevré de caresses et de plaisir, tout son corps vibrait à présent d'une vie nouvelle qui refusait d'être bridée. De nouveau, la pensée de Max coupa court à son délirant désir.

— Je le regrette, mais je pense que nous devrions rentrer, dit-elle. Max doit nous attendre.

— Il est avec Francesca, dit Dimitrios. Elle le fera dîner et le mettra au lit.

Cette idée la perturbait. Elle n'avait jamais manqué une seule fois le coucher de Max. Mais elle devait reconnaître qu'il n'était pas accroché à ses jupes, et qu'il adorait Francesca.

Pendant six ans, elle avait fait passer les besoins de son fils avant les siens. Oh ! ça n'avait pas été un sacrifice, car son instinct maternel était particulièrement développé. Mais maintenant, allongée à côté de Dimitrios, bercée par le balancement de la houle, elle avait envie d'être égoïste. De penser d'abord à elle, pour une fois.

— Tu penses que notre absence ne le perturbera pas ?

Le sourire de Dimitrios illumina son sublime visage viril.

— Sinon je ne te proposerais pas de rester encore un peu, dit-il.

Parfaitement rassurée à présent, elle ferma les yeux et nicha la tête dans le creux de son épaule.

— Nous pourrons l'appeler plus tard ?

— Bien sûr, répondit-il.

Dimitrios attendit que la sensation de panique qui l'avait foudroyé se dissipe. Annabelle était lovée contre lui et il avait soudain du mal à respirer, comme si le piège qu'il avait évité toute sa vie s'était refermé sur lui.

Il était marié. Il partageait son intimité avec une femme.

Il s'était pourtant juré de ne jamais se retrouver dans cette situation. Il avait couché avec des femmes, certes, mais avant Annabelle, jamais il n'avait passé une nuit entière avec l'une de ses conquêtes. Et encore moins après... Quand il avait compris à quel point il l'avait fait souffrir, il avait pris garde de ne plus jamais laisser de faux espoirs à ses compagnes d'un soir. Il avait tiré une ligne claire et infranchissable entre le sexe et les sentiments.

Mais Annabelle n'était pas une femme comme les autres.

C'était sa femme désormais. Et il n'aurait voulu se trouver nulle part ailleurs qu'ici, avec elle. Elle avait laissé sa tête s'alourdir contre son torse, il percevait son souffle régulier. Il allongea lentement le cou pour regarder l'heure à sa montre et sourit. Ils avaient toute la soirée pour eux et il avait bien l'intention d'en profiter au maximum.

— Et voici Annie.

Lewis ébouriffa la chevelure blonde de sa petite sœur, lui arrachant une moue exagérément excédée. Mais quand le regard d'un bleu incroyable de la jeune fille se posa sur Dimitrios et Zach, elle rougit.

— Salut, dit-elle. Ravie de faire votre connaissance.

Zach tendit la main, et elle lui rendit son sourire en la serrant. Mais Dimitrios resta un instant tétanisé. Elle ne ressemblait pas du tout à Lewis, qui avait le teint mat et les cheveux sombres, mais ils avaient les mêmes yeux. À son regard intelligent et son expression futée, il comprit que rien ne devait lui échapper.

— Nous partons pour le week-end, dit Lewis. Maman et papa sont là ?

Le regard d'Annie s'attarda un instant sur Dimitrios, puis elle se tourna vers son frère.

— Papa est à l'étage et maman...

Elle haussa les épaules et laissa sa phrase en suspens.

Dimitrios, qui l'observait attentivement, surprit l'expression contrariée qui traversa brièvement son joli visage. Quelle pouvait être la cause de son tourment ?

Lewis parlait beaucoup plus souvent de sa sœur que de ses parents. En fait, il parlait tout le temps d'elle. Curieusement, Dimitrios l'avait imaginée plus jeune. Sans doute à cause du ton protecteur que prenait son ami lorsqu'il l'évoquait.

Si elle n'était plus une enfant, elle n'était cependant pas tout à fait une femme non plus. Quel âge pouvait-elle avoir ? Quinze ans ? Mais elle allait indéniablement devenir superbe. Pourquoi diable remarquait-il ses courbes naissantes, la douceur de son sourire ? Il devait se ressaisir !

— Il faut qu'on y aille, Lewis.

— OK.

Lewis prit Annie par l'épaule et l'attira contre lui.

— Annie, fais la conversation à ces messieurs pendant que je vais chercher mes affaires.

Zach et Annabelle entamèrent aussitôt une discussion à bâtons rompus à propos de tout et de rien, du lycée qu'elle fréquentait aux études de droit qu'elle envisageait de poursuivre plus tard.

Dimitrios remarqua qu'elle évitait de regarder dans sa direction. Tant mieux. Cela lui donnait l'occasion de l'observer tranquillement.

— Le droit ? Mais c'est horriblement aride et ennuyeux, la taquinait Zach.

— J'aime quand c'est ennuyeux.

Elle éclata de rire, d'un rire merveilleusement rafraîchissant. Quand elle se tourna furtivement vers Dimitrios, son sourire s'évanouit et ses joues rosirent de nouveau. Ce fut très bref, et elle revint à Zach.

— Vous voulez boire quelque chose ? demanda-t-elle à son frère.

Mais d'un geste, elle engloba Dimitrios dans sa question.

— Non, merci. On a des bouteilles d'eau dans la voiture.

— Je veux bien un café, s'entendit-il dire.

Qu'est-ce qui lui avait pris ? Il venait de demander à Lewis de se dépêcher. Pourquoi cherchait-il maintenant un prétexte pour s'attarder ?

— OK. Co… comment le prends-tu ?

Sans doute embarrassée d'avoir balbutié, elle baissa la tête. Un rideau de cheveux blonds masqua partiellement son visage.

— Noir et serré.

Elle se redressa alors et, quand leurs regards s'accrochèrent, quelque chose pétilla entre eux, quelque chose qui lui ouvrit les yeux sur l'étrange comportement de la jeune fille.

Elle avait le béguin pour lui !

Il sourit pour calmer l'évidente nervosité d'Annabelle, mais cela sembla avoir l'effet opposé.

— Je n'en ai pas pour longtemps, dit-elle en s'échappant.

Dimitrios sursauta, remua et jeta de nouveau un regard à sa montre. Dix minutes à peine s'étaient écoulées, mais il s'était endormi et son esprit l'avait entraîné vers des souvenirs qu'il n'avait pas évoqués depuis des années. La première fois qu'il avait rencontré Annabelle, elle lui avait fait une vive impression. Même à cette époque, le charme qui émanait d'elle s'était insinué en lui. Et ce n'était pas simplement dû au fait qu'elle avait eu le coup de foudre pour lui. Le moindre de ses gestes l'avait intrigué et il avait eu envie de s'attarder pour faire sa connaissance. Après cette première rencontre, chaque fois que Lewis parlait d'elle, il tendait l'oreille. Plus particulièrement quand elle avait commencé à sortir avec un garçon de son lycée, plus âgé qu'elle de deux ans. Lewis n'appréciait pas ce petit ami.

— Mais c'est sa vie, avait-il précisé. Et elle a l'air de le trouver génial.

Dimitrios s'était persuadé qu'il en avait terminé avec Annabelle – et elle avec lui. Cependant, il était allé la trouver, le soir des funérailles. À quoi bon le nier ? Il ne voulait pas seulement s'assurer qu'elle allait bien, poussé par la promesse qu'il avait faite à Lewis. Elle était la personne qu'il avait besoin de voir ce soir-là, c'est tout.

Il changea de position pour la contempler, et son cœur se serra. Quelle que soit la raison qui l'avait conduit chez elle, autrefois, elle méritait mieux. Il ne s'était pas douté qu'elle était vierge. Comment aurait-il pu penser qu'une jeune femme de dix-huit ans n'avait jamais couché avec un homme alors qu'elle avait eu plusieurs petits amis ? Mais à quoi bon se poser ces questions aujourd'hui ? Cela aurait-il changé quelque chose, ce soir-là ? Il n'en savait rien.

Quand il bougea de nouveau, Annabelle s'étira. Son regard

endormi le projeta en arrière dans le passé, et dans l'avenir en même temps. Un instant, il fut complètement désorienté.

— Je me suis endormie, dit-elle comme pour s'excuser.

Dans son sourire timide, il retrouva l'image fugace de l'adolescente qu'elle avait été. Mais sa timidité s'évanouit et son regard s'alluma d'une fièvre sans équivoque. Lentement, elle se redressa et après l'avoir repoussé sur le lit, elle s'assit à califourchon sur lui. Il n'eut pas le temps de dire quoi que ce soit que déjà elle s'était penchée vers lui et l'embrassait passionnément. Enivré par la douceur de sa peau féminine contre son corps, par son baiser, il sentit ses pensées et ses souvenirs se dissoudre dans un torrent de sensualité. Il n'y avait plus qu'Annabelle et les émotions incroyables qu'il éprouvait quand il la tenait dans ses bras...

11

— Je ne veux pas ! s'écria Annie en étouffant un sanglot.

Elle serrait Lewis dans ses bras. Il était tellement maigre que son cœur se brisait.

— Ça n'y changera rien.

Malgré son état de faiblesse extrême, il réussit à lui sourire.

— Écoute Annie, je suis épuisé. Les médicaments m'abrutissent une grande partie de la journée. Je sais que je n'en ai plus pour longtemps.

Devinant qu'il voulait lui dire quelque chose d'important, elle s'assit sur le bord du lit et lui prit la main. En trois mois, le jeune homme robuste et plein de vie avait dépéri, il n'était plus que l'ombre de lui-même.

— Tu es la personne que j'aime le plus au monde, dit-il. Tu es intelligente, généreuse et tellement drôle. Tu vas vivre une vie merveilleuse.

Elle ne put retenir le sanglot qui lui nouait la gorge.

— J'ai besoin que tu fasses quelque chose pour moi, dit-il.

— Je ferai n'importe quoi.

— Vis ta vie. Fais-le pour moi. Souviens-toi toujours combien je suis fier de toi. Je sais que tu accompliras de grandes choses. Tu te souviens des histoires que je te racontais quand tu étais petite, à propos de ce que tu méritais ? Eh bien, ne te contente jamais de moins. Tu es brillante, Annie. Tu mérites ce qu'il y a de mieux.

Le souvenir d'une des dernières conversations qu'elle avait eues avec Lewis avait assailli Annie sans prévenir, au réveil, au lendemain de la soirée merveilleuse qu'elle avait passée avec son mari. Après l'escapade en yacht, il l'avait emmenée dans un club très huppé. Pas plus qu'elle, il ne semblait vouloir que la nuit s'achève. Ils étaient rentrés à la maison au petit matin et là, dans ce grand lit qu'elle considérait à présent comme le leur, ils avaient refait l'amour jusqu'à ce que leurs corps soient repus de plaisir.

Mais le souvenir des recommandations de Lewis lui avait brutalement rappelé que l'intimité incroyable qu'ils avaient partagée ne signifiait rien. Du moins, pas dans le sens où elle l'aurait voulu. Comment avait-elle pu, l'espace de quelques heures, l'oublier ? Elle avait même secrètement espéré que Dimitrios lui avouerait qu'il l'aimait ! Décidément, elle avait perdu la tête ! Les limites qu'ils s'étaient fixées se brouillaient.

Une fois Dimitrios parti travailler, elle n'eut cependant pas le loisir de réfléchir à l'avenir d'un mariage où l'amitié et le sexe avaient leur place, mais pas l'amour. En effet, Max était d'une humeur particulièrement entreprenante et ils décidèrent de partir à la découverte de la ville où ils allaient vivre désormais.

Le chauffeur les déposa dans le centre-ville, où ils firent des courses. Puis ils trouvèrent un parc où Max joua, et enfin ils se rendirent sur un marché où ils déjeunèrent de délicieuses spécialités locales.

Au fur et à mesure que le soir approchait, la nervosité d'Annie grandissait à l'idée de se retrouver face à face avec Dimitrios. Elle devait absolument décider ce qu'elle attendait de lui avant de le revoir. Sinon, ils iraient se coucher, ils feraient l'amour et une routine s'installerait pour le reste de sa vie. Or elle était de moins en moins sûre qu'elle pourrait se contenter de ce qu'il était prêt à lui offrir.

Chaque fois qu'elle regardait Max, cependant, un sentiment de culpabilité l'envahissait. Après l'avoir privé de son père pendant si longtemps, avait-elle le droit de mettre un terme à une situation qui de toute évidence faisait son bonheur à lui ? Tout cela parce qu'elle voulait vivre le grand amour… Elle était pourtant convaincue que leur mariage ne ressemblerait jamais à celui de ses parents. Ne pouvait-elle pas se satisfaire d'un mariage où les époux se traitaient avec respect, même s'ils ne s'aimaient pas ?

À ce stade de ses réflexions, elle s'immobilisa, frappée en pleine rue par une révélation. Dimitrios ne l'aimait pas, c'était vrai, mais elle, elle l'aimait. Ce n'était plus une toquade d'adolescente. Les sentiments qu'elle éprouvait désormais étaient ceux d'une adulte et ils étaient nettement plus dangereux. Oh ! bien sûr, elle était toujours fascinée par sa beauté si virile, mais au-delà de cette puissante attirance physique, c'était l'homme qu'elle avait appris à connaître qu'elle aimait à présent. Il était généreux, attentionné et passionné. Elle avait besoin de lui pour se sentir complète.

— Maman ? Qu'est-ce que tu as ?

Seigneur ! Elle devait se ressaisir pour ne pas l'inquiéter.

— Ce n'est rien, Max, répondit-elle. J'ai chaud.

— Rentrons à la maison, alors. Ou achetons des glaces.

Décidément, il ne perdait pas le nord ! L'opportunisme de la deuxième suggestion réussit à la faire sourire.

— Rentrons plutôt à la maison, dit-elle.

— OK, fit-il en ravalant sa déception. C'est drôle que ce soit notre maison, maintenant.

La culpabilité la rongea de nouveau. Elle n'allait pas quitter Dimitrios. Elle ne pouvait pas faire ça à Max, et tant pis si la situation devenait un peu plus compliquée pour elle. Mais son fils serait-il heureux, si elle-même était malheureuse ? Elle se sentait écartelée.

— Tu te plais ici ? demanda-t-elle de la voix la plus neutre possible pour ne pas l'influencer.

— Oh oui, c'est génial. Les copains du foot sont super, et l'école a l'air géniale. J'aime aussi notre maison, et la piscine, et ma chambre.

Elle acquiesça de la tête, puis, avec une bonne humeur qu'elle était loin d'éprouver, déclara :

— C'est bien, chéri. Je suis contente que ta nouvelle vie te plaise. Maintenant, où est la voiture ?

Dimitrios tapota machinalement l'écrin qui se trouvait dans sa poche et franchit, un sourire aux lèvres, le seuil de la maison. Il bouillonnait d'impatience. Sa journée s'était étirée avec une lenteur insupportable. Une crise avait éclaté dans la filiale de Hong-Kong. Ce genre d'événement exigeait habituellement qu'il se rende sur place. Mais il avait réussi à tout régler par visioconférences et par mails. Il savait parfaitement pourquoi il avait agi ainsi. Il ne voulait pas quitter Annabelle et Max.

Sa famille.

Max était couché quand il arriva.

— Je suis en retard, dit-il à Annabelle. Je n'ai pas pu partir plus tôt.

Il eut l'impression qu'elle fuyait son regard et cela lui rappela leur première rencontre. Tant de choses avaient changé depuis ce jour lointain...

— Ce n'est pas grave. Max était épuisé. Nous avons beaucoup marché aujourd'hui.

Il réussit à sourire malgré la pointe de jalousie à la pensée que son fils avait exploré la ville sans lui. Il allait devoir réaménager ses horaires pour lui consacrer davantage de son temps.

— Où êtes-vous allés ?

— Un peu partout. Tu as faim ?

Quelque chose dans son ton éveilla son inquiétude. Instinctivement, il voulut effacer cette impression.

— Oui, mais avant de dîner... j'ai quelque chose pour toi.

Il prit la main d'Annabelle, en même temps qu'il sortait l'écrin de sa poche et le lui tendait. La main de la jeune femme tremblait légèrement quand elle souleva le couvercle. La bague scintilla de mille feux sous la lumière du hall d'entrée. C'était un anneau serti de diamants blancs et monté d'un diamant jaune canari gros comme un ongle, taillé en un cercle parfait et maintenu par quatre griffes de platine.

— Mais c'est... Pourquoi l'as-tu achetée ? demanda-t-elle sans lever les yeux vers lui. Pourquoi un tel cadeau ?

Il sortit la bague de l'écrin et la glissa à son doigt. Le bijou brillait de reflets sublimes. Il lui allait parfaitement.

— La nuit dernière m'a paru un commencement. Je voulais marquer le coup.

Le manque d'enthousiasme d'Annabelle l'intriguait. On aurait dit que la bague représentait un fardeau pour elle.

— Merci, dit-elle.

— Elle ne te plaît pas ?

— Ce n'est pas ça... Elle est magnifique. Mais... la nuit dernière...

Il se tendit instinctivement car, quoi qu'elle s'apprête à lui dire, son instinct lui soufflait qu'il n'allait pas aimer cela.

— Il faut que nous parlions..., fit-elle.

Il comprit immédiatement. C'était ce qu'il avait secrètement redouté toute la journée. C'était pour cela qu'il était resté à Singapour, qu'il avait tout fait pour rentrer à la maison. Il s'inquiétait de la réaction d'Annabelle.

Regrets, culpabilité, honte. Les sentiments qu'il avait ressentis après la première fois qu'ils avaient fait l'amour l'assaillirent. À la différence qu'aujourd'hui il avait fait extrêmement attention. Il avait combattu tous ses instincts pour s'assurer que cette fois-ci Annabelle ne souffrirait pas.

Or il avait de toute évidence échoué, car quelque chose la tracassait.

— OK, parlons.

Annie remplit deux verres de vin et en tendit un à Dimitrios. Son mouvement fit scintiller la bague spectaculaire qu'il lui avait offerte. Elle la contempla quelques secondes avant de se diriger vers la table près de la piscine. L'eau turquoise reflétait la végétation luxuriante du jardin. Une haie de bougainvillées formait un mur pourpre d'un côté de la terrasse. Mais ses nerfs à fleur de peau l'empêchaient de profiter de ce cadre enchanteur.

— Alors ? Que voulais-tu me dire ? demanda-t-il.

Elle avala une gorgée de vin pour se donner du courage.

— J'ai besoin de savoir si la nuit dernière a changé quelque chose pour toi, lança-t-elle de but en blanc.

Il darda un regard sombre vers elle, comme s'il redoutait ce qui allait suivre.

— En quoi ?

— La première fois où nous avons couché ensemble, c'était plus que du sexe pour moi. J'étais amoureuse de toi, depuis notre première rencontre.

— C'était une simple toquade d'adolescente.

Il avait parlé d'un ton léger, mais son expression démentait sa désinvolture. Ainsi, il avait su dès le départ ce qu'elle éprouvait pour lui.

— Non, c'était plus que cela, dit-elle. Lewis m'avait parlé de toi. Avant que Zach et toi débarquiez à la maison, je pensais déjà que tu étais quelqu'un d'extraordinaire. Mais le jour où je t'ai rencontré, il y a eu comme un déclic en moi.

— Tu avais quinze ans, lui rappela-t-il avec une pointe de cynisme.

— Oui, et j'ai tout fait pour ne plus penser à toi.

— Tu es même sorti avec d'autres.

— Comment le sais-tu ?

— Lewis y a fait allusion, répondit-il, légèrement sur la défensive.

— En réalité, c'étaient de bons amis, rien de plus. Je n'ai jamais éprouvé de véritables sentiments pour aucun d'entre eux. Des garçons ou des hommes séduisants et intelligents pouvaient me draguer, je ne leur prêtais pas attention. Ça n'a jamais changé.

Elle but une autre gorgée de vin, les yeux perdus au loin tandis que les souvenirs resurgissaient.

— Même après la naissance de Max. J'ai rencontré des hommes. Au parc, au café, dans la rue. Chaque fois qu'on m'invitait à sortir, la réponse était la même. Tu es le seul homme que j'aie jamais voulu, Dimitrios.

Il resta immobile, une expression indéchiffrable sur le

visage. Mais au fond de ses prunelles, elle voyait des émotions se bousculer : l'inquiétude, la résistance, l'incrédulité. Sans prononcer un mot, il lui donnait la réponse à la question qu'elle n'avait pas formulée. De toute évidence, il n'appréciait pas du tout ses confidences, mais elle poursuivit pourtant.

— J'étais très en colère contre toi. J'étais furieuse que tu continues de vivre ta vie, avec d'autres femmes, d'autres amis. Visiblement, tu m'avais oubliée. Les années ont passé et j'espérais que mes sentiments pour toi s'étaient éteints.

Pour la première fois depuis le début de sa confession, il but une gorgée de vin. Avait-il besoin de courage pour entendre ce qu'elle avait à lui dire ? Ou pour mieux la repousser ensuite ?

— Je ne peux plus lutter, Dimitrios. Je ne *veux* pas lutter. Je suis toujours amoureuse de toi et après la nuit dernière, je ne peux tout simplement plus le nier. Tout est devenu clair pour moi. Je t'aime.

Un silence lourd d'expectative plana sur eux. Elle attendit, consciente que chaque seconde qui s'écoulait rendait l'attente plus vaine.

— Annabelle..., dit-il dans un soupir.

Puis il se leva, contourna la table et s'y appuya à côté d'elle. Le sentir si proche lui donnait un délicieux vertige.

— Tu es... une mère incroyable et une belle personne. Je te respecte profondément. Et il n'y a personne d'autre que toi avec qui je voudrais être marié, ou élever un enfant. Mais ce mariage n'est pas fondé sur l'amour. Pour notre intérêt commun, il faut que ce soit clair.

Elle acquiesça, mais au fond d'elle-même elle détestait cette réponse, qui allait à l'encontre de ce qu'elle attendait. En cet instant, elle le haïssait et l'aimait avec une force égale.

— Tu as été très clair, dit-elle. Mais maintenant c'est mon tour. Je pensais que j'étais capable de vivre ainsi.

Elle le regarda à travers le brouillard des larmes qu'elle peinait à retenir.

— Le problème, c'est que tu as tout rendu trop parfait, dit-elle.

— Et « trop parfait », c'est mal ?

Du bout des doigts, il essuya une larme sur sa joue et ce contact la fit vaciller. Elle ne pouvait pas accepter sa gentillesse, si elle voulait en finir.

— Ça peut l'être.

Il laissa éclater sa frustration.

— Pourquoi ça ne pourrait pas fonctionner ? demanda-t-il. Tout se passe si bien. Nous nous entendons bien, nous nous amusons ensemble. Nous sommes attirés l'un par l'autre. En quoi est-ce mal ?

Se rendait-il compte qu'en parlant ainsi il étouffait toutes traces de l'espoir qui restait en elle ?

— Tu n'es pas le seul qui a fait une promesse à Lewis avant sa mort, reprit-elle. Moi aussi. Je lui ai promis que je vivrais pleinement ma vie, pour moi et pour lui. Il me disait que je méritais de vivre un conte de fées, une vie longue et heureuse avec mon prince charmant.

Un sanglot étouffa sa voix.

— Et cette situation y ressemble tellement, Dimitrios. Tu es tout ce que j'ai toujours voulu, pour moi et pour Max, mais si tu ne m'aimes pas, alors je ne peux pas… Je ne peux pas faire semblant…

Il la fit se lever et la serra dans ses bras.

— Chut, murmura-t-il en posant les lèvres sur sa chevelure. Je t'en prie, ne pleure pas.

— Je suis désolée, je ne voulais pas pleurer, mais aujourd'hui, ça m'est tombé dessus. Je pensais que c'était une bonne idée d'attendre pour coucher ensemble, mais la nuit dernière, quand nous avons fait l'amour, j'ai su sans l'ombre d'un doute qu'en ce qui me concernait c'était vraiment *faire l'amour*. J'ai su que je t'aimais toujours.

Elle s'interrompit et ôta le diamant jaune de son doigt, avant de le déposer sur la table.

— Je comprends que pour toi aussi ça avait un sens. Mais ce n'était pas de l'amour. Tout ceci…, dit-elle en balayant le jardin et la maison du regard. C'est tellement beau. Grâce à toi, je me suis sentie comme une princesse dans un conte de fées. Ce n'est pas ta faute si j'ai oublié les limites que nous avions fixées. Mais nous sommes tous les deux prisonniers dans cette incroyable cage dorée. Tu n'aurais jamais choisi de vivre avec moi, s'il n'y avait pas eu Max. Tu ne m'aurais jamais choisie. Je sais ce que tu ressens. Tu fais le maximum pour lui, et pour moi, même si ça implique que tu te retrouves coincé dans une vie que tu n'as pas choisie. Et j'en suis désolée. J'aurais voulu pouvoir te donner ce que tu voulais. Un mariage à la hauteur de tout ceci.

— Tu penses que c'est pour me conformer à une conception de mariage idéal que je voulais coucher avec toi ? demanda-t-il d'un ton où elle perçut de l'incrédulité. Bon sang, Annabelle, je te désire ! C'est toujours le même désir insatiable qui m'avait entraîné chez toi il y a sept ans. Tout dans ce mariage peut être factice, mais pas ça.

Elle tressaillit devant cet aveu sans fard du désir qu'elle lui inspirait. Mais cela ne changeait rien.

— Je sais que tu as envie de moi, dit-elle, mais aujourd'hui j'ai compris que je ne pouvais pas me contenter de demi-mesures. Je ne peux pas coucher avec toi s'il n'y a pas d'amour entre nous.

De nouveau, il évita son regard.

— L'amour n'est pas... Ça n'a jamais été un objectif pour moi.

Elle eut un sourire doux-amer.

— Je ne pense pas qu'on recherche l'amour, c'est lui qui nous trouve.

— Je n'y crois pas, c'est tout.

Sa conviction lui causa une douleur presque insupportable et elle recula d'un pas.

— Je t'en prie, porte-la, dit-il en lui rendant la bague qu'elle avait posée sur la table. C'est un cadeau et elle te va parfaitement.

— Elle est magnifique, mais je n'ai pas envie de commémorer la nuit dernière. Je préférerais que nous... en restions à la situation telle qu'elle était, OK ? Oublions que c'est arrivé.

Dimitrios se sentait acculé. Il était néanmoins incapable de dire à Annabelle ce qu'elle voulait entendre : qu'il l'aimait. Il ne pourrait jamais lui mentir à ce sujet, même si c'était pour qu'elle souffre moins. Elle était courageuse et magnifique quand elle assumait ainsi avec panache ses sentiments et ses rêves. Elle voulait – et elle méritait – un mariage de conte de fées et pas l'union au rabais qu'il lui proposait.

Le sentiment de culpabilité lancinant qui l'habitait depuis des années revint en force. Qu'aurait pensé Lewis de la situation dans laquelle il avait entraîné Annabelle ? Seigneur ! Qu'en dirait Zach ?

— C'est un divorce que tu veux ? demanda-t-il finalement.

Quand il eut enfin rassemblé son courage pour la regarder, elle était d'une pâleur à faire peur. Il résista à l'impulsion de la prendre dans ses bras, car il devait respecter les barrières qu'elle érigeait entre eux pour se protéger.

— Et toi ? C'est ce que tu veux ? répondit-elle.

— Non, Annabelle. Je t'ai dit que je ne te quitterais pas et je le pensais. Mais je ne veux pas que tu sois malheureuse pour le restant de tes jours parce que ton sens du devoir te pousse à vivre avec moi.

Visiblement blessée, elle le foudroya du regard.

— Je veux la solution qui sera la meilleure pour Max, dit-elle.

— Moi aussi, mais elle ne doit pas se faire à ton détriment.

Le sourire teinté de détresse qu'elle lui adressa l'anéantit.

— Si je tombe encore davantage amoureuse de toi, ce ne pourra être qu'à mon détriment. Tout ce que je te demande, c'est de me traiter avec la considération que tu aurais pour une étrangère.

Avec la considération qu'il aurait pour une étrangère ? Les yeux perdus au plafond, Dimitrios retournait ces paroles d'Annabelle dans son esprit en luttant contre l'étau qui lui serrait la poitrine. Quarante-huit heures s'étaient écoulées depuis leur conversation et la contrariété qu'il éprouvait n'avait fait que s'amplifier.

En dépit de sa décision, elle partageait toujours sa chambre. « Max le remarquerait », avait-elle dit quand il avait évoqué l'idée d'aller s'installer dans une chambre d'invité.

Tout ceci était pour Max. Ils étaient d'accord sur ce point. Et c'était ainsi qu'ils se retrouvaient comme deux étrangers polis contraints de dormir ensemble, immobiles et prenant garde à ne pas se toucher.

Quant à dormir, c'était un luxe auquel il ne songeait même pas.

Las de chercher le sommeil, il roula sur lui-même. Quand il fit face à Annabelle, quelque chose se noua dans le creux de son estomac. Elle avait les yeux fermés, mais il n'aurait su dire si elle dormait ou pas. Les mêmes pensées la tourmentaient-elles ? La conscience de son corps si proche lui était-elle une torture, comme c'était le cas pour lui ?

Profondément troublé par ses sentiments contradictoires, il sortit du lit. Il enfila une chemise, déterminé à ne pas jeter un regard en arrière avant d'avoir atteint la porte. Alors seulement, il se retourna. Que cherchait-il au juste ? Le regard d'Annabelle ? Qu'espérait-il y lire ?

Mais elle lui présentait obstinément son dos. Elle ne dormait sans doute pas, mais elle s'était refermée sur elle-même et il devait reconnaître qu'il le méritait.

12

Annie contempla le splendide sapin de plus de trois mètres qui avait été installé dans le grand salon. Quel contraste avec le Noël précédent ! D'où venait alors cette vague de tristesse qui l'envahissait au milieu de toute cette perfection ?

Elle prit conscience que, dans sa vie d'avant, loin de Dimitrios, elle s'était inconsciemment bercée de l'illusion qu'un jour peut-être il l'aimerait. Désormais, il ne lui restait même plus cet espoir. L'amour inspirait à Dimitrios une aversion insurmontable.

Elle avait souffert de son rejet, mais devait reconnaître qu'il avait fait son possible pour la ménager. Il ne l'aimait pas, mais il se souciait d'elle. Ce n'était d'ailleurs pas d'elle en particulier qu'il se souciait, mais des autres en général.

Et il aimait leur fils. Pour Max, elle devait au moins essayer et mettre ses propres sentiments de côté. Leur fils grandirait avec ses deux parents. Mais vivre à côté de Dimitrios, le côtoyer tous les jours risquait d'être au-dessus de ses forces. N'allait-elle pas céder de nouveau à la tentation constante qu'il représentait ?

Elle aurait dû accepter la bague, après tout. Comme un rappel de sa déception et une incitation à garder ses distances.

Annie froissa des aiguilles de sapin entre ses doigts, et porta la main à ses narines. L'odeur de pin lui fit inexplicablement monter les larmes aux yeux. Un an auparavant, l'inquiétude de l'avenir la rongeait, mais son cœur n'était pas aussi lourd qu'aujourd'hui.

— Maman ?

Elle essuya promptement ses larmes avant de se tourner avec un grand sourire vers Max. Son fils venait d'entrer dans le salon, accompagné de Dimitrios. Conformément à leur arrangement, elle accueillit celui-ci d'un regard bref mais bienveillant.

Il était impossible de ne pas voir la complicité et l'affection entre le père et le fils. Ce constat la conforta dans sa décision. Le bonheur de Max valait tous les sacrifices.

— Je me demandais justement où vous étiez passés.

— On est allés faire les courses, annonça Max. Regarde, j'ai un cadeau pour toi.

Il sortit un joli paquet enveloppé de rouge de derrière son dos et son cœur se serra d'émotion.

— C'est une idée de papa. Et d'oncle Zach, ajouta-t-il.

La facilité avec laquelle les deux hommes avaient pris leur place dans la vie de Max était fabuleuse. Un père et un oncle... Il était aux anges.

— En plus, toi tu m'offres toujours quelque chose.

Annie ne pouvait plus continuer à ignorer Dimitrios sans éveiller les soupçons de son fils.

— C'est très gentil à vous, lui dit-elle.

Leurs regards s'accrochèrent et elle eut l'impression qu'il essayait de tirer quelque chose du plus profond d'elle-même. Il lui posait une question muette, mais laquelle ?

— J'espère que ça te plaira, dit Max en déposant le paquet sous le sapin.

— J'en suis sûre.

— Papa a plein d'idées pour aujourd'hui, fit Max. Il dit que nous devrions préparer un pudding. Il n'a pas de recette de famille et je lui ai dit que nous non plus, alors on a décidé que faire un pudding serait notre nouvelle tradition de Noël. Qu'est-ce que tu en penses, maman ?

Annie était perdue. C'était effectivement une idée merveilleuse, un souvenir partagé que leur fils pourrait chérir. Mais elle n'avait pas prévu que jouer la comédie de la famille parfaite lui serait aussi difficile. Pourtant, c'était la vie qu'elle avait choisie.

— C'est génial ! répondit-elle avec un enthousiasme feint. Je dois vite envoyer un mail, mais après je viendrai vous aider.

Ce mail urgent n'existait pas, mais elle avait besoin de quelques instants de solitude. Elle devait s'armer de courage pour participer à cette joyeuse activité familiale.

— Maman travaille beaucoup, entendit-elle Max confier à son père alors qu'elle quittait la pièce.

— Ah bon ? dit Dimitrios.

— Oui, elle est obligée, répondit Max en soupirant. Elle veut toujours m'acheter des choses. Alors elle travaille beaucoup, pour gagner de l'argent. Comme ça, j'ai des nouvelles chaussures quand j'en ai besoin.

Il baissa les yeux sur ses pieds avant d'ajouter :

— Mes pieds grandissent vraiment, vraiment vite.

Oubliant ses préoccupations, Dimitrios sourit au ton contrit du garçonnet. Mais celui-ci n'en avait apparemment pas fini.

— Je préférerais qu'elle ne travaille pas autant, reprit-il.

— Pourquoi ?

Ils étaient arrivés dans la cuisine et, tout en bavardant, Dimitrios avait commencé à sortir des placards les ingrédients nécessaires à la confection d'un pudding de Noël. Max prenait le sachet de farine, les raisins secs, le beurre et les emportait sur le plan de travail.

— Parce qu'elle est tout le temps fatiguée.

Dimitrios reçut cette information comme un reproche personnel. Comment avait-il pu à ce point négliger ses responsabilités ?

— Et moi je fais du bruit, et j'aime courir. Et j'aime aller au parc, mais je ne veux pas toujours demander à maman parce que je sais qu'elle est fatiguée et que si je lui demande, elle va me dire oui.

— Tu es très prévenant, Max.

— Merci.

Dimitrios déglutit. Il avait manqué tant de choses. Il avait manqué une grande partie de la vie de Max et il n'avait pas été là pour soutenir Annabelle dans ses moments de fatigue, ou pour partager ses moments de joie, ses larmes, ses plaisirs.

— Il nous faut des tabliers, non ? dit Max. Ils ont toujours des tabliers à la télé.

— Je sais qu'il y en a quelque part, tu peux les chercher ?

Max ouvrit plusieurs placards et, quelques instants plus tard, exhiba les tabliers.

— Il n'y en a que deux, dit-il.

— Ce n'est pas grave, je m'en passerai.

— Tu peux m'aider à faire le nœud ?

Après avoir plié le tablier en deux pour l'adapter à la taille de Max, il le lui noua dans le dos. Ils avaient pratiquement fini de peser tous les ingrédients quand Annabelle apparut sur le seuil de la cuisine. Elle avait attaché ses cheveux en queue-de-cheval. Ses doigts le démangèrent de les libérer et de plonger dans leur masse soyeuse.

— On t'a gardé un tablier, maman.

Elle se figea et Dimitrios comprit l'épreuve que la situation représentait pour elle. Pourquoi avait-il proposé cette idée d'instaurer une tradition familiale ? En prolongeant l'illusion d'une famille unie, il lui rappelait que leur mariage n'était qu'une mascarade. Il aurait au moins dû lui laisser le temps de se remettre de sa déception.

Mais quelle autre solution avaient-ils ? Ils étaient tous les deux pris au piège de ce mariage, pris au piège de leur amour pour Max.

— Merci chéri, dit-elle. Vous avez l'air de bien vous débrouiller sans moi, je vais d'abord me préparer un thé.

Max était apparemment imperméable à la tension qui régnait entre ses parents.

— Vous savez ce qu'il nous manque ? s'exclama-t-il joyeusement. Des chants de Noël.

— Excellente idée ! dit Annabelle.

Elle sortit son smartphone et sélectionna une musique de Noël sur un arrangement jazz. Une merveilleuse ambiance nostalgique envahit la cuisine.

Dimitrios, assisté de Max, prépara le pudding en suivant à la lettre les instructions de la recette qu'affichait son téléphone. Annabelle prenait bien garde de se tenir à distance de lui.

Ce fut l'une des journées les plus longues de son existence. Annabelle et lui faisaient leur possible pour qu'elle soit mémorable pour Max. Ils passèrent donc le reste de la journée en famille. Être proche d'Annabelle sans pouvoir la toucher, ou essayer de la faire sourire, confinait à la torture.

Quand Max fut finalement endormi, il ne put cependant se résoudre à laisser Annabelle terminer la soirée seule. Il la trouva dans le salon, devant le sapin de Noël, assise en tailleur sur le tapis, un verre de vin à la main. Elle avait pris une douche et portait une tenue décontractée. Elle s'était démaquillée et ses cheveux blonds retombaient librement sur ses épaules. Son estomac se noua sous l'effet d'une sensation devenue familière. Et une question s'imposa à lui : Pourquoi prétendait-il qu'il était incapable d'aimer ?

Il aimait Max. Cet amour avait été facile et instantané. Un regard avait suffi pour qu'il comprenne que Max ferait partie de lui pour toujours. Mais qu'en était-il d'Annabelle ?

Soudain, tout se figea en lui. Son cœur s'arrêta de battre, ses poumons de respirer. La terre elle-même semblait s'être arrêtée de tourner.

— Annie...

Pour la première fois, il l'appelait par son diminutif. Elle tourna la tête vers lui et il surprit l'expression de ses grands yeux bleus avant qu'elle puisse la masquer. C'était un regard de souffrance et de désespoir.

La foudre frappant à ses pieds n'aurait pas eu un effet plus dévastateur sur lui. Ce fut comme une révélation. Il contemplait Annie et il sut qu'il ferait *n'importe quoi* pour la rendre heureuse. Pas parce qu'elle méritait d'être heureuse, mais parce que, soudain, son bonheur était la chose la plus importante au monde pour lui. Parce que si elle n'était pas heureuse, lui-même ne pourrait jamais l'être. Insidieusement, au fil des jours, elle avait fini par représenter son univers et, convaincu que l'amour et le mariage n'étaient pas pour lui, il n'avait pas compris ce qu'il ressentait.

Soudain, les réactions étranges de son corps, l'émotion qui l'étreignait... tout s'expliquait.

— Max a passé une bonne journée, dit-il d'une voix douce.

Il s'assit à côté d'elle sur le tapis et la sentit se crisper. Seigneur ! S'il n'avait pas été aussi entêté, il lui aurait épargné bien des tourments ! Comment avait-il pu passer à côté de quelque chose d'aussi évident ?

— Il était ravi, dit-elle.

— Et toi ?

— Du moment qu'il est heureux, je le suis aussi.

N'y tenant plus, il leva la main vers son visage adorable et lui caressa doucement la joue. Elle inclina la tête contre sa paume, avant de se redresser en sursaut. Dans sa brusquerie, elle faillit renverser son verre de vin sur le tapis. Ce fut Dimitrios qui le rattrapa de justesse.

— Je te dois une explication, dit-il. Je ne pense pas t'avoir dit combien l'attitude de mon père m'a affecté. Pas plus que je ne t'ai expliqué combien l'exemple de ma mère – que l'amour pour mon père a failli anéantir – a conditionné mon rapport à l'amour. J'avais tous les jours devant moi la preuve du pouvoir néfaste de l'amour. Cela a forgé ma personnalité. Je n'avais même pas de regrets, puisque je n'ai jamais pensé que je passais à côté de quelque chose.

Visiblement désarçonnée par ses confidences, elle le dévisageait, les yeux écarquillés. Il perçut le mouvement qu'elle fit pour se lever, pour fuir cette conversation. Il posa la main sur son genou pour l'en dissuader.

— Écoute-moi, dit-il. Je ne serai pas long.

— Continue, dit-elle à contrecœur.

— Tu te souviens de la première fois où nous nous sommes rencontrés ?

Elle se contenta d'acquiescer d'un hochement de tête sec.

— Je t'ai trouvée...

— Inutile de me mentir, l'avertit-elle.

— Je ne mens pas. Je t'ai trouvée fascinante. Après, je me surprenais à penser à toi tout le temps. Chaque fois que Lewis parlait de toi – c'est-à-dire tout le temps, il était tellement fier de toi, Annie –, j'écoutais de toutes les fibres de mon corps. J'ai été soulagé quand il m'a appris que tu avais un petit ami, parce que je pensais que cette emprise étrange que tu avais sur moi n'y survivrait pas. Mais je me suis trompé. Tu continuais à m'obséder ; alors j'ai tout fait pour t'éviter. Chaque fois que tu étais avec Lewis, je disparaissais. J'ai réussi à contrôler les réactions que tu provoquais en moi en ne te voyant jamais.

À présent, elle ne faisait plus mine de s'en aller. Les yeux fixés sur le sapin dont les guirlandes projetaient des reflets dorés et argentés sur son visage, elle l'écoutait.

— Après ses funérailles, j'ai eu un moment de faiblesse, pour la première fois de ma vie. J'ai suivi mon instinct. Ça n'a jamais été seulement du sexe pour moi, Annie. Et ça n'aurait pas pu être n'importe quelle autre femme. J'avais besoin de *toi* ce soir-là. Toi seule pouvais comprendre et apaiser le chagrin qui me dévastait. J'avais besoin de *toi*.

« Tu étais si belle et si innocente – encore plus belle que je ne l'avais imaginé. Inconsciemment, j'ai su que tu étais la seule femme qui pouvait me faire oublier que je haïssais l'idée du mariage et de l'amour. Tu devenais trop dangereuse et je n'ai pas eu le courage de prendre le risque. J'étais lâche. Un idiot et un égoïste lâche. Je me répétais qu'en te repoussant je ne faisais que te protéger, alors que c'est moi que je protégeais en réalité. »

Elle se tourna alors vers lui et ce fut de la bienveillance qu'il lut dans ses yeux magnifiques. Une bienveillance qu'il ne méritait pas.

— J'ai passé sept ans à essayer de t'oublier. Et crois-moi quand je te dis que c'était un effort de chaque instant. Car je ne pouvais pas m'empêcher de penser tout le temps à toi. Tu es la seule personne qui ait ce pouvoir sur moi et j'ai finalement compris pourquoi.

Il vit la question se former sur ses lèvres plutôt qu'il ne l'entendit.

— Pourquoi ? chuchota-t-elle.

— Je t'aime, dit-il simplement. Je t'aimais déjà avant de te rencontrer, mais à partir de ce jour-là, tu as fait partie de mon âme. Tu es comme la moitié qui me manque pour me sentir entier, et j'ai lutté contre ça, mais je ne veux plus lutter.

Elle laissa échapper un petit cri.

— Je ne compte pas t'enlever Max, si c'est ce qui t'inquiète, dit-elle d'une voix calme.

— Ça n'a rien à voir avec lui, répondit-il en effleurant sa lèvre du bout du doigt. Ça n'a jamais été uniquement pour Max. J'aurais pu déménager à Sydney et partager la garde de notre fils avec toi. Mais je veux vivre avec ma famille – la femme que j'aime et l'enfant né de cet amour. Je veux que nous soyons ensemble parce que c'est naturel. Je veux que tu aies enfin le dénouement heureux que Lewis te prédisait. Ce n'est pas mon sentiment de culpabilité qui parle, Annie, c'est l'espoir. L'espoir que tu pourras me pardonner un jour pour les souffrances que tu as traversées à cause de mon aveuglement. Je n'ai probablement pas le droit de nourrir cet espoir, mais j'espère que tu t'autoriseras à m'aimer sans crainte, sans souffrance.

Elle le regardait, et chaque seconde qui passait était comme un poids supplémentaire qui pesait sur sa poitrine.

— Je me suis convaincu que je t'épousais pour Max, mais ces derniers jours j'ai compris que c'était un mensonge. Parce qu'il est ici, chez moi, exactement où je voulais qu'il soit, mais toi tu m'évites et tu es malheureuse, alors je ne peux pas être heureux. Je ne veux pas seulement Max, je te veux aussi, Annie. Tous les deux, vous faites partie de moi.

À présent elle avait les yeux brillants de larmes. Déstabilisé par son silence, par son expression indéchiffrable, il se demandait comment la convaincre de sa sincérité.

— Je t'aime, répéta-t-il d'un ton passionné. De tout mon être. Pas pour Max, pas pour Lewis, mais pour toi, Annabelle Papandreo.

— Dimitrios...

— Tu n'as pas besoin de me donner ta réponse ce soir. À cause de mon obstination, nous avons perdu sept ans. Je peux attendre encore un peu. Mais je te demande de réfléchir à ce que tu veux. Et je voulais que tu saches ce que je ressens pour toi.

Elle ferma les yeux et il y vit un mauvais présage. Il voulait lire en elle, lire ses pensées, comprendre ses émotions. Mais quand elle les rouvrit, elle souriait.

— Je ne te laisserai pas tomber, dit-elle.

Elle venait de répéter les mots qu'il avait lui-même prononcés et le cœur de Dimitrios manqua un battement.

— Que veux-tu dire par là ? demanda-t-il.

Elle rit doucement, avant de renverser la tête en arrière.

— Je t'aime, s'exclama-t-elle avec un haussement d'épaules. Et on dirait que tu m'aimes aussi – beaucoup même – alors j'ai l'impression de vivre un miracle de Noël.

Elle se pencha vers lui et effleura ses lèvres d'un baiser aérien.

— Tout est tellement parfait…, murmura-t-elle contre sa bouche. Et le plus merveilleux, c'est que c'est réel.

— Et je te promets que nous vivrons heureux jusqu'à la fin des temps, répondit-il en l'embrassant à son tour.

— Je te crois.

Annie sourit quand Dimitrios entra dans la chambre. Le jour de Noël touchait à sa fin et cela avait été la journée la plus merveilleuse qu'elle ait jamais vécue. Max avait adoré ses cadeaux. Elle-même avait adoré le cadre avec une photo de Max sur ses épaules ; le pudding qu'ils avaient confectionné la veille avait constitué la cerise sur le gâteau, une tradition délicieuse à renouveler à l'occasion de chaque Noël à venir.

Quand elle avait chuchoté à l'oreille de Dimitrios qu'elle n'avait pas de cadeau pour lui, les yeux de son mari avaient brillé et il lui avait susurré à son tour :

— C'est toi, le cadeau que j'ai demandé au Père Noël, madame Papandreo.

Mais l'expression qu'il arborait à présent la fit se redresser et elle posa son verre de lait de poule sur la table.

— Que se passe-t-il ? demanda-t-elle, intriguée.

— Rien de grave, je pense. Je viens simplement d'avoir une conversation très étrange avec Zach. Il arrive.

— Maintenant ? Mais il est 23 heures !

Dimitrios éclata de rire.

— Pour Zach, c'est le moment où la soirée commence.

— C'est vrai, dit-elle. Quoi qu'il en soit, ce sera agréable de le voir.

— Mais je prie pour qu'il ne reste pas trop longtemps, dit Dimitrios avec un sourire malicieux. J'ai des projets pour toi, mon amour.

Il appuya sa remarque d'un léger baiser.

— Et j'espère qu'ils nous occuperont toute la nuit, fit-il.

— Toute la nuit seulement ? Pourquoi pas plutôt toute la vie ?

DANI COLLINS

Exquises nuits d'hiver

PASSION SOUS LA NEIGE

Traduction française de
CÉLIA VAL

HARLEQUIN

Titre original :
ONE SNOWBOUND NEW YEAR'S NIGHT

Ce roman a déjà été publié en 2022.

1

Rebecca Matthews sursauta, tirée d'un sommeil profond par les notes cristallines de son alarme.

Où était-elle donc ? Il faisait jour. Les stores remontés découvraient un paysage enneigé, et les flocons tombaient dru sur les cèdres. Comment était-ce… ?

Ah, mais oui ! Elle était de retour au Canada.

Elle referma les yeux et, encore à moitié endormie, chercha à tâtons son téléphone pour arrêter l'alarme.

Elle ne se rappelait pas l'avoir activée…

Sa main échoua à localiser le portable. Pourtant, comme par magie, l'alarme s'arrêta. Net.

— Ne crie pas, fit tranquillement une voix d'homme.

L'avertissement arriva trop tard. Elle cria et se recroquevilla d'un bond contre la tête de lit, l'oreiller plaqué contre sa poitrine, le cœur battant à cent à l'heure…

Enfin son cerveau comprit : la voix masculine, c'était celle de Van. Elle ne risquait rien.

Néanmoins, elle n'était pas censée se trouver ici, chez lui. Enfin, dans ce chalet qui serait bientôt chez lui, une fois signés les papiers par lesquels elle lui abandonnait sa part.

Donovan Scott, son futur ex-mari, se tenait dans l'encadrement de la porte, dans un jean et un pull de grosse laine, son portable à la main, plus dangereusement sexy encore que dans son souvenir. La force tranquille qui émanait de lui l'enveloppa comme une main invisible, vidant l'air de ses poumons.

Elle ne l'avait pas vu ces quatre dernières années. Elle n'avait même pas cherché à le suivre sur Internet. Tout ce qu'elle savait de lui, c'était par l'intermédiaire des quelques photos que sa sœur lui avait montrées. Il avait à peine changé. Si, il avait rasé les cheveux au-dessus de ses oreilles et raccourci sa mèche, qui ne lui retombait plus sur l'œil. Sa barbe courte, taillée avec précision, épousait les contours de sa mâchoire, et son regard d'aigle aux reflets brun doré semblait encore plus acéré. Sa bouche était tendue, comme quand il se préparait à skier. Il avait arrêté la compétition, son corps n'était plus aussi sec, cependant il restait toujours aussi musclé, et large d'épaules.

Ce qui n'avait pas changé, c'était l'énergie pure qu'il irradiait.

Il la regardait sans que son visage affiche le moindre sourire. Pire, elle lisait le soupçon sur ses traits, une dureté empreinte d'hostilité. C'était bien différent de la façon dont il la regardait à l'époque…

Il agita le téléphone qu'elle avait cherché en vain.

— J'espère que tu ne m'as pas pris pour un intrus…

— Tu m'as fait une peur bleue. J'avais prévenu ton avocat que je passerais prendre quelques affaires. Il ne t'a rien dit ?

— Si, et c'est bien pour cela que je suis ici.

Le ton sec de sa voix la fit se pelotonner sur elle-même, l'estomac noué.

Seigneur, de quoi avait-elle l'air ?

Se rendait-il compte qu'elle avait pleuré ?

Elle aurait voulu se cacher derrière son oreiller. Elle était en miettes, n'ayant eu que quelques heures de sommeil depuis qu'elle avait atterri à Vancouver. Elle était chiffonnée, décoiffée… Et, pour couronner le tout, elle lui avait emprunté en arrivant la chemise de flanelle qu'elle portait, parce qu'elle grelottait dans son T-shirt de coton.

Un peu réchauffée par le tissu à gros carreaux vert et blanc, elle s'était blottie sous la couette de ce qui avait été leur lit, et de gros sanglots l'avaient submergée. Finalement, le décalage horaire avait joué son rôle, et elle s'était écroulée, oubliant l'angoisse et la tristesse dans le refuge du sommeil.

— J'avais froid, grommela-t-elle en désignant la chemise du menton.

Elle avait trop chaud, à présent, et le rose de la mortification lui colorait les joues.

Se faire surprendre ainsi…

— Je te croyais à Calgary, reprit-elle.

— Où est Courtney ?

Leurs questions s'étaient croisées. Alors que le silence s'étirait, elle se rendit compte que Van attendait qu'elle parle.

— Courtney… Son vol a été retardé. Elle aurait manqué sa correspondance, et je ne voulais pas qu'elle passe le 31 décembre seule à l'aéroport, donc je lui ai dit d'annuler.

Sa meilleure amie, avec qui elle s'était liée en arrivant au Canada, lui avait proposé de venir lui tenir compagnie pendant qu'elle refermait ce chapitre de sa vie. Ainsi elle n'aurait pas été seule pour reprendre ce qu'il lui restait ici, dans le chalet. Cela lui avait paru un sacrifice démesuré de la part de Courtney : faire tout ce trajet pour partager une coupe de champagne et deux jours de pleurs au fin fond de la montagne ! Elle n'aurait pas eu grand-chose d'autre à lui offrir. Pourtant, à présent, elle regrettait de toute son âme que son amie ne soit pas là.

— Je croyais que tu passais Noël à Calgary avec Paisley, continua-t-elle, mentionnant la sœur de Van.

— C'est ce que j'ai fait.

— Ses enfants doivent avoir bien grandi…

— Effectivement, ils sont grands à présent.

Elle eut un pâle sourire.

Elle ne s'était pas vraiment liée à la nièce et au neveu de Van. Elle l'aurait souhaité, pourtant, mais elle ne s'entendait pas bien avec Paisley.

— Je ne voulais pas m'éterniser, mais le décalage horaire…

Elle laissa se perdre la fin de sa phrase.

Elle sentait l'adrénaline lui brûler les veines, se répandre dans tout son corps.

Elle se trouvait gauche en présence de Van. Et comme il n'encourageait pas la conversation, leur échange était guindé.

C'était pour éviter cela qu'elle avait voulu revenir ici en l'absence de Van, pour ne pas lui faire face ni affronter la myriade de souvenirs qui affluaient.

— L'avocat m'avait prévenu que tu viendrais en février. J'ai été surpris quand il m'a dit que tu voulais venir à la Saint-Sylvestre. Qu'est-ce qui t'a fait changer d'idée ?

— C'était à cause des dates de disponibilité de Courtney. Elle pensait que ce serait sympa de fêter le 31 ici, à l'ancienne. Tout s'est organisé un peu précipitamment...

Elle s'arrêta, la gorge serrée.

Non seulement elle ne fêterait rien du tout, mais les moments qu'elle était en train de vivre n'avaient rien de convivial.

— Tu ne travaillais pas pendant les vacances ?

Comme d'habitude, les questions de Van la mettaient mal à l'aise, la renvoyant à son incompétence. Ça faisait mal.

— Eh bien... Je ne sers plus dans les bars. Je... Je reprends les études bientôt. J'ai travaillé jusqu'à la veille de Noël, puis j'ai passé quelques jours chez papa – il s'est remarié, finalement. Ensuite, je compte suivre un stage pour préparer mon futur cursus.

— Oh ! Et tu suivras des cours de quoi ?

Les sourcils de Van s'étaient haussés en une marque d'intérêt qui devait être de simple politesse.

— Technicienne de laboratoire...

Elle aurait préféré que sa réponse ne sonne pas comme une question. Cela donnait l'impression qu'elle cherchait son approbation. Peut-être la voulait-elle, après tout. Ce n'était pas un métier de rêve, mais c'était un vrai métier, et qui l'intéressait.

Le regard de Van se tourna vers la valise qu'elle avait laissée ouverte par terre. Elle n'y avait pour l'instant mis qu'une robe bain-de-soleil en coton.

— J'ai dit à l'avocat que je pouvais t'envoyer tes affaires. Tu n'avais pas besoin de te déplacer.

— Il me fallait aussi fermer mon compte bancaire, et signer les derniers papiers.

Finaliser leur divorce. Lui rendre la propriété de cette maison. Tout ceci aurait pu se faire par ordinateur mais…

— Je n'ai pas besoin de grand-chose, question vêtements, reprit-elle pour justifier le vide de la valise.

Comme technicienne de laboratoire à Sydney, quel usage aurait-elle de robes de grands couturiers et de tenues de ski siglées ? Ce n'était pas ce qui avait motivé sa venue.

Elle repoussa l'oreiller qui lui avait servi de bouclier, se leva et resserra autour d'elle les pans de la chemise de flanelle, pour se protéger du regard de Van plus que du froid.

Elle avait du mal à admettre tout haut qu'elle avait payé un billet d'avion à tarif plein et parcouru tous ces kilomètres pour retrouver un cadeau de sa mère, un petit médaillon en plaqué or sans grande valeur. Wanda, sa sœur, avait mis le sien à son cou après la mort de leur mère. Becca était furieuse contre elle-même d'avoir laissé son propre médaillon ici.

C'était la faute de Van, aussi ! Il avait commencé à lui acheter des bijoux de valeur, des boucles d'oreilles en pierres précieuses, un bracelet de diamants, un collier art déco à pendentifs en or blanc… Le modeste médaillon doré ne pouvait rivaliser avec les pièces de joaillier que l'on portait dans sa famille. Elle aurait pu demander à Van de lui renvoyer le médaillon, mais elle ne se souvenait pas de l'endroit où elle l'avait laissé. Elle ne se rappelait même pas la dernière fois qu'elle l'avait porté.

— D'ailleurs, reprit-elle, je suis surprise que tu aies gardé toutes mes affaires ici.

Dans la garde-robe, ses tenues avaient été protégées par des housses, et elles se trouvaient à l'emplacement exact où elle les avait laissées.

— Elles ne me dérangeaient pas. Je vis surtout à Vancouver, dans l'appartement.

« L'appartement »… Le terme était bien modeste pour désigner le luxueux penthouse qu'il possédait, et dont la terrasse offrait une vue splendide sur Stanley Park, le port et la mer.

Van se dirigea vers la table de chevet et toucha du doigt la bouteille de vin qu'elle avait ouverte en arrivant.

« Nous la boirons pour notre cinquième anniversaire », avait-elle dit lorsqu'ils l'avaient achetée. C'était pendant leur lune de miel, et ils visitaient un vignoble réputé à l'est de Vancouver. La bouteille était l'un des meilleurs crus, destiné à être gardé au moins cinq ans. Il valait à l'époque plus de deux cents dollars...

Van se saisit du verre et y versa un fond de vin.

— Tu vas boire dans mon verre ?

— Pourquoi pas, fit-il d'un ton sec. À moins que le vin ne soit bouchonné ?

Il prit une gorgée, la dégusta avec autant d'aisance que s'ils avaient partagé tous leurs repas ces dernières années, puis décréta, la mine appréciative :

— Cela valait le coup d'attendre !

Le regard qu'il posait sur elle fit s'envoler dans son ventre une nuée de papillons.

— En tout cas, il m'a aidée à m'endormir, grommela-t-elle pour masquer la tension qui lui serrait la poitrine.

Pour se donner une contenance, elle se rendit dans la garde-robe dont elle voulait fouiller un tiroir à la recherche de son médaillon.

Le tiroir n'était pas plus rangé que lors de son départ. Elle en sortit une vieille paire de lunettes qu'elle comptait rapporter.

— Tu portes toujours des lunettes ? s'étonna Van, qui se rappelait sans doute avoir payé pour une opération des yeux peu après leur mariage.

— Non, mais quand j'étais petite, mes parents me promettaient les feux de l'enfer si jamais je perdais mes lunettes. J'ai gardé le réflexe.

Sa famille était pauvre. Elle l'était toujours, en regard des considérables moyens de Van. Sa sœur l'avait poussée à accepter que Van lui renvoie toutes ses affaires : elle pourrait toujours vendre ce dont elle ne voudrait pas. Mais la famille de Van l'avait toujours considérée comme une profiteuse, et Becca ne voulait pas leur donner raison.

Non, Van pouvait disposer à sa guise des joyaux et des vêtements qu'il lui avait offerts. Elle signerait pour le divorce et lui laisserait le chalet contre une somme modeste. Leurs différends n'étaient pas à ce point irréconciliables, mais il leur avait été difficile de trouver un terrain d'entente, et elle n'imaginait plus cela possible, sachant qu'elle ne pourrait pas lui donner les enfants qu'il désirait.

L'annonce de sa stérilité l'avait durement frappée, mais elle avait travaillé depuis à accepter la perspective d'un avenir solitaire. Le bonheur était possible si elle ne considérait pas que la condition en était un statut d'épouse et de mère. Elle ne le devrait qu'à elle-même.

Et elle comptait tirer ce soir un trait sur le passé, précisément à minuit. Nouvelle année, nouvelle vie, nouvelle Becca. Elle avait déjà réussi à se renouveler auparavant.

La garde-robe était aussi vaste que sa chambre dans le minuscule appartement qu'elle louait à Sydney, mais les parois parurent se rapprocher quand Van l'y rejoignit, apportant un parfum d'épices, de laine et de neige.

Il examina le contenu du tiroir dont elle avait sorti les lunettes. Il contenait un chargeur de téléphone, quelques vieilles factures et un long collier de perles de couleurs qui faisait partie d'un déguisement de Mardi gras.

Ils avaient été invités à cette fête peu après leur mariage…

« Séduis-moi », lui avait-il intimé lorsqu'ils étaient rentrés, un peu éméchés et ayant très envie l'un de l'autre. Elle avait arraché son chemisier et son soutien-gorge, puis s'était assise à cheval sur ses genoux, au bord du lit, pendant qu'il faisait jouer le collier de perles sur ses seins. Puis il l'avait rehaussée en lui passant les mains sous les fesses pour pouvoir sucer ses tétons. S'en souvenait-il ?

Il lui suffit de lever les yeux vers lui pour le savoir.

Oui, il se rappelait tout. Le désir durcissait les angles de son visage, et elle se sentit transpercée par l'incandescence de son regard. La chaleur se communiqua à elle, si vive qu'elle en brûlait. Le désir était si prégnant qu'elle n'aurait pas pu bouger d'un centimètre.

C'était mortifiant. Elle ne se rappelait que trop comme elle s'était soumise à Van, consentante, cette nuit-là et bien d'autres nuits. Mais celle-là…

Il l'avait pressée de le prendre dans sa bouche. Elle s'était agenouillée et avait refermé ses lèvres autour de lui pendant qu'il lui murmurait ce qu'il allait lui faire ensuite.

Avant de perdre le contrôle, il avait tenu sa promesse. La déshabillant de tout ce qu'elle portait encore, à l'exception des perles, il lui avait donné ce qu'il s'était refusé. Il avait enfoui le visage entre ses cuisses et ne l'avait lâchée que lorsqu'elle s'était mise à crier son plaisir. Elle n'avait pas fini de jouir qu'il était entré en elle. Il avait été rude, mais d'une bonne façon, la menant encore et encore à la jouissance, avant de rouler sur le dos de façon qu'elle le chevauche.

Alors, à son tour, elle avait fait de son mieux pour le faire basculer dans le plaisir. Mais il s'était retenu, avec une endurance dépassant l'imagination, celle du sportif accompli qu'il était. Il avait pris le temps de lui dire, d'une voix rauque, à quel point elle l'excitait, et comme elle savait lui donner du plaisir. Comme il aimait la voir s'abandonner à lui. Elle en avait presque défailli, et il s'était redressé, passant à genoux alors qu'elle entourait sa taille de ses jambes. Elle s'était cambrée en arrière et les perles s'étaient répandues autour de ses seins, qu'il avait repris dans sa bouche, renouvelant en elle la pulsation d'un désir qui n'avait pas tardé à la submerger.

Personne ne lui avait jamais donné à ce point le sentiment d'être une déesse.

Sans aucune retenue, elle s'était adonnée à la montée du désir. Alors que le plaisir l'inondait, elle l'avait enlacé, l'embrassant avec un total abandon. Les perles avaient glissé dans son dos. Ses tétons humides frottaient délicieusement contre la poitrine musclée de Van alors qu'il enchaînait les coups de reins… Elle n'avait plus alors aucune pensée consciente, elle s'oubliait dans le don d'elle-même, sans la moindre inhibition, se mouvant à son rythme, insatiable, soudée à lui autant qu'il était possible. Les mots n'existaient plus. Dans ces instants exquis où leurs corps palpitaient de concert, ils étaient intensément ensemble, ne parlant plus que le langage primitif qui les unissait. Le point culminant de la jouissance les avait saisis au même moment, les propulsant dans un monde où la réalité s'oblitérait, fait de chaleur, de lumière blanche et de plaisir. Un plaisir qui aurait dû les unir pour l'éternité.

Cela n'avait pas été le cas.

Tremblante, dévorée par le regret de leur passion perdue, elle s'humecta inconsciemment les lèvres.

Elle reprit brusquement conscience de la réalité en voyant les pupilles dilatées de Van : ses iris n'étaient plus qu'un halo doré autour d'orbes noirs sans fond. Sa bouche avait perdu le pli dur qu'elle lui avait vu à son arrivée.

Elle entendit un bruit cristallin, celui des perles qui s'éparpillaient sur le plancher.

Mais la seule chose qu'elle percevait vraiment, c'était la force qui les poussait l'un vers l'autre comme deux aimants s'attirant irrésistiblement, trop puissamment pour être séparés.

La bouche de Van descendit sur la sienne, et il la plaqua contre lui.

Le désir, la sensation de perte et le besoin insatisfait agirent comme des étincelles sur des braises qui ne s'étaient jamais éteintes. Jamais...

La bouche de Van prenait, pillait. Elle adorait cela. Elle lui enlaça fiévreusement le cou et écrasa ses seins sur sa poitrine, fusionnant avec lui dans l'étreinte de ses bras qui l'enserraient à lui faire mal.

Mais ce mal lui faisait du bien, c'était comme d'être sauvée à la dernière minute d'une imminente chute dans un gouffre.

Serre-moi encore plus fort. Ne me lâche plus.

La bouche de Van exigeait tout, comme s'il avait été privé pendant des années, tout autant qu'elle. Ses mains lui enserraient les fesses, la plaquant contre son bas-ventre tandis que sa langue se dardait en elle exactement comme lors de cette nuit de passion éhontée.

C'était ce désir cru qui les avait réunis au tout début, sauvage, explosif, une tornade déchaînée qui emportait tout. Et qui n'avait laissé que dévastation sur son passage...

Avec un cri étranglé, elle se libéra de son étreinte et trébucha en le repoussant.

Van lui prit le bras le temps de la stabiliser, puis il se passa une main fébrile sur le visage.

— Je ne voulais pas te brusquer.

Sur un juron sec, il se détourna et, un instant après, il avait quitté la chambre.

Tremblante, elle referma le tiroir de la garde-robe en prenant bien soin de tout y replacer comme avant, afin de pouvoir oublier ce qu'il venait de se passer.

Son corps la brûlait. Son cœur battait de façon désordonnée, sa gorge s'étranglait. C'était exactement pour éviter cela qu'elle avait voulu venir en son absence.

Bien sûr, les sentiments étaient faits pour être éprouvés, mais pourquoi fallait-il que ce soit si douloureux ?

Van n'avait jamais fait exprès de la blesser. Cependant, tout le temps qu'ils étaient restés ensemble, elle l'avait vécu comme une accumulation de douleurs, et rien n'avait changé. Cela lui faisait mal de le regarder et de se sentir revivre, de vibrer de plaisir sous ses mains, de l'embrasser si intensément et de le voir partir.

C'était trop dur d'être séparée de lui, alors même qu'elle portait toujours son nom.

C'était pour cela qu'ils divorçaient, se rappela-t-elle. Pour cela qu'elle avait voulu passer ici discrètement, retrouver le médaillon et partir en lui laissant un petit mot pour lui souhaiter un bel avenir. Elle avait passé une heure à choisir la carte qu'elle lui destinerait...

Elle voulait enterrer le passé, cesser de nourrir de faux espoirs, arrêter de s'en vouloir.

Quittant la garde-robe, elle se dirigea vers la table de nuit et porta d'une main tremblante le verre à ses lèvres.

Elle les posa là où la bouche de Van s'était posée.

Ne pas penser à cela !

Mais c'était trop tard. Son esprit comme son corps brûlaient de se rappeler tous les endroits où cette bouche s'était posée. Tous ceux auxquels elle avait encore failli lui laisser accès, quelques minutes seulement après l'avoir revu...

Va au diable, Van !

Va au diable, Becca !

Van arriva dans la fraîcheur piquante de la véranda qui jouxtait la cuisine. Cherchant à calmer ses sens, il ouvrit la baie vitrée, offrant son visage à la neige.

Si seulement il pouvait penser à autre chose qu'à la facilité avec laquelle Becca démantelait son contrôle de lui-même !

Cette fois encore...

Il en avait toujours été ainsi. Dire qu'il avait oublié à quel point elle faisait monter sa température !

Peut-être l'avait-il délibérément occulté parce que c'était peu flatteur de perdre une bataille aussi irrémédiablement. Une bataille contre lui-même...

Il se pinça l'arête du nez.

C'était déjà une faiblesse d'être venu ici.

Cela faisait longtemps qu'ils auraient dû divorcer, et il était prêt à finaliser. Il s'était focalisé sur février, la date qu'elle avait précédemment indiquée. Mais quand son avocat lui avait dit que c'était maintenant, il avait soudain eu l'impression qu'elle allait lui glisser entre les doigts.

En faisant son bagage, en sautant dans son SUV, il s'était dit qu'il ne cherchait qu'à protéger ce qui était à lui, à s'assurer qu'elle ne prendrait que ce qui lui appartenait.

Il n'était plus le jeune homme naïf qui croyait que les proches ne cherchent jamais à abuser de votre confiance ! D'ailleurs, Becca et lui n'étaient plus proches depuis longtemps. Quatre ans. Cependant, elle n'était pas comme son père à lui, Jackson Scott, qui prenait ce dont il avait envie, que cela lui appartienne ou pas. Elle n'avait jamais puisé dans sa fortune. Au contraire, celle-ci semblait souvent la mettre mal à l'aise.

Il entendait encore son père lui affirmer : « Oui, c'est ce qu'elle veut te faire croire. ». Il l'avait défendue avec véhémence, devant celui qui l'avait finalement bien plus trahi que Becca. Quelle ironie...

En fait, il ne savait pas lequel de ces coups bas lui avait fait le plus mal. Quand Becca lui avait annoncé que leur mariage prenait fin, il n'aurait jamais cru vivre quoi que ce soit de pire. Le choc l'avait dévasté. Mais dans l'heure qui avait suivi, il avait appris que son père avait vidé la salle des coffres de la famille.

Il s'était précipité pour gérer la situation, laissant son mariage s'étioler et périr de négligence pendant qu'il se démenait pour sauver les centaines d'emplois, les projets immobiliers engageant des millions de dollars et les dividendes dont sa mère et sa sœur dépendaient pour maintenir leur train de vie.

Il s'était débrouillé pour tenir cette nouvelle secrète, le temps nécessaire pour pouvoir contrôler ce qu'en dirait la presse, mais le simple fait que Becca n'ait pas cherché à le joindre lorsque le monde avait appris son revers de fortune disait clairement pourquoi elle l'avait épousé...

C'était un rappel cinglant de ce qu'il avait toujours su : même les êtres chers peuvent vous trahir. Accorder sa confiance, c'était s'exposer à la déception.

Depuis lors, il attendait que Becca dévoile ses véritables intentions. À tout moment, il s'attendait à être poignardé dans le dos. Mais il n'avait eu droit qu'à un silence total de sa part. Souvent, il avait songé à initier lui-même la procédure de divorce, mais finalement il s'était résolu à attendre.

Quelques mois plus tôt, il avait enfin reçu la requête de divorce : Becca demandait qu'il lui rachète une partie du chalet, c'était tout. Elle ne prétendait à aucune part de ses intérêts familiaux ou professionnels, elle ne lui demandait rien. Elle précisait simplement qu'elle viendrait prendre quelques affaires avant de finaliser la procédure.

Tout cela lui avait paru dangereusement simple.

Sûrement, elle cherchait à s'introduire dans la maison en son absence. Mais pour y prendre quoi ? Les bijoux qu'il lui avait offerts ? Ils étaient à elle. Les objets d'art qui n'avaient qu'une valeur relative ? Des meubles qui ne valaient même pas le prix de leur expédition en Australie ?

Ruminant ces pensées, il avait conduit sous la neige de plus en plus drue, le pied sur l'accélérateur dans sa hâte d'en finir. En arrivant, il avait cru l'avoir manquée : il n'y avait aucune trace de pneus sur le chemin, simplement des traces de pas, tellement remplies de neige qu'il était impossible de dire s'ils se dirigeaient vers le chalet ou en partaient. La neige bloquait déjà l'entrée du garage, et il avait dû laisser le SUV un peu à l'écart. Il faudrait qu'il dégage ces congères avant de pouvoir le garer.

En entrant dans le chalet, il avait remarqué la carte laissée sur la table et l'avait retournée pour lire...

Rien n'y était inscrit. Pas même une de ces formules toutes faites prétendant que leur histoire était écrite d'avance.

Comment cette absence de mots pouvait-elle le toucher au point d'érafler le bloc de granit qu'était devenu son cœur ? Il n'en savait rien.

Il se tenait là, l'esprit vide, à regarder la carte muette, quand il avait soudain aperçu du coin de l'œil une veste posée sur un guéridon.

Becca était encore là !

Il avait appelé.

Rien... D'ailleurs, quand le carillon de la porte avait retenti à son entrée, elle n'avait rien entendu non plus.

En montant, il l'avait trouvée profondément endormie.

À sa vue, il avait reçu comme un choc dans la poitrine. Sa libido avait rugi. S'il voulait être honnête avec lui-même, il devait s'avouer que celle-ci s'était réveillée avant même qu'il quitte Calgary pour venir ici...

Ce n'était pas qu'elle ait eu une attitude provocante, car elle n'était pas nue. Elle portait une de ses chemises de flanelle et, à part un pied couvert d'une chaussette de laine, il ne voyait pas grand-chose d'elle.

Il l'appelait « fille des Tropiques » quand elle se blottissait contre lui en se plaignant qu'elle grelottait. Quand il glissait une main trop froide sous son chemisier, elle poussait des cris d'orfraie...

Ils étaient trop différents. C'était une erreur.

Ils n'étaient que des enfants quand ils s'étaient mariés à la sauvette, cinq ans plus tôt, trop naïfs pour entrevoir les conséquences de leur acte. Lui aurait dû s'en douter, pourtant. Dans sa famille, les mariages étaient des échecs. Il aurait dû savoir que la réussite dans ce domaine demandait plus qu'un « oui » impulsif...

Il pouvait vivre avec ses erreurs. Qui n'en commettait pas ? L'important était d'en tirer la leçon, de s'en remettre et de faire mieux la fois suivante. D'ailleurs, une erreur, ce n'était pas la fin de tout. Tant qu'on essayait, on n'était pas en train d'échouer. Bien sûr qu'il n'avait pas gagné toutes ses compétitions, mais il ne lâchait pas pour autant. Il rechaussait les skis, tentait et tentait encore, jusqu'à ce qu'il maîtrise ce qui lui avait fait défaut et remporte enfin la victoire.

Pourtant, en regardant Becca endormie dans leur lit pour la dernière fois, il avait ressenti la morsure de l'échec.

Il fallait qu'il voie la chose différemment. Qu'il mette un terme à leur mariage et qu'il puisse s'enorgueillir d'un divorce réussi.

Mais était-ce seulement possible, alors qu'il se trouvait à la porte de la véranda, sous un vent glacial, prenant les flocons dans la figure, et que son érection s'entêtait à tendre le tissu de son jean ?

C'était bien la raison de ce mariage précipité, comme de ce grandiose ratage : il suffisait d'un seul regard lourd de promesses de Becca pour le faire sortir de ses gonds.

Il était temps de tourner la page et de partir.

Il jura en sourdine.

Partir ? La neige tombait si fort qu'il ne pouvait même plus distinguer les contours du lac tout proche !

Son sixième sens le fit se retourner au moment où Becca entrait dans la cuisine.

Elle avait échangé la chemise de flanelle contre un gros

pull-over ceinturé sur son jean. La ceinture mettait en valeur ses seins magnifiques, et il avala difficilement sa salive.

Il rentra et ferma derrière lui la paroi coulissante de la véranda. Becca poussa un petit cri de surprise.

Depuis le début de leur mariage, c'était toujours comme ça : chaque fois qu'il apparaissait, elle sursautait.

— Enfin, Becca, tu savais que j'étais là. C'est pour cela que je t'ai réveillée, pour que tu ne prennes pas peur en me voyant. J'habite ici, quand même.

— Vraiment ? Je ne m'en suis pas rendu compte, grommela-t-elle avec acidité. Je me trouvais seule si souvent que j'en oubliais que j'avais un époux.

— Je m'en suis aperçu, rétorqua-t-il, tout aussi sarcastique.

Ils se dévisagèrent sans aménité.

La politesse dont ils avaient réussi à faire preuve à l'étage semblait évaporée. La tension entre eux grandissait, le désir sifflant comme un cobra dans un panier, menaçant de frapper à tout instant.

Becca détourna les yeux en premier.

Elle détestait qu'on la regarde avec insistance. Il essayait en général de se conformer à ce qu'elle voulait, mais franchement, c'était difficile alors qu'elle était là, encore ensommeillée, si tentante dans son pull resserré à la taille, si délicieusement féminine. La nature l'avait dotée d'une silhouette de rêve, seins amples et fermes sur une taille fine, hanches et fesses rondes à souhait. Ses cheveux étaient d'un brun chaud où vibraient des tons roux, sa bouche large et ses yeux sombres, rêveurs. Quand elle souriait, ses joues se creusaient de fossettes.

Il ne les avait pas vues depuis trop longtemps…

— Je peux revenir plus tard quand tu iras skier, proposa-t-elle tout en rangeant un paquet de café visiblement acheté à son arrivée avec quelques autres provisions.

Il se saisit du paquet avant qu'elle ait refermé le placard.

Leurs regards se croisèrent, puis il se détourna pour prendre la cuillère doseuse.

— Je vais faire un café. Tu en veux ? reprit-il. Au fait, tu n'auras pas à revenir plus tard parce que tu n'iras nulle part. On va attendre le nouvel an ici.

Du menton, il désigna la paroi vitrée de la véranda derrière laquelle la neige s'accumulait.

Le lac était devenu invisible, le jour n'était plus qu'une obscure lueur bleu-gris.

— Tu as un 4-4, que je sache ? fit-elle avec un mouvement gracieux des bras pour nouer ses cheveux en un chignon lâche. Tu es bien venu par la route ?

Il réussit à détourner les yeux de ses seins qui se haussaient dans le mouvement. On devrait lui décerner la médaille du courage...

— Les conditions météo ne s'appliquent pas à moi, répliqua-t-il avec une note d'humour.

S'il avait tenu compte de la météo, il aurait renoncé à plus d'une compétition...

— La gravité m'a permis de descendre jusqu'ici. Si je veux remonter, il faudra que je dégage le chemin. Je n'arriverai pas à repartir sans mettre de gravier sur la neige. Je ne sais même pas s'il m'en reste, d'ailleurs, du gravier...

Il remarqua le regard excédé qu'elle jetait dehors.

Crois-moi, mon chou, je ne suis pas plus ravi que toi.

À peine cette pensée formulée, il se demanda s'il était parfaitement honnête envers lui-même.

— Je peux prendre un bus en haut du chemin pour repartir vers mon hôtel, proposa-t-elle. C'est ce que j'ai fait pour venir.

— Les bus ne circulent pas ce soir, Becca. Et aucun taxi ne voudra risquer l'accident pour venir jusqu'ici.

— Alors, que suis-je censée faire ? Rester ? Avec *toi* ?

Pourquoi pas ? Il n'était quand même pas un tueur en série ! Elle lui avait même rendu son baiser.

— Bonne année, rétorqua-t-il avec un sourire moqueur.

2

Becca retint un soupir.

C'était fichtrement typique : rien ne se passait jamais comme elle le souhaitait. Elle avait dû conseiller à sa meilleure amie d'annuler, son presque ex-mari avait débarqué, et voilà qu'elle se trouvait coincée avec lui ! Mais qui avait écrit ce scénario ?

Quelqu'un qui avait le goût de l'absurde, sans aucun doute.

— S'il te plaît, épargne-moi le supplice de te voir une fois de plus faire ça n'importe comment, s'exclama-t-elle en regardant Van commencer à déchirer le sachet de café, au lieu de le couper proprement.

Van le posa et leva les mains en l'air.

— C'est ce que nous sommes censés faire ? Nous disputer jusqu'à ce que la neige s'arrête ? Tu peux t'installer au-dessus du garage si ma présence t'est aussi insupportable. Mais je te préviens, le chauffage et l'eau n'y ont pas été allumés depuis... Au fait, l'eau n'est pas coupée, ici aussi ?

Son ironie tourna court quand il actionna le robinet.

Pas une goutte.

— Je reviens.

Il fit un crochet par l'entrée pour prendre ses bottes et sa parka puis disparut.

Elle se mit à moudre le café, poussant un lourd soupir.

Elle avait désespérément besoin d'un peu de caféine après sa sieste. Elle avait l'impression que sa tête était dans du coton. Lorsque l'eau commença à couler du robinet ouvert, elle emplit le réservoir de la cafetière et lança les premières doses d'expresso, puis elle mit le lait à chauffer.

Avec les quelques flocons de chocolat qui restaient dans le placard, elle pouvait faire des cappuccinos.

Elle fit un rapide inventaire du congélateur.

Il y avait des steaks, un sac de légumes à faire sauter... Elle pouvait utiliser le pesto pour préparer les pâtes que Van aimait. Cela irait bien avec le steak. Dans le placard, il y avait aussi des crackers, des cornichons et des olives pour l'apéritif. La préparation pour gâteau n'avait dépassé sa date de péremption que de quelques semaines, donc le dessert était assuré...

Et voilà qu'elle était repartie pour jouer les parfaites ménagères, une fois de plus !

Sa mère n'avait jamais cessé de servir son père. Et bien que Becca se soit juré de ne pas lui ressembler, elle avait enfilé un tablier de cuisine en même temps que son alliance pour reproduire ce schéma avec Van.

« Tu veux me donner ta chemise pour que je la lave ? »

« Oui, bien sûr, je vais trouver quelque chose pour l'anniversaire de ta mère. »

« Tu rapportes du bacon, chéri ? Je vais le faire frire. »

Elle entendit les pas de Van se rapprocher.

— Il n'y a que toi pour marcher de façon sarcastique, lâcha-t-elle quand il entra.

Van se pencha pour délacer ses bottes, sur lesquelles restait un peu de neige.

— J'ai remis l'eau en route, et aussi le jacuzzi.

— Pour quoi faire ?

— Pour qu'on puisse y aller, si on veut.

Elle se détourna, la gorge nouée.

Ils aimaient le jacuzzi et avaient l'habitude d'y être nus. Est-ce qu'il imaginait qu'ils allaient recommencer ?

Probablement, vu qu'elle lui avait pratiquement sauté dessus dans la garde-robe...

Ça avait toujours été comme ça, chaque fois qu'il revenait d'une de ses absences. Il disparaissait pour s'entraîner deux semaines et, quand il repassait la porte, c'était à peine s'ils se disaient bonjour, préférant se jeter l'un sur l'autre pour finir très vite nus sous les draps. Ce n'est qu'ensuite qu'ils étaient prêts à se parler à nouveau.

Cela lui manquait. Van lui avait manqué, elle devait le reconnaître. Ce chalet lui avait manqué, ainsi que le fait de se savoir bien au chaud pendant que la neige tombait, et de ressentir l'excitation d'être en vie, l'excitation de pouvoir toucher son mari…

— Tiens, prends ça, dit-elle en lui tendant le cappuccino qu'elle venait de préparer. Je vais faire le mien.

— Non, je te remercie, grommela Van. Prends-le, je vais m'occuper du mien.

Elle sentit une vague d'émotions confuses lui serrer la gorge : de l'agacement parce qu'il refusait de prendre la tasse qu'elle lui avait préparée. Et aussi une sorte de gêne, parce qu'elle savait que c'était par égard pour elle qu'il ne voulait pas être servi le premier…

Elle n'avait jamais bien su comment se comporter quand on agissait ainsi avec elle. Sa vie entière, tout comme celle de sa mère, avait tourné autour de la nécessité de servir. Quand elle ne préparait pas un repas pour sa famille, elle servait à boire à des étrangers. Elle était retournée à Sydney pour aider sa mère à planifier ses rendez-vous médicaux et organiser le mariage de sa sœur parce que Wanda était en période d'examens. En prime, elle faisait le travail ardu et douloureux du divorce, prenant sur elle toute la responsabilité des démarches afin que Van en soit dispensé.

Une tasse de cappuccino galamment refusée ne compensait pas vraiment ce qu'elle avait vécu !

Pourtant, elle ne put articuler qu'un timide « merci » et alla s'asseoir à l'autre bout de la cuisine, pianotant sur son téléphone pour dissimuler à quel point tout cela l'affectait.

Elle venait de recevoir un texto de sa sœur. Wanda lui souhaitait une bonne année et lui demandait :

Tu l'as trouvé ?

Becca répondit laconiquement :

Pas encore.

Elle aurait pu confier à Wanda que, en fait, elle était en train d'admirer une fois de plus les très belles fesses et les longues jambes de Van, mais elle reposa le téléphone.

Décidément, il lui était simplement impossible d'ignorer son mari. Elle aurait dû continuer à fouiller ses vêtements à la recherche du médaillon, peut-être interroger Van pour savoir si le bijou n'était pas au coffre.

Au lieu de cela, elle lui demanda :

— Et ta famille, ça va ? Ta mère ?

— Oui, répondit-il, elle semble avoir réussi à stabiliser son dernier mariage.

Il n'avait pu dissimuler une note d'incrédulité dans sa voix et se mit à manœuvrer le moulin à café d'un tour de poignet ferme pour se confectionner à son tour une tasse.

— Stella et Morgan, fit-elle en s'enquérant de sa nièce et de son neveu, ils vont bien ?

— Bah, Stella a été prise en train de voler à l'étalage au village, la dernière fois qu'ils sont venus...

— Oh...

À présent, il serait délicat de mentionner le médaillon sans avoir l'air d'accuser la nièce de Van de l'avoir dérobé.

Becca n'avait rencontré Stella que deux fois. Elle était encore petite mais très douce, et désespérément en manque d'attention. Honnêtement, si c'était Stella qui avait pris le médaillon, elle préférait le lui laisser. Elle ne savait que trop ce que c'était d'avoir l'impression d'être une gêne pour ses propres parents, bien davantage qu'une bénédiction.

Tout en remarquant la tension qui se manifestait dans la colonne vertébrale raidie de Van, elle continua ses questions sur sa famille.

Elle n'en savait que ce qui avait été rapporté dans la presse : Jackson Scott, le père de Van, s'était envolé pour une île des Caraïbes avec la directrice financière de la société familiale, emportant les fonds de pension et les actifs liquides et manquant ainsi mettre l'entreprise en faillite.

L'affaire avait éclaté peu après que Van avait quitté Sydney. Elle aurait souhaité lui témoigner sa solidarité, mais elle se trouvait dans un état d'esprit très sombre à ce moment-là. Avec le recul, elle se rendait compte qu'elle avait probablement souffert de dépression : peu sûre d'elle-même au départ, elle s'était sentie rabaissée pendant son mariage avec Van et aussi peu à sa place qu'un poisson hors de l'eau. Puis elle avait appris que sa mère était en mauvaise santé, et elle s'était sentie coupable d'être restée si loin aussi longtemps. Pour couronner le tout, elle avait su qu'elle ne pourrait pas être enceinte...

Peut-être cela n'avait-il pas été très fair-play envers Van de ne lui raconter que la moitié de l'histoire quand il était venu la rejoindre à Sydney, mais tout cela lui avait paru trop lourd et pénible à déballer, surtout avec la conviction que leur mariage était de toute façon voué à l'échec. Elle avait honnêtement pensé que leur séparation était inévitable, que c'était le mieux pour eux deux.

Bien sûr, elle avait remis en question sa décision dès le lendemain matin, mais Van était déjà en route pour l'aéroport. Après cela, ils avaient été happés tous les deux par leurs affaires de famille. Le temps avait passé, et maintenant ils étaient face à face, obligés d'échanger des banalités maladroites tout en faisant comme s'ils ne s'étaient pas embrassés quelques minutes auparavant.

Elle souffla sur son cappuccino, le corps en feu.

Van avait fini de préparer le sien et le saupoudrait de chocolat. Il s'adossa à l'évier, la regarda et dit gravement :

— J'ai été désolé d'apprendre pour ta mère...

Elle baissa les yeux, ne voulant pas lui montrer à quel point la plaie était encore à vif un an plus tard, ni combien elle avait été touchée par ses condoléances.

— J'ai bien reçu les fleurs et la carte pour le don. Merci.

C'était la dernière chose à laquelle elle s'était attendue. Pas tant que Van se montre généreux dans sa donation pour la recherche contre le cancer, mais qu'il ait pris la peine de faire ce geste alors qu'ils étaient officiellement séparés.

— Je serais venu à l'enterrement si tu me l'avais dit.

— C'était réservé à la famille.

Est-ce qu'elle avait rêvé ou est-ce qu'il avait eu comme un tressaillement ? C'était difficile à dire, parce que son expression s'était figée.

— Il y avait toutes ces restrictions sur les voyages, de toute manière, lui rappela-t-elle.

Elle avait surtout craint, si elle lui avait annoncé la date de l'enterrement, qu'il n'y voie un effort pour le faire revenir à elle. Et s'il ne lui avait pas répondu ? Elle en aurait été dévastée.

Alors elle avait pensé qu'il valait mieux qu'il l'apprenne par les réseaux sociaux.

— Pour être honnête, reprit-elle, nous n'en pouvions plus de répondre à des condoléances, à ce moment-là. C'est choquant à entendre, je le sais...

— Non, je comprends. C'est épuisant d'entendre les gens te demander comment tu te sens et devoir leur répondre que tu vas bien même si tout le monde sait que c'est faux.

Elle releva les yeux, surprise qu'il saisisse si bien ce qu'elle avait voulu dire.

Il était sincère, à n'en pas douter. Son père n'était pas mort, mais il s'était enfui. Van aussi avait dû faire face à des questions pénibles. Elle pouvait imaginer que les gens ne s'étaient pas montrés aussi charitables pour exprimer leurs sentiments envers Jackson Scott qu'ils avaient pu l'être face à son deuil à elle.

Elle allait lui demander s'il avait pu retrouver son père, mais ce fut lui qui enchaîna.

— Et ta famille ? Tu m'as dit que ton père s'était remarié. Comment va ta sœur ?

— Mariée, elle aussi. Wanda et Cliff se sont dit oui dans la chambre d'hôpital de maman, c'était donc forcément très intime, et très émouvant. Ils sont à Bali en ce moment, pour fêter leur premier anniversaire. Papa a épousé Ollie en juillet. Ollie était leur voisine, elle venait toujours lui apporter ses repas pendant que maman était en traitement. Papa et elle se sont tout doucement rapprochés, une fois maman partie. Ils s'entendent très bien. Elle s'occupe bien de lui...

— Et toi ? Tu vois quelqu'un ?

— Quoi ? Non... Pourquoi dis-tu cela ?

Pensait-il au baiser dans le dressing ?

Une expression fugitive passa sur le visage de Van, mais il se contenta de répliquer avec humour :

— On a parlé de la météo et de la famille. « Est-ce que tu vois quelqu'un ? » est la question qui vient naturellement ensuite. J'ai pensé que ça pouvait être la raison pour laquelle tu avais demandé le divorce.

Il la regardait de côté, comme pour guetter sa réaction.

— Non. Je pensais que c'était le bon moment pour mettre fin à notre histoire. Pas toi ?

Elle retint son souffle.

— Si..., répondit-il d'une voix sourde.

Ce fut comme si un trou s'était ouvert dans sa poitrine.

Elle baissa les yeux sur sa tasse, refusant de demander s'il avait, lui, une relation. Ce serait trop douloureux à entendre, surtout après le baiser qu'ils avaient échangé à l'étage.

Van remarqua le mouvement de lèvres esquissé par Becca, comme si elle voulait les empêcher de trembler.

Il avait oublié à quel point elle était sensible. Elle ressentait tout deux fois plus fort que n'importe qui.

Lui savait trop combien se cacher la vérité pouvait blesser davantage que de l'admettre, combien les secrets et les mensonges vous détruisaient.

— J'ai... été occupé par mal de choses, et puis... Je n'ai pas fait une priorité de lancer la procédure de divorce, expliqua-t-il pour tenter d'atténuer la brutalité de sa réponse.

En fait, lorsqu'il lui avait envoyé ses condoléances à la mort de sa mère, il s'était attendu à ce que cette initiative leur permette de renouer le dialogue. Mais il n'avait reçu que des remerciements convenus signés « la famille Matthews ».

— Mais il est bien tard pour revenir là-dessus, conclut-il. Merci d'avoir fait avancer les choses.

Becca hocha la tête en réponse, d'un air plutôt solennel, et toujours avec cette moue blessée.

— J'ai pensé que c'était à moi de le faire puisque je t'avais en quelque sorte acculé au mariage. Tu avais essayé de m'aider à rester au Canada.

La douleur qu'il ressentit en entendant cela, ce coup dans la poitrine, le surprit.

Il avait cru qu'il y avait tout de même davantage entre eux qu'une histoire d'immigration, mais soit, si elle le disait...

— Je voulais croire que s'enfuir avec quelqu'un que je connaissais à peine était terriblement romantique, reprit-elle, mais nous n'étions que deux jeunes idiots qui se sont mariés en cachette, comme si c'était un crime !

Elle eut soudain un petit sourire.

— C'en était peut-être un, au fond, conclut-elle. Cela aurait dû nous montrer que nous faisions fausse route.

Il était persuadé du contraire, à l'époque. Peut-être que sa libido l'aveuglait, mais Becca lui était apparue différente de toutes les filles qu'il avait connues jusque-là. D'une honnêteté et d'une franchise rafraîchissantes, sans artifice. Peut-être s'était-il fait des illusions, après tout. Il avait gagné en cynisme depuis lors, il était enfin capable de comprendre qu'elle l'avait manœuvré à sa guise. Il s'était volontairement aveuglé, et Becca lui avait caché beaucoup de choses !

Une idée lui traversa l'esprit, un fait qu'on lui avait rapporté deux jours plus tôt, peu de temps avant qu'il embrasse sa nièce et son neveu pour leur dire au revoir après les fêtes de Noël.

— Au fait, Paisley m'a dit que c'était elle qui avait cabossé ta décapotable.

Becca détourna les yeux, prit sa tasse et plongea le nez dedans.

— Quoi ? Qu'est-ce qu'il lui a pris de te raconter ça ?

Il sentit la colère monter.

— Je lui ai dit que tu étais ici, que le divorce allait être prononcé. Elle a demandé si tu vendais ta voiture et si elle pouvait l'acheter. Elle n'arrivait pas à croire que tu ne m'aies jamais raconté ce qu'il s'était passé. Moi non plus, d'ailleurs.

Becca se redressa sur son siège, très raide, d'une façon qui dénotait sa culpabilité.

— Tssst ! Et quand est-ce que je te l'aurais dit, d'abord ?

— Au moment où c'est arrivé, peut-être ? suggéra-t-il, sarcastique.

— Et elle t'a expliqué pourquoi elle avait pris ma voiture en me laissant les enfants, ce jour-là ?

— Oui.

Il était outré mais guère surpris que Paisley ait mêlé Becca à ses histoires d'infidélité : tout le monde dans sa famille semblait penser que les promesses de mariage et l'intégrité morale étaient des concepts vagues, et sûrement pas des principes à appliquer au quotidien.

— Elle m'a dit aussi qu'elle voulait te payer pour que tu me caches qu'elle avait une liaison, poursuivit-il. Qu'est-ce que ça veut dire, Becca ? Tu n'aimes pas particulièrement Paisley. Pourquoi m'as-tu menti ? Pourquoi essayer de la protéger ?

— Ce n'était pas à moi de déclencher un drame et de provoquer un divorce dont auraient pu pâtir ses enfants.

Elle entoura nerveusement sa tasse de ses mains et demanda, les sourcils légèrement relevés :

— Elle est heureuse avec John ?

— Non, ils sont séparés. C'était pour ça qu'elle voulait que je sois là pour Noël.

Sa famille collectionnait les divorces plus encore que les médailles d'or, ce qui n'était pas peu dire, étant donné leurs brillantes carrières respectives, à sa mère et à lui.

— Dis-moi ce qu'il s'est vraiment passé, Becca, reprit-il.

Becca pinça les lèvres et lui lança un regard qui faillit le faire sourire et le toucha au cœur. On aurait dit un chaton indigné que l'on aurait décroché d'un rideau, à la fois furieux et honteux d'avoir été surpris en train de faire une bêtise.

— Ce n'est même pas intéressant, cracha-t-elle tout en se réchauffant les mains sur sa tasse. Paisley m'avait demandé de garder ses enfants, et elle m'a proposé d'échanger nos voitures pour que je puisse utiliser les sièges enfants si j'avais à sortir. Je ne lui ai pas demandé où elle allait, mais quand elle est revenue, elle m'a dit qu'on avait tamponné ma décapotable. Et comme elle ne voulait pas que tu lui poses de questions, elle m'a demandé de prétendre que c'était moi qui avais eu l'accident. J'ai voulu plaisanter, je lui ai dit : « Pourquoi ? Tu étais à l'hôtel avec quelqu'un ? » Alors, elle s'est fâchée, et j'ai compris que j'avais vu juste sans le vouloir. Elle m'a même proposé une belle somme pour que je garde le silence. Je lui ai dit que je ne mangeais pas de ce pain-là, et j'ai gardé toute l'affaire pour moi, afin qu'elle comprenne bien qu'elle se trompait sur mon compte.

Il fronça les sourcils.

— Que veux-tu dire ?

En fait, il en avait déjà une petite idée.

— Allons, Van ! Toute ta famille croit que je t'ai épousé pour ton argent ! C'est pour ça que Paisley m'a proposé de payer pour mon silence.

— Toute ma famille ?

— Mais oui ! Ta mère faisait des réflexions sur la façon dont je m'habillais. Paisley trouvait plutôt bien que je ne travaille pas, mais est-ce que j'avais le choix ? Je n'avais pas envie de reprendre un emploi de barmaid… Ton père n'arrêtait pas de me suggérer des carrières possibles, mais il aurait fallu reprendre des études, et les frais de scolarité sont une véritable obscénité ici pour les étudiants étrangers. Comment aurais-je pu me former à un « vrai » métier sans te demander de payer ma formation ? Ç'aurait été leur donner raison, leur confirmer que je t'avais bel et bien épousé pour ton argent.

Le visage grave, elle regardait sans les voir la neige s'amonceler et l'obscurité monter derrière la fenêtre.

— Ils savaient que je ne tenais pas à ce que tu reprennes ton précédent emploi, précisa Van. Que je n'aimais pas l'idée que tu travailles tard dans un bar alors que je pouvais facilement te faire vivre.

Une fois de plus, un sentiment de culpabilité lui tordit le ventre.

Il avait déjà entendu ces accusations de la part de sa famille, et il les avait repoussées avec force. Apparemment, cela n'avait pas suffi.

— Tu aurais pu me dire qu'ils te traitaient aussi mal, soupira-t-il.

— Mais non, Van, répondit-elle avec lassitude. Chaque fois que j'essayais, tu me disais d'attendre la fin des compétitions pour t'en parler. Puis tu partais à tes entraînements.

— Je pensais que tu comprenais.

— Oh ! mon Dieu, oui, je comprenais ! s'exclama-t-elle. Bien sûr, tu travaillais dur. Chaque membre de ta famille me faisait bien comprendre qu'il fallait te soutenir et te protéger. Tu veux savoir la vraie raison pour laquelle je ne t'ai pas dit que Paisley avait une liaison ? Parce qu'elle m'a fait culpabiliser. Elle m'a dit de me taire parce qu'il ne fallait pas que nous t'empêchions de décrocher une médaille d'or.

Rien ne pouvait le rendre plus furieux. Il percevait ce que sous-entendait Becca : que, malgré tout, elle avait fait le choix de le protéger.

Cela ne l'empêcha pas de répliquer avec sécheresse.

— Parce que tu crois que tu vaux mieux qu'eux ? Pendant des années, vous vous êtes tous ligués pour décider quelles informations j'avais le droit de connaître ou pas. Paisley savait que papa couchait avec la directrice financière. Maman savait que quelque chose n'allait pas dans les comptes. Mais moi, on ne me disait rien. Jusqu'au moment où il a bien fallu m'apprendre que les coffres étaient vides et que l'on devait malgré tout payer les salaires. Alors là, oui, on avait hâte que je quitte les pistes de ski pour remettre de l'ordre dans tout ça !

Sa colère n'était pas seulement dirigée contre Becca. Depuis le jour où il avait été repéré parmi les juniors, sa mère avait commencé à bâtir un mur autour de lui, pour lui épargner tout ce qui aurait pu menacer sa carrière sportive. Toute la famille avait suivi. Que Becca ait pu accepter d'entrer dans ce jeu-là l'avait mis en fureur.

— Les non-dits, les secrets de famille, cela brise des vies ! cracha-t-il.

Il posa sa tasse dans l'évier, si fort qu'elle se cassa.

— Alors, reprit-il, que m'as-tu caché d'autre ?

Il devait bien y avoir quelque chose, puisqu'elle s'était faufilée ici en le croyant absent.

Il soutint son regard aussi longtemps qu'il le put, retenant son souffle jusqu'à ce que ses poumons le brûlent, les yeux humides et le cœur en cendres.

— Bah, soupira-t-il finalement, je crois que je préfère ne pas savoir.

— Il n'y a rien, souffla-t-elle, la voix rauque.

— Je ne te crois pas, laissa-t-il tomber.

Il se sentait tétanisé, comme s'il allait d'un instant à l'autre s'effondrer les bras en croix dans la neige, un tendon éclaté.

— C'est la vérité, répondit-elle d'une voix horriblement froide. La seule chose qui compte, c'est que notre mariage est mort. Rien d'autre n'a d'importance.

3

Faux, pensa Van tandis que Becca s'éloignait.

Cependant, il était plus pressé de rentrer sa voiture dans le garage que de presser Becca pour entendre ce que, au final, il n'avait pas très envie qu'elle lui dise... Ce qui prouvait qu'elle avait un peu raison, quelque part.

Il s'habilla chaudement mais, courbé contre le vent glacial, frissonna quand même en s'appliquant à dégager, muni d'une pelle, la neige qui bloquait la porte du garage.

S'échapper par l'activité physique était pour lui une très ancienne habitude. Aussi loin que remontaient ses souvenirs, il se revoyait en pyjama, bottes fourrées et anorak, en train de pelleter l'allée pour fuir les cris qui résonnaient à l'intérieur de la maison. Plus vite l'allée était dégagée, plus vite sa mère prenait la voiture et l'emmenait sur les pistes avec Paisley.

Bien sûr, une fois là-bas, sa mère ne manquait pas de rencontrer des hommes. Il la voyait prendre un café avec quelqu'un, puis elle disparaissait pendant une heure. Il essayait bien d'ignorer tout cela, mais son père le pressait de questions dès leur retour à la maison. « Ne la protège pas. Tu dois bien savoir à qui elle parlait. Alors, dis-le-moi. »

Parfois, son père était ivre et devenait très vulnérable, sentimental derrière son agressivité. Il accusait Van de prendre le parti de sa mère. Il faisait pression sur ses enfants pour qu'ils se rangent de son côté. « Je t'ai manqué aujourd'hui, n'est-ce pas ? Alors n'oublie pas de le lui dire. »

Paisley elle-même devenait une source de drames, le temps passant. Elle n'avait pas le même esprit de compétition qui l'animait sur les pistes, elle préférait faire des conquêtes parmi les sportifs. Il avait vite appris que sa propre aptitude à se faire des amis dépendait des succès de Paisley… Au fil du temps, alors qu'il emportait des trophées et que sa renommée grandissait, il s'était convaincu que tous ceux qui lui témoignaient un tant soit peu d'intérêt dissimulaient en fait leur véritable motivation.

Becca, elle, n'avait rien à voir avec tout ça. Elle lui avait permis de se stabiliser. D'ailleurs, elle se tenait prudemment à distance de sa famille, ne s'intéressait au ski de compétition qu'à travers lui et ne se souciait ni d'ascension sociale ni d'enrichissement personnel. Modeste, elle ne cherchait jamais à attirer l'attention, et le seul drame qui aurait pu survenir dans son univers, c'était l'éventuel incident créé par un client ivre, qui pourrait lui faire perdre son travail.

Il commençait à croire qu'elle serait peut-être son havre de paix quand elle avait déçu tous ses espoirs, se montrant aussi peu fiable que le reste de son entourage.

Pourquoi ? Qu'avait-il donc fait, ou omis de faire, pour qu'elle se détourne de lui de cette façon ?

Sa pelle rencontra une nouvelle couche de neige glacée, qu'il dégagea rageusement, jetant la pelletée au loin, à l'aveuglette, évacuant sa colère parce que, bon sang, oui, il était en colère !

Il en voulait à Becca. Le choc et la déception le rongeaient toujours depuis qu'elle était partie. Sur le coup, il avait eu d'autres choses à gérer : Paisley lui avait appris que leur père s'était enfui en emportant l'argent de l'entreprise, et l'affaire avait monopolisé toute son attention.

Passer aussi brutalement du succès au désastre financier, c'était pour lui impossible à accepter. La décision de Becca de mettre fin à leur mariage le rendait encore plus furieux. Sa colère envers elle le poursuivait sans relâche, se mêlant à son ressentiment envers son père, l'une alimentant l'autre.

Si ce dernier lui avait donné un meilleur exemple de vie maritale, peut-être aurait-il pu faire durer son mariage… Mais si Becca n'avait pas été un tel point de discorde entre son père et lui, peut-être Jackson Scott n'aurait-il jamais commis cet acte odieux…

Le temps passant, alors que Becca et lui étaient toujours en pleine guerre froide, il avait fini par se dire que sa famille avait raison. Puisque tous ses proches s'entre-déchiraient, pourquoi espérer mieux de la part de quiconque ? Pourquoi même laisser quelqu'un s'approcher suffisamment pour lui faire du mal ?

On ne l'y prenait plus, depuis. Et entre eux, le silence avait duré quatre ans.

Rebecca était en train de fouiller la chambre à la recherche de son médaillon.

Elle avait coupé les ponts, trop méprisée par tous et trop désemparée pour avouer à Van ce qu'elle n'avait pas eu le courage de lui révéler lorsqu'il était venu la voir à Sydney. Mais s'il n'avait pas accepté si facilement de divorcer, sans doute aurait-elle pu lui ouvrir son cœur et lui expliquer qu'elle ne pourrait jamais avoir d'enfant…

À quoi bon, maintenant ? Elle ne voulait surtout pas l'entendre dire : « Tu as raison, ça n'a plus d'importance, à présent. » Parce que c'était important, très important, même ! Il y avait bien des raisons qui condamnaient leur mariage par ailleurs. Évoquer la plus douloureuse d'entre elles ne rendrait pas les autres plus faciles à supporter.

Elle avait entendu Van sortir. Un peu plus tard, la porte du garage grinça sur ses gonds. Elle jeta un coup d'œil par la fenêtre de la chambre d'amis et le vit qui brossait sa voiture recouverte de neige avant de la rentrer à l'abri.

— Qu'est-ce que tu fais là ? dit-il soudain depuis le pas de la porte.

Elle sursauta, une main sur sa poitrine.

— Je… Je te croyais dehors, bredouilla-t-elle, honteuse.

Le chalet avait été très bien construit, c'était bien là le problème. Ses murs étaient épais et ses planchers ne grinçaient jamais. Van se déplaçait avec une grâce féline. Rebecca, elle, s'absorbait toujours dans ce qu'elle faisait, ce qui provoquait de fréquentes frayeurs.

Van entra et jeta un coup d'œil autour de lui. Des flocons de neige scintillaient sur ses cheveux et, en fondant, faisaient couler un petit filet d'eau le long de sa tempe. Il l'essuya, le regard fureteur, comme à la recherche d'indices.

— Je cherchais quelque chose à lire plus tard, expliqua-t-elle en montrant un roman d'amour.

Elle l'avait déjà lu, mais elle se souvenait l'avoir aimé. Elle le lirait donc à nouveau.

— Mmm, bien... Je vais prendre une douche, déclara-t-il en se dirigeant vers la chambre principale.

Non ! N'y pense même pas ! se morigéna-t-elle.

Mais comment ne pas y penser ? Donovan Scott ne devait pas sa renommée qu'à ses qualités sportives. Il mesurait plus d'un mètre quatre-vingt, ses abdominaux, pectoraux, biceps et muscles fessiers paraissaient sculptés dans du marbre, et sa mâchoire dans du granit. Ses yeux étaient de l'or en fusion. Se doucher avec lui, elle l'avait fait dans le passé, et...

Elle eut l'impression qu'une chaleur intense lui incendiait le ventre.

Pour échapper à ses souvenirs torrides, elle dégringola l'escalier jusqu'à la salle de jeux du sous-sol, qu'elle n'avait toujours pas fouillée.

Son médaillon pouvait se trouver aussi bien là qu'ailleurs.

Il faisait toujours quelques degrés de moins, ici. L'arrière du chalet était construit dans la pente de la montagne. Il y avait un patio que recouvrait une terrasse, avec un chemin menant vers le lac. Mais l'épaisseur de neige devant le patio était trop importante pour qu'on distingue le lac, et d'ailleurs, la nuit se rapprochait, faisant grandir les ombres.

Elle alluma la cheminée à gaz et commença ses recherches.

Van la rejoignit un peu plus tard.

Il portait un jean propre et un épais pull de laine gaufrée qui mettait en valeur ses épaules musclées, accentuant l'impression de puissance physique qu'il dégageait.

La bouche sèche, elle se força à baisser les yeux sur le tiroir plein de vieilles télécommandes et de câbles qu'elle était en train de fouiller, quand elle tomba sur une petite photo Polaroid.

— Tu veux un cocktail ? Margarita ? lui demanda-t-il, se dirigeant vers le bar aménagé dans la pièce.

Elle referma le tiroir d'un coup sec.

— Pourquoi, j'ai l'air d'avoir soif ?

Sa réponse acide n'était même pas drôle, et elle le savait. Elle posa la photo sur la large poutre qui formait le comptoir du bar.

— Un petit plongeon dans le passé ? remarqua Van en jetant un regard rapide à la photo.

Elle contourna le bar pour passer dans l'espace jeux à l'arrière. Tout en examinant les étagères où s'amoncelaient les jeux de société, elle observait du coin de l'œil la réaction de Van.

Sur la photo, elle semblait rayonner face à l'appareil, et lui avait l'air de vouloir la dévorer toute crue. C'était Courtney qui avait pris la photo. En la lui donnant, elle lui avait murmuré : « On dirait qu'il t'aime bien. »

Ce n'était rien d'autre que du désir, mais il n'était pas désagréable d'être autant désirée. Elle se sentait oppressée, probablement parce que ce désir était toujours vivant si elle en croyait leur baiser de tout à l'heure et ses fantasmes mal contrôlés.

— Tu n'as pas du tout changé, dit Van en désignant le cliché.

— Non ?

Elle se baissa pour examiner le contenu des étagères du bas, cachant du même coup sa détresse. Lorsqu'elle se redressa et jeta un coup d'œil vers lui, perché sur l'un des tabourets, elle vit qu'il fixait sa chute de reins.

— Tu l'as déjà vue, marmonna-t-elle.

— Je n'y peux rien si c'est aussi superbe, Becca. Chacun porte sa croix, celle-ci est la tienne…

Elle grogna.

Décidément, les hommes seraient toujours les hommes… Sauf que c'était oublier un peu vite qu'elle aussi, elle l'avait observé à la dérobée, et plusieurs fois depuis qu'elle s'était réveillée et qu'elle l'avait trouvé sur le seuil de leur chambre.

Peut-être que le sexe était tout ce qu'ils avaient jamais eu, mais ils en avaient eu, indéniablement.

Aux yeux de Becca, leur rencontre restait un mystère, de même que le fait que Van se soit intéressé à elle alors qu'elle n'était clairement pas de son monde.

— Il faut que tu viennes, avait insisté Courtney.

Celle-ci sortait avec un policier de la brigade de montagne qui les avait invitées à une fête organisée chez un ancien coéquipier de hockey.

— Mais c'est ma seule soirée de repos, avait gémi Becca.

— C'est bien pour ça que tu devrais venir, avait plaidé Courtney. Ça te détendra. Il y a un jacuzzi !

Becca adorait le Canada, mais il faisait sacrément froid dans ce pays. L'idée de s'asseoir dans un bain bouillonnant alors que la neige tombait au-dehors lui semblait très chic et un peu décadente.

— Bon, je vais venir, mais je ne resterai pas longtemps.

Elle était à Whistler depuis quatre ans, mais elle ne connaissait pas encore très bien le sport national qu'était le hockey ni les noms des joueurs célèbres. Presque tous les Canadiens qu'elle connaissait le pratiquaient à des degrés divers. Mais ce n'était pas chez un joueur du dimanche qu'elle était invitée, elle ne tarda pas à s'en rendre compte.

Alors qu'elles s'approchaient du chalet – ou plutôt du manoir en pleine montagne –, elle comprit qu'il ne s'agissait pas d'une fête entre copains mais bien d'une soirée mondaine. Toutes les célébrités de passage en ville avaient été conviées. Le salon scintillant était plein de gens habillés bien plus élégamment qu'elle, avec son col roulé et son jean.

Elle avait caché rapidement son sac à dos bon marché sous son anorak, qu'elle avait laissé au vestiaire, regrettant de ne pas avoir fait plus d'efforts pour sa tenue. Une fois son bonnet d'alpaga retiré, ses cheveux n'étaient plus qu'une masse rebelle, indomptable. Elle les avait lissés avec gêne tout en rejoignant Courtney.

— Tu n'as pas pris ton maillot de bain ? demanda son amie en voyant ses mains vides. Et le jacuzzi ?

— Plus tard, avait répondu faiblement Becca. Je veux d'abord prendre un verre.

Elle n'allait certainement pas porter son vieux maillot dans une demeure aussi huppée ! Et puis, elle connaissait peut-être le barman. Le monde était petit et, surtout dans cette ville de montagne, on se croisait souvent. Voir un visage connu lui ferait le plus grand bien.

Cet espoir avait été déçu, mais pendant qu'elle attendait son gin-tonic, un chanteur à la voix soyeuse, qu'elle se souvenait avoir récemment vu à la télé, était venu se placer à côté d'elle en lui susurrant un « bonjour » engageant.

Très intimidée, elle s'était empressée de battre en retraite, emportant sa boisson pour se donner une contenance, et elle s'était mise à déambuler parmi la foule des invités. Un groupe s'était formé, au centre duquel se tenait un homme qui racontait des histoires drôles. Elle s'était jointe au groupe et se détendait enfin quand l'homme, un réalisateur de cinéma connu, s'était soudain adressé à elle.

— Qui est votre agent, déjà ?

Après avoir bafouillé qu'elle n'était pas actrice, elle avait filé sans demander son reste, constatant qu'elle n'était vraiment pas à sa place.

Elle serait bien partie, mais si Courtney l'avait vue faire, elle l'aurait traînée vers le jacuzzi.

S'accrochant à son verre, elle avait erré dans la vaste demeure, feignant de chercher quelqu'un, fuyant le regard de ceux qui tentaient d'établir un contact. Les hommes voulaient toujours lui parler, mais ce n'était pas parler qu'ils voulaient…

Elle avait descendu un escalier, regardant les photos et les trophées sportifs accrochés aux murs. En bas résonnaient des rires joyeux. Attirée, elle avait passé la tête par la porte d'une salle où un écran géant diffusait, comme on pouvait s'y attendre, un match de hockey sur glace. Des hommes, tous grands et bien bâtis, lançaient des fléchettes sur une cible, échangeant force plaisanteries. Aucune femme ne les accompagnait. Elle avait voulu s'éloigner, mais quelque chose l'avait comme ancrée au sol, le regard aimanté par une silhouette masculine parmi les autres. Tous étaient des gaillards athlétiques, pleins de vigueur et d'assurance, en tenue décontractée mais élégante. L'homme, vêtu d'un pantalon chino et d'un pull aux manches relevées, n'avait rien de particulièrement différent, et pourtant, il se démarquait des autres. Son allure de star reléguait tous les autres hommes au rang de faire-valoir. Sa démarche féline attirait le regard. Il l'avait remarquée, et la façon dont son œil d'or s'était posé sur elle la retenait captive.

— Vous voulez jouer aux fléchettes ? avait-il demandé, l'attirant irrésistiblement de la voix.

Elle avait haussé les épaules, se reprochant immédiatement ce geste inepte et si peu sophistiqué.

— Bien sûr, avait-elle coassé, la gorge étrangement sèche, tandis qu'il lui tendait une poignée de fléchettes.

Les autres hommes faisaient des plaisanteries, mais elle n'entendait rien.

Sa zone de confort habituelle, c'était de rester à l'écart, d'observer et d'écouter. Si les hommes voulaient flirter avec elle, ils pouvaient le faire, mais en restant de l'autre côté du bar et en payant ce qu'ils consommaient pour avoir ce privilège. Se trouver soudain sous le projecteur de l'attention d'un homme tel que celui-ci avait quelque chose d'irrésistible, de presque douloureux.

— Mon nom est Donovan Scott. Je vous en prie, appelez-moi Van. Et voici quelques-uns de mes amis…

Il lui avait présenté les autres hommes.

— … Et vous êtes ?

— Rebecca. Becca, pas Becky.

— Vous savez jouer aux fléchettes, Becca-pas-Becky ?

— Mmm…

Elle avait hoché la tête, mais peut-être son trouble la faisait-il passer pour gauche, car tous ces messieurs se mirent à vouloir lui apprendre où se tenir et comment lancer.

Cela lui avait rappelé ses années d'adolescence, quand les garçons se montraient condescendants avec elle, s'amusaient à faire claquer la bretelle de son soutien-gorge et lançaient des sous-entendus à tout bout de champ. Étrangement, repenser à tout cela – et au culot qu'il lui avait fallu pour y répondre – lui avait fait oublier sa nervosité.

Elle avait pris position et levé sa main armée d'une fléchette.

— Reculez un peu, avait conseillé Van.

Elle avait fait tournoyer dans l'air le petit projectile, qui était allé se planter en plein dans le mille.

Il y avait eu un silence surpris, et elle avait susurré d'une voix suave :

— Vous savez ce qu'est le *mansplaining*, messieurs ? On dit aussi : « mecsplication »...

Elle avait lancé les deux fléchettes suivantes de façon plus conventionnelle, et elles étaient allées se ficher encore plus au centre de la cible, avec un bruit sourd.

— Eh bien, voilà, avait dit doucement Van en se grattant le bout du nez, puis il l'avait saisie par le coude et attirée à lui. On joue par équipes, et vous êtes dans la mienne.

Son cœur avait fait un bond et elle avait eu un petit rire, tandis que les autres protestaient en chœur.

La soirée devenait amusante. Les hommes accusaient Van d'avoir fallacieusement introduit une championne dans le jeu, car leur équipe gagnait toutes les manches. Elle était au paradis, frôlant la main de son partenaire quand ils se passaient les fléchettes, se tenant tout près de lui alors qu'ils échangeaient à mi-voix des plaisanteries sur la stratégie. À son côté, elle se sentait incroyablement bien, et libre.

Surtout, ne pas se monter la tête, se disait-elle, prudente. Dans une station à la mode comme Whistler, il y avait beaucoup de passage. Les gens de son âge allaient et venaient, se succédant au rythme des saisons sportives. Il régnait une atmosphère très libre en ce qui concernait les rapports entre les sexes. Elle s'y était laissé prendre à son arrivée dans la ville. Elle avait cru aimer deux garçons, qui l'avaient l'un et l'autre laissée tomber très vite. Ce qu'elle avait ressenti alors, la déception, le mépris de sa propre naïveté, elle ne voulait en aucun cas le revivre.

Elle avait appris que Van Scott était un champion de ski alpin qui allait représenter le Canada aux prochains Jeux olympiques d'hiver. Sa mère était elle-même une ancienne et célèbre médaillée d'or. La famille de son père avait commencé à acquérir des terrains dans la région bien avant que l'on songe à y créer une station de sports d'hiver, ce qui faisait actuellement de sa famille une des plus riches du pays… Il avait une entreprise spécialisée dans l'immobilier. En plus de ses propres succès sur la piste, Van Scott connaissait tout le monde. Il pouvait avoir qui il voulait dans son lit… Il ne l'avait approchée que parce qu'elle était la seule femme dans la pièce, elle en était convaincue. Tout en lui était tellement hors de sa portée que c'en était carrément risible.

Pourtant, elle se délectait de l'attention qu'il lui portait. Elle ne pouvait pas s'en empêcher. Elle n'avait jamais vu un homme aussi charismatique agir envers elle comme si elle le fascinait.

Quand il lui avait glissé : « Je dois être à l'entraînement à 6 heures demain matin, il faut que je rentre. Je vous ramène ? », elle avait su exactement ce qu'il avait derrière la tête. Il lui suffisait probablement de claquer des doigts pour que les femmes se précipitent, et elle ne serait qu'une encoche de plus sur son bois de lit. Mais la façon dont ses yeux d'or s'illuminaient quand il la regardait faisait voleter des papillons dans son ventre. Elle était hypnotisée. Elle s'amusait ce soir-là uniquement parce qu'elle était avec lui. Une fois qu'il aurait quitté la soirée, elle se sentirait à nouveau mal à l'aise.

Et elle n'était pas prête à lui dire au revoir. Pas encore…

— Il faut que je prévienne une amie que je pars, avait-elle dit, la voix un peu enrouée par l'anticipation.

— Bien sûr ! Allons la trouver.

Courtney était sortie du jacuzzi. Elle s'était empressée de les photographier au Polaroid et, en lui glissant le cliché, elle lui avait chuchoté qu'elle voulait un rapport complet le lendemain sur la suite de la soirée.

Becca avait rougi violemment. Elle avait l'impression que tout le monde savait qu'elle partait avec Van...

À quelques mètres de son véhicule, celui-ci avait démarré le SUV, et le givre fondait déjà sur les vitres.

— Démarrage à distance, lui avait-il dit en lui montrant la télécommande. Vous voulez conduire ?

— Comment ? Oh... Non, pas du tout.

Elle était si nerveuse que, machinalement, elle s'était dirigée vers la place du conducteur. Van lui ouvrit la porte côté passager, ce qui la mit au comble de l'embarras, peu habituée qu'elle était à ce genre de politesses.

Quand elle fut montée, il resta un moment penché vers elle, le visage à demi éclairé par le plafonnier, le regard attentif.

— Je peux vous ramener chez vous, avait-il dit, je le ferai si vous y tenez absolument, mais... nous pouvons aussi aller chez moi.

— Je n'ai que mon maillot de bain, se crut-elle obligée d'expliquer en montrant son sac. Je ne comptais pas... passer la nuit avec quelqu'un.

— J'imagine, répliqua-t-il avec un petit rire. Moi non plus ! Enfin, ce n'est pas ma première fois, ne vous inquiétez pas !

— Moi, si...

Le rire de Van s'était arrêté net.

— Vous êtes sérieuse ?

— Non !

Cela avait été le tour de Becca de rire devant l'air décontenancé de son compagnon. Il levait les yeux au ciel comme s'il prenait celui-ci à témoin du fait qu'elle l'avait bien eu.

— N'empêche, reprit-elle, ça ne sera que ma deuxième fois, alors vous devriez quand même vous inquiéter un peu.

Il lui avait caressé légèrement la joue en un geste très doux et s'était penché vers elle. Sa bouche s'était posée sur la sienne, et il l'avait entraînée dans un baiser voluptueux et torride, tout à son image. Elle avait senti qu'elle touchait là l'essence même de cet homme : il savait se retenir, attendre... et se donner à fond.

Cela avait été sa dernière pensée à peu près cohérente avant qu'il l'entraîne dans un tourbillon flamboyant et sauvage.

La main de Van s'était posée sur son cou, leurs langues s'étaient jointes. Elle sentait son pouls battre dans sa gorge, ses seins se faisaient lourds, ses doigts allaient se perdre dans l'épaisse chevelure de Van pour l'inciter à continuer.

La neige aurait pu cesser de tomber et le printemps succéder à l'hiver sans qu'elle s'en émeuve le moins du monde, car son univers n'était plus que chaleur, sensations, invitation à un plaisir irrésistible. Ce genre de bonheur dont elle avait toujours pensé qu'il était réservé aux autres et qu'elle n'y goûterait jamais.

— Hé, Scott ! avait crié un plaisantin de passage. Y a des hôtels pour ça !

Leurs lèvres s'étaient séparées et Van avait pouffé, mais il avait gardé son front contre le sien.

— Il n'a pas tort, avait-il dit en riant, mais je mourais d'envie de t'embrasser. Ce doit être à cause de tes fossettes, elles sont si mignonnes... Trop mignonnes pour y résister !

— Non, s'était-elle rebellée, fronçant les sourcils. Les koalas sont mignons. Moi, je veux qu'on m'apprécie pour mon caractère, ma facilité d'adaptation, ma ponctualité...

Il avait acquiescé en riant.

— Cela tombe bien, ce sont des qualités que je trouve complètement irrésistibles... Avant que tu me fasses perdre l'esprit, j'étais en train de me dire que je n'avais plus de préservatifs à la maison. Je vais devoir m'arrêter en chemin.

Elle avait songé que, avant de perdre tout sens commun, elle devrait demander fermement à ce dieu grec de la ramener chez elle. Sinon, au nirvana succéderait la chute, brutale et inévitable. Elle n'avait guère envie qu'il lui brise le cœur, et elle n'était que trop certaine qu'il le ferait.

Cependant, elle avait répondu simplement :

— OK.

Le lendemain, au bar, elle n'avait pas cessé de repenser à cette nuit et à la surprenante relation qu'elle avait établie avec Van.

Elle s'était rendue au travail avec le cafard. Amoureuse.

C'était arrivé au cours de la nuit. Ils avaient fait l'amour trois fois, y compris à 5 h 30, avant qu'il la dépose chez elle pour se rendre sur les pistes. Il lui avait dit, avec une grimace d'excuse :

— Je n'ai pas trop de temps pour une vie privée.

— Je comprends.

Elle songeait, le cœur serré, que Van ne lui avait même pas demandé son numéro de portable. Il avait dû l'oublier dès qu'il avait tourné le coin de la rue. Elle, elle ne l'oublierait jamais. Sans doute aurait-elle eu moins de regrets s'il s'était conduit comme un mufle. Mais non, il avait été le parfait gentleman, s'assurant de faire naître son plaisir à elle avant le sien. Au fait, en avait-il eu, d'ailleurs ?

Cette question tardive l'avait frappée comme une gifle.

Sa confiance en elle ébranlée, les épaules basses, elle était occupée à remplir le frigo à bières du pub lorsque Van s'était matérialisé, tout sourire, lui demandant ce qu'elle faisait de sa soirée. Stupéfaite, elle avait balbutié :

— Bah… Tu le vois, je suis là jusqu'à la fermeture.

C'était la morne et peu reluisante vérité.

— Bon, alors, moi aussi, répliqua-t-il, et il s'assit au bar en souriant toujours. Donne-moi donc une pression.

En lui servant sa bière, elle lui avait dit :

— Tu ne vas pas rester jusqu'à la fin de mon service !

— Tu préférerais que je m'en aille ?

— Tu fais bien ce que tu veux.

Elle essayait de se montrer décontractée. Non pas qu'elle regrette le moins du monde la nuit passée avec lui. Elle souffrait juste à l'idée qu'il n'y en aurait pas d'autres. Et pourtant, il était là… C'était déroutant.

Courtney, elle, s'était gentiment moquée, disant qu'elle avait « tiré le gros lot ».

— Van Scott ne ramène personne chez lui, et surtout pas des filles comme toi ou moi… Tu sais de quelle famille il sort ?

Des années après, Becca ne comprenait toujours pas pourquoi cet homme l'avait choisie. Elle était tiraillée entre passé et présent, le cœur en miettes, déchiré par leur longue séparation. Van pourrait très facilement le briser à nouveau.

Qu'il ait voulu revenir dans sa vie compromettait la cicatrisation de ses blessures en lui donnant de faux espoirs. S'il avait disparu, elle aurait fini par s'en remettre...

Mais pour l'instant, elle était toujours ce fantôme de femme qui tentait encore de comprendre comment elle avait pu être, un moment, l'épouse de Van Scott... et qui s'apprêtait à divorcer d'avec lui. Ça semblait irréel. Elle se retrouvait dans la même perplexité que quatre ans plus tôt, et dans la même situation : elle était passée derrière le bar pour leur préparer un cocktail, et elle versait tequila, jus d'ananas et nectar de tamarin dans un shaker.

— Pourquoi, Van ?

— Pourquoi quoi ?

— Pourquoi moi ?

Elle vissa avec précaution le couvercle du shaker et le secoua avant de lever les yeux vers lui.

Il n'avait pas eu besoin qu'elle lui fasse un dessin.

— Et pourquoi pas toi, Becca ? rétorqua-t-il avec un petit soupir d'impatience. Pourquoi as-tu toujours une si mauvaise opinion de toi-même ? Je ne l'ai jamais compris.

Elle mixa les liquides avant de répondre.

— Regarde où tu en es, Van, et regarde où j'en suis. Tu dis que je n'ai pas changé. Bon Dieu, ce n'est que trop évident !

— Je veux bien m'excuser d'être plus riche que toi, dit Van, flegmatique et grinçant, mais il ne faudrait quand même pas oublier que mon père avait tout pris...

— Tu veux en parler ? proposa-t-elle.

— Non, jeta-t-il en prenant le verre qu'elle lui tendait. Mais je me suis demandé à l'époque si c'était la raison de ton départ.

— Je te rappelle que nous sommes convenus de nous séparer avant que tu quittes Sydney.

Elle se servit un verre à son tour et poursuivit :

— Je ne savais rien de cette histoire sordide avant qu'elle commence à faire les gros titres, c'est-à-dire après ton retour au Canada. J'ai juste vu passer sur les réseaux sociaux quelques infos auxquelles je n'ai rien compris.

Le regard de Van se fit aussi incisif qu'un scalpel.

— Ah bon ? Maman et Paisley ne t'ont rien dit ?

— Pourquoi l'auraient-elles fait ?

C'était à peine si elles lui avaient parlé.

— Je ne sais pas. Ça m'a paru suspect que tu veuilles mettre fin à notre mariage juste avant que les malversations de mon père soient révélées...

— Je suis rentrée à Sydney parce que ma mère était malade, c'est tout. Une fois là-bas, j'ai compris que toi et moi, nous n'avions pas grand-chose en commun.

Elle n'avait pas honte de ses racines, mais revenir à Sydney dans la maison de son enfance lui avait fait prendre conscience de certaines choses. Son père se plaignait constamment de devoir se passer de tout. Il ne refusait pas un ventilateur à sa mère durant les fortes chaleurs, mais il n'avait pas de mots assez durs pour la compagnie d'électricité et ses factures toujours plus lourdes.

Dans le vieux bungalow, elle avait repris son ancienne chambre, et le lit superposé où elle avait dormi au-dessus de Wanda. Le voisinage n'était pas très reluisant, on entendait parfois les sirènes de la police dans les rues adjacentes. Loin de se vanter de la richesse de son mari, elle avait eu tendance à la minimiser. Lorsque Wanda la taquinait sur ses lunettes de soleil de marque et lui demandait si c'était une contrefaçon, elle répondait distraitement : « Van les a gratuitement. » Elle évitait d'ajouter qu'il lui en aurait acheté deux douzaines sans ciller si elle le lui avait demandé...

Elle ne savait tout simplement pas comment parler de cette richesse sans paraître se donner des airs. Il serait si facile de croire qu'elle utilisait son mariage pour se hisser sur l'échelle sociale ! Ou de penser qu'elle vivait aux crochets de son époux.

Ce qui était le cas, à vrai dire.

— Je ne me suis jamais souciée de ton argent, ajouta-t-elle très vite, avant de prendre une gorgée de cocktail.

Elle avait sucré le bord du verre, et elle lécha les grains de sucre du bout de la langue.

Au-dehors, la neige reflétait les lumières de la guirlande de Noël que Van avait dû allumer tout à l'heure en sortant.

— Tu t'en soucies bel et bien, pourtant, remarqua-t-il, contrairement à moi. Je ne me suis jamais préoccupé de cette différence entre nous. Je pensais juste que tu étais drôle, intelligente et terriblement sexy. Comme moi, en somme...

Il fallait qu'il ajoute sa petite touche d'autodérision !

— Et je me suis toujours demandé pourquoi tu ne voyais pas quelle fille géniale tu étais, conclut-il.

— Peut-être parce que je n'ai pas grandi entourée de gens qui m'encensaient jour et nuit, répliqua-t-elle avec un rien de cynisme. Attention, je ne dis pas que tu ne le méritais pas. Je sais que tu as travaillé dur pour tes succès. Seulement voilà, moi, je n'avais pas de don particulier, et même si j'en avais eu, mes parents n'avaient pas l'argent pour des leçons, des coachs, ni le temps de me regarder courir, skier ou nager. Moi, on me disait qu'il fallait que je fasse ma part des corvées. Alors, je l'ai faite. Et je la fais toujours.

Elle ne s'était jamais prise pour la huitième merveille du monde, et ses besoins étaient simples. Suffisamment simples pour qu'elle puisse les satisfaire elle-même. Pendant un temps, grâce à Van, elle s'était sentie spéciale, intéressante et désirable, mais il ne fallait plus y penser.

— Était-il... violent, abusif ? demanda Van entre ses dents.

— Qui, mon père ? Non, dit-elle en se renfrognant un peu. Il nous culpabilisait sans le vouloir vraiment, sa rancœur se manifestait sous forme de plaisanteries, du genre : « Vous deux, les coûteuses petites chipies, vous feriez mieux de vous rendre utiles et de m'apporter mes pantoufles. »

Elle se sentait toujours obligée de le défendre, même si ces « taquineries » l'avaient profondément marquée.

— N'était-ce pas un peu macho, comme demande ?

— Ça l'était un peu, c'est vrai... Il m'a plus souvent crié dessus que parlé gentiment, mais je savais qu'il aurait tué quiconque m'aurait fait du mal. Il y avait eu des moments difficiles, et nous savions que ça pouvait revenir, c'est tout.

— Difficiles jusqu'à quel point ?

— Je n'ai jamais eu faim, je te rassure, mais il n'y avait ni gâteries ni extra. Mon père prenait tous les boulots qui se présentaient plutôt que de manquer un seul jour de paie. Il n'avait pas de vrai métier, rien sur quoi on puisse compter à long terme. Maman s'était fait mal au dos quand elle attendait Wanda, et il a fallu du temps avant qu'elle puisse reprendre son travail à l'épicerie. Elle se mettait en colère quand je plongeais mon père dans l'embarras en demandant des choses que nous ne pouvions pas nous offrir. Elle me rappelait d'avoir les pieds sur terre. Mon père, lui, me disait de travailler pour pouvoir m'offrir mes fantaisies.

— C'est normal de désirer ce qu'ont les autres enfants...

— Je sais, dit-elle en haussant les épaules. Mais je sais aussi que ça n'avait pas d'importance d'en être privée. Ce n'étaient que des choses matérielles.

— Il te parlait durement. Mais j'avais oublié qu'il n'était que ton beau-père...

— Ça non plus, ça n'avait pas d'importance. Il ne cherchait pas à être cruel, Van. Il n'avait jamais eu l'occasion de se la couler douce, alors il me disait de me secouer, voilà tout.

Lorsqu'il l'avait appelée pour la prévenir que sa mère était malade, il n'avait pas davantage mâché ses mots : « Le docteur dit que ta mère a un cancer. Tu ferais bien de rappliquer pour t'occuper d'elle. »

— Tu m'as toujours dit que Wanda était favorisée parce qu'elle était la cadette. Tu te sentais reléguée au second plan du fait que Wanda est vraiment sa fille et pas toi ?

Elle sentit ses yeux brûler.

Van avait mis le doigt sur le problème, et il appuyait fort.

Elle le défia du regard, refusant de le laisser voir à quel point il avait touché juste.

— Mon père m'aime, rétorqua-t-elle. Ce n'est pas sa faute s'il a du mal à l'exprimer. Ou s'il a un lien plus étroit avec Wanda parce que c'est sa fille. J'avais cinq ans quand il a épousé ma mère. Nous avons dû apprendre tous les deux à être père et fille.

« Sois sage, petite Becca. Il ne faut pas que ton nouveau papa regrette de nous avoir fait venir ici avec lui. »

— Tu es bien généreuse : de vous deux, c'était lui l'adulte, non ?

— Peut-être, mais ça ne sert à rien de le charger, dit-elle avec un geste impatient de la main. Oui, sans doute, j'aurais aimé que papa soit différent. Voilà, je l'ai dit. Est-ce que ça change quelque chose ? Rien. C'est seulement choquant.

— Tu aurais tout de même pu m'en parler.

— Comme si tu avais le temps de l'entendre ! Il fallait que tu t'entraînes, Van. Il a toujours fallu que tu t'entraînes.

Sa voix n'était plus qu'un murmure.

Elle avala sa boisson, et l'alcool se fraya un chemin dans sa gorge serrée pour aller se nicher derrière son cœur.

Les traits de Van se figèrent en une expression amère.

— Je n'essaie pas de te culpabiliser, marmonna-t-elle en reposant son verre. Tu m'as demandé pourquoi je ne m'estimais pas à ce que tu crois être ma valeur. Je te l'ai dit... Mais je serai ravie de t'offrir une revanche au billard ou aux fléchettes. Tu vois, je suis sûre de moi sur certains points...

Elle avait lancé cette réplique par-dessus son épaule.

— Le billard, plutôt. J'ai l'impression qu'on s'est suffisamment lancé de fléchettes comme ça, répliqua Van avec flegme. Tu as vu comme je suis drôle ?

4

Van pivota sur le tabouret, observant Becca tandis qu'elle s'occupait des billes de la table de billard.

Cette femme était pleine de contradictions. D'un côté, elle pouvait apparaître digne et en pleine possession de ses moyens. Le soir où ils s'étaient rencontrés, elle avait battu à plate couture quantité d'hommes habitués à la victoire. C'était très divertissant. Lorsqu'il l'avait ramenée chez lui, elle s'était abandonnée avec une passion qui dénotait plus d'expérience que ce qu'il avait présumé. Et si son extrême vulnérabilité était évidente à certains moments, il existait un ou deux domaines dans lesquels personne ne pouvait la mettre en échec. Becca camouflait son insécurité avec brio, usant de répliques acerbes et dynamitant tout compliment qu'elle jugeait immérité. Cela l'avait troublé, jusqu'à ce qu'il en comprenne la raison : elle était la cible d'attentions déplacées de la plupart de ses congénères. Lui-même avait toujours attiré les regards, notamment grâce à son aisance sur les pistes, mais il n'avait jamais fait l'expérience des œillades insistantes que s'attirait involontairement Becca, comme il l'avait constaté en la fréquentant.

Les femmes qu'il avait connues avant elle teintaient leur sophistication d'une froideur inaccessible pour décourager les potentiels prétendants. Becca, elle, combinait de manière étonnante la sensualité et l'accessibilité, tout en sourires et fossettes, son regard couleur chocolat rehaussé par les taches de son qui lui couvraient le nez et les pommettes. Sans parler de ses formes diaboliquement attirantes, qu'elle ne cherchait jamais à cacher. Même vêtue d'un sweat-shirt large à capuche et d'un jean, elle ne pouvait pas traverser un café sans que tous les yeux se tournent vers elle. Souvent, il se fourrait les poings dans les poches pour éviter de devenir agressif envers ceux qui lui décochaient ces regards-là. Elle ne recevait finalement que peu de compliments sincères et désintéressés…

Lui avait-il seulement témoigné sa gratitude pour les petites attentions qu'elle lui manifestait – penser à ses protéines pour le sport, répondre à ses courriels tandis qu'il gardait la tête dans le guidon, tendu vers son objectif ?

Elle avait raison de lui rappeler qu'il avait failli, qu'elle n'avait pas toujours été au centre de ses préoccupations. Le meilleur compliment serait probablement d'être attentif à sa douleur…

Il se leva du tabouret et il prit leurs deux verres pour la rejoindre.

— Tu te trompes à propos d'une chose.

— Quoi donc ?

— Personne ne m'a dit que j'étais doué. On me disait que j'avais du potentiel, oui, mais la réussite était toujours conditionnée à mon obéissance.

Il la vit se radoucir, mais il ne voulait pas de sa pitié. Il poursuivit, posant les verres sur un guéridon à côté du billard :

— L'entraînement était pour moi plus qu'un accomplissement au niveau sportif. Les graines de champion comme je l'étais dans ma jeunesse vivent toujours sous la coupe de leurs procréateurs : deux personnes qui se battent pour le contrôle de l'enfant prodige. Dès le plus jeune âge, j'ai pris une mauvaise habitude : si je n'aimais pas ce qu'il se passait autour de moi, entre mes parents par exemple, je prétextais un entraînement pour fuir la situation.

— Une bonne excuse.

— Quelque chose comme ça, oui, dit-il, embarrassé.

Il se rendait compte à présent qu'il avait infligé le même traitement à Becca. Leurs brouilles, même quand elles se déroulaient sur un mode mineur, lui semblaient trop compliquées à gérer pour qu'il y accorde le temps nécessaire.

À côté de cela, il lui était très vite devenu impossible de ne pas lever les yeux vers elle lorsqu'elle entrait dans une pièce. C'était difficile à expliquer. Comme un réflexe déclenché par son instinct, la mémoire de ses muscles. De la même manière que, lorsqu'il skiait, rien d'autre n'existait pour lui que le chemin à tracer, la ligne invisible qu'il projetait dans la poudreuse.

Le soir de leur rencontre, la ligne avait mené droit à elle, et il s'était laissé entraîner sans savoir ce qui l'attendait à l'arrivée. Il s'était dit que son goût de la compétition était en jeu, qu'il voulait simplement s'octroyer le premier les faveurs de Becca... Mais s'il voulait être honnête, il y avait eu plus que cela. Dès le premier regard, elle lui avait fait perdre tous ses moyens.

Pourquoi ?

Incapable de répondre à cette question, il avait choisi l'évitement.

— L'entraînement, c'est comme une drogue, reconnut-il. On ne se soucie de rien lorsqu'on dévale une colline à cent cinquante kilomètres/heure. Ça vide la tête et c'est terriblement addictif.

Cela lui manquait toujours, mais il savait aussi que la compétition est une maîtresse exigeante et jalouse.

— Tu t'es beaucoup servi de cette excuse...

— Je le reconnais. Mais elle appartient désormais au passé. Pour nous deux.

Becca cilla, l'air inquiet.

C'était une conversation dangereuse. Lui-même se sentait étonnamment vulnérable.

— Tout ce que nous avons toujours évité de nous dire par le passé parce que j'avais un pied en dehors de notre relation, tout cela peut être discuté ce soir, Becca. Nous avons... sept heures et quatorze minutes devant nous, poursuivit-il en jetant un coup d'œil à sa montre.

Il leva les yeux sur le doux visage de celle qui était toujours son épouse, et ce qu'il y lut lui donna l'envie irrépressible de l'attirer dans ses bras, comme on ramènerait à soi quelqu'un qui s'approche trop du bord d'une falaise.

Mais, en une fraction de seconde, elle avait retrouvé son air habituel, indifférent et blasé. Le même qu'elle affichait lorsqu'elle tenait le bar, un bouclier assez puissant pour dévier tout ce qui pourrait l'atteindre.

— Et après ça, demanda Becca avec ironie, l'un d'entre nous s'en va dans la neige sans même prendre ses chaussures ?

— Je n'ai pas pour habitude de fuir, avec ou sans chaussures aux pieds.

— Moi non plus, Van. Je ne prenais pas la fuite lorsque je suis retournée à Sydney. Je rentrais pour aider ma mère.

Hypocrite, se sermonna-t-elle, la culpabilité la serrant à la gorge. Une fuite en avant restait une fuite.

Elle posa son verre et indiqua le billard du menton.

— On joue la blanche pour savoir qui casse ?

Van resta un instant silencieux, avant de dire :

— Très bien.

C'était un défi moins difficile à relever que celui qu'il venait de lui proposer et qu'elle préférait ignorer.

Ils tentèrent à tour de rôle d'approcher la bille blanche du rebord opposé sans toutefois le toucher. L'essai de Becca fut le bon : la blanche frôla la bande du tapis à quelques millimètres seulement.

— Ah, je retrouve la forme !

— Vantarde, l'accusa-t-il.

— Ce n'est pas ma faute s'il y avait un billard à l'école !

Elle avait longuement pratiqué après les cours dans la salle de loisirs. Tout comme les fléchettes et le baby-foot. Elle excellait dans les trois disciplines.

Après avoir placé les billes pour le début de la partie, elle fit glisser sur le tapis le triangle qui les contenait, avant de le retirer d'un mouvement preste.

— Je suis peut-être vieux jeu, mais je ne suis pas sûr que les enfants devraient apprendre ce genre de discipline, marmonna Van.

Elle lui jeta un regard narquois en plaçant la blanche sur la ligne.

— C'est un atout aussi utile que de savoir tenir un bar. Tu veux pimenter la partie ? J'imagine que le strip-billard est exclu. Je ne voudrais pas t'embarrasser…

— Je te suis, la mit-il au défi.

Le cerveau de Becca lui imposa l'image de la fine ligne sombre qui descendait entre les abdominaux de Van, et elle sentit la queue de billard trembler dans sa main.

Elle se redressa et prit une gorgée d'alcool.

— Tu veux vraiment te retrouver nu tandis que je gagne coup sur coup ?

— Tu ne t'es jamais demandé si je ne te laissais pas gagner exprès ?

Elle renifla avec dédain.

— Tu voudrais me faire croire que Van Scott a déjà laissé qui que ce soit l'emporter face à lui en compétition ? Continue de chanter, beau merle, je ne t'écoute pas.

Elle se replaça et leva les yeux vers lui, attendant sa réponse.

— Je te laisse le dernier mot pour te prouver que j'ai raison, lança-t-il ironiquement.

— Ça ne fait que prouver l'inverse.

La gorgée de cocktail qu'avala Van masqua son sourire.

Son expression tendre et amusée la déstabilisa.

Des préliminaires. Il ne s'agissait de rien de moins que cela. Lorsqu'ils ne se querellaient pas, ils flirtaient. La frontière avait toujours été mince entre ces deux attitudes, et il avait toujours été plus simple de finir au lit que d'aller au bout d'une dispute.

Jusqu'à ce que ça ne le soit plus…

Elle se concentra sur la partie.

Elle manquait de force et de longueur de bras, mais sa précision était redoutable. D'un coup sec, elle envoya la blanche percuter les billes, qui s'éparpillèrent aux quatre coins de la table, s'entrechoquant dans leur course. Trois billes rouges entrèrent directement dans les poches, comme elle l'avait prévu.

— J'ai choisi ma couleur. Et il va me falloir tes chaussettes et ta ceinture, le nargua-t-elle en faisant le tour de la table pour planifier son prochain coup. Mais tes vêtements ne m'intéressent pas, en fait... Ni ton argent. Qu'est-ce que tu pourrais miser d'autre ?

— On avait décidé de se dire les choses qui auraient déjà dû l'être. Trois, ça te va ?

Elle avait prévu de gagner : il ne pourrait pas la forcer à dire quoi que ce soit qu'elle n'ait pas envie de dévoiler.

Elle entra une nouvelle bille et corrigea :

— Quatre.

— Alors, voyons...

Il se gratta le menton avant de se lancer.

— Je t'ai suggéré de nous confectionner des margaritas parce que les cocktails te rendent bavarde et que je veux connaître la réelle raison de ta présence.

— Peine perdue. Si tu crois que tu es le premier à utiliser l'alcool pour tenter d'obtenir quelque chose de moi, tu as mal compris notre époque. Il n'y a pratiquement que de la glace là-dedans, dit-elle en indiquant son verre, et je compte la faire fondre. Essaie encore.

— Très bien.

Il attendit stratégiquement qu'elle soit sur le point de déclencher son tir pour ajouter :

— Je compte vendre la maison aussi vite que...

Il ravala un sourire car, surprise, elle venait de rater son coup.

— C'est de la triche, lança-t-elle, sourcils froncés.

— Comment ça, de la triche ? répliqua-t-il, goguenard. Une information que tu ne possédais pas, rien de plus...

Quelle arrogance !

Il fit le tour de la table et l'éloigna d'un coup de hanche, avant de se pencher et d'entrer trois billes en trois coups parfaitement assurés.

— Ça fait trois confessions chacun, conclut-il.

— Je pensais que tu aimais cette maison, Van.

— Je pensais que c'était aussi ton cas.

— Tu es censé avoir les fonds nécessaires pour racheter

ma part, non ? À moins que tes finances ne soient toujours grevées par les sottises de ton père… On peut trouver un autre arrangement, si c'est le cas.

Van la regarda, l'air furieux.

— Tu plaisantes ? C'est pour ça que tu n'as réclamé qu'un tiers de la valeur de la maison ? demanda-t-il. Tu penses que je suis ruiné ?

— Je ne voulais rien du tout au départ. C'est mon avocat qui a insisté. J'y avais droit, paraît-il. Nous l'avions choisie ensemble, et j'y avais vécu plus que toi.

— Je ne suis pas ruiné, Becca, poursuivit-il comme s'il ne l'avait pas entendue. J'ai dû engager des fonds personnels et les choses ont été difficiles au début, mais tout est rétabli. Je me demandais pourquoi tu voulais si peu. Tu peux avoir plus, si tu veux. Je peux financer tes études…

— Je ne veux pas de ton argent, répéta-t-elle fermement, pour la millième fois. Je n'en ai jamais voulu.

— J'ai déjà entendu ça quelque part…

Elle ne prit même pas la peine de lui répondre. S'il refusait de la croire, c'est qu'il la connaissait encore moins bien qu'elle ne l'avait pensé.

— Je sais que tu ne m'as épousé que pour énerver ta mère, jeta-t-elle stratégiquement à l'instant où il jouait.

— Quoi ?

Il jura, tandis qu'une des billes de Becca, touchée par erreur, finissait sa course au fond de la poche, entraînant la blanche avec elle.

— Tu triches, l'accusa-t-il.

— C'est la partie qu'on a décidé de jouer, non ?

Elle fit le tour de la table pour profiter de son coup double à venir.

— On a décidé de se balancer des mensonges, alors ? demanda Van. Si j'avais voulu t'épouser pour irriter ma mère, je le saurais.

— Peut-être aurais-je dû le formuler autrement : tu appréciais le fait que notre union déplaise fortement à ta mère.

— Bon sang, Becca, j'avais vingt-cinq ans, pas six ! Je me moquais de ce qu'elle pouvait bien penser. C'est différent.

— Pas pour moi, murmura-t-elle en envoyant une bille dans les entrailles du billard. Elle m'en voulait, point final.

— Ma mère barrait la route à tout ce qui pouvait me détourner de la compétition. Entre elle et mes entraîneurs, mon emploi du temps était cadenassé. Ce n'était pas à toi qu'elle en voulait. C'était à l'idée même du mariage.

— Oh ! effectivement, elle a été très claire là-dessus !

Elle prit une gorgée de cocktail avant d'imiter l'accent canadien de son ex-belle-mère :

— Van affirme son indépendance, Rebecca, ce n'est rien d'autre qu'un symptôme de la pression qu'il a sur les épaules. Tant que vous ne portez pas atteinte à ses ambitions, tout ira bien entre nous.

— C'est pour ça que tu es rentrée dans le rang ? Que tu ne m'as rien dit pour Paisley ?

La voix de Van était emplie de dégoût.

— Tu avais passé ta vie à travailler pour l'or olympique. J'ai choisi de respecter cela. Je voulais faire partie de l'équipe qui t'amènerait à la victoire. « Rentrer dans le rang », comme tu dis, était le meilleur moyen de te soutenir.

— Alors, où étais-tu ? gronda-t-il, d'un ton si amer qu'elle se sentit frissonner. Puisque tu faisais partie de mes soutiens, où étais-tu quand j'ai gagné ?

Elle aurait pu se trouver dans n'importe quel pays, songea-t-elle, brutalement transplantée dans ce passé, tant la foule bruissait de langages différents. L'événement sportif qu'elle rejoignait pour défendre les couleurs de Van attirait un public bigarré en provenance des quatre coins du monde. Elle-même était dans un complet brouillard depuis son retour précipité de Sydney, entre le traitement de sa mère et les nouvelles concernant sa propre santé. Elle avait du mal à focaliser son attention.

La famille de Van avait prévu ce déplacement depuis longtemps. Bien avant que Van l'épouse, sa mère avait jeté son dévolu sur une maison qui leur plaisait. Elle avait promis au dernier moment d'y « trouver de la place » pour Becca. Van, lui, logeait au village des athlètes, il se préparait pour les courses et refusait toute distraction.

Becca n'avait pas voulu se retrouver seule avec sa belle-famille. Par un ami d'ami, elle avait trouvé un lit dans un appartement bourré de fans surexcités qui lui avaient à peine jeté un regard lorsqu'elle était arrivée. C'était précisément l'anonymat dont elle avait besoin.

Elle était arrivée la veille de la première et plus importante course de Van. Lorsque le moment était venu de s'asseoir aux côtés de ses beaux-parents, séparés, et de leurs partenaires respectifs, sans oublier Paisley et ses enfants, elle n'avait pu s'y résoudre. Elle s'était réfugiée en haut des gradins. Lorsque Van avait passé la ligne d'arrivée à la vitesse de la lumière, la foule s'était levée comme un seul homme pour l'acclamer. Quelques heures plus tard, la deuxième descente le plaçait en haut du podium.

Elle avait senti naître en elle un espoir déraisonnable : Van avait enfin gagné ce à quoi il avait dédié sa jeunesse. Peut-être était-ce finalement la seule cause de leurs problèmes ? Le ski alpin avait fait figure de maîtresse au sein de leur mariage, depuis le début. Maintenant qu'il allait se retirer de la compétition, ils pourraient enfin se concentrer sur leur couple.

Alors qu'elle agitait en vain le bras pour que Van, entourée d'une marée de journalistes, la remarque, elle s'était fait la réflexion que son mari semblait plus populaire que jamais. Casque sous le bras, il était entouré d'un essaim de fans et de commentateurs. Paisley venait de le rejoindre, et il avait pris dans les bras sa nièce de six ans, plongeant les yeux dans les siens avec une expression tendre et heureuse. Tandis qu'il embrassait la petite fille sur le front, elle avait pris conscience, à l'agonie, qu'il ferait un père merveilleux... et qu'elle ne pourrait jamais porter son enfant.

Elle n'avait pas eu le courage de braver la foule pour le

rejoindre. De retour à l'appartement, elle avait changé son billet pour repartir au plus vite. Lorsque Van était arrivé à Sydney une semaine plus tard, elle l'avait informé que leur histoire s'arrêtait là.

5

— Becca ? Tu es ailleurs…

Van avait failli lui agiter la main devant les yeux, mais elle avait l'air si triste qu'il préféra s'abstenir.

Les paupières de la jeune femme se levèrent pour dévoiler un regard embué de larmes.

Il étouffa un juron.

— Je n'aurais pas dû dire ça, pardonne-moi.

Il posa la queue de billard sur la table et la prit par les épaules pour l'attirer à lui.

— Tu traversais une période difficile avec ta mère, j'en suis conscient, reprit-il. Je ne t'en veux pas d'avoir manqué la course.

Elle n'avait pas été là pour partager la joie de sa médaille, ce qui avait teinté cette victoire d'amertume et de tristesse. Lorsqu'il l'avait emporté, il avait dû se forcer à sourire pour les caméras. Sept jours à peine après la clôture des Jeux, les titres remportés faisaient pour lui figure de symboles de son aveuglement. Il venait tout juste de quitter le sport qui lui avait volé sa femme et avait consumé sa vie. Son père l'avait trahi, et il faisait face à la ruine financière. Bien sûr, Becca avait ses propres problèmes à ce moment-là, mais pour lui, la période n'en avait pas moins été amère et frustrante.

— Tu as eu raison de passer du temps avec ta mère tant que tu le pouvais encore, ajouta-t-il doucement.

Il pressa ses lèvres contre le front de la jeune femme. En l'entourant de ses bras, il l'entendit exhaler un soupir brisé et la sentit frissonner. Elle tremblait, luttant pour garder le contrôle d'elle-même.

Avait-elle seulement fait son deuil ?

S'il la connaissait autant qu'il l'affirmait, Becca avait dû être celle vers qui l'on s'était tourné pour trouver affection et réconfort. Un bon petit soldat. Elle avait dû apaiser la douleur des autres sans laisser libre cours à la sienne.

— Tout ira bien, je t'assure, reprit-il. Je suis là.

Un sanglot étouffé lui tint lieu de réponse. Becca avait fondu en larmes, ouvrant tout grand les vannes de son chagrin. Bientôt, elle fut saisie de hoquets saccadés.

— Ma chérie, murmura-t-il.

Il ferma les yeux.

Bien sûr, c'était douloureux de l'entendre sangloter, mais cette fois-ci au moins elle ne fuyait pas. Il la serrait contre lui, testant la réalité de sa présence. Elle ne se dérobait plus.

Il l'attira vers le sofa le plus proche et la hissa sur ses genoux. Elle enfouit le visage dans son cou et y pleura à chaudes larmes, tandis qu'il la serrait contre son cœur.

Il détestait la voir souffrir, mais c'était tellement satisfaisant de la tenir à nouveau contre lui ! C'était la raison pour laquelle il n'était même pas parvenu à offrir un verre à une autre femme depuis elle. Nulle autre ne tenait aussi parfaitement dans ses bras. Nulle n'avait son parfum, nulle ne s'abandonnait ainsi contre lui. Il avait fait le pire des choix en quittant Sydney au lieu de rester pour la consoler comme il le faisait en cet instant. Pourquoi l'avait-elle quitté au moment où elle semblait avoir tant besoin de soutien ?

Malgré le départ précipité de Becca, il avait été convaincu qu'elle assisterait à ses compétitions. Il lui avait bien sûr dit qu'il comprendrait si elle devait rater ce moment crucial de sa carrière, mais au fond de lui, il était certain qu'elle remuerait ciel et terre pour être là. Lorsqu'il avait levé les yeux pour scanner la foule à la recherche de sa femme, une fois remportée la prestigieuse médaille, l'absence de Becca l'avait marqué au fer rouge. Il s'était senti trahi, délaissé. Mais il ne savait pas, alors, que le pire était à venir. Après avoir arraché deux autres médailles, il était parti pour Sydney, l'adrénaline courant toujours dans ses veines, encore focalisé sur lui-même. Depuis l'aéroport, il avait envoyé ce message : « Je loue une voiture, je serai chez tes parents vers 16 heures. »

La réponse ne s'était pas fait attendre : « Non, je te rejoins à l'hôtel. »

Il avait répliqué : « Amène ta famille. Nous dînerons ensemble, je veux les rencontrer. »

Après avoir pris possession de sa suite, s'être douché et rasé, il avait enfilé son pantalon de costume et passé une chemise neuve, attaché à son poignet la plus belle de ses montres et remis son alliance, qu'il enlevait pour les entraînements et les compétitions. Il avait fondu à cause de la pratique intensive et s'était amusé de devoir resserrer sa ceinture. Le poids perdu faisait ressortir les angles de sa mâchoire, le profil d'aigle de son visage…

Lui, nerveux ? Ça ne lui ressemblait pourtant pas. Il avait déjà vu la famille de Becca à plusieurs reprises en visio, via la tablette numérique de sa femme. Il n'avait aucune raison de croire à une potentielle hostilité de leur part.

Mais, après tout, il avait épousé leur fille pour la garder à ses côtés au Canada. Becca parlait d'eux avec affection, mais elle ne partageait que peu de choses de sa vie passée. Il était temps qu'il apprenne à les connaître.

Patientant dans le hall d'entrée de l'hôtel, il avait bientôt vu apparaître Becca, l'apercevant avant qu'elle le remarque. Il mourait d'envie de la prendre dans ses bras, mais quelque chose dans son attitude l'en avait empêché.

Elle était seule. Étrangement, il n'avait pas été surpris. Il fallait prendre cela comme un avertissement, et se mettre à l'abri de la tempête qui déferlerait peut-être dans quelques instants. Pourquoi avait-il perçu les choses ainsi ? Becca était à l'opposé d'une menace pour lui. Il chérissait sa vulnérabilité qui lui donnait l'occasion de la protéger.

Comment avait-elle pu pénétrer si profondément dans le cercle de ses intimes ? Il s'était mis à l'abri des déchirures amoureuses et des bouleversements romantiques très tôt, à l'adolescence. Et pourtant… Tandis que l'odeur entêtante du danger lui montait aux narines, il avait pris subitement conscience, avant même que Becca l'aperçoive, qu'il avait baissé sa garde et qu'il était désormais parfaitement exposé. Pourquoi l'avait-il épousée aussi vite, avec une telle impulsivité ? La connaissait-il seulement ?

L'apercevant enfin, elle avait marché vers lui, jetant au passage un coup d'œil incrédule au faste dont s'enorgueillissait l'établissement, tout en sols de marbre, fontaines et chandeliers de cristal. Un pianiste de jazz égrenait des notes suaves.

Tout irait bien, avait-il songé, fermant son cerveau aux questions qui l'encombraient.

Lorsque leurs regards s'étaient trouvés, il l'avait vue ciller, comme si la seule vision de sa personne lui était douloureuse. Lorsqu'il l'avait attirée à lui, elle avait à peine frôlé ses lèvres avant de détourner le regard, les mains sur ses bras pour l'empêcher d'exiger un contact plus intime.

— J'étais tellement pressée que je n'ai même pas mis les bonnes chaussures, avait-elle murmuré, fuyant son regard.

Pas un : « Tu m'as manqué. » Pas de félicitations. Ses pommettes étaient roses, comme si elle avait souffert d'un coup de soleil ou d'une soudaine émotion, à moins que ce ne soit la perspective d'une conversation qu'ils craignaient tous les deux.

Il avait senti ses entrailles se nouer.

— Quelles sont les nouvelles, pour ta mère ?

— Elle souffre, avait répondu Becca. Mon père est avec elle en ce moment. Wanda s'occupera du repas ce soir.

L'absence de sa famille était donc justifiée, mais il sentait qu'il y avait plus que cela.

— Tu veux en parler ? avait-il proposé.

— Pas vraiment. Les pronostics ne sont pas bons. Elle avait déjà des problèmes de santé plus jeune. Elle a gardé un si mauvais souvenir des médecins qu'elle a attendu trop longtemps avant d'aller consulter…

Son expression peinée s'était accentuée.

— Elle accepte le protocole de soins, avait-elle repris, mais elle dit aussi que lorsque le moment est venu, il est inutile de lutter. Alors elle s'oppose à toute forme de traitement agressif. Elle dit que ça ne servirait à rien de toute façon.

— Becca, je suis navré…

Il avait voulu la prendre dans ses bras, sans succès.

— Est-ce que tu ne veux pas monter ? Nous serons plus tranquilles.

— Non, avait-elle répondu fermement, en reculant d'un pas. Le restaurant ira très bien.

Ce rejet lui avait fait l'effet d'un uppercut. Avec un hochement de tête, il s'était résolu à la suivre jusqu'à une table, informant le maître d'hôtel qu'ils ne seraient que deux au lieu des cinq couverts annoncés. On leur avait indiqué une table près des grandes baies vitrées qui donnaient sur le port. Une fois assis face à face, leurs genoux auraient pu se frôler, mais Becca avait préféré tourner sa chaise de manière que ce ne soit pas le cas. Si tout s'était déroulé comme prévu, il aurait commandé du champagne, et ils auraient trinqué. Si tout s'était déroulé comme prévu, ils auraient peut-être déjà été nus et enlacés, s'attirant les plaintes des clients des suites voisines pour tapage nocturne.

Il lui avait présenté la carte des vins.

— Tu as une préférence ?

— Je conduis, avait répondu Becca, les lèvres pincées.

— Tu ne restes pas ? Becca…

— Laisse-moi parler, Van.

— Non, c'est à moi de parler.

Elle s'était raidie face à lui.

Il n'était pas habitué à ce qu'on le contredise, ni à cette Becca lointaine et froide rentrée à Sydney sans l'attendre. Elle lui parlait de moins en moins. Il avait mis cette attitude sur le compte de leurs agendas chargés, mais il comprenait à présent que le problème était plus profond : elle refusait même de se retrouver seule avec lui ! Et elle rejetait son contact… Il fallait qu'il reprenne le contrôle. Maintenant.

— J'en ai terminé. Avec la compétition, avait-il ajouté en hâte tandis qu'elle semblait pâlir. Je suis prêt à rester ici, à Sydney, tant que tu en auras besoin.

— Pourquoi ? Je dois rester chez moi avec ma mère pour que mon père puisse travailler et Wanda aller à l'école.

Elle gardait les yeux fixés sur ses mains posées sur ses genoux.

— Je peux aider pour les factures. Ton père n'aura pas besoin de travailler.

— Arrête... Il aime son travail, c'est important pour lui. Ça le tient occupé. Si tu fais ça, il va croire qu'on le pense incapable de subvenir aux besoins de sa propre famille.

— Ça n'est pas mon intention, Becca. Je veux simplement aider.

Elle avait pris une gorgée d'eau, avant de lancer :

— Et pourquoi arrêter la compétition ? Tu n'as que vingt-six ans. Tu pourrais aisément continuer à gagner pendant encore quatre, cinq ans...

— Aisément ? avait-il grogné. J'aimerais avoir encore des genoux à quarante ans, je te remercie.

Il y avait quelque chose d'irritant dans l'attitude de Becca.

— Ta mère ne veut pas que tu prennes ta retraite, avait-elle murmuré.

— Personne ne le veut.

Certainement pas ses sponsors, en tout cas. Entre la célébrité de sa mère et ses propres succès, il était devenu une star. Il ne pouvait être vu en train de mâcher du chewing-gum sans que la marque enregistre des records de ventes.

— Que vas-tu faire, alors ? Travailler pour ton père ?

— Certainement pas !

Tout sauf ça. Leur relation était orageuse depuis un bon moment, notamment parce que son père essayait de fusionner leurs deux affaires, mais sans renoncer à son autonomie. Il y avait eu une crise à ce sujet peu avant qu'il quitte Vancouver. Il avait dit à son père qu'il lui faudrait probablement rester à Sydney avec Becca. Le mot « ingrat » avait été prononcé, avec quelques insultes de choix.

Il avait détourné le regard vers la baie vitrée.

La question de son avenir le tracassait depuis plusieurs

années. Il n'y avait encore trouvé aucune réponse, retardant éternellement le moment d'y réfléchir. On verrait après les épreuves, après les Jeux, lorsque le ski alpin ne serait plus au centre de sa vie. Ce moment était arrivé, et il savait qu'il n'avait désormais plus besoin d'argent ou de gloire.

— Je pensais que je... que nous pourrions fonder une famille, avait-il repris.

Becca était restée immobile, muette. Elle avait l'air d'un fantôme, ses lèvres pincées parfaitement blanches.

— C'est le pire moment pour en parler, je suis navré, avait-il poursuivi, la gorge sèche. Nous n'en avons jamais vraiment discuté, et tu as trop de choses à gérer en ce moment. De mon côté, je ne sais pas ce que je vais faire de mon temps. J'ai pensé à cette application de fitness...

L'idée émergeait à peine, il n'en avait encore parlé à personne.

— En tout cas, avait-il conclu, c'est quelque chose que je peux développer en télétravail, pas besoin de sortir. Je pourrai nous acheter un appartement à proximité de chez tes parents, pour qu'on ait notre chez-nous ici, et... Pourquoi est-ce que tu secoues la tête ? Ça ne te plaît pas ?

— Je ne rentrerai pas au Canada, Van.

— Mais je viens de dire que je passerai à Sydney autant de temps que nécessaire !

— Je n'y retournerai pas, avait-elle insisté, le visage creusé par la douleur. Il faut que tu repartes chez toi et que... que tu continues ta vie de ton côté.

— Qu'est-ce que ça veut dire, bon sang ? avait-il jeté, au bord de l'apoplexie.

— Nous sommes trop différents, Van. Ce mariage était une erreur, tu le sais aussi bien que moi.

— Non ! C'est faux, Becca !

— Tu étais trop occupé pour t'en rendre compte, l'avait-il entendue répondre d'une voix altérée par la frustration. Lorsque tu auras pris le temps d'y réfléchir comme je l'ai fait, ça te sautera aux yeux.

— D'où sors-tu tout cela, bon sang ? Ça allait bien entre nous...

— Ce n'est pas vrai.

— Eh bien, ça semblait vrai, pourtant. Dis-moi ce qui ne va pas, Becca. On peut tout surmonter.

Sur la défensive, il avait parlé entre ses dents. On aurait dit sa sœur quand elle se lançait dans une de ses comédies.

Becca avait secoué la tête, entre refus et incrédulité.

— C'est inutile. Je ne peux pas gérer ma mère et nous en même temps, avait-elle poursuivi, l'air au bout du rouleau. Va-t'en, je t'en prie. Repars chez toi.

La chute serait douloureuse.

C'était l'unique pensée qui lui était venue sur le moment. Il fallait trancher : lutter contre la chute et risquer une blessure qui laisserait des séquelles, ou se laisser tomber et faire le compte des dégâts plus tard. Dans tous les cas, il souffrirait. Mais se protéger restait la meilleure des solutions sur le long terme.

Son cœur était si serré dans sa poitrine qu'il en avait eu du mal à respirer. Après avoir pris une grande inspiration, il avait préféré la chute.

— C'est la seule chose que je puisse faire pour t'aider ? Partir ? Continuer ma vie ?

— Oui.

Un serveur avait choisi cet instant précis pour venir prendre leur commande, et Becca en avait profité pour fuir.

— Je ne peux pas rester, avait-elle lâché en se levant, au bord des larmes.

— Becca...

Il lui avait attrapé le bras, partagé entre sa propre culpabilité de n'avoir pas été présent pour elle et l'empathie qui l'envahissait. Il ne pouvait pas la laisser seule, pas alors qu'elle était si fragile.

— Je vais rester encore quelques jours, avait-il annoncé. Si tu te sens l'envie de parler...

Becca avait à peine hoché la tête avant de filer, comme prise en faute.

Sous le choc, il avait été incapable de formuler une quelconque pensée. Il se sentait comme frappé d'une commotion cérébrale.

Après avoir commandé un sandwich au room-service, il était remonté dans sa suite pour y trouver un message de sa sœur lui enjoignant de la rappeler. « C'est à propos de papa. Il y a quelque chose qu'il faut que tu saches. »

6

Sans que Becca puisse s'expliquer comment cela était arrivé, un paquet de mouchoirs reposait sur ses genoux et elle en tenait quelques-uns usagés dans son poing serré.

Elle avait fini par s'arrêter de pleurer et reprenait doucement sa respiration sur les genoux de Van, blottie dans ses bras, le nez dans son cou. Leurs cœurs battaient à l'unisson. Il jouait avec une mèche de cheveux échappée de son chignon.

Elle était entourée de chaleur, en sécurité. Son cerveau s'était tu.

Parce qu'elle voulait plus, encore plus de cette proximité et de cette harmonie, elle se serra contre Van et releva la tête jusqu'à toucher de ses lèvres sa barbe naissante. Sa main fit le trajet du torse de Van jusqu'à sa nuque.

— Becca, murmura-t-il en se raidissant. Ne fais pas ça.

— Tu ne veux pas...

« De moi ? »

Sa voix mourut avant qu'elle ait une chance de terminer sa phrase. Un gouffre s'ouvrit dans sa poitrine, et elle eut un mouvement de recul instinctif.

Les muscles de Van se contractèrent, et il la maintint contre lui, de manière qu'elle ne puisse ignorer à quel point il la désirait.

— Toujours, gronda-t-il. Mais je ne veux pas tirer profit de toi alors que tu souffres.

Elle n'était donc pas la seule à souffrir.

Elle chercha son regard.

— Quand, alors ? demanda-t-elle avec un rire sans joie. L'horloge tourne...

Une lueur désespérée assombrit le regard de Van.

Elle ne l'avait vu ainsi qu'une fois auparavant, lorsqu'elle s'était levée pour quitter la table du restaurant, à Sydney.

Partir avait été une véritable torture, mais il lui refusait désormais cette option. Il resserra encore ses bras autour d'elle, et ses lèvres s'écrasèrent sur les siennes.

Elle reconnut aussitôt le sentiment d'exaltation, le ravage de la vague passionnelle. La chaleur, la soif et l'euphorie la soulevèrent. Elle avait plus que jamais besoin de cette proximité, après qu'ils avaient été si longtemps séparés, et une envie féroce de s'emplir de lui la saisit. Les mains plaquées sur ses joues, elle répondit à son baiser avec une passion dévorante.

C'était à qui posséderait l'autre avec le plus d'intensité, une sorte de bataille fiévreuse. Elle se déplaça pour chevaucher Van et enfouit les doigts dans ses cheveux, attirant à nouveau ses lèvres vers les siennes. Comme s'il lui appartenait encore. Van préférait lui laisser croire qu'elle était à la manœuvre. Il avait toujours aimé se plier à ses exigences avant d'étancher son propre désir. Elle adorait cela. Elle se sentait forte, douée dans l'amour qu'elle prodiguait. Comme si elle était capable de l'emporter malgré l'expérience de son époux sur ce terrain !

Les larges mains de Van vinrent caresser ses cuisses, se perdre sur ses fesses, et elle se déhancha contre la bosse qui déformait son jean, ondula pour lui faire perdre la raison. Fébrile, il écarta le tissu de son soutien-gorge et captura un téton rose entre deux doigts. La chaleur devenait insoutenable. La main qu'il avait plaquée sur ses fesses la maintenait fermement collée contre son érection, tandis qu'il bougeait entre ses cuisses écartées, augmentant son excitation. C'était primitif, sexy, et il ne fallut pas longtemps pour qu'elle se sente partir.

Elle étouffa un premier cri. L'orgasme naissant la tenait fermement prisonnière. Son gémissement étouffé se perdit dans la bouche de Van, et il y répondit par un feulement de plaisir, comme si c'était le meilleur son qu'il ait jamais goûté.

Elle aurait pu pleurer. Elle se sentait bien, prise d'assaut par les vagues de plaisir, mais aussi complètement déchirée. Endeuillée.

Cela avait toujours été le cas entre eux. Ils n'étaient pas encore nus qu'elle envisageait déjà le travail de reconstruction qui viendrait après. Elle espérait et redoutait avec la même ardeur que leur moment partagé s'interrompe ici. Pourrait-elle seulement supporter qu'il continue ?

Pourtant, elle se contorsionna pour lui faciliter les choses lorsqu'il commença à lui retirer ses vêtements. Son haut en cachemire glissa contre sa peau. Elle libéra ses bras pour essayer d'attraper les pans de la chemise de Van, mais il embrassait sa peau avec ferveur, sa barbe contre ses seins, sans cesser de murmurer : « À moi... » Il prit l'un de ses tétons en bouche, et elle reçut une nouvelle décharge de plaisir, toujours à mi-chemin entre joie et souffrance. Son cœur cognait dans sa poitrine. À cet endroit précis, tout contre lui, elle s'autorisait à croire au bonheur éternel. Ici, elle était, comme lui, autorisée à aimer, vibrer, ressentir.

Elle tira plus fort sur la chemise qui lui résistait, et il accompagna le mouvement en l'allongeant sur le canapé pour la couvrir de son poids. La bouche de Van la faisait gémir, présente partout, sur sa nuque, le lobe de son oreille, ses bourgeons dressés.

— Tu me rends si dur, lui murmura-t-il à l'oreille avant de se redresser pour jeter sa chemise au sol.

Ses mains vinrent rôder vers les boutons de son jean.

— Est-ce qu'on a besoin de... se protéger ? reprit-il.

— Je prends toujours la pilule.

Il n'y avait pourtant eu personne d'autre. Mais lui, de son côté, avait-il... ?

Son estomac se noua. Elle se refusa à poser la question. C'était elle qui était partie, pas le contraire.

— Mais je n'ai été avec personne d'autre, conclut-elle.

Pendant un long moment, Van la fixa, muet, d'un regard qui disait : « Bon sang, pourquoi s'est-on infligé pareille séparation ? »

Après avoir ouvert les premiers boutons du jean de Becca, il le fit glisser le long de ses jambes, non sans faire en sorte que sa culotte accompagne le mouvement.

Comme la première nuit où ils avaient fait l'amour, elle sentit son cerveau flancher, renoncer à toute pensée tandis qu'elle s'abandonnait à l'étreinte.

Van passa une main à l'intérieur de ses cuisses qu'il vint s'approprier, l'ouvrant à lui tandis qu'il s'agenouillait.

— Van...

S'agissait-il d'une protestation ou d'une invitation ?

Balayée par le désir, elle n'eut pas besoin de trancher.

Il semblait clamer qu'il était son mari, il exigeait cette intimité entre eux sans se soucier du passé. Il avait plongé entre ses cuisses et s'enivrait de la partie la plus secrète d'elle-même comme d'un fruit mûr. Alors qu'elle abordait les cimes d'un nouvel orgasme, haletante et incapable de prononcer un mot, il se redressa et ouvrit son propre jean, qu'il repoussa le long de ses jambes sans prendre le temps de l'ôter. Il glissa ses cuisses puissantes entre les siennes, et elle sentit son sexe dressé venir frotter contre les lèvres du sien.

Il entra en elle d'une longue poussée, déterminée, exigeante. Tout ce qu'elle avait construit pour se protéger de lui était désormais vain : il était en elle. D'une main sous ses fesses, il la souleva pour approfondir encore leur contact.

— Regarde-moi, gronda-t-il.

Elle ouvrit les yeux.

Les pupilles qui lui faisaient face luisaient comme de l'or en fusion.

— Dis que ça t'a manqué, exigea-t-il d'une voix qu'elle n'avait jamais entendue auparavant.

— Ça m'a manqué...

La confession était minime. Elle allait tomber à nouveau amoureuse de lui, et cette fois la déflagration serait encore plus terrible.

— À moi aussi.

Il se retira d'elle, mais ce fut pour mieux la prendre à nouveau, d'une longue poussée qui coupa court à son gémissement de frustration.

— C'est ce que tu obtiens pour avoir attendu si longtemps, répliqua-t-il, les lèvres collées contre son cou, appliqué à la marquer d'un suçon bien visible.

Les mains de Becca, comme animées d'une volonté propre, couraient le long du dos de Van, cherchant une prise sur ses muscles puissants. Il n'y avait plus que leurs deux peaux, la chaleur, le poids et le plaisir aveugle qui les inondait. Fermement agrippés l'un à l'autre, ils entamèrent l'ascension jusqu'au sommet de l'extase, prolongeant le plus possible l'échappée sur sa crête. Les cheveux leur brouillaient la vue, le sel inondait leurs papilles, tandis qu'il la plaquait contre les coussins à chaque puissant coup de reins. Mais l'objectif était l'apothéose, et voilà qu'elle se présentait, inévitable. Les yeux dans les yeux, ils raffermirent leur prise sur l'autre. Un abîme s'ouvrit sous eux, et elle s'étonna, une seconde seulement, d'un sentiment de suspension absolue, avant qu'ils se précipitent tous deux dans le vide, la jouissance les faisant fusionner dans un déluge de feu.

7

Van sentit Becca bouger contre son épaule, mais il refusa de déjà relâcher son emprise. Il avait versé son âme en elle. Terrassé, couvert de sueur, il tâchait de reconnecter les câblages de son cerveau.

Enfin, il réussit à se redresser sur les coudes pour ne pas l'écraser, mais ce faisant, il appuya le bassin contre elle et se retrouva à nouveau plaqué contre son intimité.

Elle poussa un gémissement lascif, comme un grondement ensommeillé d'avertissement.

Ils gisaient sans grâce, enchevêtrés l'un à l'autre. Tous deux auraient des suçons le lendemain, comme des adolescents. Elle garderait probablement quelques jours la marque de ses doigts imprimée sur l'arrière de la cuisse, là où il l'avait agrippée en jouissant.

Non sans frustration, il finit par se décaler sur le côté, laissant Becca se redresser et récupérer ses vêtements. Avec un soupir, il finit par se lever à son tour.

Il réajustait son jean lorsqu'elle fut devant lui, uniquement vêtue de son pull en cachemire. Elle tirait sur les pans du chandail pour s'en couvrir totalement, le reste de ses vêtements tassés en une petite boule pressée contre son estomac. Quasiment sans un regard pour lui, elle prit la direction de l'escalier en murmurant :

— J'ai besoin de nouveaux sous-vêtements.

Il la suivit et prit la salle de bains lorsqu'elle en sortit. Il se rafraîchit avant de s'immobiliser face au miroir, se regardant distraitement, sans réussir à déterminer s'il avait amélioré ou empiré les choses.

Il avait dit à Becca ne pas vouloir prendre avantage de ce moment difficile, mais il ne s'était pas beaucoup battu pour qu'elle l'entende...

Parce qu'il avait vraiment besoin de cela. De la retrouver.

De longues secondes, les yeux clos, il repensa à son goût, à l'odeur de sa nuque, à la texture de ses seins sous ses dents, à l'arrondi de sa cuisse et aux gémissements d'abandon qu'elle avait lâchés au creux de son oreille. Son corps avait réclamé et obtenu d'elle toute l'extase et toute la luxure... Il doutait de retrouver une telle sensation de sitôt.

Il redescendit sur terre. Au moins, il n'était pas fou, le sexe était aussi bon que dans ses souvenirs, ce n'étaient pas des chimères. Faire Becca sienne était la définition la plus exacte du paradis qu'il connaissait. Pas une femme n'avait réussi à lui faire détourner les yeux depuis Becca. Depuis qu'elle était partie, quelque chose en lui hurlait à la lune, comme un loup solitaire.

Troublé, il attrapa sa chemise. Alors qu'il quittait la salle de bains, son regard fut attiré par la photographie prise le soir de leur rencontre, qui trônait sur l'une des consoles de la chambre. Il cilla en reconnaissant la faim dévorante qui se lisait sur son profil.

Il n'avait pas changé malgré tout ce qu'ils avaient vécu depuis. Il était encore cet homme incapable de quitter Becca des yeux le temps de sourire à un appareil-photo. Il n'avait jamais vraiment été du genre à aborder les femmes. Lorsqu'il concourait, ce genre de distractions était hautement déconseillé. Il n'en avait pas le temps, de toute façon. Quand il fréquentait quelqu'un, son agenda sportif faisait de lui un partenaire peu attentif. C'était le moins qu'on puisse dire... Mais ce soir-là, il avait ramené Becca chez lui et avait vécu une nuit inoubliable. Inoubliable au point que, sans avoir initialement prévu de la revoir, il avait passé la journée suivante à tenter de se rappeler le nom du pub où elle avait dit travailler. Quelques heures plus tard, alors qu'il aurait dû se trouver chez lui à planifier ses voyages à venir, il était assis au bar du pub en question et attendait patiemment qu'elle finisse son service. Les semaines et mois qui avaient suivi, il avait composé avec son calendrier chargé, de manière à ce qu'ils se voient régulièrement, jusqu'à ce qu'elle lui annonce que son visa touchait à sa fin.

« Je ne veux pas que tu rentres en Australie. Je t'aime. »

C'était l'autre raison pour laquelle il n'avait jamais cherché à se mettre en couple. Ces mots-là finissaient toujours par advenir, plus ou moins sincères. Et même si Becca y croyait probablement d'une manière ou d'une autre, il avait su entendre ce qu'elle demandait réellement. Et y répondre.

« J'imagine que nous devrions nous marier pour que tu puisses rester. »

Jusqu'à cet instant, il n'avait jamais réellement pensé au mariage. Sa proposition avait été impulsive, tout comme le reste de leur relation. Becca n'avait pas tort lorsqu'elle affirmait qu'ils s'étaient mariés à la sauvette, comme des voleurs. Mais il avait été surpris du bonheur qui l'avait submergé. Il aimait le contrôle qu'il exerçait enfin sur sa propre vie. Les pressions constantes subies depuis que sa mère lui avait fait enfiler sa première paire de skis étaient trop fortes pour qu'il tente de tracer par lui-même sa propre route. Lorsqu'il avait atteint l'âge de se demander s'il voulait vraiment passer sa vie à courir après les médailles, il était déjà trop impliqué dans sa pratique et gagnait trop fréquemment pour s'en détourner. Il aimait la compétition, bien sûr, mais tout cela valait-il vraiment les sacrifices auxquels il avait consenti ? Garder Becca à ses côtés avait été son seul égoïsme. Elle était l'échappatoire parfaite à la pression, sa valve de sécurité.

« Becca m'attend, maman. Nous parlerons tous les deux plus tard. »

Échapper à l'emprise de sa mère... C'était une raison puérile pour se marier, et il en aurait eu honte s'il ne s'était agi que de ça. Il aimait la vie au côté de Becca et leurs nuits incroyables.

Il n'était pas surpris de la soudaine flambée de passion entre eux, des quelques minutes à peine qui avaient suffi pour que leurs lèvres s'unissent à nouveau et qu'ils s'abandonnent l'un à l'autre.

Mais où aller, à partir de là ? Un bon moment sur un canapé ne réparait pas un mariage, et ce n'était pas ce qu'il espérait en lui faisant l'amour. Les quelques années qui avaient suivi leur rupture avaient fini par le convaincre : leur mariage était une erreur, elle avait vu juste. De plus, il ne savait même pas exactement ce qu'elle faisait ici... Et il lui était impossible de partager sa vie avec quelqu'un de malhonnête. Pas à nouveau.

Se retournant pour quitter le cellier, Becca poussa une exclamation en tombant sur Van.

— Vraiment ? se moqua-t-il.

— Je ne t'avais pas vu, grommela-t-elle, sur la défensive.

Elle avait été perdue dans ses pensées. Sans regretter ce qu'elle venait de vivre, elle ne savait quelle suite y donner. Cela avait été puissant et profondément bouleversant, mais il lui fallait désormais reconstituer ses maigres défenses. Il n'y aurait pas de futur pour eux, alors quelle attitude adopter ? La colère ? La tristesse ? Fallait-il s'abandonner au désarroi ? Au déni ?

Tout était la faute de Van ! Leur première nuit ensemble aurait dû être la dernière. Elle était résolue, alors, à essayer de l'oublier. Jusqu'à ce qu'il débarque au pub. Le doute la rongeait depuis lors. Il disparaissait régulièrement pour ses entraînements, et elle restait en apnée, attendant que le couperet tombe, que le silence de Van lui confirme que tout était terminé entre eux. Après un ou deux jours sans nouvelles, elle se résignait à ne plus jamais le revoir. Et puis, subitement, l'écran de son téléphone portable s'allumait.

J'essaie de dormir, je suis en avion, et un bébé vient de régurgiter son déjeuner sur ma manche.

Certaines cultures verraient ça comme un bon présage. De quelle couleur était le déjeuner ?

Berk. Mais merci. Je savais que tu m'empêcherais de crier sur un nourrisson. Je t'appelle quand j'atterris. Je vais essayer de prendre un peu de sommeil.

Ou bien il écrivait qu'il était épuisé et qu'il ne passerait pas par le pub, préférant se coucher tôt. Elle en déduisait qu'il cherchait à l'éviter, mais son téléphone vibrait à nouveau.

Viens dormir ici, si tu veux.

Il lui avait donné une clé dont elle se servait lorsqu'il l'invitait. Parfois, ils commençaient à faire l'amour à l'instant où elle le rejoignait sous les draps. D'autres nuits, il l'attirait simplement à lui, l'embrassait et lui murmurait « Bonsoir » à l'oreille. Il prenait garde à ne pas la réveiller lors de ses départs aux aurores. Il ne disait jamais qu'il l'aimait, mais ces moments de tendresse jetaient le trouble en elle. Peut-être l'aimait-il. Ou alors, peut-être pourrait-il l'aimer, un jour. Lorsqu'il aurait plus de temps...

— Laisse-moi m'occuper de la cuisine, lança Van.

Elle cilla, revenant sur terre.

— Pardon ?

— C'est le décalage horaire ? Tu es ailleurs...

— Non, excuse-moi. La situation est juste... étrange.

Elle se heurta à lui en se retournant.

Il la fixait.

— Est-ce qu'il faut qu'on en parle ? demanda-t-il d'une voix douce.

Elle aurait aimé feindre l'ignorance, prétendre qu'il n'y avait pas matière à discussion. Son cœur était déjà trop exposé.

Elle s'appliqua à paraître désabusée.

— Et dire quoi ? Que tu n'as rien perdu de ton talent ?

— Toi non plus.

Il serait plus simple de se repaître du bonheur d'avoir fait l'amour avec lui, mais son instinct de préservation lui dictait la méfiance. L'intimité partagée avait ravivé les braises de la passion et celles de l'espoir aussi, étouffées au temps où elle était rejetée par sa belle-famille qui la jugeait de trop. Pas assez bien pour Van.

Elle ne pouvait pas s'autoriser à rêver encore une fois. La séparation n'en serait que plus déchirante.

— C'est la nostalgie qui parlait, Van. Tu crois qu'on est le premier couple à refaire l'amour à cause des souvenirs ?

N'arrivant pas à soutenir son regard pénétrant, elle se détourna pour s'occuper des bocaux et des boîtes qu'elle avait sortis du cellier.

— Qu'est-ce que c'est que tout ça ? demanda Van. Tu es subitement morte de faim ?

Elle lui jeta un regard de reproche.

— Mon appétit est resté à l'heure australienne. Il se demande pourquoi je n'ai toujours pas pris mon petit déjeuner à l'heure du déjeuner.

Elle ouvrit un paquet de crackers, un bocal d'olives et, pour faire bonne mesure, des cornichons.

Il fronça les sourcils face à l'horloge qui indiquait 19 heures.

— Tu n'as que du vin et une margarita dans l'estomac depuis que tu es arrivée ?

— Il y avait des muffins à l'hôtel, ce matin, mais je n'avais pas faim.

C'était un hôtel pour budgets modestes, et leur déjeuner n'avait pas l'air bien fameux. D'ailleurs, elle avait l'estomac trop noué pour pouvoir avaler quoi que ce soit.

Van ouvrit le bocal de cornichons qu'elle lui tendait et se tourna vers le frigo.

— Je vais préparer des œufs.

— Non, pas la peine, je vais m'occuper du repas dans quelques instants. Il y a ce qu'il faut, des steaks... Je veux juste grignoter avant, pendant que je mets ce gâteau au four.

— Je m'occupe du gâteau, Becca. Assieds-toi et mange.

Il lui prit des mains le paquet de préparation pour cake et lut la liste d'ingrédients d'un œil sourcilleux. Il avait toujours été méfiant au sujet des calories inutiles.

— Pourquoi est-ce que tu fais un gâteau ?

— C'est le nouvel an. Je fais un gâteau pour le nouvel an. Je m'en charge, conclut-elle en essayant de retirer le paquet des mains de Van.

— Je peux le faire, insista-t-il en se détournant pour lire tranquillement la recette. Est-ce qu'on a un truc qui ressemble à ça ?

Il montrait du doigt un dessin au dos de l'emballage.

Elle poussa un soupir exaspéré et se détourna pour aller ouvrir le placard qui abritait mixeur et moules. Au moment où elle sortait les ustensiles, Van s'en empara.

— Peut-être que la raison pour laquelle tu es toujours du mauvais côté du bar, fit-il d'un ton sentencieux, c'est que tu ne t'assois jamais de l'autre. Mange donc.

— Tu veux dire que le seul frein à ma vie, ce serait moi ? D'un côté du bar comme de l'autre, tu rates une belle carrière de psychologue de comptoir !

Elle s'assit tout de même comme il le lui suggérait, des larmes picotant ses yeux, l'appétit à nouveau coupé.

Pourquoi la réflexion de Van faisait-elle aussi mal ?

— Tu te poses à toi-même des limites, indéniablement, répondit-il, les yeux toujours rivés sur le mode d'emploi. Tu es prête à te disputer au sujet d'un bête gâteau alors qu'en fait, ce qui te dérange, c'est que nous ayons fait l'amour.

— Ça ne me dérange pas.

— Mais tu n'en es pas heureuse.

— Parce que toi, oui ?

— Je suis bien en train de te préparer un gâteau, non ? répliqua-t-il, pince-sans-rire, en lui lançant un regard de braise.

Il s'affaira avec le mixeur, manquant le demi-sourire qu'elle ravala très vite.

C'était pour cela qu'il lui avait dérobé son cœur en un rien de temps : il était drôle et attentionné, et il n'hésitait pas à rendre service. Mais à d'autres tout aussi bien qu'à elle, et elle ne pouvait en déduire qu'elle comptait spécialement pour lui. Malgré son investissement dans sa pratique sportive et ses succès réitérés, Van n'avait jamais pris personne de haut ou mal parlé à quiconque, même lors des inévitables erreurs de son équipe technique. Il prenait le temps de raisonner les jeunes athlètes qui le révéraient en expliquant en quoi il n'était pas un héros, et il gâtait scandaleusement son neveu et sa nièce. Il n'aurait pas hésité à tout sacrifier pour sa famille malgré le nombre de fois où ceux-ci avaient manqué le rendre fou. Elle s'était toujours demandé si Van ne l'avait pas épousée pour lui faire plaisir... C'était peut-être le moment de l'interroger, mais si elle voyait juste, serait-elle capable de l'entendre ?

— Nous ne devrions pas accorder trop de crédit à tout ça, finit-elle par dire lorsqu'il arrêta le mixeur. Nous avons nos vies sur deux continents différents. Je n'attends rien de toi. Mais c'était agréable. Je te remercie.

Elle n'était pas assez bête pour s'imaginer que cet intermède allait changer leur vie.

— « Agréable », répéta Van sur le ton de l'ironie. Nous venons tous les deux de briser un passage à vide de quatre ans, sur un canapé qui, à chaque utilisation intensive de ce type, m'envoie directement chez l'ostéopathe. Mais oui, d'accord. C'était agréable. Merci à toi.

Elle grimaça dans sa direction alors que, lui tournant le dos, il enfournait la préparation. Après avoir réglé le minuteur, il s'assit à ses côtés et picora ce qu'elle avait laissé après son grignotage.

— Au fait, pourquoi avoir fait ce choix de technicienne de laboratoire ?

— Pourquoi pas ? Tu vas encore dire que je m'impose des limites ? Je n'ai ni l'énergie ni le niveau nécessaires pour exercer la médecine. J'aurais trente-cinq ans avant de pouvoir commencer ! Le cursus que je compte suivre est court, deux ans, et je pratiquerai dès la deuxième année.

Elle avait travaillé dur pour être acceptée au sein de cette formation et pouvait en être fière.

— Tu n'as pas besoin d'être sur la défensive, Becca. Je m'étonnais simplement que tu veuilles entrer dans le champ de la médecine après tout ce que tu as dû traverser avec ta mère.

— Oui, c'est étonnant, confirma-t-elle. Mais cette expérience douloureuse m'a fait comprendre l'importance de ceux qui prennent le temps de vous parler, de vous demander comment vous allez avant une prise de sang… Je ne blâme ni les médecins ni les infirmières qui font un travail extraordinaire et essaient d'aider le plus grand nombre. Mais ils sont accablés de travail, en *burn-out*, souvent. Pourtant, on a besoin d'eux, de leur prévenance. La santé est un bon choix de carrière. Et finalement, prélever du sang à quelqu'un, ce n'est pas si différent de mon ancien travail. Les gens s'assoient pour quelques minutes, vous les écoutez raconter leur journée, vous plaisantez pour leur remonter le moral…

Elle eut un haussement d'épaules qui ressemblait une fois de plus à du dénigrement.

— Ça, je sais faire.

Van ne rit pas, il hocha la tête en signe d'assentiment.

— C'est vrai.

Il semblait enfin comprendre ce qui l'animait.

— Au moins, je serai utile à quelque chose, ajouta-t-elle.

Elle attrapa une olive dans l'assiette, lui laissant les dernières.

— Qu'est-ce que tu veux dire par-là ?

— Tu sais, quand tu rencontres des gens et qu'on te demande ce que tu fais dans la vie, eh bien je pourrai dire : « Je travaille dans un laboratoire d'analyses. » Ils hocheront la tête et seront satisfaits. Quand je dis que je suis barmaid, on me regarde comme si je n'avais pas de vrai travail. Bien sûr, quand on a vingt ans et qu'on part travailler à l'étranger, par exemple, c'est accepté. Mais ce n'est pas une carrière sérieuse. Je n'ai pas honte d'avoir exercé ce métier, et ça ne me dérangerait pas de continuer. Je pourrai toujours compter sur le service pour retomber sur mes pieds en cas de souci. Mais je suis prête à travailler de nouveau en journée plutôt que le soir, et à m'occuper différemment des gens.

Van eut un petit sourire consterné.

— Je ne me suis jamais présenté comme Donovan Scott, champion de ski, mais c'est pourtant ce que j'ai été pendant la plus grande partie de ma vie. Maintenant que je suis P-DG de Scott B&D, tu devrais voir les regards que je reçois…

Elle savait que B&D signifiait Bâtir et Développer, mais elle ne put s'empêcher de le taquiner, rapprochant les initiales de celles des pratiques sado-maso de bondage et discipline.

— À cause des blagues sur le BDSM ? Je comprends que ça puisse être lassant...

Van leva les yeux au ciel.

— *Personne* ne fait cette plaisanterie ! À part toi.

— Comment peuvent-ils se retenir ? Elle est évidente.

— Ils aiment vivre, probablement, suggéra-t-il avec un rictus faussement carnassier. Ils sentent que je pourrais devenir méchant s'ils s'aventuraient sur cette voie !

Elle avait eu beaucoup de choses à gérer à Sydney depuis qu'elle avait rompu. Son univers s'était effondré, entre l'échec de son mariage, son incapacité à tomber enceinte et la perte de sa mère. Mais elle aurait pu chercher à joindre Van lorsque ses problèmes avaient commencé à défrayer la chronique. La tentation avait été grande. Déjà, au lendemain de leur séparation, elle avait failli retourner à leur hôtel, alors inconsciente des difficultés créées par le père de Van mais prête à tout pour tenter de sauver leur couple. À ce moment-là, Van lui avait envoyé un message : il était en route pour l'aéroport à cause d'un problème familial à régler. Elle avait répondu qu'elle espérait que tout le monde allait bien. Cela avait été leur dernière conversation avant un long silence.

— Ça a dû être difficile, cette période, murmura-t-elle en songeant à ce qu'il avait traversé.

— Ça l'a été.

Son visage s'était fermé.

— Je comprendrais que tu ne veuilles pas en parler.

Van attrapa une olive dans l'assiette et la fit tourner entre ses doigts quelques instants avant de l'avaler.

— Qu'en dire de plus ? Tout est paru dans les journaux... Mon père était de mèche avec sa directrice financière. Une escroquerie de haut vol, si je puis dire. Ils ont hypothéqué des propriétés pour s'endetter jusqu'aux yeux, ont placé l'argent dans des paradis fiscaux pour qu'on ne puisse pas mettre la main dessus, ont acheté un yacht, et *hasta la vista* !

Il agita la main, chassant de mauvais souvenirs.

— Il n'y a pas moyen de l'arrêter ? Récupérer l'argent ? Il est en fuite ?

— Même pas. Il s'est barricadé sur une île, derrière une clôture électrique protégée par des molosses. Je me suis présenté chez lui, et il a refusé de me voir. Il n'a même pas voulu me donner le début d'une explication. J'ai décidé de couper toute relation. Qu'il se débrouille.

Van tremblait presque de rage. Lorsqu'elle tenta de lui toucher le bras, il le retira.

— La société était déficitaire depuis des années, il l'a caché au comité de direction, reprit-il entre ses dents. J'avais laissé procuration à ma mère et à Paisley, je savais qu'elles m'alerteraient si quelque chose ne tournait pas rond. Ma mère avait des doutes, mais entre mon père et elle, c'était tellement la guerre que le comité ne l'a pas écoutée. Même Paisley ne l'a pas prise au sérieux. Elle pensait que c'était la jalousie qui lui faisait donner l'alerte, à cause de la relation de mon père avec la directrice financière. Au bout du compte, ni Paisley ni ma mère ne m'ont parlé de rien, parce que…

Il poussa un soupir de frustration.

— À cause de ton entraînement, compléta-t-elle.

— Exact. Ma mère et Paisley ont pensé qu'il serait plus sage de laisser tout cela de côté jusqu'à la fin des Jeux.

Il se leva et marcha jusqu'au frigo pour y saisir une bière, et la bouteille tinta contre le verre qu'il se servit.

— Tout le monde s'attendait à ce que je travaille avec mon père lorsque j'ai pris ma retraite des compétitions. Peut-être pensait-il que je finirais par fusionner nos deux entreprises, ce qui l'aurait sauvé financièrement parlant.

— Il était sérieux ? Je pensais que c'était une plaisanterie lorsqu'il l'évoquait. Enfin, je veux dire, l'immobilier et l'équipement sportif, ça n'a aucun rapport !

— Je savais qu'il ne plaisantait pas. C'était ce qui m'énervait le plus. Je ne me suis même pas demandé pourquoi il voulait tant cette fusion. A priori, je lui faisais confiance… J'étais convaincu qu'il m'aurait tout de suite parlé du moindre souci financier, et je mettais mes doutes de côté.

— Tu ne peux pas t'en vouloir, Van. Qui pourrait croire son propre père capable de choses pareilles ? Je suis toujours sous le choc. Son attitude ne ressemble pas à l'homme que j'ai rencontré. Il était toujours si fier de toi ! Il était là quand tu as gagné la médaille d'or.

Elle se mordit la lèvre, craignant que Van ne lui demande comment elle pouvait connaître pareille information, mais il était trop profondément plongé dans sa propre réflexion.

— Quand je gagnais et que ça rejaillissait sur lui, oui, il était fier. Mais il avait un côté superficiel, mesquin. Je m'en suis rendu compte quand ma ligne d'équipements sportifs a commencé à décoller. Il était jaloux, il disait que je lui devais tout. Et de fait, c'était mon père qui payait tout, pour l'entraînement comme pour les voyages. Tout passait en frais marketing par le biais de sa société, et il aimait dire que j'aurais été incapable de devenir un athlète sans lui. Ce qui...

Van hocha la tête, pris dans un conflit personnel, avant de reprendre avec une entière honnêteté :

— Ce qui n'était pas faux, mais qui ne résumait pas toute la vérité non plus.

Le père de Van était un homme arrogant, et elle avait toujours pensé qu'il se mettait en avant en sa présence pour amoindrir l'importance de son ex-femme dans le parcours de leur fils.

Van prit une longue gorgée de bière.

— J'aurais eu beaucoup plus de mal à accéder aux sommets sans lui, admit-il à contrecœur. Pourtant, c'est à ma mère que je dois mon premier sponsor. Elle avait ses entrées dans les milieux financiers. Les choses ont mal tourné entre mon père et moi environ un an avant que je te rencontre. Une histoire de terrain mal acquis, une propriété contestée, à Vancouver. C'était une zone grise, mais j'ai voté, ainsi que ma mère et Paisley, pour qu'on abandonne le combat, que l'on rende la propriété et qu'on passe cela aux pertes et profits. C'était le plus sage, à l'époque, mais mon père l'a très mal pris, en faisant une affaire personnelle.

— C'était une grosse perte financière ?

— Oui, mais nous avions un plan pour nous relever, qui semblait fonctionner. C'était ce qui ressortait des réunions de comité, en tout cas… Avec le temps, j'ai cru que nous étions passés au-dessus de tout ça, mon père et moi. J'aurais dû être plus attentif aux signaux. Il était convaincu que j'apporterais mon capital en rejoignant sa société.

— C'est peut-être ce que tu aurais fait, s'il avait été honnête à propos de ses problèmes.

— Je ne crois pas, rétorqua-t-il avec un froncement de sourcils. Je ne voulais pas travailler à ses côtés. Je savais qu'on ne s'entendrait pas. Je voulais acheter des logements abordables, et lui ne parlait que de maximiser les profits… Après notre désaccord sur le terrain de Vancouver, j'avais compris que nous ne pourrions jamais travailler ensemble. Je le lui ai dit, mais il a dû penser que je finirais par changer d'avis. C'était mal me connaître. Je crois qu'il a fini par comprendre lorsque toi et moi avons acheté ce chalet qui ne faisait pas partie de son parc immobilier.

Elle se mordit la lèvre, saisie d'une vague de remords supplémentaire.

Elle avait trouvé le chalet par hasard, apprenant par ouï-dire que son constructeur manquait d'argent pour l'achever. Lorsqu'elle y avait emmené Van, ils étaient tombés sur le propriétaire en train d'installer une gouttière. Ils n'avaient pas tardé à faire une offre, qui avait été acceptée. Quelques semaines plus tard, ils terminaient le chalet à leur goût. Elle avait laissé libre cours à son imagination pour créer le foyer de leurs rêves. Elle avait pris les décisions, géré les factures…

La maison était au centre du fossé qui s'était creusé entre Van et son père, conduisant celui-ci aux pires manœuvres.

— Tu n'aurais pas dû l'acheter, Van, si le sujet était à ce point problématique entre toi et ton père.

— Mais je voulais cette maison ! C'est un endroit magnifique.

À vrai dire, j'étais heureux que mon père ne soit pas impliqué dans le projet. Peut-être suis-je aussi mesquin que lui, finalement ? J'étais fatigué d'être constamment utilisé par l'un de mes parents pour faire du mal à l'autre. De n'être qu'un trophée qu'ils se disputaient. T'épouser, acheter cette maison… Mon père a été irrité de ne pas avoir été consulté et de ne pas avoir pu prendre de commission au passage, clairement. Mais ce n'était pas une rébellion, Becca. C'était grandir, je crois, tout simplement. Devenir qui je suis. Ça m'a fait du bien, et je refuse de m'excuser pour cela. Lorsque tu es repartie à Sydney pour soigner ta mère, j'ai porté le coup fatal en lui disant que je comptais habiter le chalet à plein temps après les Jeux si c'était ce que tu voulais. Il était furieux. Il m'a dit qu'il voulait prendre sa retraite et que je n'étais qu'un égoïste, un ingrat qui revenait sur sa promesse.

Elle avala difficilement sa salive.

— Je ne savais pas que tu lui avais dit ça…

— Tu n'es pas responsable de quoi que ce soit, Becca. J'aimerais pouvoir faire peser le blâme sur quelqu'un d'autre, mais s'il s'agit de chercher un coupable, je suis en première ligne. J'ai dit à mon père que je n'avais jamais rien promis. B&D avait déjà planifié la question de la succession, avec ou sans mon arrivée dans la société. Je lui ai dit que s'il désirait réellement prendre sa retraite, il le pouvait légalement, que je sois ou non à la tête de la société. Je n'ai jamais imaginé qu'il viendrait me voir gagner, me regarderait droit dans les yeux en me serrant la main et filerait avec la caisse dans les jours qui suivraient.

— Quelle épreuve pour toi, quel choc !

— Difficile à encaisser, oui, sans parler des responsabilités à assumer. Je savais diriger une entreprise, mais nous avions commencé modestement, et j'avais recruté moi-même pour tous les postes à responsabilité. Gérer B&D était une autre paire de manches. Il y avait des dizaines de projets immobiliers répartis sur tout le pays, à divers stades d'exécution. Les investisseurs menaçaient de se retirer… Je me suis relevé les manches, et j'ai engagé mes fonds propres.

— Et tu as quand même mis en route ton application de fitness, à ce que j'ai pu voir.

— À vrai dire, c'est Paisley qui s'est chargée du projet. Une vraie réussite. Son succès rejaillit même sur les ventes d'équipements sportifs. Je ne me charge plus que de B&D, ce qui représente bien assez de travail, rien que pour rediriger les efforts de l'entreprise vers la transition écologique, l'entrepreneuriat social... Mais nos équipes commencent à décrocher des prix, et les contrats pleuvent à nouveau.

— C'est génial !

— Exact. Et c'est aussi pour cela qu'il est étrange de te voir revenir à ce moment précis.

Elle sentit son sang se figer dans ses veines.

— Comment ça ?

— Tout cela a laissé des cicatrices, Becca. Profondes. Je ne fais plus autant confiance aux autres qu'auparavant. Les gens sur qui l'on est censé pouvoir compter, son père, sa femme, tous peuvent vous laisser tomber.

Il lui jeta un regard lourd de sens avant de conclure.

— Cette fois, Becca, je veux comprendre ce que tu fais ici.

Son ton était si accusateur qu'il fallut un moment à Becca pour surmonter le choc et formuler une réponse.

— Tu crois que je vais te faire un sale coup, Van ? Te voler comme ton père l'a fait ?

— Je n'en sais rien. À toi de me le dire.

Quand elle entrevoyait la possibilité d'un futur à sauver, Van se chargeait de lui rappeler que leur cause était perdue !

— Je viens chercher mon médaillon, le cœur en plaqué or, lâcha-t-elle.

— Tu comptes vraiment me faire croire que c'est l'unique raison de ta présence ? Ton bijou coûte moins cher qu'un ticket de bus pour Vancouver, alors ne parlons pas d'un vol depuis Sydney...

Elle sentit ses yeux s'embuer de larmes.

Elle comprenait qu'il soit amer, mais elle était loin de ressembler au père de Van. S'en rendait-il compte, au moins ?

— Je ne m'attends pas à ce que tu me croies, murmura-t-elle, au désespoir. Je comprends ta défiance, après tout ce qu'il s'est passé. Mais le médaillon appartenait à ma mère, et elle me l'a légué. Je ne partirai pas sans lui.

Elle coupa court à la conversation pour avaler la volée d'escaliers qui menaient à l'étage.

8

— Becca !

Le minuteur du four sonna tandis que Van essayait de la retenir. Il se leva, étouffant un juron.

Il fallait sortir le gâteau, le laisser refroidir. Après tout, il l'avait fait pour elle, non ?

« C'était la nostalgie qui parlait, Van. Tu crois qu'on est le premier couple à refaire l'amour à cause des souvenirs ? »

Elle voulait lui faire mal, et elle y avait réussi. Toujours nimbé des brumes de l'orgasme, il avait été pris de court.

Il avait presque oublié le rôle de Becca dans toute cette histoire. Son père avait compris qu'il la choisissait, elle, plutôt que les plans qu'il échafaudait depuis près de dix ans. Leur altercation finale avait été bien pire que ce qu'il avait accepté de révéler. Les accusations avaient été difficiles à avaler. Il s'était demandé si, finalement, il ne ressemblait pas plus à sa famille qu'il ne voulait l'admettre. Lui aussi, il utilisait les gens lorsqu'il en avait besoin, sans hésiter à rompre ses engagements lorsque la situation ne l'avantageait plus. Il n'avait pourtant fait que respecter sa promesse à Becca. Et en retour, il s'était entendu dire que leur mariage était terminé ! Comment lui faire confiance à nouveau, après cela ?

Sans aucun doute, elle avait elle aussi souffert de ce qu'il venait de lui dire. Il avait vu ses grands yeux s'écarquiller, la douleur s'imprimer dans ses iris. Après tout, elle était assez sentimentale pour avoir fait tout ce trajet dans l'unique but de récupérer le modeste médaillon. Mais cela constituait-il l'unique raison de sa venue ? Il n'en savait rien. Il lui en voulait toujours de l'avoir abandonné au moment où il avait eu le plus besoin d'elle.

Bien sûr, penser cela, c'était être aussi égoïste que son père. Il n'avait pas réellement eu le temps de faire la part des choses à son retour à Vancouver. Une montagne de travail l'attendait. Les heures défilaient, les appels n'en finissaient plus. Il fallait sauver cette fichue société... Même si Becca était revenue avec lui, il serait retombé dans les mêmes travers. Au lieu de l'entraînement, cette fois, l'excuse aurait été le travail. Malgré tout ce qu'il lui avait juré à Sydney, rien n'aurait changé pour elle.

« Je me suis trouvée seule ici si souvent que j'en oubliais que j'avais un époux. »

Si Becca avait demandé le divorce, c'était en fait parce qu'elle n'avait pas eu de mari... Si elle avait vraiment voulu son argent, elle serait restée et l'aurait dépensé en son absence. Mais son choix avait été tout autre.

Et voilà qu'elle réapparaissait pour récupérer quelque chose qui signifiait énormément pour elle...

Il s'adressa mentalement une nouvelle insulte : dans cette histoire non plus, il n'était pas tout blanc.

Après avoir mis le gâteau à refroidir, il quitta la cuisine pour sa tanière : le bureau où trônait son ordinateur. Ses médailles d'or étaient conservées dans un coffre-fort, masqué par une photo de sa jeunesse sportive, prise lors d'une course en Suisse.

Il mit la main sur la petite enveloppe qu'il cherchait et fila à l'étage, où il trouva Becca fouillant la garde-robe à la recherche du bijou. Une dizaine de sacs à main vides gisaient sur le sol autour d'elle.

— Tiens, annonça-t-il en lui tendant l'enveloppe.

— Tu l'as trouvé ? Où était-il ?

— Au coffre.

— Pourquoi ? Ce bijou n'a aucune valeur, comme tu l'as dit toi-même...

Lorsqu'elle le fit couler dans sa paume ouverte, un gémissement lui échappa.

La petite charnière qui maintenait ensemble les deux faces du cœur s'était brisée.

— C'est cassé, murmura-t-elle, incrédule.

Il ferma les yeux sous l'assaut des remords.

Plus d'un an après avoir réalisé que le bijou était cassé, il continuait à le chercher des doigts chaque fois qu'il fourrait la main dans sa poche.

Becca fit jouer la chaîne du pendentif dans sa main, tentant de la démêler.

— Même la chaîne est complètement entortillée, reprit-elle. Il est passé à la machine ?

— Non, mais je... Je l'avais sur moi à Sydney, admit-il. J'ai oublié, sinon je te l'aurais rendu.

Cette partie-là, au moins, était vraie : à ce moment-là, son esprit était paralysé par l'annonce de Becca concernant leur mariage, sans parler des nouvelles qu'il avait reçues du côté de son père.

— Pourquoi l'avais-tu emmené à Sydney ? demanda-t-elle, surprise.

— Je l'avais aperçu dans la salle de bains en partant pour l'aéroport. Je l'avais pris parce que...

Il haussa les épaules.

Comment lui expliquer ? Le bijou était devenu un talisman durant ses compétitions.

— Je me suis dit que, comme ça, j'aurais de l'or sur moi quel que soit le résultat de ma descente, acheva-t-il.

Becca eut un petit sourire.

— Ce n'est que du plaqué, mais je vois ce que tu veux dire.

Elle tâchait de sauver la face, mais il n'était pas difficile de comprendre sa consternation face à l'état du médaillon.

Il ouvrit la bouche pour lui dire qu'elle était tout l'or dont il avait besoin, qu'il l'aurait voulue près de lui à chaque seconde des compétitions, mais il préféra s'abstenir, de crainte de la culpabiliser. Ç'aurait peut-être été trop en dire, de toute façon, sur la place qu'elle occupait dans sa vie. Comme tous les athlètes, il était superstitieux et avait eu recours à des porte-bonheur par le passé, mais ça n'expliquait pas pourquoi il avait fourré le bijou dans sa poche chaque matin durant des mois après avoir appris que leur mariage était terminé. Comme un rappel de sa propre culpabilité…

En constatant que l'usure l'avait cassé, il avait voulu l'emporter chez le bijoutier pour réparation. Mais il n'avait même pas pu s'en séparer pour quelques jours. Il avait fini par le ranger au coffre non sans un pincement au cœur.

Au fond, ce médaillon était la métaphore parfaite de leur relation. Peut-être Becca n'aurait-elle pas été à ce point abîmée s'il l'avait laissée tranquille ?

Elle fit glisser le petit bijou dans son enveloppe avec soin puis se redressa et rangea le tout dans sa poche.

— Merci, Van. Je me sens mieux maintenant que je sais où il est. Désolée pour tout ce désordre. Je vais ranger.

Elle se mit à ramasser les sacs à main éparpillés.

— J'aurais dû apporter le reste des bijoux. Je reviens.

— C'est inutile, l'interrompit Becca tout en rangeant les sacs. Donne-les à Paisley si tu veux. Ou à ta nièce.

— Je les ai achetés pour toi, Becca. Tu n'en aimes aucun ?

— Je les adore tous, répliqua-t-elle, l'air surpris. Mais c'est un peu déplacé de les garder. J'ai aussi rapporté mes bagues pour te les rendre, elles sont dans mon sac.

— Et qu'est-ce que je suis censé en faire, bon sang ? laissa-t-il échapper avec une fureur soudaine.

Becca se figea.

— Et moi donc, alors ? Je ne vais pas garder mon alliance alors que je suis divorcée, Van.

— Vends-la ! Vends tout, et paye ton école avec.

Au moins, elle y gagnerait en sécurité matérielle.

— Van, soupira-t-elle, si je voulais faire ça, j'aurais pu te demander de l'argent il y a quatre ans. Je n'en ai pas besoin, tout comme je ne vais à aucune fête qui impose des robes haute couture et des boucles d'oreilles en diamants. Quand je dis que nous sommes trop différents, c'est aussi de cela que je parle. Ce genre de choses, c'est ta vie. Pas la mienne.

— Il n'y aura pas de gala de bienfaisance pour le labo, une fois que tu travailleras dans ce secteur ?

— Alors quoi, je devrais garder une robe, au cas où ? Tiens, celle-ci ?

Elle avait mis la main sur une robe de soie violette.

— J'ai toujours été triste de ne jamais l'avoir portée, alors parfait, ajouta-t-elle en la sortant. Voilà. Heureux ?

— C'est la robe que tu comptais porter à la réception prévue par ma mère, non ?

Sûre que son fils allait emporter l'or aux Jeux, Cheryl avait réservé la salle de bal d'un palace prestigieux et, tout en remettant à Becca son invitation, elle l'avait priée de trouver en vue du grand soir quelque chose d'un peu plus sophistiqué que ses tenues habituelles.

— Oui, c'est celle-là. La soirée a eu lieu, finalement ?

— Non, répondit-il d'une voix monocorde. Ma mère a tout annulé. Ça a été difficile lorsque je lui ai dit que je ne reviendrais pas, quelle que soit l'issue de la compétition.

Becca se tourna vers le miroir et tint la robe contre elle, penchant la tête pour l'admirer.

— Je devrais peut-être appeler l'oncologue de ma mère, qui sait s'il n'a pas un gala de charité prévu prochainement...

— Tu la porterais pour un autre homme ?

— Il a soixante ans et organise des bingos dans les maisons de retraite, précisa Becca avec lassitude. Et puis, je te rappelle que les femmes s'habillent d'abord pour leur propre plaisir, pas pour le regard des hommes.

Il ne lui chercherait pas de noises sur ce terrain.

— J'ai envie de la porter, finalement, ajouta-t-elle.

— Mets-la maintenant.

Pour moi.

— Ne sois pas stupide...

— Et pourquoi pas ? J'ai gagné, après tout, et nous n'avons jamais pu fêter ça. Nous sommes le soir du nouvel an, en plus.

C'est le moment ou jamais. Je mettrai un costume. Ce sera comme un dernier rendez-vous...

Il se détourna pour masquer l'émotion qui s'emparait de lui à la pensée qu'elle repartirait avec son cœur dans ses bagages.

— Un dernier repas, tu veux dire, corrigea-t-elle à mi-voix. Mais je ne peux pas cuisiner vêtue de soie.

— Je t'ai dit que c'est moi qui cuisine. Je suis déjà douché, je n'ai plus qu'à me changer. De ton côté, tu as le temps de farfouiller dans la salle de bains à la recherche du nécessaire à maquillage laissé par Paisley.

Indécise, Becca se tortilla quelques secondes.

— Ce serait peut-être une manière de finir les choses sur une note positive, finit-elle par admettre.

Il sentit un poids lui plomber la poitrine.

Pouvait-on vraiment finir un mariage sur une note positive ?

Ce serait toujours mieux que le retour solitaire jusqu'à sa chambre d'hôtel de Sydney, quatre ans auparavant...

— Autant finir en beauté. Un vrai feu d'artifice, grinça-t-il.

— Le feu d'artifice, c'est déjà fait, répondit Becca avec un clin d'œil.

Becca n'avait plus eu de rendez-vous galant depuis son retour en Australie. Elle n'en avait eu ni le temps ni le désir. Ses rares moments de loisir étaient consacrés à quelques amies. Les hommes attendraient qu'elle soit officiellement divorcée. Même à l'époque où elle vivait aux côtés de Van, les soirées festives n'étaient pas légion. Ils sortaient parfois dîner, mais elle avait toujours préféré cuisiner et le garder pour elle seule. Entre ses parents, Paisley et la société, les galas succédaient bien sûr aux soirées de lancement, où seuls étaient requis sa présence et son sourire, aussi convenus soient-ils. Van faisait toujours en sorte qu'elle s'y sente le plus à l'aise possible. Il restait près d'elle, lui tenait la main ou frôlait le bas de son dos, s'assurait que son verre ne soit jamais vide et lui réservait tous ses apartés.

« Ce type a été marié à ma mère en tout et pour tout neuf jours »... « Cette femme est la bassiste du groupe que tu aimes. Peut-être te présentera-t-elle le chanteur ? »

Elle sourit au souvenir de ces moments où les taquineries étaient de mise. Le seul intérêt de ces événements, à part la complicité qu'ils créaient entre eux, était d'amasser de l'argent pour des causes justes. Elle avait alors l'impression de contribuer à quelque chose de plus grand qu'elle.

Elle continua sa réflexion sous la douche, et plus tard, tandis qu'elle faisait son choix dans le maquillage laissé par Paisley, il lui vint à l'esprit qu'elle réagissait aujourd'hui encore de la même manière : les attentions de Van la poussaient à réprimer la douleur, à la mettre sous le tapis. Sans même y réfléchir, elle sautait sur l'occasion de revivre la période où il l'avait admirée, désirée. Peut-être espérait-elle, au cours de la soirée, lui révéler un peu de la douleur qu'elle avait ressentie durant leur mariage, mais si elle se maquillait avec soin, c'était d'abord pour l'impressionner.

Ses pommettes étaient rehaussées, le contour de ses yeux agrandi et ses cils allongés comme ceux d'un faon. Ses cheveux luisaient, soyeux sous la main. Elle avait appliqué du gloss sur ses lèvres et portait une paire de boucles d'oreilles en cristal et un bracelet aux mêmes perles translucides.

— Tu en as encore pour longtemps, Becca ? appela la voix de Van à travers la porte de la salle de bains. Je mets la viande à cuire.

— J'arrive, répondit-elle, une petite seconde !

Elle ne perdit pas de temps à chercher un soutien-gorge. Il aurait détonné sous sa longue robe de satin ouverte dans le dos. Avec sa paire de talons hauts, on aurait presque pu la croire grande et svelte. Néanmoins, l'inquiétude s'empara d'elle tandis qu'elle posait sur la rambarde de l'escalier une main fébrile pour descendre le retrouver.

Van avait la situation sous contrôle. Il avait mis une musique de fond douce et légère. La table était dressée au salon, leurs assiettes reposant sur les sets en lin brodé. Il avait sorti l'argenterie et allumé des bougies. La bouteille de vin avait été redescendue de la chambre et trônait en évidence à côté de verres en cristal. Il s'était changé et avait revêtu le costume auquel elle ne résistait jamais.

Dos à l'entrée de la cuisine, il finissait de s'occuper de la viande et cria par-dessus son épaule :

— Becca, c'est prêt dans une sec...

— Je suis là, l'interrompit-elle.

Il se retourna et se figea, comme frappé par la foudre. Alors que son regard la détaillait de bas en haut, un juron étouffé lui échappa.

Elle se mordit la lèvre et se campa, une main sur la hanche, avançant la cuisse de manière à ce qu'elle apparaisse sous le tissu fendu de la jupe. Au diapason de sa partition sensuelle, quelques mèches de cheveux s'échappèrent de son chignon pour venir flatter sa joue.

— J'avais oublié à quel point tu peux être supérieure à n'importe quelle autre, gronda Van d'une voix étranglée.

— Il y faudra plus que quelques compliments, murmura-t-elle d'une voix mutine. Je ne suis pas une fille facile.

Elle s'avança, rougissant de plaisir tout de même.

— Tu as besoin d'aide ?

— Non, je m'en sors.

Attrapant le plat, il lui fit signe de le précéder jusqu'au salon.

Elle n'eut pas besoin de se retourner pour sentir son regard sur ses hanches. Un frisson délicieux lui courut le long du dos. Lorsqu'elle se décida à tourner enfin la tête, ce fut pour lui adresser une œillade qui signifiait : « Pris sur le fait. »

L'échange, impertinent autant que muet, les réchauffa tous deux. Il posa le plat sur la table puis revint sur ce qu'elle avait dit quelques secondes plus tôt.

— Je sais que tu n'es pas une fille facile.

— On oublie ce qu'il s'est passé en bas, alors ?

Elle se moquait d'elle-même, mais elle reçut un regard brûlant en retour.

— Alors nous sommes tous les deux particulièrement faciles, conclut Van avec un sourire charmeur en lui avançant son siège, avant de lui remplir son verre et de s'installer à son tour à table.

Il fallait tirer le meilleur parti de la situation complexe qu'ils vivaient. Comme à l'époque de leur mariage... Mais ils avaient tous deux mûri, chacun de leur côté.

— C'est très bien présenté, commenta-t-elle, admirant les assiettes parées de légumes sautés joliment colorés et de pièces de viande cuites à la perfection.

— Il faut savoir jouer gros ou repartir déçu...

Il s'interrompit, captant son regard peiné à l'évocation de l'avenir commun qu'il venait de sous-entendre sans s'en rendre compte.

Chacun se tourna vers son assiette et mangea un instant en silence.

— Je ne t'ai jamais trouvé « facile » non plus. C'était... tout ça, fit-elle remarquer, montrant de la main la luxueuse décoration d'intérieur et sa robe hors de prix. Je m'attendais sans cesse à ce que tu te rendes compte que je n'avais pas ma place dans un pareil décor. Que tu te lasses.

— Je croyais que tu aimais cet endroit, répondit Van, l'air perplexe. Tu l'avais trouvé, tu avais travaillé pour le décorer à notre goût... Je pensais que c'était notre cocon. Comment ai-je pu me tromper à ce point ?

— Ça n'était pas toi le responsable, dit-elle avec amertume.

Elle aurait aimé faire une remarque amusante, reprendre le fil de la légèreté. Dans quel but gâcher leur repas ? Voilà pourquoi elle ne parlait jamais d'elle-même. Elle ne se trouvait pas intéressante : se plaindre ne changeait rien.

Mais Van restait silencieux, attendant qu'elle lui explique en quoi il s'était trompé.

Elle ne lui avait jamais fait part de tout cela auparavant. Elle s'y attela, la gorge nouée.

— Tu as raison, reprit-elle, je m'impose mes propres limites. Je n'ai pas grande confiance en moi. J'ai grandi dans un endroit difficile. L'école n'a pas été une période heureuse. Mon corps s'est développé plus vite que celui des autres filles et ça les a rendues jalouses. Les garçons se comportaient avec moi comme des idiots, parfois dangereux. On se moquait parce que je travaillais à la station-service. Je voulais apprendre un vrai métier ! Hélas, mes professeurs pensaient que je n'avais pas beaucoup de potentiel. On m'a même dit un jour qu'il était finalement préférable que j'aie un corps d'hôtesse d'accueil, puisque mes notes ne me mèneraient nulle part.

— Un professeur a dit une énormité pareille ?

— Et c'était une femme, répondit-elle, les lèvres pincées. Le commentaire est resté ancré en moi. Avec un historique pareil, venir au Canada était un choix d'une audace improbable : je n'y croyais pas moi-même. Toi, tu as toujours voyagé pour les entraînements, les compétitions, tu as l'habitude des avions... À ma majorité, je n'étais encore allée qu'une poignée de fois à la plage. J'ai fait ma demande de visa sans prévenir ma famille. J'avais économisé en secret, convaincue que je n'obtiendrais même pas mes papiers. J'ai toujours eu cette voix en moi qui me disait que je n'avais pas droit à ce que vivaient les autres.

Elle n'avait jamais été aussi sincère, et Van l'écoutait avec une attention redoublée. Son regard perçant ne lui facilitait pas les choses.

— Ma mère était comme ça, elle aussi, reprit-elle. Peut-être m'a-t-elle transmis ce trait de caractère. Les choses ont empiré avec la mort de mon père biologique. La famille de ma mère n'avait jamais accepté leur union, ils n'ont pas levé le petit doigt pour nous aider. C'était une manière de lui faire la leçon, tu vois ? Voilà ce qu'on obtient à vouloir nager à contre-courant. Mon beau-père, lui, n'est pas comme ça. Il aime sa vie comme elle est, simple, dans le rang. Lui et ma mère travaillaient tous les deux quand j'étais enfant, mais à la maison, il s'affalait devant la télé et la laissait s'occuper de tout. Lorsque j'ai dit que je voulais tenter l'université, il m'a dit que je n'avais pas besoin d'aller aussi loin pour trouver un mari. Il me voyait dans un emploi qu'on peut occuper à temps partiel pour s'occuper de ses enfants.

Elle poussa un lourd soupir.

— Pas étonnant que tu leur aies caché ton envie de partir, observa Van avec sagacité.

— N'est-ce pas ? Ma mère était hors d'elle en l'apprenant. « Pour quoi faire ? Pour quoi faire ? » me répétait-elle. Elle devinait que je cherchais à me réinventer en dehors de la vie qu'elle m'avait assignée. Pour elle, c'était comme une attaque personnelle. S'installer avec mon beau-père lui était apparu comme la meilleure chose à m'offrir, à l'époque. Bien meilleure que sa vie passée. À l'écouter, viser plus haut était une marque d'arrogance.

— Tu faisais pourtant ce que sont censés faire tous les jeunes gens. Tâcher de voler de leurs propres ailes.

— Je pensais qu'elle avait tort de douter de moi, que j'allais devenir une personne extraordinaire, couronnée de succès. Alors, elle aurait compris que mon choix était le bon. Mais en quatre ans, je n'ai rien accompli.

Elle avait alterné les postes de serveuse et de barmaid et connu deux histoires décevantes avec des hommes insignifiants. Elle s'était fait quelques amis, bien sûr, mais elle vivait toujours en colocation, de nouilles instantanées...

— J'ai fini par comprendre que le lieu n'était pas le problème. Le problème, c'était moi.

— Ne dis pas ça, Becca ! Personne n'est aux commandes de sa propre vie, à cet âge-là.

— Toi, tu l'étais, répliqua-t-elle avec un petit rire contraint. Tu gagnais ta millionième course... Tu avais toujours su ce que tu voulais faire, et tu te battais pour y arriver. Alors, quand tu as posé les yeux sur moi...

Elle sombra un instant dans le silence, la gorge nouée.

— Je ne comprenais pas, acheva-t-elle en un murmure. Tu aurais pu avoir qui tu voulais.

— C'était toi que je voulais.

— C'est bien ce que je dis, Van, je ne comprends pas, fit-elle, les mains ouvertes en gage de sincérité. J'ai laissé notre liaison se produire parce que je voulais goûter à ta détermination, à ton succès. Au moins aurais-je pu dire à ma mère que j'avais un petit copain célèbre. Un mari célèbre...

Van s'était renfoncé dans son siège, le regard noir.

— C'est pour cela que tu m'as épousé ?

Elle eut l'impression de se trouver au-dessus d'un abîme.

— Je t'ai épousé parce que je t'aimais, fit-elle d'une voix tremblante. Mais je savais que tu ne m'aimerais pas longtemps. Comment t'en vouloir ? J'étais une fille ennuyeuse, ordinaire. Je n'avais aucune ambition, aucun fol espoir...

Ce n'était pas tout à fait vrai. Elle savait pertinemment ce qu'elle voulait, et son souhait n'était pas démesuré. Cela pouvait paraître régressif ou dérisoire de désirer un enfant... Mais même ce vœu-là lui était interdit.

— Ta famille a tout de suite débusqué la supercherie, reprit-elle. Ils ont vu très vite que je n'étais pas comme vous tous. À long terme, tu t'en serais rendu compte, toi aussi.

Sans grand appétit, elle avala une nouvelle bouchée et se servit en vin, redoutant le silence que conservait Van.

— J'ai connu deux personnes « comme nous tous », suivant ton expression, dit-il enfin. Ils étaient mariés. S'ils n'avaient pas obtenu le divorce, je suis prêt à parier qu'ils se seraient entre-tués. L'un d'eux était si plein d'ambition et d'arrogance qu'il a détruit la vie supposément construite pour moi, ma sœur et nos descendants. Tu es un piètre juge des caractères, Becca...

Sans un mot de plus, Van se leva et quitta la table.

Elle le regarda traverser le salon, impuissante.

— Je ne t'ai jamais demandé d'être qui que ce soit d'autre que toi-même, lâcha-t-il en se retournant soudain à l'autre bout de la pièce. Si tu avais mis un terme à notre mariage parce que tu pensais mériter mieux, je pourrais l'accepter. Au lieu de cela, tu as cru pouvoir décider de ce que je voulais à ma place. Alors que tu n'en sais rien, Becca !

Elle se dressa à son tour, renversant sa chaise dans la vivacité de son mouvement.

— Si, je le savais ! Tu voulais une fée du logis, fit-elle avec véhémence, une cendrillon qui cuisinerait pour toi et garderait ton lit bien chaud, tout en portant à l'occasion une robe de gala pour te faire honneur !

— C'est vrai, reconnut-il froidement. Et tu étais parfaite à tous ces points de vue. Mais je voulais aussi d'une femme qui aimerait l'homme, pas le nom brodé sur l'écusson sportif. Je ne croyais même pas à l'amour, encore moins inconditionnel, mais je pensais que c'était cela que tu m'offrais. Et je voulais y croire.

Elle eut l'impression qu'une flèche enflammée venait de fendre l'air pour se ficher dans sa poitrine. La voix de Van poursuivit, la clouant sur place :

— Et tu m'as laissé tomber à la seconde où j'ai mis la compétition derrière moi. Je suis rentré à Vancouver pour me prendre en pleine tronche le désastre paternel, et toi… Je me demande bien ce que tu as pu dire à ta mère. J'imagine que je n'étais plus assez célèbre pour être intéressant. Elle a dû te féliciter pour ton bon sens.

— Ce n'est pas ce que j'ai dit. Je lui ai dit que nous nous étions mariés pour les papiers.

Elle avait préféré garder les raisons de sa rupture pour elle, tout comme elle mentait à Van en cet instant.

— Je ne voulais pas qu'elle pense du mal de toi, conclut-elle piteusement.

— Ah bon ! Alors, ça excuse tout !

Van passa une main nerveuse sur son visage. Il souffrait, c'était évident.

Au désespoir, contrite, elle aurait aimé avoir la force de dire : « Je t'aimais, bien sûr que je t'aimais. Tu aurais dû me faire confiance. » Elle avait voulu un amour inconditionnel, à donner comme à recevoir. Mais cela ne lui avait pas paru possible. Pas si Van pensait que l'amour était une illusion, un moyen cruel de manipuler son prochain. Comment aurait-elle pu le convaincre du contraire, avec ce qu'il avait vécu ?

L'horloge sonna huit coups dans le silence, et chacun d'eux y jeta un regard frustré, conscient de l'ornière dans laquelle ils se trouvaient.

— Je ne veux pas me battre, murmura enfin Becca. Est-ce qu'on pourrait se rasseoir ?

Van hocha lentement la tête et revint se poster à la table,

attrapant sa chaise d'une main. Ils s'assirent tous les deux sans toucher à leur assiette.

Ils ne se battaient pas. Ils avaient enfin une conversation, celle qu'ils reportaient depuis quatre ans. C'était normal que la situation soit inconfortable.

Becca l'avait-elle aimé ?

Il était incapable de l'affirmer formellement. Il ne connaissait de l'amour qu'une version familiale surchargée de devoirs et de culpabilité. Ses parents lui avaient dit qu'ils l'aimaient lorsqu'il était enfant, mais plus jamais après leur divorce. Il lui semblait toujours être le débiteur d'une somme quantifiable d'amour à rendre sous quinzaine. Paisley n'avait pas aidé non plus, en lui disant qu'elle l'aimait seulement lorsqu'il couvrait ses frasques. L'amour n'avait jamais été ni doux ni rassurant comme dans les films et les chansons mièvres. Il supposait qu'il ressentait ce sentiment pour sa nièce et son neveu. Ils lui accordaient une véritable affection contre un peu d'attention. Ça ne lui coûtait pas bien cher. Il n'aurait pas hésité à risquer sa vie pour eux, mais il rangeait plutôt ce sentiment parmi les instincts primitifs, comme peuvent en ressentir les membres d'une même tribu. Il en allait de même pour sa mère et sa sœur, sans oublier Becca : il l'avait possédée, et il lui devait en retour protection et assistance. Il y avait d'autres couleurs sur la palette de leur liaison : la passion, la possessivité sexuelle, l'amitié... Mais il avait tenu tout cela en respect, depuis la forteresse patiemment érigée autour de son cœur. Malgré tout le courage déployé ce soir pour mettre sur la table ce qu'ils gardaient en eux depuis si longtemps, Van n'était pas sûr qu'ouvrir une brèche au sein de ces murailles leur faciliterait la vie. Ils allaient se séparer dans quelques heures, cette fois pour de bon. Tenaient-ils à ménager leur âme ou à la réduire en cendres ? Il ne voulait surtout pas fragiliser l'assurance que Becca avait gagnée. Elle savait désormais où elle allait, et cette certitude illuminait sa façon d'être. Il n'y avait pas que le mariage dans sa vie. Ç'avait sans doute été le cas, mais il avait dû refuser de le voir jusque-là...

— Tu devais te sentir prise au piège. Je t'avais installée dans ce chalet, je m'attendais à t'y retrouver à chacun de mes retours.

Il détestait l'idée de rentrer dans un foyer vide. Voilà pourquoi il vendait la maison.

— « Prise au piège » ? Parfois, acquiesça doucement Becca.

— Pour ma défense, je rêvais d'une vie tout à moi, où personne ne chercherait à contrôler mes mouvements… Comme je ne pouvais pas y prétendre, j'ai voulu t'offrir ce luxe. Je n'aurais pas dû m'imaginer que c'était ton rêve à toi. J'aurais dû te demander ce que tu voulais, Becca, et t'aider à l'obtenir.

Elle posa sa fourchette et repoussa son assiette, les yeux à nouveau embués, au grand désespoir de Van.

Il haïssait l'idée de lui causer du chagrin.

— Puisque tu ne manges pas, dansons.

Il avait besoin de la sentir proche de lui, d'apaiser l'animal blessé tapi au creux de sa poitrine.

Becca haussa les épaules, avant de hocher la tête avec un petit sourire.

Ils se levèrent, se serrèrent l'un contre l'autre.

Ce n'était pas de la danse. C'était une excuse pour se tenir chaud, laisser libre cours aux pulsions de leurs corps puisque les mots n'avaient rien arrangé. Il passa un bras autour de la taille de Becca et l'attira plus près encore. Cela ne prit que quelques pas : dans un soupir, elle posa le front dans le creux de l'épaule qu'il offrait.

De son pouce, il explorait lentement son dos nu. Au rythme de la douce musique qu'il avait choisie, ils se balançaient doucement, serrés l'un contre l'autre. Puis Becca déposa un baiser dans son cou et leva les yeux. Son souffle lui caressa la peau tandis qu'elle demandait :

— Tu veux qu'on remonte ?

Il réalisa subitement qu'il était dur, ainsi pressé contre Becca. Elle avait dû le sentir. Pris dans le brouillard de l'excitation, il ne chercha pas au-delà.

— Oui, gronda-t-il.

Elle recula d'un pas, visiblement excitée. Son souffle court, les tétons pointant sous le tissu de sa robe, sa lèvre mordue, tout la trahissait. Il la regarda s'éloigner vers l'escalier, avec ce déhanché si particulier des femmes en hauts talons, qui rend un homme fou.

Il sentait son cœur cogner dans sa poitrine. Il eut la présence d'esprit de souffler les bougies avant de la suivre. Une voix lointaine, au fond de son crâne, lui disait que faire l'amour à nouveau ne réglerait rien, mais qui s'en souciait ? Ils avaient déjà franchi le pas. La situation ne pouvait pas empirer. Enfin, c'était ce qu'il espérait...

Lorsqu'il entra dans la chambre, Becca retirait ses bracelets, et il ne lui laissa pas le temps d'ôter quoi que ce soit d'autre. Il écrasa ses lèvres contre la peau nue de son dos.

Elle laissa échapper un gémissement qui sonna comme une musique divine à ses oreilles.

Plus tôt, il avait fondu sur elle comme un homme trouvant une oasis au milieu du désert. Il s'était repu de sa présence charnelle, goulûment. Pas cette fois-ci. Puisque le banquet était ouvert, il prendrait son temps et goûterait à tout.

Il porta la main de Becca à ses lèvres et déposa un baiser sur chacune des phalanges avant de s'aventurer plus haut, remontant lentement jusqu'au creux de son coude. Un sourire lui échappa, tandis qu'il voyait, toute proche, la poitrine de la jeune femme se soulever d'excitation. Quand elle se pendit à son cou et pressa les seins contre son torse, il sourit à nouveau.

— Doucement, cette fois. Nous avons toute la nuit.

La dernière. Il faudrait qu'elle soit parfaite et douce. Mémorable. Afin qu'il puisse s'en nourrir le restant de sa vie.

Comment avait-il pu survivre aussi longtemps sans la sensation de ses seins tendus contre le tissu sous la paume de sa main ? Sans la texture de sa peau sous ses dents ? Ou le plaisir qu'il prenait à la sentir trembler, voir sa tête basculer et ses paupières papilloter, esclave du moindre baiser ? Il lui paraissait impossible qu'elle ait pu offrir pareille passion à un autre que lui. Il s'irritait presque de la voir ainsi : puisqu'il n'y avait personne d'autre, pourquoi n'était-elle pas revenue plus tôt ?

Bien sûr, de son côté, il n'avait pas bougé non plus. On supposait, on supputait, on ruminait, et chacun passait à côté de l'autre, par fierté et par bêtise. Plus rien ne devait les séparer, désormais. Pas même le tissu de sa robe.

Becca s'était retournée et pressait ses fesses contre lui. Il en profita pour défaire l'attache du vêtement et lui couvrit la nuque de baisers, tandis que l'étoffe glissait de ses épaules, dévoilant ses seins nus. Il les prit enfin en main, leurs tétons roses dressés dans l'attente de la caresse. Elle se cabra, tenta de se retourner, mais il l'en empêcha. Tombant à genoux, il fit glisser la robe de son bassin, déposant un baiser à la naissance de ses fesses. L'étoffe termina sa course au sol, révélant une pièce de lingerie bleu nuit qui épousait parfaitement deux magnifiques globes de chair. Un nouveau grondement sortit de sa gorge tandis qu'il goûtait à ce qu'elle tendait vers lui.

— Van... Je ne tiens plus...

Ses jambes flageolaient.

Il la retint et la laissa se retourner vers lui, restant à genoux tandis qu'il ôtait sa veste. Il se délectait de la vision qu'elle offrait : nue à l'exception de sa culotte et de ses escarpins, elle était belle à faire se damner un saint.

— Qu'est-ce qu'il y a, Van ? Toi aussi, tu flanches ?

Sa voix était rauque, froissée par la luxure.

— La vue est trop belle d'ici, réussit-il à répondre, portant ses caresses vers l'intérieur des cuisses de Becca.

Lorsqu'il arriva à la dernière pièce de tissu, il prit tout son temps pour qu'elle en sente chaque centimètre glisser le long de sa peau. Puis, d'une pression de la main, il l'invita à écarter plus largement les jambes pour s'offrir à lui. Cette fois-ci, il prit son temps, attentif à chacun de ses gémissements, à la pression de ses mains sur ses épaules tandis qu'il la dévorait. Bientôt, elle bredouilla son prénom... Lorsqu'elle atteignit un premier orgasme, il la ceintura pour éviter qu'elle perde l'équilibre et la souleva pour la porter jusqu'au lit. Elle était si faible qu'elle semblait incapable du moindre mouvement, son regard noyé braqué sur lui. Il la débarrassa de ses chaussures, mais tandis qu'il lui relevait les jambes pour reprendre, elle l'interrompit.

— Non. À moi.

Elle s'assit, le dirigeant par la ceinture pour le positionner face à sa bouche, le dénuda et le prit dans sa bouche jusqu'à ce que, abruti de plaisir, réduit aux sensations pures délivrées par ses terminaisons nerveuses, il insiste pour qu'elle cesse.

Au moment où il ordonna : « Tourne-toi », il manqua ne plus tenir. Il la rallongea sur le lit et passa les bras sous ses cuisses pour lui rendre la pareille.

Ce n'était que le début. Leurs bouches, leurs mains et leurs sexes étaient à la fête. Lorsqu'il entra enfin en elle, ils étaient tous deux proches de la fusion. Il l'amena au seuil de la jouissance, avant qu'elle change de position pour s'asseoir sur lui. Il ne bougea plus, et ce fut elle qui prit l'initiative, s'appuyant sur ses genoux pour le chevaucher, intensifiant le plaisir à chaque aller-retour jusqu'à ce que l'orgasme déferle à nouveau comme un torrent électrique.

Mais déjà, elle ronronnait à l'idée d'une nouvelle jouissance alors qu'il plaçait un oreiller sous son estomac pour relever ses fesses et la réclamer à nouveau en propriétaire absolu, une main entortillée dans ses cheveux, les lèvres débordant de mots excitants et interdits. Elle grogna ses encouragements, cria son prénom, toute inhibition volatilisée. Elle lui appartenait totalement. Chacun de ses coups de butoir semblait déclencher en elle une sensation cataclysmique. Lorsqu'il lui cria de partager sa jouissance, il eut à peine le temps de penser que c'était incongru : déjà elle était balayée par l'extase. Le tsunami du plaisir les rattrapa tous les deux et les engloutit.

La poitrine de Van se serra lorsqu'il émergea du sommeil. Il se sentait si bien après avoir fait l'amour avec Becca et avoir dormi contre elle ! Les seules fois où il se sentait aussi léger, c'était en descendant des pentes enneigées à la vitesse de la lumière, par une belle journée de printemps, la poudreuse voltigeant autour de lui. Il voulait prolonger cette incroyable sensation. Il la voulait, elle. À ses côtés. Pour toujours.

9

— Ça va ?

La question tira Becca d'un endormissement proche du coma.

Non, ça n'allait pas. Car c'était la dernière fois que son corps nu reposerait à côté de celui de Van dans toute la plénitude de la satisfaction, la dernière fois qu'elle entendait sa voix rauque murmurer à son oreille, la dernière fois que sa main reposait sur son sein.

— Je suis en morceaux, et ce sera pire demain.

Il eut une grimace piteuse, reconnaissant sa culpabilité.

— Je peux te proposer un jacuzzi pour te détendre ?

Ils avaient fait installer, sur la terrasse dont la vue donnait sur le lac, un jacuzzi en cèdre rouge du Canada. C'était un bonheur de sentir l'eau bouillonnante masser leurs muscles endoloris tout en admirant le paysage enneigé.

— Si tu acceptes de m'y porter, d'accord, je ne peux même plus marcher.

— J'allais te le proposer.

Il enfila un peignoir et sortit préparer le jacuzzi pendant qu'elle rassemblait son courage pour se lever. Elle mit à son tour un peignoir. Van revint et la prit dans ses bras, la tête de Becca reposant dans son cou.

L'impression de justesse de tout cela lui serra le cœur. Ils étaient bien, tout simplement. Ne pourrait-elle pas faire ses études ici ?

Non, son esprit divaguait, Van n'avait pas insinué qu'il voulait d'elle autre chose que la finalisation de leur divorce !

Il la déposa, nue, dans le jacuzzi bouillonnant et les jets pulsés dénouèrent peu à peu ses tensions. L'air glacé contrastait merveilleusement avec la chaleur du bain fumant.

Ç'aurait été divin si tout cela n'avait été le crépuscule de leur relation...

Soudain, avant qu'il soit trop tard pour le demander, elle eut besoin de savoir quel degré de confiance il lui accordait vraiment.

— Tu me crois quand je te dis que je n'ai été avec personne d'autre pendant notre séparation ? demanda-t-elle.

— Pourquoi devrais-je en douter ?

— Tu as bien cru que je revenais ici pour te voler...

— C'est juste. Mais je crois que je m'en moquais, au fond, admit-il en la rejoignant dans l'eau chaude. Cela n'aurait fait que renforcer les aspects les plus sombres d'un cynisme conforté par l'attitude de mes parents : ils ont triché l'un envers l'autre, et avec tous leurs autres partenaires. Quant à Paisley, tu sais mieux que quiconque comment elle se conduit... Pendant ces quatre ans, la frustration sexuelle me rongeait parfois, mais nous étions toujours mariés, et je ne pouvais pas franchir cette ligne rouge. Je n'attendais rien de toi à ce niveau, mais cela me touche que tu aies agi de même.

Il lui pressa doucement le genou, et elle sentit son cœur se serrer douloureusement.

Cela n'avait pas été pour elle une simple question de respect d'un serment...

— Je voulais te voir, en fait, reprit Van. C'est pour cela que je suis venu, si tu veux vraiment le savoir. Je ne craignais pas que tu me voles. La somme que tu demandes pour me céder le chalet est ridicule. Tu as droit à plus. Prends les bijoux. Prends ce que tu veux. Si tu avais refusé de me voir, c'est là que je me serais senti floué.

Il envisageait donc toujours le divorce... Respirer devenait difficile, mais elle préféra accuser l'air glacial pour la brûlure de ses poumons.

— Je ne veux rien d'autre, Van. Ce que j'ai me suffit.

Van se rembrunit et souffla longuement avant de répondre.

— Ce que j'ai actuellement ne me suffit pas, à moi, répliqua-t-il. Je te veux, Becca.

Ces paroles furent comme un baume sur ses blessures, mais la réalité la rattrapa vite.

Elle secoua la tête.

— Non, Van, je ne resterai pas avec toi pour que tu puisses te dire que tu fais mieux que tes parents dans le domaine matrimonial.

— Cela n'a rien à voir : regarde comme nous sommes bien ensemble ! plaida-t-il, tourné vers elle.

C'était incroyablement dur. Bien plus qu'à Sydney.

— Oui, pour une nuit, dit-elle d'une voix étranglée.

Incapable de soutenir plus longtemps une joute verbale aussi cruelle pour elle, elle sortit en hâte du jacuzzi, enfila son peignoir et rejoignit la chambre.

Van la mettait à la torture avec son offre. Le pire, c'était qu'elle mourait d'envie d'accepter. Elle se voyait déjà se réinstaller dans leur chambre, partager son lit nuit après nuit, descendre au lac en été, se réchauffer devant la cheminée en hiver, serrée contre lui pendant que tombait la neige...

Ce serait si simple ! Simple, évident, pour la bonne raison que, oui, elle l'aimait toujours.

Cette vérité explosa en elle avec la force d'un tsunami.

Elle avait pourtant fait de son mieux pour l'oublier. Mais on n'oubliait pas Donovan Scott. C'était sûrement pour cela qu'elle avait fait des milliers de kilomètres au prétexte de récupérer un petit médaillon, alors qu'il lui aurait suffi de demander à Van s'il ne l'avait pas retrouvé ! Elle avait couru s'acheter un billet d'avion car elle avait besoin d'une dernière chance de le voir, une dernière chance qu'il puisse la convaincre de rester. Et pourquoi pas ? Pourquoi se refuser cela ?

Elle le savait bien, hélas...

Van l'avait suivie, ayant lui aussi renfilé son peignoir. Il reprit son plaidoyer.

— Je ne te demande pas de rester ici, Becca, comprends-le bien. Je te propose de venir avec toi, en Australie.

— Comment ? Mais... mais pourquoi ?

— Je viens de te le dire : pour essayer à nouveau, toi et moi. Nous prendrons un appartement, nous vivrons ensemble, et on verra bien ce que nous réserve l'avenir. Bien sûr, il faudra que je retourne au Canada de temps en temps, mais je peux traiter la plupart de mes affaires en télétravail.

— Van, fit-elle en frottant un point douloureux entre ses sourcils, nous avons déjà essayé. Ça n'a pas marché. Notre mariage était une erreur.

— Je ne t'accorderai pas ce point ! Nous avons fait des erreurs, c'est vrai, des tas. Toi comme moi. Mais nous n'avions aucune expérience de la vie à deux. Nous saurons mieux nous y prendre à présent, nous savons au moins ce qu'il ne faut pas faire. Nous pouvons aller de l'avant.

— On dirait que tu essaies de convaincre ton conseil d'administration, grommela-t-elle, l'esprit en feu, déstabilisée par la détermination de Van.

Il répliqua :

— Je n'ai que toi à convaincre, et je te dirai que ma plus grave erreur a été de ne pas considérer notre mariage comme ma vraie priorité. Tu vois, je suis parfaitement honnête avec toi. Ma famille n'a pas pu se rendre compte à quel point tu comptais pour moi. Je t'assure que, dorénavant, ils auront l'occasion de comprendre que rien ne m'importe plus que la réussite de notre mariage.

— Et comment comptes-tu t'y prendre ?

— En achetant un appartement en Australie, en ne retournant au Canada que pour les nécessités du travail et... et pour voir mes neveux, admit-il.

— Acheter, tu n'as que ce mot à la bouche...

— Je sais que mon argent te met souvent mal à l'aise. Mais je veux qu'il soit un atout dans notre jeu. Il n'est pas question de luxe, mais de choix. Pouvoir te donner ce que tu veux ne fait pas de moi une mauvaise personne !

Il n'avait pas tort, elle devait le reconnaître...

— Je comprends que tu n'as pas eu les mêmes chances que moi au départ, Becca. Et j'ai pu t'en vouloir de choses dont tu n'étais pas responsable. C'est une erreur que je ne commettrai plus.

Becca s'assit sur le lit, les jambes flageolantes.

Elle boirait le calice jusqu'à la lie, et puis ce serait fini entre eux.

— Et pourquoi m'en voulais-tu, Van ?

Il parut mal à l'aise mais son désir d'honnêteté l'emporta.

— Eh bien… J'ai longtemps cru que tu viendrais me voir gagner lors de ma dernière compétition. Sans toi, la victoire a été bien amère.

Elle poussa un profond soupir.

— J'étais là, Van, murmura-t-elle d'une voix presque inaudible.

— Pardon ? Tu dis que…

— Je t'ai vu gagner ta première médaille d'or.

La plus importante pour lui, celle qu'il avait passé sa vie à vouloir décrocher.

— Mais où étais-tu ? Je t'ai cherchée des yeux partout ! Je savais bien que ta mère avait plus besoin de toi que moi, mais je ne pouvais m'empêcher d'espérer… Pourquoi ne m'as-tu pas rejoint après la compétition ?

— J'ai préféré rester à bonne distance.

— À cause de ma mère et de Paisley ? De la façon dont elles te traitaient ?

— En partie. Mais ça n'est pas tout.

Le moment était peut-être venu de parler. Il fallait qu'il comprenne, une fois pour toutes, pourquoi leur union était condamnée.

Van s'était assis à côté d'elle et la regardait intensément.

— Qu'est-ce que c'était, alors ? demanda-t-il d'un ton grave.

Elle rassembla son courage et prit une profonde inspiration.

— J'ai toujours eu des règles douloureuses, tu le sais.

— Oui, c'est pour cela que tu prenais la pilule sans discontinuer. Sauf une fois où tu as oublié, et je me rappelle que tu étais pliée en deux de douleur.

— Je croyais que c'était normal d'avoir aussi mal quand j'étais plus jeune. Ma mère aussi avait souffert terriblement pendant ses règles, et elle n'en faisait pas toute une affaire. Mais j'ai fini par me faire tester, sans rien lui dire car elle n'avait pas une grande confiance dans le corps médical. Il s'est avéré que j'avais une endométriose… J'ai su après qu'elle en avait eu une aussi…

Van devint d'un coup blanc comme un linge.

— Est-ce que cela cause le cancer ?

— Non, s'empressa-t-elle de le rassurer, rien de tel.

— Tu t'es fait examiner pendant notre mariage ?

— Oui, avoua-t-elle, la lèvre tremblante.

— Et tu ne m'as rien dit. Pour m'épargner les soucis. Pour préserver mes entraînements.

La voix de Van était caverneuse, comme creusée par une profonde douleur.

— Oui, reconnut-elle, mais je n'ai eu les résultats qu'une fois repartie à Sydney pour soigner ma mère. Je sais que j'aurais dû te le dire, Van, mais j'étais désemparée. Au bord du gouffre. Je me rendais compte que j'allais perdre ma mère, et j'apprenais en plus que… Beaucoup de femmes peuvent concevoir avec une endométriose, mais la mienne a causé des lésions internes. La gynécologue m'a prévenue qu'une grossesse aurait très peu de chances d'arriver à terme et qu'elle serait dangereuse.

Un vrombissement s'était mis à résonner aux oreilles de Van. Il avait l'impression de flotter en dehors de son corps.

— Tu es en train de me dire que tu ne pourras pas avoir d'enfants ? parvint-il enfin à articuler.

Becca se mordit les lèvres et acquiesça d'un signe de tête, visiblement incapable de répéter le terrible constat.

Il commençait à assembler les pièces éparses du puzzle. Sa poitrine était si comprimée que le peu d'air entrant dans ses poumons lui faisait l'effet de lames de rasoir.

— Tu savais cela quand je suis venu te rejoindre à Sydney ? fit-il d'une voix blanche. C'est pour cela que tu m'as dit que notre histoire se terminait là ?

Encore une fois, Becca hocha la tête.

— Mais j'allais quitter la compétition, Becca ! J'en avais fini avec les entraînements ! J'aurais pu... Tu n'avais aucune raison de me cacher cela.

— Je ne voulais surtout pas te le dire. Car ç'aurait été l'admettre, et je n'y arrivais pas moi-même. Pas à ce moment-là. Ma mère en phase terminale, mon impossibilité à donner la vie... C'était trop, je ne voulais pas y croire. Quand je t'ai vu décrocher l'or, j'étais si fière de toi ! Je me suis approchée pour te rejoindre et, à ce moment-là, je t'ai vu avec Paisley et les enfants. Tu serrais ta nièce dans tes bras avec un tel regard de tendresse que... Je n'ai pas pu. J'ai fui. Je ne supportais pas l'idée que, avec moi, tu n'aurais jamais d'enfants.

— Becca...

— Non, le coupa-t-elle, ne dis rien. Je sais qu'il y a d'autres moyens pour les enfants, mais il n'y avait pas que cela. Nous n'étions pas faits l'un pour l'autre, tout simplement. Rien ne collait entre nous, à aucun niveau.

— Il n'empêche, fit-il entre ses dents, j'avais le droit de savoir.

— Seigneur, Van ! fit-elle avec une soudaine véhémence. Tu es arrivé à Sydney pour me dire que tu étais prêt à fonder une famille ! Tu me l'as dit en face ! Comment étais-je censée t'annoncer que c'était impossible ?

Il l'avait dit, c'était exact. Sans précaution aucune. Il lui avait infligé cela...

— Comment pouvais-je encore prétendre être la femme idéale pour toi ? reprenait Becca. C'est toi qui as tout apporté à notre mariage : argent, maison... Au moins, quand je croyais pouvoir te donner des enfants, j'avais quelque chose à t'offrir...

La voix de Becca s'étrangla.

Il était anéanti.

— Becca...

— Non, ne dis pas qu'on aurait pu trouver une solution. Il faut que je la trouve, moi. Que j'apprenne à vivre sans ce que j'ai toujours voulu. Je n'y ai pas droit. Tu comprends pourquoi je limite mes ambitions, pourquoi je refuse de croire aux contes de fées ? Descends, Van, à présent. Laisse-moi finir mes bagages.

Comme un automate, il fit ce qu'elle disait. Il se leva du lit et descendit.

Faiblement, Becca se leva, avec l'impression d'avoir perdu tout le sang qui coulait dans ses veines.

Voilà. C'était fini. Van avait enfin compris. Elle n'avait plus rien d'autre à faire que partir, puisque tout était dit.

Elle contempla la garde-robe, les dépouilles de sa vie passée avec Van.

Rien ne lui servirait pour sa nouvelle vie.

Elle remit à la hâte dans sa valise les quelques effets qu'elle en avait sortis en arrivant, avant de s'écrouler à côté du bagage, sanglotant désespérément.

Cela n'avait aucun sens de pleurer maintenant. Elle avait déjà versé toutes les larmes de son corps. Et pourtant, les pleurs la faisaient hoqueter, ses yeux se gonflaient sous l'assaut des larmes. Elle aurait dû être plus raisonnable, plus avisée. Puisqu'elle commençait une vie nouvelle. Pourquoi pleurait-elle sur les débris de sa vie d'avant ?

— Becca ?

Étrangement, cela faisait sens qu'elle n'ait pas prévu qu'il remonterait et que son arrivée silencieuse la fasse une fois de plus sursauter.

Il la prit dans ses bras et la porta jusqu'au lit.

— Je suis si… si triste, hoqueta-t-elle. Et si fatiguée de prétendre le contraire…

— Chut… C'est fini.

Il s'allongea à ses côtés, remonta un plaid sur eux et colla son corps au sien comme une armure de protection, et c'était bien.

— Je suis désolée, murmura-t-elle.

— Rien n'est ta faute.

— J'ai cru que je pourrais faire semblant d'être une épouse parfaite, et je suis partie quand les choses se sont corsées. Ce n'est pas de l'amour.

— Arrête. Cesse de croire que tu dois être parfaite. Tu es toi, et c'est très bien ainsi. Je n'ai jamais rien voulu d'autre. Juste toi.

Du fond de sa détresse, elle ne savait même plus comment être elle-même... Elle était brisée par la fatigue. Ses yeux la brûlaient, alors que le sel de ses larmes séchait sur ses joues.

Des larmes qui seraient les dernières, elle se le promettait.

10

Avec mille précautions, Van glissa les jambes en dehors du plaid.

Avec son lourd peignoir, il avait trop chaud, mais Becca était pelotonnée contre lui, et pour rien au monde il n'aurait voulu la réveiller maintenant qu'elle s'était endormie.

Il ne voulait pas qu'elle se remette à pleurer. Ni même qu'elle s'écarte. Il avait besoin de la tenir serrée. Dans sa poitrine, il y avait comme une plaie béante.

Avoir des enfants... Bon sang. Après les Jeux, il avait hésité à en parler à Becca, puis il s'était décidé : créer une famille ne faisait-il pas partie de ses désirs de femme ? Elle avait toujours regardé les bébés avec attendrissement, et les enfants l'aimaient : elle leur consacrait son attention pleine et entière, les faisait rire et se sentir importants.

Doucement, il caressa les cheveux de Becca.

Ses propres sentiments au sujet d'une famille étaient plus complexes. Il ne se sentait aucune affinité naturelle pour le rôle de père, pas avec l'éducation qu'il avait reçue. Sa mère n'avait jamais pensé à s'abstenir de certaines choses au motif que cela pouvait nuire à ses enfants. Elle ne s'était rien refusé en matière de liaisons avec les entraîneurs de son fils. Jusqu'au divorce. Et après, il y avait eu les remariages...

Sa mère aurait argué qu'elle avait voulu le protéger en ne parlant pas. Mais ç'avait été bien plus traumatisant pour lui d'apprendre entre deux portes le divorce de ses parents que s'ils avaient pris le temps de le lui annoncer eux-mêmes.

Quant à son père…

Il étouffa un soupir.

Il ne blâmait pas sa mère d'avoir divorcé de Jackson Scott. Son père était riche, il jouissait d'un bon statut social et savait charmer si nécessaire. Mais il était égoïste et jaloux. En tant que père, il avait été absent. Jamais il ne lui avait accordé de temps pour développer une relation privilégiée père-fils, et jamais il n'avait parlé avec lui du genre d'homme qu'il souhaitait que Van devienne. Les modèles masculins qu'il avait eus, c'étaient ses professeurs, ses entraîneurs et les athlètes plus âgés que lui.

Ce qui l'effrayait, c'est qu'il avait hérité de son père cette volonté de ne rien épargner pour parvenir à ses fins. Sa mère aussi avait une détermination similaire, à laquelle s'ajoutait une forme d'entêtement, mais son père pouvait, en plus, se montrer impitoyable. Il était uniquement préoccupé de lui-même, et quand Van réfléchissait à certains de ses propres actes, comme son mariage et l'installation de Becca dans la maison qu'il venait d'acheter, il retrouvait ce trait de caractère paternel : s'il avait épousé Becca, c'était pour se faire plaisir à lui.

Son pire cauchemar, c'était que son propre fils en vienne un jour à éprouver pour lui ce qu'il ressentait pour Jackson Scott : du mépris. Que son fils puisse être heureux de le voir disparaître de sa vie.

Voulait-il vraiment des enfants ? Il n'y avait même pas réfléchi au moment de le proposer à Becca. Et dans la tourmente créée par les malversations de son père, il n'avait pas pu prendre le temps d'y penser plus avant. Simplement, il s'imaginait que c'était pour Becca l'étape suivante de leur relation. Il avait donc voulu lui donner ce qu'elle attendait.

À présent, il comprenait que, en fait, c'était pour la lier à lui, car il la sentait s'éloigner. D'ailleurs, pourquoi ne pas faire des enfants avec elle ? L'idée était séduisante. Il songeait avec attendrissement à un petit visage rond avec les mêmes fossettes que Becca. Et une petite voix qui aurait les mêmes inflexions que la sienne...

Il ferma les yeux, la gorge soudain serrée, la poitrine oppressée par une émotion intense.

Après qu'elle lui avait signifié la mort de tout espoir et lui avait demandé de quitter la chambre, il était resté muet, cherchant désespérément une solution, n'importe quoi qui soit susceptible de soulager la souffrance de Becca. Et la sienne.

Car ç'avait été un choc.

Il inspira profondément pour atténuer la peine, comme s'il s'agissait d'une douleur physique.

C'était tout aussi fort qu'un os brisé ou un ligament rompu, choses qu'il avait vécues, et d'autant plus durement qu'elles l'empêchaient d'atteindre son but. Cela le déchirait de savoir que Becca ne pourrait être enceinte. Bien sûr, cela ne voulait pas forcément dire qu'ils ne pourraient pas avoir de famille, mais c'était la fin d'une certaine idée de leur famille. D'un rêve qu'il ne savait pas même abriter. Il avait occulté ce rêve, cette promesse d'avenir fragile. Perdre cette possibilité laissait un vide en lui, et cette blessure ne cicatriserait pas.

Becca vivait avec cela depuis des années. Cela lui avait brisé le cœur, et elle était restée là, à cacher son chagrin comme si elle devait en avoir honte. Comme si elle n'avait pas droit à la colère et à la souffrance causées par cette injustice.

Il resserra les bras autour d'elle, une nouvelle fois frappé par sa fragilité et sa douceur.

Becca était si brillante, si vive qu'elle en paraissait plus solide qu'elle ne l'était réellement. Bien sûr, elle avait de la résistance, mais elle n'en restait pas moins vulnérable. Sa générosité aurait dû lui valoir une meilleure récompense.

« Je suis si triste... Et si fatiguée de prétendre le contraire. »

— Moi aussi, murmura-t-il en posant doucement les lèvres sur la peau satinée de son front, les paupières brûlantes des larmes qu'il retenait. Moi aussi.

Un bruit détonant réveilla Becca en sursaut. Elle s'assit, la respiration coupée, désorientée par l'environnement sombre et peu familier. Des jambes pesaient contre les siennes.

— Feu d'artifice, grommela Van en lui frottant le dos. Il est minuit...

— Pauvres chiens, murmura-t-elle alors qu'une nouvelle rafale de détonations suivies d'un long sifflement se faisait entendre.

Elle avait un jour vu l'épagneul d'un ami se terrer sous le canapé au bruit des fusées, et elle plaignait depuis les pauvres bêtes. Mais elle ne pouvait s'empêcher d'aimer les feux d'artifice. En un effort surhumain, elle repoussa les couvertures pour marcher jusqu'au balcon. Elle ouvrit la baie vitrée et fit quelques pas sur la terrasse couverte de neige.

Le feu était tiré de la rive, de l'autre côté du lac. Les fusées explosaient en couronnes d'étoiles roses, jaunes et violettes qui étincelaient parmi les flocons.

Van vint la rejoindre et l'attira contre lui pour la draper dans le plaid qu'il avait retiré du lit. Pendant dix minutes, ils profitèrent du spectacle sur le lac gelé, admirant les couleurs qui se bousculaient sur le fond monochrome du paysage.

Eh bien, voilà, songea-t-elle alors que les dernières étincelles crépitaient, il était minuit. Il y avait encore des papiers à signer, mais c'était pour elle le point final. Leur mariage s'achevait là.

Pourtant, elle resta quelques minutes de plus dans le cercle chaud des bras de Van, s'appuyant contre sa poitrine large, les orteils recroquevillés par le froid. Elle attendit que la dernière étincelle s'éteigne, puis elle rentra, suivie de Van qui ferma la baie vitrée derrière eux. Il drapa le plaid sur le lit et resserra son peignoir.

Elle ne savait quoi dire. Retourner se coucher pour sentir encore l'étreinte confortable de ses bras lui paraissait le plus désirable, mais ce n'était que repousser l'inévitable.

Elle s'agenouilla auprès de sa valise pour y ranger les quelques affaires qu'elle y avait jetées, y ajouta la petite photo Polaroid qu'elle avait décidé de garder. Le reste n'avait aucune importance.

Van, assis sur le lit, les coudes sur les genoux, la regardait.

— J'ai manqué à mes devoirs envers toi, dit-il alors qu'elle se relevait. Le fait que tu ne te sois pas sentie autorisée à me dire quelque chose d'aussi important est un véritable échec pour moi.

— Ce n'est pas la peine de nous accuser ou de culpabiliser, répondit-elle doucement. Je te l'ai dit, finalement.

C'était pour elle un vrai soulagement, comme si on lui avait retiré un poids énorme des épaules.

— Cela me fait du bien que tu le saches, reprit-elle. J'avais l'impression de te laisser tomber en ne pouvant pas...

Il allait émettre une protestation, mais elle le coupa net.

— C'est ainsi que je le ressentais. Comme si je portais la responsabilité de l'échec de notre mariage parce que mon corps refusait d'obéir. J'ai voulu croire à un moment que je serais restée avec toi si j'avais pu enfanter, mais je me leurrais.

— Ce n'est absolument pas ta faute, Becca, déclara fermement Van.

— Je le sais dans ma tête, mais j'ai du mal à l'accepter là, fit-elle en plaçant la main sur son cœur, à l'endroit où elle ressentait ce vide qui ne se comblerait jamais. Te l'avouer a été dur, car cela donnait une réalité à la chose, mais t'entendre dire que ce n'est pas ma faute, te voir essayer de m'aider... Cela compte énormément pour moi. Merci.

Elle lui adressa un pâle sourire et il la regarda avec toute l'intensité qu'on pouvait mettre dans un regard, sa mâchoire tremblant comme s'il voulait dire quelque chose et n'y parvenait pas.

— Oui, je sais que tu étais prêt à payer pour n'importe quel traitement qui puisse changer les choses, dit-elle, lisant dans ses pensées et ravalant un sourire tendre.

Il se leva d'un bond.

— Évidemment ! Mais il ne s'agit pas de te réparer, précisa-t-il avec véhémence, tu es parfaite ! Je veux que tu sois heureuse, c'est tout. Ce qui peut te rendre heureuse, il suffit que tu me le demandes, et je ferai tout pour que tu l'obtiennes.

Il l'aurait fait pleurer de nouveau si seulement il lui était resté des larmes. Van était un homme bon.

— Je le sais, Van. Merci du fond du cœur.

Elle ravala son émotion et s'avança pour le serrer contre elle. La dernière étreinte, se promit-elle alors qu'il refermait les bras autour d'elle. Elle sentait le cœur de Van battre de façon erratique à son oreille. Ils étaient si bien l'un contre l'autre, leurs corps semblaient faits pour s'ajuster à la perfection... Elle ferma les yeux et s'accrocha à lui, si longtemps qu'elle en oublia qu'ils étaient tous deux debout.

Il lui frotta le dos.

— Allons nous coucher, fit-il d'une voix bourrue. Tu vas finir par dormir debout.

S'écarter de lui fut un arrachement. Elle s'obligea à respirer profondément et se concentra pour ne pas laisser couler les larmes qui montaient. Puis elle prit la valise pour la placer dans le couloir.

— Où vas-tu ?

— Dans la chambre d'amis.

— Reste, fit-il en désignant le lit.

Elle n'était plus qu'un chaos d'émotions.

— Tu es chez toi à présent, Van. C'est ton lit.

— Reste ici, Becca, avec moi. Le fait que tu ne puisses pas être enceinte ne change rien. Je ne suis pas sûr moi-même de pouvoir faire des enfants. Y as-tu seulement pensé ? Nous trouverons le moyen de fonder une famille si tu le veux, au moment où tu le voudras. Je viens en Australie, Becca. Nous restons mariés.

— Ta certitude de pouvoir obtenir tout ce que tu veux est incroyable, fit-elle en s'essuyant les yeux d'un revers de main, tout en songeant qu'elle ne l'en aimait que plus.

Elle ferait bien de s'inspirer de lui si elle voulait être heureuse un jour.

— Parce que tu veux que je renonce à toi sans combattre ? C'est vraiment ce que tu attends de moi ? Je ne sais pas abandonner, Becca.

La voix de Van vibrait d'indignation, il avait carré les épaules en une pose combative.

C'était à cet homme qui ne se rendait jamais qu'elle demandait de se rendre... L'ironie de la situation ne lui échappait pas. Et ce qu'elle lui demandait constituerait pour elle la plus grande des pertes, si affreuse qu'elle doutait de pouvoir s'en remettre un jour. Non, elle ne s'en remettrait pas. Elle n'était pas arrivée à l'oublier en quatre ans, il n'y avait pas de raison que cela change.

Pourtant, elle s'obligea à répondre simplement :

— Oui.

— Tu ne veux même pas nous donner une dernière chance ? lâcha-t-il sur un ton incrédule. Une seule.

— Van, fit-elle doucement.

Elle ne pouvait plus lui en vouloir ni ressentir de colère. L'honnêteté brutale de leurs derniers échanges avait consumé tout son ressentiment. Mais il fallait qu'elle soit franche jusqu'au bout.

— Nous n'avons jamais eu aucune chance. Une sexualité formidable, des rires partagés, oui. Mais tu ne m'aimais pas. Quand je t'ai dit que je t'aimais, tu as eu ce regard qui signifiait clairement que tu ne me croyais pas.

Van parut se figer, le corps changé en une masse de granit, comme pour parer ce dernier coup.

— Tu ne m'as pas crue, reprit-elle, la gorge si sèche qu'elle en était presque bloquée, trop désespérée pour ressentir autre chose que l'immensité de la perte. Et après tout ce temps passé ensemble, tu as pensé que je revenais au chalet pour prendre ce qui t'appartenait. Quand j'ai appris que je ne pourrais pas te donner d'enfant, la seule chose qu'il me restait à donner, c'était mon amour. Mais tu n'en voulais pas. Comment veux-tu que je reste ton épouse dans ces conditions ?

11

En se réveillant, Becca découvrit le genre de matinée qui l'avait toujours enchantée au Canada. Le ciel était d'un bleu dur, presque insoutenable au regard, et le soleil se glissait dans tous les interstices du contour des montagnes, envoyant des rayons étincelants qui promettaient une journée radieuse.

Pendant la nuit, le vent s'était calmé, et les flocons avaient cessé de voltiger. Tout comme ses émotions, la tempête était retombée sur un paysage recouvert d'une épaisse couche blanche. Le monde était intact, tranquille. Une page vierge. Aucune erreur n'avait encore été commise. C'était un jour nouveau, le premier d'une année entièrement nouvelle.

Le premier pour une nouvelle Becca.

Elle regarda la porte close de la chambre de maître, mais elle n'alla pas frapper pour un dernier au revoir. Tout ce qu'il y avait à dire l'avait été la veille. Elle envoya du bout des doigts un baiser silencieux en direction de la chambre puis descendit l'escalier sur la pointe des pieds, emportant sa valise presque vide.

La cuisine était dans un état désastreux. Elle réserva un taxi partagé grâce à une application et se mit à emplir le lave-vaisselle. Puis elle s'assit pour écrire sa carte à Van.

Elle avait eu mille idées de formules en l'achetant, mais aucune ne semblait être la bonne. Elle aurait pu s'excuser, mais au final, elle ne regrettait rien : elle était heureuse de l'avoir épousé, de l'avoir si intimement connu. Heureuse aussi d'avoir partagé avec lui cette dernière nuit, comme un baume sur les vieilles blessures. À présent, ils pourraient tous deux aller de l'avant et guérir. Il ne restait qu'une chose à écrire :

« Je t'aime. Je t'aimerai toujours. »

Elle jeta un coup d'œil à son application : l'heure de son taxi approchait. Elle se hâta d'enfiler ses bottes, attrapa la valise et son sac puis sortit dans le froid piquant du matin. L'air si sec était comme une morsure sur ses joues, et ses yeux s'emplirent de larmes.

Bien sûr, c'était une de ces journées comme elle les aimait, mais de préférence vues depuis un bain chaud ou sous le duvet d'une couette, avec un Van déshabillé à son côté…

Il apprécierait l'état de la neige quand il sortirait skier. C'était ce qu'il appelait de la poudreuse de champagne, si sèche qu'elle ne fondait même pas sur les vêtements !

Mais pour rejoindre le haut du chemin où le taxi lui avait donné rendez-vous, cette neige n'allait pas lui faciliter la tâche.

Elle lutta pour mettre un pied devant l'autre. La neige, à certains endroits, lui arrivait presque aux genoux. Très vite, elle fut en sueur, sa respiration s'épuisait, et ses poumons lui faisaient mal. La voiture apparut en haut de la côte et klaxonna. Elle lui adressa un signe de la main et tenta d'accélérer sa marche, mais elle n'y parvint pas. Le conducteur l'avait vue, car il lui rendit son salut. Au moins, le voir attendre lui donnait l'impulsion nécessaire pour avancer sans avoir la tentation de regarder en arrière.

Van s'éveilla, étreint par une terrible sensation d'absence.

Becca était partie, il le sentait.

Il se redressa, furieux contre lui-même. Il ne voulait pas s'endormir. Il était assis sur le lit, à l'entendre répéter :

« La seule chose qui me restait à donner, c'était mon amour. Mais tu n'en voulais pas. Comment veux-tu que je reste ton épouse dans ces conditions ? »

Il n'avait pas su quoi dire, car tout cela était vrai. Chaque fois qu'elle lui avait déclaré son amour, il avait eu l'impression qu'elle cherchait à le ligoter. Toute sa vie, l'amour avait été une transaction : ses parents, ses entraîneurs, ses fans ne l'aimaient que parce qu'il gagnait. Les actionnaires l'aimaient parce qu'il leur procurait de confortables dividendes. Quant à sa sœur, eh bien, il y avait entre eux une sorte de camaraderie de frères d'armes plus qu'une affection : elle ne croyait pas plus au sentiment d'amour que lui-même.

L'amour sans condition, dans son monde, cela n'existait pas. C'était une licorne, tout comme Becca. Il n'avait jamais réussi à se figurer ce qu'elle voulait de lui en échange de tout ce qu'elle offrait. Il l'avait couverte de bijoux, lui avait acheté un chalet, tout en comprenant que ce qui comptait le plus pour elle, c'était sa compagnie. Alors, il avait offert de rester avec elle et, à ce moment-là, elle l'avait repoussé.

C'était comme un poignard qu'on lui remuait dans le ventre.

Il avait suivi le même chemin sans issue la veille, lui proposant son temps, son argent et son soutien. N'importe quoi qui puisse lui faire plaisir. N'importe quoi pour la garder près de lui. Mais rien de cela n'avait suffi.

« Quand je t'ai dit que je t'aimais, tu as eu ce regard qui signifiait clairement que tu ne me croyais pas. »

Et c'était vrai. Il aurait bien voulu la croire, mais il n'y parvenait pas. Maintenant, il le regrettait. Il aurait dû tenir son amour pour le cadeau qu'il était et le garder précieusement. Le protéger, le serrer au chaud dans son cœur, car à présent qu'il l'avait perdu, l'avenir ressemblait à un morne désert.

Il se leva avec l'impression d'avoir vieilli de mille ans pendant la nuit. Même la pire de ses gueules de bois, après la plus déchaînée des soirées, n'approchait pas ce qu'il ressentait. Il resserra la ceinture de son peignoir et cligna des yeux devant l'impitoyable bleu du ciel. Au sortir de la chambre, il vérifia la chambre d'amis : le lit ne semblait pas avoir servi. En bas, la cuisine était rangée.

C'était comme si la présence de Becca n'avait été qu'un fantasme créé par son cerveau, un rêve fou et tragique... Mais la carte laissée sur la table lui disait le contraire.

Il hésita avant de s'en saisir, à la fois brûlant de savoir ce que Becca y avait écrit et redoutant de ne pouvoir le supporter. La carte était probablement encore vierge. Ils s'étaient dit tout ce qu'il restait à dire. Sûrement...

Alors qu'il ouvrait la carte, il entendit un klaxon au loin.

— Beccaaaa !

Une porte venait de claquer en contrebas.

Becca s'arrêta devant le portail, hors d'haleine, son jean couvert de neige jusqu'aux genoux. Ses doigts luttèrent pour ouvrir le loquet de métal gelé. Le taxi l'attendait sans avoir coupé le moteur, et le pot d'échappement lui envoya un nuage de fumée qu'elle dissipa de la main en toussant.

— Becca, bon sang, ne pars pas !

La voix de Van était si furieuse qu'elle fut tentée de fuir, et pourtant elle resta sur place, figée, alors qu'il apparaissait en bas de la pente. Il ne portait rien d'autre que son peignoir et une paire de bottes délacées.

— Van ! Tu vas attraper la mort. Que se passe-t-il ? J'ai oublié quelque chose ?

— Oui !

Il progressait vers elle avec bien plus d'agilité qu'elle ne l'en aurait cru capable dans cette tenue. Ses bottes délacées étaient emplies de neige, mais il ne semblait pas s'en apercevoir. Ses cheveux étaient en désordre, il n'était pas rasé, il ressemblait à un ours furieux tiré trop tôt de son hibernation.

— Quoi donc ?

Elle laissa sa valise au portail et fit signe au chauffeur d'attendre encore un peu.

Hors d'haleine, la poitrine haletant sous l'effort qu'il faisait pour la rattraper, Van agita la carte qu'elle lui avait laissée.

— Van, fit-elle d'un ton impuissant, je voulais simplement que tu saches que...

— Ouvre-la, fit-il en la rejoignant.

Elle s'exécuta et ne vit que ce qu'elle y avait écrit. Rien d'autre.

Son cœur avait bondi d'espoir l'instant d'avant, et il retombait tout aussi vite, alors que des pleurs de déception lui montaient aux yeux.

— Pourquoi... ?

— Voilà ce que je veux, Becca, fit-il en désignant la carte. Ton amour. Cet amour est le mien. Je le veux plus que je n'ai jamais rien désiré au monde. Mais il faut que je te le rende, n'est-ce pas ? C'est comme cela que ça marche ? Tu me donnes ton amour et je te donne le mien ?

— Tu ne m'aimes pas, Van.

— Ne doute pas de moi, fit-il d'un ton offensé. Nous n'allons pas répéter les mêmes erreurs, d'accord ?

D'un pas maladroit dans la neige, il se rapprocha d'elle, prit son visage froid entre ses mains glacées et la regarda au fond des yeux.

— Tu es la seule femme dont je veuille, reprit-il. Si je vends cette maison, c'est parce qu'elle ne me sert à rien sans toi. Je ne sais pas comment aimer sauf à te donner... tout, tout ce que j'ai. Je ne pensais pas que des mots pouvaient suffire. Mais si c'est ce dont tu as besoin, si c'est la seule chose qui te manque, alors les voilà. S'ils comptent pour toi, alors ils compteront pour moi. Je t'aime. Je t'aimerai toujours.

Elle n'avait jamais perdu connaissance, mais elle faillit le faire en cet instant. Son cœur eut un soubresaut, elle en oublia de respirer et sa vision se rétrécit au point qu'il n'y eut plus que Van devant ses yeux. Ses mains en coupe autour de ses joues étaient la seule raison qui la tenait debout.

— Je t'aime...

— Ne le dis pas trop fort, répondit-il d'un ton bourru, je ne sais pas trop comment te rendre autant d'amour...

Elle dut cligner des paupières pour dissiper les larmes qui brouillaient sa vision.

— Ce que tu viens de faire là, c'est déjà énorme, presque trop, avoua-t-elle d'une voix étranglée, parce que je dois dire que je suis...

— Attention à ce que tu dis, mon amour, fit-il en posant les lèvres sur le bout de son nez, caressant doucement ses joues de ses pouces. J'ai de très hautes exigences, et je prendrais très mal d'entendre que ma femme est autre chose qu'une femme extraordinaire.

Elle leva vers lui son regard humide.

Le soleil gagnait en hauteur, perçait par-dessus les arbres, changeant le paysage en un festival de lumière et d'étincelles. Le monde se taisait, l'air était vif, le moment lourd de possibilités.

— Je suis effrayée, admit-elle en un murmure.

— Moi aussi. Mais je ne peux plus supporter quatre années sans toi. Pas même quatre minutes.

Le chauffeur sortit de son véhicule pour les interpeller.

— Vous vous décidez, les amis, ou vous restez là à vous geler ?

— On reste, lança Van. Désolé… Ne lui mettez pas une mauvaise appréciation. Vous êtes skieur ?

L'homme sourit de toutes ses dents en apprenant qu'il aurait droit à une tenue complète signée Van Scott à prendre au magasin de la ville, et bientôt la voiture repartit.

Becca s'était mise à trembler. Était-ce de froid ? Ou à cause de la peur que son cœur soit brisé…

Ou pas. Elle ne le saurait jamais si elle n'essayait pas. Peut-être avait-elle droit au bonheur comme les autres ?

Et peut-être avait-elle droit aussi à ce que les autres n'auraient jamais : l'amour de Van.

Oui, se dit-elle solennellement. Elle y avait droit, et elle allait le prendre.

Van la saisit aux épaules et planta un baiser sur ses lèvres, un baiser dur, rapide mais puissant. Puis il se saisit de sa valise, et ils redescendirent aussi vite qu'ils le purent, riant et s'accrochant l'un à l'autre.

— J'espère que tu ne nous as pas enfermés à l'extérieur !

— Ce n'est pas impossible, je ne songeais à rien d'autre qu'à te rattraper…

La porte s'ouvrit sous la poussée, et ils rentrèrent en coup de vent, s'embrassant et tombant dans les bras l'un de l'autre. C'était excitant et doux, et si bon que cela en faisait presque mal.

— Est-ce que tout cela ne va pas trop vite ? fit-elle en un souffle.

— Probablement. C'est notre façon de faire.

— C'est *ta* façon de faire !

— Je t'assure, Becca, que si tu as besoin de prendre ton temps, tu pourras le faire, promit-il en la regardant droit dans les yeux. Tu n'as qu'à me le dire, mais je t'en prie, parle-moi. C'est promis ?

Elle hocha la tête en tremblant.

— Toi aussi...

— Je serai un livre ouvert, je te le jure.

Le baiser qu'ils partagèrent était doux et plein d'espoir. Elle avait envie d'y croire. Oui, elle pouvait partager la vie de Van, et cela pouvait durer toujours.

Van frissonna, et elle glissa les bras à l'intérieur de son peignoir pour le réchauffer. Mais ses vêtements étaient mouillés par la neige, et il recula en riant.

— D'accord, j'ai promis de ne pas aller trop vite, mais j'ai vraiment besoin d'une douche brûlante. Je me demandais si tu voudrais la partager...

— Le jacuzzi est toujours opérationnel ?

— Oui, excellente idée, allons-y.

Van avait modifié le vol de retour de Becca pour qu'elle puisse encore profiter de quelques jours au chalet. Ensuite, ils rentreraient ensemble à Sydney. Elle avait levé un sourcil désapprobateur quand il les avait surclassés en première mais avait poussé un petit cri ravi lorsqu'elle avait appris qu'ils seraient accueillis par une coupe de champagne. Jamais elle n'avait été traitée ainsi en avion !

Elle s'était déjà demandé si elle n'allait pas annuler son stage, mais Van avait refusé qu'elle le fasse : il allait vivre en fonction d'elle et non plus le contraire. Une fois son stage terminé, elle saurait si le travail de laboratoire la séduisait vraiment.

Ces quelques jours de réconciliation avaient été idylliques. Ils avaient skié, fait l'amour, parlé de tout et de rien... Cependant, elle avait encore des moments de doute, comme si tout ce bonheur pouvait s'évanouir d'un instant à l'autre. N'était-ce pas trop beau pour être vrai ?

Chaque fois que ces pensées la gagnaient, Van semblait le deviner. Il lui prenait la main et disait doucement :

— Tu sais que je t'aime, pas vrai ?

Après avoir dit cela, il l'attirait dans ses bras et la tenait serrée contre lui comme si elle était la chose la plus précieuse au monde.

Il voulait se remarier à Sydney. Un vrai mariage, cette fois, avec leurs familles respectives.

— Je suis navré que nous n'ayons pas été mariés dans les formes la première fois. Cette fois, ta sœur va pouvoir venir.

— Ta famille ne va pas vouloir se déplacer pour un second mariage, fit-elle observer.

— Tu plaisantes ? Paisley prendrait n'importe quel prétexte pour venir en Australie avec les enfants !

Ils sortaient d'un pub où ils venaient de déjeuner et, au lieu de rejoindre la voiture, Van lui fit traverser la rue.

Elle le freina en voyant qu'il allait vers une bijouterie.

— S'il te plaît, ne m'achète pas une nouvelle bague, j'aime celle-ci, fit-elle en ajustant sa bague de fiançailles.

— Moi aussi. Mais il s'agit d'autre chose, fit-il en l'entraînant.

Il portait toujours son alliance, qu'il n'avait jamais quittée.

— Mon médaillon ? Tu l'as fait réparer ?

Elle n'avait pas voulu le jeter, préférant tenter de le faire réparer à Sydney, et Van avait piteusement avoué comment il l'avait abîmé, suscitant en elle une nouvelle vague d'amour pour lui. Il avait insisté pour se charger des réparations, et elle avait accepté de le lui confier.

Van ne répondit pas mais lui jeta un regard qui l'inquiéta, alors qu'il lui tenait la porte pour qu'elle entre.

La luxueuse boutique regorgeait de pièces magnifiques, faites sur mesure. Van donna son nom, et la vendeuse disparut pour revenir quelques instants plus tard avec un petit boîtier de velours.

— J'ai vu le joaillier travailler sur une pièce et je me suis dit que ce serait une bonne idée pour ton médaillon.

— Merci. Mademoiselle, voulez-vous nous donner une minute ? fit-elle en souriant à la vendeuse.

Alors que celle-ci s'éloignait d'un air complice, Van ouvrit l'écrin, la fixant d'un œil inquiet.

Elle découvrit son médaillon réparé, pris dans un autre médaillon en forme de cœur, plus large et pavé de diamants. S'y ajoutait une chaîne d'or tressé.

— Van, souffla-t-elle, la main sur sa gorge.

— Je ne voulais pas que ton petit cœur puisse encore souffrir, alors j'ai voulu le protéger avec le mien...

Elle mordit sa lèvre pour l'empêcher de trembler et eut un sourire ému.

— Tu as...

Les mots lui manquaient. Les larmes lui noyèrent les yeux tandis que Van soulevait ses cheveux, attachait la chaîne à son cou et lui déposait un baiser sur la nuque.

De l'autre côté de la pièce, la vendeuse les regardait en souriant et, le regard brouillé par l'émotion, Becca la vit poser la main sur son cœur.

— Il te plaît ? demanda Van.

Elle se tourna vers le miroir qui lui renvoya une image floutée par ses larmes.

— Je l'aime tellement que je ne sais pas quoi dire.

— Dis que tu le garderas à jamais.

— À jamais, promit-elle en suivant des doigts le contour du bijou. J'en prendrai le plus grand soin, je te le jure.

C'était extravagant, la preuve manifeste qu'il avait compris ce qui comptait pour elle. Et ça, c'était sans prix.

Il se pencha pour prendre sa bouche en un de ces baisers qui la faisaient fondre, et elle sentit son cœur éclater de joie.

Peut-être était-ce cela, l'amour... Parfois une coquille dure qui vous gardait bien à l'abri, et parfois un élan audacieux, excitant, qui vous aveuglait et vous coupait le souffle. Peut-être était-ce le résumé de ce qu'ils étaient.

Et peut-être était-ce très bien ainsi.

Épilogue

Cinq ans après.

— Ma maîtresse a dit qu'on ne peut pas avoir un deuxième anniversaire si on a cinq ans, décréta Liam, ses yeux bruns sérieux derrière des lunettes. Et moi, j'ai cinq ans, pas deux.

Il écarta les cinq doigts de sa main libre devant Van, qui tenait fermement son autre main.

— Ta maîtresse a raison, mon chéri.

Le cœur de Van se gonflait d'amour pour son fils. Il aurait voulu le prendre dans ses bras et le serrer à l'en étouffer. Mais à l'école, les enfants travaillaient sur le respect des espaces personnels et sociaux. La boutique du joaillier n'était pas vraiment le lieu pour les effusions…

— En fait, il ne s'agit pas de ton anniversaire à toi, reprit-il en ouvrant la porte de la boutique. Ça concerne ta maman.

— C'est pour ça qu'on lui achète un cadeau ?

— Exactement. Tu peux te retenir de sucer ton pouce à l'intérieur, ou tu préfères me tenir la main ?

— Ça va aller.

— C'est ce que je pensais. Tu es le meilleur, tu le sais ?

Liam hocha gravement la tête.

Bien sûr qu'il était le meilleur petit garçon du monde. Ses parents le lui répétaient chaque jour.

Cela n'avait pas été simple au début. Becca n'avait pas voulu s'engager dans une adoption pleine dès le départ, et ils avaient opté pour une garde temporaire en vue d'une adoption. Van l'avait complètement soutenue dans sa démarche, mais il était inquiet intérieurement. Si quelque chose se passait mal, Becca en aurait le cœur brisé. Mais quand leur petit diable était arrivé, ils en étaient tombés amoureux à l'instant. Liam avait alors deux ans, il était affectueux, curieux. Il vivait chez ses grands-parents, mais sa vivacité et le caractère colérique qu'il développait étaient trop lourds à gérer pour des personnes âgées, d'autant qu'ils venaient de perdre leur fille. À cette époque, Liam voulait attraper tout ce qu'il voyait, il se précipitait parfois sans faire attention à ce qui l'entourait, se mettant fréquemment en danger. Van et Becca étaient sur leurs gardes en permanence, car il butait sur des obstacles et tombait tout le temps.

Ils avaient fait examiner sa vue : à la suite de cela, l'enfant portait d'épaisses lunettes. Il cherchait toujours à tout saisir, mais il voyait les obstacles et ne tombait presque plus. Quand ils lui lisaient des histoires, il pointait du doigt les animaux et essayait d'imiter leur cri. Les mots n'avaient pas tardé à suivre, et le fait de se faire comprendre avait relégué la plupart de ses colères au rang des souvenirs.

La victoire de Van et de Becca était douce-amère. Comme le comportement de Liam s'améliorait, ils se mirent à craindre que ses grands-parents ne veuillent le reprendre. Pour le moment, ils gardaient l'enfant un week-end par mois, fêtaient avec Van et Becca son anniversaire, Noël, et toutes les occasions qui réunissaient les familles. Becca et la grand-mère de Liam étaient très proches, ayant chacune une place vide dans le cœur que l'autre aidait à combler.

Van regarda les bracelets, conscient que Becca ne voudrait pas d'un bijou trop luxueux, mais il fallait marquer l'anniversaire de l'adoption de Liam. Il voulait lui trouver quelque chose de spécial.

— Papa, celui-là, c'est un orythodingue, fit le garçonnet, en tenant bien serré son pouce, tout en désignant une petite figurine de cristal. Ça ferait plaisir à maman.

Van regarda le modeste petit pendentif, toujours amusé

par la façon dont Liam « adaptait » les mots difficiles, avec des inflexions qui n'étaient pas sans rappeler celles de Becca.

Liam n'était pas génétiquement leur fils, mais ils voyaient chez lui des traits de caractère qui leur appartenaient. Le garçonnet avait commencé à skier l'hiver précédent, et il se débrouillait déjà comme un chef… Il allait pouvoir en remontrer à ses cousins, les enfants de Wanda. Celle-ci devait les amener pour Noël, et les cousins se réjouissaient à l'avance de cette visite. De plus, ce serait la première fois qu'ils verraient de la neige…

— Ah oui, un ornithorynque, c'est une bonne idée, ça !

Becca adorerait le petit animal puisque c'était son fils qui l'avait choisi… Liam en avait vu en vrai au zoo de Sydney qu'il avait visité avec ses cousins.

Van indiqua à la vendeuse d'emballer le pendentif et, une demi-heure plus tard, ils étaient rentrés. La maison sentait bon la pâtisserie. Un gâteau les attendait… Ils ne seraient que tous les trois pour cette célébration, mais c'était exactement ce qu'il fallait pour un événement aussi intime.

Becca, de retour du laboratoire, s'était changée et leur fit signe qu'elle était au téléphone par Bluetooth.

Elle travaillait au laboratoire une à deux fois par semaine, car elle dirigeait une fondation créée par Van Scott Equipements, dont le but était de favoriser l'apprentissage du ski pour les enfants de ménages modestes. Van, lui, travaillait principalement de chez eux, limitant scrupuleusement ses heures et gardant une flexibilité qui lui permettait d'aller chercher Liam à l'école quand sa femme avait d'autres engagements.

— Mon mari vient justement de rentrer, fit-elle à l'adresse de son interlocuteur. Je vais en parler avec lui. Pourrez-vous rappeler demain ? Ah, très bien, merci.

Elle raccrocha, et il s'approcha, inquiet de voir des larmes dans ses yeux rougis.

— Becca, tu pleures ? Qu'est-ce qu'il se passe ?

Il la prit dans ses bras, le sang se figeant dans ses veines.

— Tout va bien, je t'assure, fit Becca en lui décochant un sourire à travers ses larmes, avant de se baisser pour rassurer

Liam d'un baiser. Où étiez-vous ? Vous avez mis bien longtemps pour rentrer de l'école !

— On t'a trouvé un cadeau ! fit Liam en lui tendant fièrement le joli paquet.

— Un cadeau ? Mais il ne fallait pas, répondit-elle en décochant à Van un regard qui signifiait qu'il n'aurait pas dû. Je me demande bien ce que ça peut être...

— Un orythodingue. Mais pas un vrai ! ajouta Liam en riant.

Becca rit à son tour et le serra dans ses bras.

— J'ai hâte de le voir, mais si ça te va, nous l'ouvrirons au moment du goûter. Il faut que je parle à ton papa.

Liam hocha la tête et se dirigea vers la salle de jeux qu'ils lui avaient installée à l'étage.

— Qui était-ce, au téléphone ? s'inquiéta Van dès que l'enfant eut disparu.

— Tamara, répondit Becca à voix basse, mentionnant le nom de l'assistante sociale qui les avait aidés lors de l'adoption. Elle a trouvé une petite fille à adopter.

— Ma chérie...

Ses mots étaient pleins d'un immense espoir. Il prit dans ses bras une Becca encore tremblante.

— Je sais qu'il faudra faire très attention à ce que Liam ne se sente pas délaissé, mais je crois que nous pourrions réussir. Et cette petite fille pourrait être adoptée pleinement dès le début. Elle a un petit problème de santé qui demande un traitement, et Tamara sait que nous pouvons gérer cela. J'ai tellement envie de donner une petite sœur à Liam...

— Je veux une petite sœur !

Liam s'imposait dans la conversation, trop curieux pour être resté longtemps à l'écart...

— Eh bien, on dirait que tout le monde est d'accord, s'exclama Van en serrant Becca dans ses bras. On se lance, alors !

Au Noël suivant, la petite Sarah avait rejoint sa nouvelle famille, agrandie par Wanda et ses enfants. Elle était toujours en phase d'adaptation, mais les cadeaux à ouvrir avec son frère et ses cousins emplirent ses yeux d'étincelles. Cependant, très vite, l'excitation et le bruit des papiers déchirés furent trop pour elle, et Becca le sentit.

— Viens près de moi, ma chérie.

La fillette se réfugia dans les bras de sa maman et joua avec le petit ornithorynque qui pendait au cou de Becca, tout en regardant avidement ce qu'il se passait, maintenant qu'elle se sentait en sécurité.

Van leur fit lever les yeux vers lui avant de prendre une photo. Sarah et Becca souriaient de plaisir.

— Tu es si belle, ma chérie...

Becca plissa le nez. Elle n'avait pas beaucoup dormi pour emballer tous les présents avec Wanda, et bien sûr les enfants s'étaient réveillés de bonne heure, impatients de savoir si le Père Noël était passé... Elle n'avait pas même eu le temps de se coiffer !

— C'est parce que je suis heureuse, répondit-elle à son époux. C'est le meilleur maquillage qui soit !

— Te voir heureuse est pour moi le plus beau des cadeaux.

Le regard incandescent que Becca portait sur lui tout en embrassant les cheveux de la fillette était la confirmation de ce bonheur. Il aurait pu immortaliser ce regard par une photo, mais il le voyait assez souvent dans ses yeux pour ne pas avoir besoin d'un cliché. À la place, il scella leur entente d'un baiser.